·北魏历史文化名人传记丛书·

文明太后冯氏

任勇◎著

山西出版传媒集团 北岳文艺出版社
BEIYUE LITERATURE & ART PUBLISHING HOUSE
·太原·

图书在版编目(CIP)数据

文明太后冯氏 / 任勇著 . —太原 : 北岳文艺出版社 , 2019.10

ISBN 978-7-5378-5973-8

Ⅰ . ①文… Ⅱ . ①任… Ⅲ . ①传记文学—中国—当代 Ⅳ . ① I25

中国版本图书馆 CIP 数据核字（2019）第 149372 号

文明太后冯氏

任勇◎著

项目负责
孙　茜

责任编辑
孙　茜

封面题字
任　勇

书籍设计
张永文

印装监制
郭　勇

出版发行：山西出版传媒集团・北岳文艺出版社
地址：山西省太原市并州南路 57 号　邮编：030012
电话：0351-5628696（发行部）　0351-5628688（总编室）
传真：0351-5628680
网址：http://www.bywy.com　E-mail：bywycbs@163.com
经销商：新华书店
印刷装订：山西海德印务有限公司

开　本：787mm × 1092mm　1/16
字　数：340 千字
印　张：23.75
版　次：2019 年 10 月 第 1 版
印　次：2020 年 9 月 山西第 1 次印刷
书　号：ISBN 978-7-5378-5973-8
定　价：40.00 元

《北魏历史文化名人传记丛书》编写委员会

《北魏历史文化名人传记丛书》
出版项目部

主　任

赵　瑞

副主任

古卫红　刘卫红　孙　茜

成　员

陈学清　樊敏毓　金国安

李建华　刘晓京　王彩花

王国柱　张　丽　邹　伟

任勇，中国作家协会会员，山西省作家协会委员，大同市作家协会主席。少儿时有作文入选《山西省小学生作文选》，从此选定文学之路，长期从事小说、散文、报告文学、诗歌、剧本、歌词等文学创作，在各类报刊发表作品近200万字，曾出版散文集《未必出行》、随笔集《一叶菩提》《家长里短》，小说《黄花女人》被改编为同名电影拍摄并上线。目前致力于大同历史文学创作，长篇系列文化散文《这就是北魏》，由商务印书馆国际公司出版。

总序

讲好北魏故事　增强文化自信

文化是城市之魂。《北魏历史文化名人传记丛书》酝酿于2017年习近平总书记视察山西提出融通中华优秀传统文化殷殷嘱托之后，着手于大同市区划调整平城区设立之时，成书于习近平总书记再次视察山西之际，因此，这是贯彻落实习近平总书记视察大同时提出要充分挖掘和利用丰富多彩的历史文化指示的具体举措。

岁月磨去了历史的棱角，也拂去了表面的浮尘，从整体上看，历史的脉络更加清晰了，但时光却离我们越来越远。北魏作为一个重要历史时期，鼎盛繁华，人文荟萃，更应多出一些东西来记载那个时代。《北魏历史文化名人传记丛书》应时而作，为我们拉开了在北魏时期影响巨大的十一位历史人物的舞台大幕，开国皇帝道武帝拓跋珪是第一人，是他选择在平城建都，并建设了平城；一统大北方的太武帝拓跋焘、开凿云冈石窟的文成帝拓跋濬、以改革闻名于中外历史的一代明君孝文帝元宏；中国历史上著名女性政治家、太和改制的总设计师文明太后冯氏；富有传奇色彩的平城前期的汉臣崔浩、贯穿五任皇帝的老臣大儒高允、平城后期实力派改革家李冲；还有当年佛教高僧昙曜、道教国师寇谦之、文学家兼地理学家郦道元。每一个人物，都是一部传奇；每一个人物，都是一首赞歌。他们雄才大略，超群绝伦，或总揽朝政、日理万机，或拳拳事君、孜孜奉国，或安邦治国、抚恤百姓，或补偏纠弊、革故鼎新，在王朝兴衰治乱中尽显英雄本色。

故，延续北魏平城珍贵的历史文脉，传承北魏开放、融合、改革之精神，挖掘北魏平城新的时代精神内核，对于推动中华优秀传统文化创造性转化、创新性发展，推动大同经济社会发展，提升居民的文化素养，都有着不可或缺、无从替代的作用。

北魏平城深藏魅力、大气大美，是一座文化之城。文化决定城市发展的本质特征，是城市内在的美。这里是隋唐文化的母体。魏灭北凉后，把传承中原儒家学问的大家族都迁徙到首都平城，在中原严重沦丧的儒家文化，反而在平城形成了河西儒家学问的流脉，扭转了中华文明的发展史。这里是魏碑书法的源泉。它上承汉隶传统，下启唐楷新风，为现代汉字的结体、笔法奠定了坚实的基础。这里是雕塑艺术的典范。它继承了秦汉以来中国的艺术传统，也受到国外特别是古代印度艺术的影响，保存至今的云冈石窟代表了当时中国雕塑艺术的最高水平，是驰名世界的艺术宝库。穿越历史的长河，大同在历史的迷雾中找到了属于自己的文化坐标和精神高地，那就是要深入贯彻习近平总书记视察大同重要讲话精神，进一步从历史深处挖潜力、找空间，下更大力气在挖掘、活化、利用上下功夫，让大同绵延数千年的历史文化迸发更大活力。

北魏平城繁荣鼎盛、汇集八方，是一座开放之城。北魏时期的大都市——平城，以其开放的视野吸引了世界的目光。汉代以来，平城是丝绸之路的重要起点，当时人口百余万，超过同期的古罗马拜占庭和君士坦丁堡，成为沟通中亚和西亚的商贸中心。唐朝以来，平城作为北方的茶马互市之路的一个中转站和集地，是通往蒙古、库伦（今乌兰巴托）、俄罗斯的重要通道，是中原汉族对外开放的窗口。从五胡十六国，甚至是西域各国、南朝等地迁居而来的归顺者和朝拜者，聚集在平城生产生活、贸易建设、繁衍后代，马邦、驼邦终年不绝，往来接送及延住弥月。当前，省委省政府赋予大同建设区域性中心城市和省域副中心城市光荣使命，这就更需要我们深入借鉴孝文帝“深慕华风”“去故崇新”的开放理念，努力构建对外开放新格局。

北魏平城兼容并蓄、海纳百川，是一座融合之城。行走在世界文化遗产云冈石窟，这里的佛像或坐或立，或庄严肃穆悲悯苍生，或拈花一笑普度众生；这里的石壁或深或浅，有瑞气千条、兰指含笑的，亦有衣袂飘飘、抱琴飞扬的，一尊尊，一幅幅，卷着穿越时空的红黄蓝绿，挥洒在这一千米刀刻斧凿的曼妙长空里。名扬中外的悬空寺，迄今已有 1500 多年的历史，是国内现存最早、保存最完好的高空木构摩崖建筑，也是中国仅存的佛、道、儒三教合一的独特寺庙。诗仙李白游览后，在岩壁上写下了“壮观”二个大字，徐霞客游历到此，称之为“天下巨观”。大同古城中一片片历史街区、一条条古老街巷、一座座传统建筑，就像一部史书、一卷档案，记录着城市的沧桑岁月。近年来，我们秉持“一轴双城”的发展理念，不断平衡保护与发展的关系，把传统的记忆放在古城，把现代的作品置于新区，一座饱经历史洗礼的古城，延续着曾经的辉煌，传递着历史的回响；一座充满创造活力的新区，熔铸着时代的精神，塑造着城市的品格。如今的大同就像曲梦幻的交响，在密集的时空内，新旧交织，碰撞出独一无二的色彩。

北魏平城敢为人先、锐意进取，是一座改革之城。无论是孝文帝的改革、太后冯氏的改制，还是李冲的变革，这种顺势而为的巨擘力作，如果没有创新的思维和胆略是难以有所作为的。北魏平城，当年上演的就是一幕各民族文化的融合变革，生产方式、生活方式的融合，最终是夺取政权之后的拓跋鲜卑人，为了实现这种融合，宁可舍弃自己的游牧习俗、马上文化，宁可牺牲自己的语言、服装、姓氏、婚配习俗等等，全部实行汉化，孝文帝率先改掉自己的拓跋皇姓，改拓跋宏为元宏。这种在变革中发展、在发展中创新的魄力是难能可贵的，也为我们提供了一个以开放促改革的成功范例，对探索新时代全面深化改革大同路径极具参考价值。

让平城再续荣光，是我们共同的心声。就像《北魏历史文化名人传记丛书》一个个鲜活的故事，在今天上演，让明天见证。站在新的历史节点，平城区必将乘习总书记视察大同之东风，传承好北魏历史文化、书写好改革发展篇章，在新时代焕发出更加璀璨夺目的光彩。北魏平城，天下大同，一个迎着朝阳的大同，正昂首阔步走向未来。

是为序。

编委会

2020 年 7 月

自序 扶她站起来

写这样一个标题，不是要扶一个患者，而是要把一个古人扶起来。

在古代，其实文学家和史学家是一体的。著名的史学专著，至今无法跨越的巨著《史记》，其作者司马迁却首先是个文学家，毛泽东先生是这样认为的，许多文化人也是这样看的。而当代文化的发展，使得文学家与史学家逐渐分离，乃至于史学家只写各类论文，各种考证性的专著，他们的责任仿佛就是在寻找历史铁证、还原历史原貌的旗帜下，补充、质疑或者推翻古人的历史观。而文学家们，一旦摆脱了各种枷锁，则有海阔凭鱼跃、天高任鸟飞的自由，随便找一个历史背景，就可以任意地戏说和编纂，他们的责任好像与历史无关，而是借历史说当今，一泻作者的情感。我毫不怀疑史学家与文学家的分离，是文化发展的进步。但是作为文学洪流的一支，历史人物传记文学来说，我倒觉得，此分离大可不必。

历史人物在哪里？他们在坟墓里。短则百年，长则千年，在历史的长烟中飘飘扬扬的，是他们不朽的灵魂，并非是他们伟岸或娇美的身躯。当代人与他们的接触与碰撞，唯一的途径就是文字，是记录历史的文字。我们承担的就是这样一个责任，实现读者与历史人物的对话与碰撞。记得中学时期上历史课，我最烦的就是老师让大家背诵，背大事记，背大事记的年代，背各种历史事件的意义和经过。偶尔老师为我们讲一些历史故事，栩栩如生地描绘刘邦与项羽，刻画李自成与刘宗敏，叙述刘关张桃园结义等等，倒让我异常地感兴趣。今天我们要做的也是这样一件事，让我们笔下的历史人物，从史料、文物和墓穴里站起来，穿上衣服，说上话，脸上要有表情，语言要有特色，在读者的面前把历史重新演绎一遍。我写冯太后，便是基于如此的想法动笔的。

冯太后是什么人？北魏王朝不可多得的历史人物。北魏将近一个半世纪的岁月，若论众多的历史人物中哪位最重要，我无法给他们排名，亦不知道该从哪一个角度去排名。但是我可以这样说，不要说拿出十个八个，哪怕只拿出一个两个，也必须有冯太后。原因很简单，因为她的贡献，她的政治意义和社会价值实在是太大了。她少女时期入宫为奴，在姑母的教导和培养下长成，先为文成帝的贵人、皇后，后为献文帝时期的皇太后、孝文帝时期的太皇太后，两次亲征，在培养造就一代明君拓跋宏、推行文治和改革、挽救国家和臣民于水火等诸方面，起到总设计师和践行者的作用。可是史料中能够提供与冯太后相关的文字少之又少，以至于冯太后的名字叫什么、冯太后是否生育过子女等最起码的资料都无法查找；冯太后在最有作为时期曾有两部惊人之著，居然没有流传下来。这诸多遗憾，给冯太后传的写作带来困惑，我只能依据现有的资料，参考史学家、文化学者关于冯氏的基本考据，发挥文学描写的长处，在断断续续的骨架之上，去填充肌肉、脂肪和血脉、经络，加上冯太后在读者心里被燃烧的灵魂，让她活起来。

让冯太后鲜活地站在读者面前，还有一点必须把握。那就是让她变得立体，变得多面，变得真实，既要一展历史政治人物的风采，也要写出女性人物的特点，和她不可避免的缺憾和不足。

任勇

目录

楔子

从如今的地图上看，山西就好像一片树叶。

这片树叶的顶端，是大同，一个历史上曾经称作平城的地方。大同在雁门关外，在茫茫草原和大漠之南，特殊的地理位置，使它毫无选择地成为内地，与西域、东北、辽阔的草原联系和交往的必经之地。自古以来，大同就是南来北往的集散地，是各个民族各种贸易、各种文化碰撞和交融的五岔口。汉代昭君出塞，与匈奴和亲，浩浩荡荡的送亲队伍，也是在大同落脚。王昭君夜弹琵琶，幽幽曲、声声泪，感动了客栈内外所有人，之后昭君住过的客栈，更名为琵琶老店。大同不仅仅是出塞之口，它更是整个华夏腹地与西方世界通商的要道，同样，也是丝绸之路上不应被忽略的重要城市。

这片树叶的最末端，也就是今山西的最南端，是黄河大转弯的地方。黄河沿着树叶的西边，一路南下在这里转了个九十度的弯，这个转弯不要紧，它意味着一种沉淀、一种积蓄，这沉淀和积蓄的不仅仅是泥土，而且是一股力量，一股中华民族摇篮文化的力量。这里，黄河两岸，不仅造就了炎黄二帝的传奇，也造就了尧舜让位和大禹治水的传奇，还造就了泱泱中华民族龙的传人。

这里有一个县叫芮城。芮城县，隶属运城市，曾经是诸侯国魏的所在地。本书要说的主人翁冯氏太后，她的经历，她所创下的伟业，多半是在山西这片树叶的最顶端——平城。然而讲她的事情，却要南跨五百多公里，穿过这片树叶的主脉，从山西最南端的芮城说起。

第一章　贵族出生

让世人瞩目的冯太后，历史上居然没有留下她的名字，人们只能记住她的姓氏和大魏皇室给她的封号——冯太后。原因很简单，因为她是个女人。

冯太后无名，出身并不低微，血管里流淌的是纯纯粹粹贵族的血液。当然人的出身，并不能说明一切，却最起码可以给她带来家族的影响、文化的传承。说来话长，冯氏的始祖并不姓冯，而是姓毕，叫毕万。当初毕万被封为魏国大夫，并因封地而全家族改毕姓为魏，再后来因为生存问题，魏氏家族隐姓埋名流落他乡，随所在地名而改姓冯氏。这个战国时期十分显赫的魏国大夫，并没有想到，他的后人里，会出现这样一个女子，远远超过了冯氏的先人，最终成为中国历史上一位有着重要政治影响和历史地位的伟大女性。

毕万和魏犨

春秋后期，晋国一度非常发达，灭掉了位于今山西霍州一带的霍国、河津一带的耿国和芮城一带的魏国，使得黄河以东的土地大半归为己有。晋献公把魏国封给了建有赫赫战功的毕万，封他为魏国大夫。春秋战国时期，大夫是一个特定的爵位。孟子讲：“公卿大夫，此人爵也。”大夫之爵位于公卿与士之间。毕万是晋国的大臣，祖上是周文王第十五子姬高。毕万是个将军，同时也是个政治家，晋献公驾崩之后，他不失时机地扩充范围，发展生产，招兵买马，壮大自己的势力。古代有许多家族的姓氏，都是皇帝赐予的，也有不少是根据所在封地而姓的。毕万在魏国做大夫时，下令整个家族随封地改姓为魏。毕万的想法很深远，他要为自己的家族创下一份真正的家业，一方肥沃富裕的土地，一个欣欣向荣的国家，一大片心悦诚服的子民。

在毕万的家族里，最为出名是他的孙子，英勇无比、力敌千钧的名将魏武子——魏犨。魏犨，年轻时与赵衰、狐偃、贾佗、先轸和介子推等人，侍奉亡命公子重耳十九年。回到晋国后，重耳为晋文公，魏犨因功劳卓著，封为晋国大夫，再次赐予他魏地。魏犨在城濮之战大败楚国军队，再立新功。但是在一次与曹国战争中，他擅作主张，违抗军令，且受重伤。晋文公大怒，欲杀之，但想到与他长期的君臣之情和他强健的体魄，最终免去了他的死罪。魏犨是典型的英勇超人但智谋欠缺的战将，所以一直没有得到晋文公的重用，直到晋悼公时期，魏犨才被重用。

春秋末期，大大小小的诸侯国多如牛毛，魏国周围就有许多这样的国家。晋悼公时期魏犨发达之后，晋国的韩、赵、魏、智、范、中行氏六卿专权，后赵氏击败范氏和中行氏，范氏和中行氏的土地尽为韩、赵、魏、智氏四家瓜分。前453年，韩、赵、魏三家联合灭掉智氏，平分其土地，分别建立韩、赵、魏三个国家，这就是历史上著名的“三家分晋”。此时的大魏国，地域扩大，两次迁都，加之他们辛苦理政，发展生产，一度时期真可谓是国富民强，最终成为战国七雄之一，独霸一方。

当时的毕万，并没有想到他的后人究竟会怎样。

夕阳西下，灿烂的晚霞把天染红了半边，红霞蓬勃涌动之处，正是黄河浩荡南下又转往东去的地方，河水抱团流动和撞击的巨响声，传得很远很远。此时的魏城上站着一个人，伟岸的身躯在霞光的映照下，如同他身边的石狮，几分威严，几分悲壮。他面向黄河，面向西南方，久久地站着，深邃的目光，让周围的人为之动容与感慨。他就是毕万，他就是抱有远大理想，而且已经为他的理想奠定了基础的毕万。毕万的家族在培养后代、振兴家族文化、打造族规家法，毕万的魏国在发展农耕、兴办水利、改善民生、倡导贸易等等方面，都还有许多事情要做，有的事情已经迫在眉头，然而他年事已高，且常年征战，他的身体埋下了难以痊愈的病患。

毕万一声长叹，老泪纵横……

然而，历史有它自己的选择和归宿，中国必然走向统一。

前225年，魏氏家族苦苦经营的魏国被秦国所灭，国破家亡，血流成河，一片萧瑟。逃过一死的魏氏家族开始了四分五裂、长期流亡、居无定所的历程。其中有一支流落在长乐信都冯乡（今河北冀州）落脚。为了生存，为了避免整个家族被斩尽杀绝，为了以后有朝一日能够重振辉煌，他们便随乡改姓为冯，苟且偷生。这支改为冯氏的魏氏后人，在冯乡隐姓埋名繁衍生息了五百多年，经历了秦汉两朝、西晋“永嘉之乱”、又逢匈奴人进军内地，战火四起，民不聊生，他们又迁居太行山区上党潞县（今山西长治黎侯镇）。冯氏一族，家训严格，重视孔儒教育和德行传承，没有一天忘记祖上的辉煌和复兴祖业的梦想。

北燕国的硝烟

天下大势，分久必合，合久必分。秦汉之后，中国再次陷入分裂，三国、两晋烽烟此起彼伏，南北朝五胡十六国你征我战，战火难息。乱世出英雄，英雄造时势，浩瀚的中华大地上，在这个时期，出现了许多可歌可泣的人物。冯氏家族的复兴乃至冯氏太后的建功立业正是在这样一个大的环境下出现的。

西晋末年司马政权实行的门阀政体，导致中原祸起萧墙，边陲群雄争霸，一时间鲜卑、匈奴、羯、氐、羌，五胡各部纷涌而立，各自占据黄河以北的平原、大漠、草原和森林，先后有前凉、后凉、南凉、西凉、北凉、前赵、后赵、前秦、后秦、西秦、前燕、后燕、北燕、南燕、胡夏、成汉等国出现，史学家们称作“五胡十六国”。其实这十六国只是简单的数据归纳，而且归纳得也不准确，至少同期北方还有代国、冉魏、西燕、吐谷浑等政权，总数在二十国以上。中国古代，汉人把大漠游牧、游猎的民族称作胡人，多半有轻蔑之意。商代和秦汉时期，把西北部的胡人称为匈奴，而东部的胡人则称作东胡。当然再往东北方向去，还有濊貊和肃慎等游猎部落。鲜卑族其实是东胡人在东汉末期衰败之后的一个分支，当年他们从大鲜卑山上下来，分为许多部落，分别在自己的领地打出自己的旗号，各自为王，比如辽河流域的慕容部、宇文部和段部，陇西一带的乞伏部和活跃在黄河河套流域的秃发部，游荡于大兴安岭森林深处的拓跋部，如此鲜卑六部成为五胡中最为强盛的一胡。当然，其他四胡，也与鲜卑各部类似，以部落和分支为发展的基本模式，或独立、或合作建立自己的政权。

五胡十六国时期的燕国，为了区别于春秋战国时的燕国，我们把它叫作后燕国，后燕国最后的国君是慕容熙。慕容熙称帝，来得很容易。前国君慕容盛被部下刺杀，太子慕容定被废，亲弟慕容元同时被杀，刚16岁的慕容熙因为与慕容盛的母亲丁太后有私情，毫无心理准备就被推上了历史的舞台。慕容熙继位之后，与身边的佳丽缠绵难舍，忽略了那个把他捧上位的人，丁太后几次警告他，使慕容熙起了杀念。不久丁太后不明不白死去，然而慕容熙并没收手，他心胸狭窄，无才无德，荒淫无度，无恶不作，注定了他政治生涯的短暂。

慕容熙心里最容不下的，也是最为担心的几个人里，有一位叫冯跋。这位冯跋，正是来自长乐信都的汉臣，冯氏家族的后人。

冯氏家族，虽然为了躲避毁灭的风险，几次更姓埋名，但是一直没有忘记祖上的志向，没有丢掉家族的管理和文化的传承。他们信奉儒家思想，后来又热衷佛教，对子女后代管教严格，男丁不忘忧国忧民，操练武功，女眷坚守妇德，操持家务女工，岁月流长，族风不断。

冯跋因贵族血统，家教严格，自幼能文善武，晓通兵法，在后燕的军队里屡立战功，被封为中卫将军。同时，冯跋还有个兄弟冯弘，亦与之一起出生入死，他们相互提携，相互帮助，共同为燕国效力。然而，冯跋、冯弘兄弟赫赫的战功与亲和的人脉，常常让慕容熙觉得不舒服。在他看来，越是这样有能力有威信的人，越是危险。因为这样的人，会打心眼里瞧不上自己，别看成天在殿堂下装模作样的，好像是个忠臣，谁晓得心里会怎么想？那些无能鼠辈，成天屈膝献媚，看着大王眼色行事的小人们，反而正合他的胃口。

是日，有奸臣来报，说冯跋的府上热闹得快翻天了。有传闻说冯家人在北边的天空上，看到了海市蜃楼，既像天上的玉皇宫殿，又像地上的亭台楼阁，十分气派，景象奇特，栩栩如生云云。慕容熙遇事从来不会用脑子思考，他一听此事大惊失色。问道：“你们怎么看？”这位奸臣早知道大王对冯跋不放心，加害冯氏兄弟之心已非三日五日，于是就说：“这样的景致，这样的气象，只有大王您才配，冯跋他这样，其叛逆之心昭然若揭，还用奴才说吗？”

慕容熙把龙椅一拍，大怒道："这哪里是热闹，分明是要造反嘛！"

"陛下莫生气，虽然我们知道他要造反，但是冯跋手里有兵权，况且我们暂时还没有抓到他的把柄。不如……"于是君臣两个密谋一番，一阵冷笑，一阵耳语。

其实慕容熙猜得也没错。冯跋自从给燕国效力以来，一直是忠心耿耿，对待慕容熙的种种明枪暗箭，他一直忍在心里，从没有发泄出来。此时此刻的冯跋，已经到了爆发的边缘。慕容熙三番五次找他的麻烦，还有几个奸诈小人刻意栽赃陷害，让冯跋敢怒不敢言。宫里的眼线传来消息，说慕容熙已经认定了冯跋要密谋造反，准备采取措施，这次他们要从根本上解决冯氏兄弟在后燕国的势力，甚至是要他们的性命。冯跋听后深夜不眠，仰望繁星，悲叹一声："罢罢罢！既然没有出路了，反就反了吧！"冯跋明白，海市蜃楼一事只是个引子，此事更加坚定了慕容熙对冯跋的怀疑，他要灭我，是迟早的事。冯府内宅，深夜仍灯火通明，冯跋与兄弟冯弘彻夜长谈。其实像这样的谈话，他们兄弟俩何止是一次两次？他们一致认为伴君如伴虎，伴着这样的昏君，真正是为虎作伥、助纣为虐。如今昏君已经不能容忍他俩的存在，他们已经成为昏君的眼中钉、肉中刺，他们不得不另做打算：要不另投明主，离他而去；要不就造反，争个鱼死网破。在慕容熙设定计谋、加害他们的同时，他们哥俩也终于痛下决心，不再效忠昔日的国君。他们决定与贵族慕容云联合，发动政变。主意一定，事情就变得很简单了。因为他俩握有军权，且平日里深得将士们的信赖，加上慕容熙的所作所为在将士们心中早已播下了仇恨的种子，所以军令一下，事情进展非常隐秘与顺利，慕容熙和那个奸人在内宫被杀。冯氏兄弟推举慕容云为国君，冯跋任使持节侍中、征北大将军，封武邑公，统揽军政大权。

后燕国是谁的天下？鲜卑慕容家族的天下。慕容云是慕容熙的本家，以他的品格和资格，本不该为王。只是冯跋考虑到燕国是慕容家族的政权，慕容云与慕容熙同为贵族血统，更便于为燕国皇族和臣民所接受，而慕容家族其他皇兄皇弟，此时只有敌意，只有慕容云平日里对慕容熙心怀不满，且多多少少与冯跋兄弟之间有些相互了解，此时正好为他所用。所以冯跋兄弟一致推拥他上任。慕容云，论其度量、其品性，比慕容熙强不了多少，只是他上任伊始，没有慕容熙那么肆无忌惮。他对冯氏哥俩的威信和能力更加清楚，从上任的第一天起，就没有放松对冯跋和冯弘的监视。他对冯跋兄弟采取了许多提防手段，还用小恩小惠私下拉拢发展了一些自己的眼线，吩咐他们暗中观察冯氏兄弟，如有风吹草动，立即密奏。慕容云的心机被他的两个心腹看得真真切切。这俩心腹是带兵的将领，分别叫桃仁和离班。他们深得慕容云的信任，得到慕容云许多奖赏之后，非但不感恩，反而欲壑难填，居然动了弑君夺权的念头。他俩狼狈为奸，一日趁慕容云酒后深睡，骗得守卫的信任，进入内宫将慕容云轻而易举地杀死，他们要自己当大王。冯跋兄弟的势力，分布很广，他们第一时间得到了消息，很快杀死了叛将，平息了叛乱，稳定了朝廷。深得人心的冯跋毫无悬念地被朝堂上下一致推举为皇。冯跋即位，决定不改国号，仍沿用燕国国号，史称北燕。

冯跋执政以来，心系天下。他一方面整顿朝政，梳理朝纲，让军队养精蓄锐；另一方面减免赋税，放宽刑罚，让百姓有更多的精力去发展农耕、植树造林，因而深得百姓的拥戴。冯跋自投燕以来，一直把他的弟弟冯弘作为最亲近最可靠的人，凡事都是他哥俩商量着办，当上北燕皇帝以后，对冯弘更是信赖有加。冯弘在慕容云时期，曾被封为征东大将军、汲郡公、兼中领军。冯跋为皇之后，又封他为中山公。冯弘不但执掌整个禁军大权，还兼任尚书左仆射等职，撑起了冯跋的半壁江山。

冯弘自幼接受的教育与冯跋是一样的，但是冯弘的脑袋天生就比冯跋灵光，遇事会多留几个心眼，免得到时候被动。冯弘难道就不想当几天北燕国的皇帝吗？非也！他与冯跋并肩作战，共事多年，论战功、论本事，他自认为不差冯跋半分，只是冯跋为兄，他为弟，他一直在冯跋面前表现出谦逊的一面。如今顺理成章地接受了皇位，冯弘自然不可能与之相争。他虽早有此意，但是他有几个担心：一是自幼跟随大哥冯跋，如若出手跟大哥去抢这把龙椅，势必让世人唾弃；二是大哥此时的威信正旺，受万民拥戴，又怎能争得过来；三是冯跋对自己委以重任，权力和利益已是一人之下、万人之上，所以千万不能操之过急。冯弘也只能站在大局的利益上，来帮助冯跋出谋划策，而且表现得身先士卒，遇有战事必一马当先冲在前面，两人配合得非常默契。

燕国改慕容氏为冯氏，政权属性也由鲜卑族改为汉人。这种改弦更张，所有人都心知肚明。与冯跋、冯弘一起出来共闯天下的冯氏家族的后人并不仅仅有他哥俩，还有冯跋的另外两个亲弟弟和他的几个堂兄堂弟。他们也都看得清清楚楚。冯氏家族的成员里，冯万泥、冯乳陈两员大将就是冯跋的堂兄，这两人在历次的战斗中骁勇善战、屡建奇功。冯跋自然不会忘记他俩，分别封他们在边远重镇幽、平二州和并、青二州镇守。说来这里确有不妥，冯跋只看到了他俩在军事上的才能，却未做其他方面的考虑，所以派他俩驻守外围。虽然这两处封地并不算小，可是却让冯万泥和冯乳陈有些心寒，觉着冯跋的心里只有冯弘。冯跋没想到，与他同生死共患难的这俩同族兄弟，常常在一起聚会，少不了一边饮酒作乐，一边骂冯跋无情。日子久了，他们竟然暗中商议，发动兵变，逼冯跋让位。410年的冬天，冯万泥、冯乳陈的兵马在今辽宁西南白狼地区相会，兵合一处，举旗造反。很快，冯跋得到了消息。冯跋对于这件发自自己家族的事件，着实想不通，既生气又伤感，病倒在床。病榻前他与冯弘商议对策，冯弘从冯跋的几次叹息中，看出了冯跋对讨伐叛军之决策有许多的无奈。冯弘说：“此事由我来办，毕竟我们是同族兄弟，我会见机行事，请皇兄放心。”

冯弘与卫将军张兴率两万兵马前去镇压。冯弘与冯跋的不同，更在于他的心计，他更会做人，也更懂得变通。冯弘摸清冯跋的脉搏后，采取的第一招就是舌战。与反叛的冯氏哥俩讲冯氏家族几次浮沉的家世，讲冯氏家族的复兴梦想，讲冯氏家族走到今天刚刚看到一点希望，千万不可自相残杀，怎能起内讧，这不是让亲者痛仇者快吗？冯弘对两位堂兄房讲道，看在兄弟们一起出生入死的份儿上，只要停止兵变，可以不追究，以后咱们兄弟还是兄弟。冯弘这番话，说得字字真切、句句动情。冯万泥一下跪倒在地，含泪谢恩，表示此事纯属一时贪念，从此以后绝无二心，誓死相随。而冯乳陈是天生的暴脾气，虽然也有些动情，但一看冯万泥跪地认错的样子就来了气，胸脯一拍，大放厥词："大丈夫岂有出尔反尔之理，反了就是反了，你能拿爷爷怎样？"冯弘一听，感慨道："随他去吧。"可怜有勇无谋的冯乳陈，他的人马不到一天就被张兴剿灭，冯乳陈被斩首示众。白狼一战，先仁后兵，展示了冯弘潜在的才能，朝野上下无不称赞，冯跋更是喜笑颜开，称冯弘是难得的人才。

常年的带兵打仗，使得冯跋晚年重病在身。他常常在夜里从噩梦中醒来，被惊出一身冷汗。侍寝的宠妃宋氏也被吓得不轻。贴身太监胡福，一听到这些，就立刻传太医给皇上诊病。这一天，胡福又要去传太医，被宋氏拦住说："皇上说了，他的病没什么，主要是休息不好。皇上说这些天必须好好休息，不让任何人进宫打扰。"

胡福："那，要是太子探望呢？"

宋氏："皇上说了，是任何人，明白吗？"

"明白了。"

机灵的胡福当然明白宋氏要干什么，这都在胡福的预料之中。宋氏常常在皇上面前说太子的坏话，也常常带自己的儿子过来，在皇上面前写字作画，发表对时事的看法。宋氏想让自己的儿子取太子而代之的心思，胡福早看出来了。皇上得的什么病，胡福能不知道吗？怎么就不需要太医诊病了呢？这几天太子天天都会进宫看望皇上，宋氏的目的就是不让太子见皇上。

她究竟要做什么，难道她会……胡福不敢往下想了。

又过了一天，胡福忽然发现宫里的守卫都换了人，太子几次都被拦在了外面。胡福心里感到一阵发紧，不好，要出事了，这事还能有救吗？胡福第一个想到的人就是冯弘，目前只有马上告知冯弘，事情才可能有转机。中山公冯弘潜心等待多年，他一直在等待着机会。胡福找冯弘没错，只有找到冯弘才会有转机。得知此情，冯弘大怒。他岂肯放弃这样的机会？这样的机会是唯一的，不会再有第二次，只要把握好了，他的梦想就能得以实现。他立刻亲率禁卫军，直奔皇宫，翻墙而入，杀死所有的守卫，闯入皇上寝宫。此时寝宫里只有皇上冯跋与妃子宋氏。禁卫军攻入的时候，宋氏已对冯跋说："不好了，不好了，皇上，你的亲弟弟冯弘闯宫，他要弑君呀！"冯跋刚刚从一场噩梦中惊醒，听到这样的消息，立刻被吓得浑身抽搐。等到冯弘带人闯入寝宫时，正赶上皇上口吐白沫，眼珠上翻，气绝而亡。冯弘一把将宋氏推到了一边，扑在冯跋身上呼喊着皇上，企图把他唤醒。

冯弘的痛哭，是发自内心的哭，眼前死去的不是别人，是他的大哥，是带着他打江山这么多年血雨腥风中一起闯过来的大哥。他想让冯跋醒过来，哪怕听完他的解释再走呢，他不想让他的皇兄临死之前不明真相。他之所以闯宫，是为了护驾，而不是宋氏所说的弑君。恸哭好久之后，他的大脑慢慢恢复了平静。大哥的死，不正是他想要的吗？他没有亲手杀死大哥，大哥自己却被吓死，不是更好吗？一个周全的计划马上在他的脑子里形成了。他叫过宋氏问："说！太子冯翼对皇上都做了些什么？从实招来。"宋氏一听，非但没有追究她的死罪，反而在讯问太子的责任。宋氏早已对太子愤恨不已，冯弘的提问，正合她意，乘机说："宋氏不敢有半句谎言。太子几次进宫都逼着皇上让位于他，皇上被气得病情加重，每天夜里都在做噩梦，后来皇上才下旨不再见任何人。"冯弘当即就凭宋氏的一言之词，下令杀死了太子冯翼。旁边看得一清二楚的胡福，早已傻了眼，他想伺机逃走，被冯弘发现，以与太子同谋之罪当场杀死。第二天早朝，冯弘宣布太子逼宫气死皇上，已被正法。冯弘自立为北燕国国君。同时冯跋的所有子嗣，都被加以同情太子、与太子同谋之罪全部赐死。那年是 431 年。

聪明善变且心狠手辣的冯弘，终于如愿以偿了。

然而冯弘并不是幸运儿。冯弘成为北燕国第二个国君，也是最后一个国君。冯弘的梦想虽实现了，但是他的噩梦也从此开始了。因为此时的中华大地上，北魏王朝正势如破竹地横扫着北国疆土。

北魏王朝，在中国历史上是由拓跋鲜卑族创造的一个奇迹。这个奇迹的第一步，就是完成了统一北方的目标，结束了五胡十六国的混乱局面。

当然，企图统一北方的，也绝非北魏一家，不夸张地说，北方几乎所有的国家都有如此的梦想。况且北魏与其他十六国，甚至更多的国家并列存在的时候，并不是最强大的，反而是比较弱小的一个政权。第一个统一北方的权政，自然不是北魏，而是氐族政权前秦。前秦宣昭皇帝苻坚，以强大的实力和不可一世的气势，一鼓作气灭掉了北方绝大多数游牧民族政权，实现了北方的统一，与南方东晋形成南北对峙局面。苻坚的胸怀之大，一般人无法估量。383 年，如日中天、得意忘形的苻坚，号令三军向南进军，他要一举拿下东晋，完成一统华夏的目标。结果在淝水（今安徽寿县）一带，苻坚率领的八十万大军，却被东晋八万奇军歼灭，苻坚和他的前秦欲速而不达，为世人留下了草木皆兵、风声鹤唳的典故，和“以多败少”的可笑战例，也给北方各国留下了死灰复燃的机会。两年之后，苻坚被羌人姚苌率领的军队包围，勒死于新平佛寺。结束了悲壮的一生。姚苌灭掉前秦、建立后秦。

这些在前秦军队的铁蹄下逃过一劫的国家里，就有拓跋珪的代国。这便是以后逐渐强大起来的北魏。

鲜卑族是继匈奴之后在蒙古高原崛起的一个强大的游牧民族，兴起于大兴安岭。鲜卑族起源于东胡族，分布在中国北方。秦汉之际，东胡族被匈奴冒顿单于打败，分为两部分，分别退居乌桓山和鲜卑山，后来均以山名作为族名，形成乌桓族和鲜卑族，受匈奴奴役。所以，鲜卑族的风俗习惯同乌桓、匈奴相似。鲜卑族真正的强盛，是从两汉、三国开始，今天内蒙古大半的土地都被鲜卑族统治着。两晋南北朝时期，鲜卑族的势力在北方黄河流域以北，无人能比。386 年，鲜卑拓跋族首领拓跋珪在盛乐建立大魏国，史称北魏，395 年后燕国向北魏发起进攻，结果被北魏打败。398 年，拓跋珪迁都平城称帝，史称道武帝。409 年，道武帝被其子拓跋绍所杀，其长子拓跋嗣继位，为明元帝。423 年，拓跋嗣病死，拓跋焘继位。应当说拓跋鲜卑人建立大魏国初，最为强硬的两个皇帝，一个是开国皇帝道武帝拓跋珪，再一个就是太武帝拓跋焘。他们两个不约而同地扮演了同一个角色，那就是燕国的克星。拓跋珪打败了北燕国，使燕国失去了大量的土地、臣民和军队，而拓跋焘则彻底地灭掉了北燕国。

在冯弘继位北燕国国君的时候，大魏国的太武帝拓跋焘正在密谋着一个计划。这个计划，就是吃掉北燕，实现统一北方的梦想。拓跋焘铁了心要做的大事，是统一华夏，统一北方只是他计划中的第一步。他的祖父拓跋珪和他的父皇拓跋嗣两任时期的北魏，在北方与北燕、西秦、夏、柔然、北凉等国形成并立格局，统治南方一百余年的东晋，正为刘宋政权所替代，这让少年时期的拓跋焘的内心十分着急。422 年，太子拓跋焘得到南朝刘裕驾崩的消息，不失时机地率领大军向南朝发起猛烈攻击，收复了黄河以南的洛阳等几个重要城市。第二年明元帝拓跋嗣病逝，拓跋焘顺利继位，为太武帝。拓跋焘继任伊始，先安定人心，组建自己的官僚队伍，整顿朝纲和军队。三年后即把出兵扩张之事，摆上议事日程。他于 424 到 425 年大破柔然，威服高车，于 426 年攻克夏都统万城。征服北燕早已在他的既定方针之内。计划已铁定，军队已休整，粮草已备好。延和元年（432）拓跋焘在北魏京城平城，号令三军，向北燕进发。

消息传来，冯弘心如刀绞，如坐针毡。原因有四：一是刚刚当上北燕国皇帝，屁股还没坐热，北魏就要打过来，北魏的实力他是十分清楚的，江山被动摇了，冯弘他心不甘；二是深知当上这个皇帝，所用的手段太狠，难以服众，朝臣中必然会有反心，冯弘他心有惧；三是后宫争权夺利，剑拔弩张，太子与其他皇子各怀心事，随时都可能发生内讧，冯弘心有余悸；四是军队一直没有整顿和理顺，将领们对冯弘早有不满，真正打起来，能否听令于他，冯弘心里没谱。他的担心并非多余，他所害怕的，也都是现实存在的。冯弘最为害怕的，就是内乱，就是家族内部出现问题。

缰绳总是从最细的地方断的。

此刻，他的两个儿子正在私下与魏军联系，他们要投降。一个是随着他的原配夫人王氏被废而废掉的前太子冯崇，一个是王氏的另一个儿子广平王冯朗。这位冯崇，好好的太子做不成了，眼看着未来的江山就要落到别人手里，他清楚父皇已经对他没有往日的感情了，说不定哪天他和母亲就会被父皇杀掉。冯朗与冯崇一母同胎，在这个问题上，他俩的态度是一模一样的。除去父子恩仇不说，这俩人也明白，父皇是铁了心要与北魏抵抗到底的，因为他的北燕江山实在是来之不易，岂能就此罢手？他俩还明白，北魏大军士气正旺，北燕根本不是北魏的对手，抵抗的结果就是死路一条。父皇的心思早已不在他俩的身上，他们也没必要陪着父皇送死。倒不如解甲倒戈，投降北魏，也许可以免去一死，留得青山在，倒是为冯氏家族留下了根。抱有降魏念头的，并非只是他哥俩。冯崇、冯朗刚一行动，在他们的影响下，432 年九月，北燕所辖营丘、辽东、成周、乐浪、带方、玄菟等六郡全部投降了北魏。北魏太武帝拓跋焘把北燕的三万多户人家迁徙到幽州。冯崇有功，被太武帝封为幽、平二州都督，车骑大将军、辽西王，冯朗也被封为西郡公，任命为秦州、雍州刺史。其他降魏的燕臣，也都分别得到封赏。

大势已去，冯弘于 434 年派使臣前往北魏求和遭到拒绝，又向拓跋焘提出可以把小女儿嫁给他，拓跋焘立即同意。但是他的目的是灭掉北燕，统一北方，岂肯为了一个女子，就放弃大业？拓跋焘听说过北燕的这个公主貌美贤惠，在将其召入宫中为妃的同时，又提出让冯弘的新太子冯王仁到北魏做人质。冯弘实难接受，非常生气，大骂拓跋焘欺人太甚。436 年，北魏大军再次发动进攻，冯弘严守燕都龙城不利，北燕国被灭。冯弘被迫逃亡高丽国，后被高丽王所杀。

就在冯弘被杀的 439 年，北魏王朝太武帝拓跋焘统一了中国的北方，真正形成了南北朝对峙的局面。

出生

冯跋的下场不好，冯弘的下场也不好，冯崇与冯朗的投魏，也不算是什么值得推崇的行为，但是这些并没有影响冯氏家族的实质——当年投靠燕国这步棋并没走错。冯氏家族从此再次成为贵族，几百年来的韬光养晦，终于盼得出人头地，扬眉吐气，中国历史留下了他们的名字。历史并没有就此终结冯氏家族的辉煌，冯氏家族的后人里有一位女性，在若干年之后，再次将之发扬光大，她就是北魏王朝的冯氏太后。

当年北燕的废太子冯崇，被北魏国的太武帝拓跋焘封为幽、平二州都督，虽然说起来有些失落，但毕竟也算是个不错的归宿。

冯朗被封为秦州和雍州二州刺史，把一家人都安置在长安城住下。长安城离黄河不远，跨过黄河，就是几百年前老祖先毕万建立魏国的地方，冯朗的心情难以平静。经过风风雨雨几个世纪，整个家族隐姓埋名得以生存繁衍下来，能有今日，实在难得。北燕国这一段血雨腥风，想起来实在让人心惊胆战，如今在长安城安顿下来，一家人都能喘口气。虽然前途未卜，不知还会有什么变故，但总算能够休整休整。冯朗的夫人王氏，是冯朗在北燕时期与乐浪联姻的乐浪名门闺秀。乐浪就是现在的朝鲜平壤。两汉以来，平壤一直是汉朝的一个郡县，到后来才逐渐被高丽国并入。长期以来，北燕因为地理位置的关系，频繁与乐浪联姻，你中有我，我中有你，两国关系紧密，可想而知。在长安定居以来，王氏为冯朗生下一个公子，起名叫冯熙。冯朗非常高兴，觉得有了公子以后，冯氏家族就算有了希望。全家人因王氏生下公子而对她更加尊重，冯朗更是与王氏恩爱有加。又过了几年，王氏再次有喜，冯府上下再次轰动，纷纷给冯朗和夫人道喜。冯朗抚摸着自己的胡须说："夫人啊，不知这次你给我怀的是公子，还是公主？"

王氏只是微笑，没有说话。

冯朗也笑了，接着又问："夫人为何不语，只是微笑？"

王氏把身子微微探过去，对冯朗低声说："大人种下的是儿便是儿，是女便是女，妾身怎会知道？"

王氏一句话把冯朗逗得哈哈大笑，笑了好一阵才合上嘴。

王氏低声又说："不知大人喜欢要个公主，还是要个公子？"

"公主。"冯朗说："这第二个孩子，一定要个千金，千金好啊。接下来夫人就再给我生儿子，七个八个都行啊。"

"大人取笑，大人拿妾身取笑呢。"于是冯朗和夫人都笑了，在场的所有人也都笑了。

眼看着几个月过去，王氏的肚子越来越大，冯朗安排管家料理好一切，不可让夫人受一丁点委屈。他说："孩子出生的日子就在这几天，别看夫人没什么动静，你们必须把一切都准备好了。"他问管家："接生婆请了没有？"

"还没有，夫人有了阵痛再请也不迟。"

"请！早几天请过来，住在客房里，也好让夫人放心。你没生过孩子，你怎么知道生孩子的事呢？请！快去请！"

那天午后，夫人的肚子开始疼了。于是全府的人都开始忙活起来。冯朗这几天一直就没去官衙，听到夫人喊疼以后，他就一直在客厅里坐着，手里拿着一个茶杯，可他老半天也没喝一口，两只眼睛直直地看着夫人房间的方向。

忽然有人喊："大人快看，大人快看。"

冯朗坐的客厅，大门敞开着，院子里的事情，他一眼就能看个究竟。随着下人的喊声，冯朗往外一看，一道粉红色的强光从西南方的上空照下来，忽闪忽闪地不断变化。冯朗说："吉兆！吉祥之兆呀！"说着他站起身来，走到院外。院子里已经站了许多人，他们都在仰起头看着这稀罕的情景。西边的天空已经是一片通红，那道粉红色的强光没了，天空呈现出的是漫天的云霞，仿佛红色的鱼鳞，又像红色的珊瑚。

此时，一阵清亮的哭声从王氏的房间里传出来。

“大人，大人，夫人生了！”

“大人，夫人生了个千金。”

冯朗的脸上露出了笑容。他若有所思地说：“生了个女儿，这个女儿，了不得呀！”

冯朗的女儿出生了，她的出生与她的人生一样，是那么的不平凡，带有传奇色彩。冯朗其实就这么随口一说，可他的话却提前印证了女孩的一生。冯朗说的他这个了不起的女儿，历史上并没有留下她的名字，但她就是在中国历史上产生过非同寻常影响力的北魏王朝的冯氏太后。

第二章　坎坷童年

童年时期遭遇了一场噩梦，与自己最亲的父母阴阳相隔，她的弱小生命，如一朵野花被人踏过，从此不再芳香，不再艳丽，她的身躯已经永久地与泥土混为一体；或许她的眼睛，一下子看到了天上的星星，她的意志就像春天里最小的竹笋，她用自己的头颅和身体顶开一块又一块的石头，从夹缝里把自己的手伸出去，用尽全力往上攀，直到可以呼吸空气，可以拥抱阳光。

小冯女就是这样的命运，她就是那棵在石头下压着的竹笋，她终于在逆境中学会了坚强，学会了独立，学会了自我保护，而且学会了用平常心和善良，去面对步步惊心的宫廷。

掌上明珠

冯女的幼年，过着小公主的日子。她的母亲成天陪着她，几个女仆围着她转，给她穿绫罗绸缎，吃佳肴美味，跟她一起做游戏。冯女虽然有足够的下人伺候着，但是她天生喜欢大事小事都由自己去做。比如穿衣打扮，她总是亲自动手，挑选最符合场合、也符合自己心情的衣服来穿，梳洗打扮时，她总愿意对着镜子来回地端详自己的模样，而女仆们只有打打下手和默默欣赏的份儿。

父亲冯朗把这个漂亮、聪颖、乖巧的女儿视为掌上明珠，每天回到家的第一件事，便是去看女儿。冯女也是，每当父亲来到，她就像小鸟儿一样飞到父亲的怀抱。

父亲有约在先，他的内室包括他的夫人和公子在内，任何人未经允许不准私自进入，唯有他的宝贝女儿除外。其实父亲的内室与其他官员的内室没有区别，只不过存放了许多的书籍而已。冯女不识字以前，就喜欢在父亲的内室里玩，她把父亲的各种书籍翻出来打开，有时她玩得累了，就躺在书上睡着了。那个年代的书籍，有丝绸的、牛皮的、羊皮的，但大多数是一根根竹简用皮绳儿串起来的，堆在父亲的柜子里是一卷一卷的，让冯女拿下来在地上打开之后，却似如今的凉席一般。发生这样的事情，若是换作其他人，父亲还不知道会生多大的气，可是唯独小冯女做了，父亲却喜笑颜开。父亲笑呵呵地说：“别看我的公主年纪小，可她不爱花花草草，不爱摆家家、藏猫猫，不识一个字，却偏偏与书籍有缘，将来我的小公主还不一定能做多大的事呢，哈哈哈。”

身边的人也在议论，这可能就是缘分，这个女娃长大了可能是个女才子。

母亲在一边说：“大人一高兴，这话就不着边儿了，她一个女孩子，能成什么大事？我倒是希望公主将来能够嫁个好人家，相夫教子，过几天太平日子，就烧高香了。”

“你，就这点出息？”父亲明知道母亲说的话实实在在，却仍然不服气。他把小公主从竹简上抱起来，在酣睡的冯女的脸上亲一口，接着说：“我说成大事，她就必然成大事。哈哈哈……”

冯女从三岁起就开始识字，五六岁就可以读书。父亲的屁股后面，常常有小冯女跟着，问这问那，她的问题总是层出不穷，父亲总是不厌其烦地回答。有时冯女的问题特别奇怪，直弄得父亲不知从何说起。父亲的内室，成了小冯女的天堂，那些过去她玩过、枕过的书籍，如今成了她如饥似渴的精神食粮，成了她认识世界、接触社会的天窗。冯家书塾请了当地最有名的儒生做先生，冯氏家族的许多孩子，都在书塾里识文断字，接受儒家的教育。在书塾里，冯女的岁数最小，可她知道的东西却不少，她对某些问题的见解往往让先生大吃一惊。先生几次与王夫人感叹道，可惜她是个女孩子，可惜了……

有一次父亲对一位女仆发怒，原因是冯女摔了一跤，脑袋上碰了一个包，胳膊上蹭破了皮，父亲要对看护冯女的女仆大打出手。正在号啕的冯女，看到眼前的情景，哭声戛然而止，她来不及穿鞋，向父亲奔去，紧紧地抓住父亲手里的皮鞭，说道：“是女儿不听话、不小心，父亲心痛女儿的伤痛，但不应该放纵女儿的任性，父亲若是有怒气要发的话，就责罚女儿吧，怎么能责罚无辜的人？”这件事情让在场所有的人对冯女刮目相看，父亲终于收起了皮鞭，把女儿抱在怀里，抚摸着她额头红肿的包，无声无息的眼泪像断线的珠子涌了出来。

冯家世世代代家教严格，家里人都严格遵守孔夫子的仁义礼智信，尤其是女性的三从四德。母亲每天早上都要去佛堂烧香念经，女眷们则跟着在佛堂里跪倒一片，小冯女虽然不太知道母亲口里究竟在念些什么，但她每次总是跪在母亲的右手边。她心里明白，母亲所做的定是一件非常严肃的事情，一件不可不做的事情。于是，幼小的冯女在心里已经与佛结下了缘。

母亲要做的第二件事，就是去看先生给他们在书塾里讲课，看他们兄妹俩写字、读书。

冯熙长冯女四岁，当冯女还没有书案高的时候，冯熙已经在摇头晃脑地背诵屈原的《离骚》和儒家的法典《论语》了。小冯女渐渐地长大了，在她的心里，亲哥冯熙那就是一个无所不能的偶像，亲哥的小伙伴们，也都是她十分崇拜的男子汉。冯熙在读书之余，更愿意与伙伴们在河边在树林里舞刀弄枪，习练武功，而冯女只要有机会就会跟随亲哥一同前往。男孩子们习武，冯女在树下看书。可是，呐喊声、刀枪碰撞声，让她无法安静下来，她的目光常常从字里行间溜走，偷偷地跟随着男孩子们跳跃的身影。有时候亲哥他们习武累了，就会把冯女唤过来，围坐在一起，说说笑笑，吟诗唱曲。冯女虽然年幼，可她有一副天生的好嗓子，像枝头的鸟鸣一样清脆，又像溪水一般柔嫩，还像蜂蜜似的甜美，很受男孩子们的喜爱。每到这个时候，男孩子们总是请冯女为大伙唱曲。冯女也不扭捏作态，大大方方为大伙演唱，博得了一次又一次的喝彩。

冯女所唱的小曲，都是母亲教她的。母亲王氏从小跟随其父，走南闯北，去过许多地方，也学会了江南水乡、黄河两岸和大兴安岭地区许多游牧族的民歌小曲，尤其是茫茫草原上的歌谣，王氏更是十分喜欢。冯女从生下来起，她的耳边就一直萦绕着母亲的歌声。她无法想象，如果没有母亲的小曲，她每天夜里怎么能够入睡？

冯女在树林里、黄河边唱曲的时候，常常有一位身穿白色衣衫的男孩随着她的歌声在舞剑，他的身影时紧时缓地跳动着，翻飞着。他的名字叫李奕。李奕平时很少言语，他舞剑时的身影，他那白色的衣衫在风里舒展飘逸的样子，在小冯女幼小的心里留下了深刻的印象。冯女每每有一种冲动，她想单独与那位唤作李奕的哥哥在一起走走路、说说话，但是她没有，她不能让亲哥，让在场的所有男孩子们有丝毫的不适。

冯女八岁那年，先生教的许多书文和诗词她已经能够倒背如流，她的字也常常得到父亲的夸赞。当母亲训斥哥哥冯熙读书不够专心时，冯女总是不言不语。这天，母亲管教完冯熙，见冯女低头不语，就问道：“刚才我说了你哥哥几句，你觉得如何？”

冯女道：“母亲管教，自有道理，女儿不敢多言。”

母亲一笑，说：“没关系，母亲想听听你的想法，说说看。”

冯女道：“母亲，哥哥有哥哥的志向，女儿身为女流，没有哥哥治国打天下的远大志向，只能读书写字，明白一些事理而已。对哥哥的要求，女儿认为不可如要求女儿一般。”

母亲大笑：“呵呵，好哇，我的好女儿，你的话居然与你的父亲如出一辙。”

冯女听母亲这么说，虽心里暗自高兴，却悄悄地退在了一边。

祸从天降

南北朝时期，在中国的北方，与北魏抗衡时间最长的国家，是一个极为顽强的游牧政权——柔然汗国。其实这个柔然与北魏同是拓跋鲜卑民族的政权，从种族和血脉上讲，他们之间应该是最亲近的，但仅仅是因为部落的利益，为了获得更多的土地和财物，他们之间的博弈和战争一直没有间断。两百多年前，拓跋鲜卑的祖先力微时期，部落与部落之间的大大小小争斗，连年不断，胜者为主，败者为奴。拓跋鲜卑到了猗卢统领三部时期，有个名叫木骨闾的奴隶，因犯事被判死罪而不服，与同伴多人举事，逃跑至浩瀚的沙漠戈壁一带，召集逃亡者百余人，形成一定的势力。木骨闾部族追逐水草一脉迁徙而居，依靠偷袭其他部落，过着游牧民族最为原始的生活。后木骨闾部族依附于阴山一带的纥突邻部，他们兵合一处，壮大了势力，木骨闾因其强势和谋略出众被选为首领。木骨闾死后，他的儿子车鹿会接替了位子。车鹿会比他父亲更为强健，在他的带领下，他们不断兼并其他的部落，拥有了众多的马匹、财产，也掳获了许多的奴隶，而且第一次打出了柔然的招牌。从此茫茫大漠的西域，柔然成为一个颇具战斗力的部落联盟。柔然兴起的过程，其实与北魏国并无二样，只是他们的历史略晚于北魏，而且柔然的骨干力量大都来源于拓跋鲜卑，其斗志、习性、生活方式、管理方法和作战模式，与北魏如出一辙。如果北魏与柔然合并，就不会有那么多次相互之间的战争，不会有那么多人战死沙场，马革裹尸，也就不会给黎民百姓带来那么多的灾难。柔然国也曾向北魏求和，而且用稀世珍宝向北魏皇帝进贡，北魏国亦曾宣布两国之间和平共处，不再有战事。然而这些都是暂时的，都是出于当时的特殊原因而采取的缓兵之计。柔然国也试图与南朝刘宋、北燕、北凉联系，企图携手抗魏，结果收效甚微。

从道武帝拓跋珪，到太武帝拓跋焘，北魏与柔然的战争频繁爆发，柔然虽几次被北魏重创，但是报复之心仍每每死灰复燃。拓跋焘后期，柔然再掀波澜，袭击北魏，企图从北魏手里夺回失地。这让北魏皇帝意识到了威胁。北魏太武帝拓跋焘心想，这次就不能再给柔然喘息的机会，必须一举歼灭之。派谁去打头阵呢？有人向他推荐冯邈。

冯邈在平城的军营里任职，几年内基本上没有建功立业。启用冯邈，一是觉得他年轻气盛，身体也好，可以重用；二是正好可以再次考验一下冯家兄弟是否真心投魏。

冯邈率兵出征，一路上神情恍惚，担惊受怕。他从来没有单独受命出战，此次远赴沙场，能否取胜，如何进攻，他根本没有战略计划和战术考虑。他硬着头皮率兵出战，纯属无奈。倘若他真是个有勇无谋之人，最起码不会惧怕，大不了一死了之；可他偏偏是个混饭吃的主，战术不懂，胆量也无从谈起。所以打他出了平城之后，一路上考虑的只是吃了败仗之后，如何脱身逃之夭夭，留住性命，以及如何编造谎言，瞒天过海，不被皇上追究。所以当魏军与柔军对阵之后，他下令出战，所有的将士冲锋之后，他悄悄掉转马头，躲在一片树林后面观战，阵前的将士不见了统帅，立刻乱了阵营，成了无头的苍蝇，很快被柔军打败。此时的冯邈早已逃出几十里的路，保住了小命。

前线战败的消息传来，拓跋焘十分震怒，一脚踢倒了传消息的军差。他大声喝道："两军对垒，居然出了如此的将军，大魏国的颜面何在？祖宗的颜面何在？"

"冯邈出战，以失败告结，并非预料之外。"有人低声说道。

拓跋焘立言："此话怎讲？大声讲！"

这时身边立刻有人说："皇上，冯家兄弟几个当年投靠大魏那是被逼无奈，冯邈战败十有八九是有异心，想必他们燕国与蠕蠕早有勾结，怎么肯真的去剿灭，一定是暗中投靠了那蠕蠕之辈。"

还有人讲："皇上，恐怕冯家的其他兄弟也逃了吧？"

这些话，生性多疑的拓跋焘立刻就相信了。他传令，严密监视冯邈的动静，只要他露面，立即抓捕。另派专人带皇帝密旨，前往长安请冯朗赴平城述职，同时也请冯崇返回平城。不出几日，冯崇、冯朗和冯邈在平城被杀，冯氏三家所有男丁被杀，所有女眷押解至京城为奴。

寒冬腊月，北风呼号。从长安到平城的迢迢山路上，缓缓地走着一队人马。二十几个士兵骑在马上，他们头戴盔身穿甲，脚蹬皮靴，不断地吆喝着徒步行走的一百多个奴隶。这些走在山路上的奴隶，都是清一色的女性，老的有五六十岁，小的还在母亲的怀抱里，衣衫褴褛，饥寒交迫，相互搀扶，跌跌撞撞，无法跟上骑马士兵的步伐。可是她们并没有散开，也没有掉队的，虽然进程非常缓慢，但是一直都紧紧地与队伍连在一起。因为前后马匹用两根长长的绳索连接着，所有被押解的女人和女孩，都被这两根绳索系住了手腕，一步也不能离开。她们白天就这么一步步地往前赶路，到了夜晚，这些女人和孩子啃上几口冻得发硬的馍，再吃几口就地抓起的雪，她们自动地聚成人堆，相互依靠支撑着身体，用仅有的体温温暖着彼此。

八岁的冯女就在这个队伍之中。

冯女从出发那天起就没有离开母亲王氏半步，她的右手被士兵用绳索捆得很紧，而且打了个死扣，连在王氏的左臂上，不论走路还是休息，母女俩永远都连在一起，这让冯女幼小的心里有了一份温暖，也有了一份安全。好几天了，冯女不敢闭上眼睛，每当眼睛一闭，冯府的恐怖一幕就会出现在她的脑海里。那天后半夜，冯府忽然被天兵天将似的官兵包围得水泄不通。下人来报冯府高墙外，后门外面，都站满了手持火把和刀枪的人。总管深沉地望着夫人王氏，惊慌地说："老爷预料得没错，他们来了。"

王氏说："冯家的灾难来了，你们不要怕，记住一口咬定你们只是冯家的下人、家奴，兴许官兵们能够饶你们不死，然后你们各自逃命去吧。"

几乎所有的人都异口同声地回答："我们不怕，大人与夫人待我们不薄，我们与冯府同生共死！"

"我们与冯府同生共死！"

说话间，砸门声变成满院的脚步声和嘈杂声。正厅被推开，官兵们一拥而入，为首的下令："还等什么，动手！"

不久，许多女仆和其他房里的女眷全部被带到了正厅，挤得满满当当，人挨着人，手臂挽着手臂，虽然人多得密不透风，但是大家都屏住呼吸，感觉着彼此紧张而害怕，一反常态的快速的心跳。两耳听到的都是从窗户外面传来的士兵们的喊杀声、男人和孩子的惨叫声。这种恐怖的声响，大约维持了半个多时辰。夫人王氏、小冯女，所有的女眷们从大厅里被带出来时，她们看到的院子里、过道里、亭台里，到处都是男人和男孩子的尸体，血流成河啊。就如她所担心的一样，冯家出了大事，父亲可能已经遇难。她的哥哥呢？亲哥他难道也与其他男人一般？

她们被带离冯府，是天将晓的时候。她们离开冯府的时候，冯府已被洗劫一空。

北风卷着尘土和沙粒，拍打着冯府的门。大门已经被关闭，盖有官印的白色封条在风中发出啪啪的声音。王氏和小冯女几次回头，望着冯府的大门。

寒冬腊月，被押解的女人和孩子们艰难地走在崎岖的山路上。白天她们在官兵的打骂驱赶下，缓缓地前行，到了夜晚他们只好在官兵的安排下，选择避风之处休息。

冯女有时夜里被吓醒，不停地呼喊着父亲和哥哥。醒来一看她还在母亲的怀里，母亲正用自己瘦弱的身体为自己遮挡着风寒，母亲的脸与自己的脸贴在一起，她稍稍能感到一点点温度。就这样她再次闭上眼睛，进入梦乡。母亲后来告诉她，哥哥已经脱险。父亲去平城的那天早上，就把下人们支开，屋里只剩下父亲、母亲和哥哥冯熙三人，父亲对冯熙说："孩子，你已经是大人了，有些话父亲必须对你说。"

冯熙点点头："父亲大人，您说，我听着。"

父亲："照理说，你是冯家的男人，冯家的一切，都必须由你来支撑。但是此次为父赴京恐凶多吉少，咱家极有可能受到牵连。你是咱家的根，是冯家唯一的希望，你必须保住自己的命。你明白吗？"

冯熙忽然意识到冯家要出大事了，但是他真的不明白为什么安逸的生活会突然遭遇不幸，这扑面而来的不幸会怎样？父亲让他怎么做？他感觉到，那颗年轻的心脏立刻就要从喉咙里跳出。他勉强地对父亲摇着头。

母亲此时插话道："熙儿，父亲的话，你发誓要照着办！不论发生什么样的事，绝不可以蛮干！换句话说，咱家不论谁出事，你都不能有任何的闪失。"

冯熙："父亲大人、母亲大人，孩儿已经长大，危难时刻岂有保自己性命之说？孩儿一定与母亲和妹妹在一起，与冯家在一起。"

父亲摇摇头："不对！大错特错，为父就怕这样，才会单独与你见面的。"

母亲也插话说："不可不可。"

父亲接着说："现在不是你逞强的时候，你是冯家的男子汉，你以后任何时候都要牢记，冯家的血脉不能断，你就是冯家唯一的希望了，千万千万要学会保护自己。我走以后，你要立刻离开冯府，不能回来。也不要走远了，悄悄地在外面观察冯府的动静，见机行事，除非我平安回家来，不然你绝对不能回家。府里一旦出事，不管出多大的事，你绝不能贸然行事，必须立刻逃走。这封信，你拿好，它会告诉你怎么办。”所以冯府遇难，冯熙一定早已逃脱。

听母亲这么一说，冯女的心像一块石头落了地。冯女把母亲的大手捧起来，放在自己的嘴边，用微弱的热气温暖着。现在几乎所有人的手和脚上都有了冻疮，然而冯女没哭。她很少说话，她的两只大眼睛一直在看着，看着母亲，看着身边的婶婶大娘、姐姐妹妹，看着那些常常会动手打人的士兵，看着天上的星星，看着路过的山川和树木。有一次，她悄悄问母亲：“要不要逃走？我可以把手从绳套里抽出来，我知道，我能。我人小，我的手和胳膊都软，我能。然后我再给你解开……”

母亲的身体非常虚弱，她缓缓地摇头说：“我们逃不走，孩子！这是我们的命。”

冯女：“我听母亲的。我知道，要忍！”

队伍继续往前走，忽然王氏一个趔趄摔倒了，冯女立刻趴在王氏的身上呼唤着母亲。整个押解的队伍被迫停止了脚步。王氏知道自己恐怕是不行了，王氏的身体本来就有病，哪里经得起这样的折磨？多日来她一直就这么挺着，饥饿、寒冷和疼痛让她常常浑身颤抖，她的脚和手指，还有耳朵都有冻疮，冯女和身边的许多女眷都照顾着她。王氏自己也觉得这么多冯家的女人里，她是大家的主心骨，是大家的精神支柱，她万万不能倒下，必须坚持下去。每天夜里，无法入睡的她，看着怀里的冯女，眼泪不住地落下。她在想，万一我死了，我的女儿怎么办，我这苦命的女儿，她才八岁呀，就要遭受这般的罪呀，佛祖显显灵吧，保佑我的女儿。她在夜里忍着病痛，默默地念诵着佛经。然而她最终没有坚持下来，她对周围的人缓缓地说：“拜托，我把女儿托付给你们了。”说完这句话，王氏的一生走到了尽头。

队伍继续往前走。

王氏被冯家的女人们捧着路边冻得发硬的土、树叶树枝和被车马碾压过发软发黑的雪泥，埋在她闭上眼睛的地方。可怜王氏的一生就这样结束了，死后竟然这样草草地掩埋，连一身干净的衣服也没换上，只是小冯女用自己的衣襟为母亲最后擦去脸上的污渍。小冯女被几个大婶大娘护着往前走，她几步一回头，那座山路上新添的小坟堆早已看不见了，可她还是频频地回头，她的眼里没有泪珠落下，她的泪水全都流在了心里。

第三章　初涉皇宫

冯氏虽很美，但不是那种倾城倾国的外在美，她的过人之处是内在的。

北魏有两个奇怪的规则。一个规则非常残酷，皇帝的女人生下皇子，有朝一日这位皇子若被立为太子，他的亲生母亲非但不能母因子贵、享尽荣华，反而会被赐死，原因是防止外戚当权，撼动皇室。另一个规则比较符合情理，皇帝的乳母可以封为太后，与其他太后享受同样的待遇。道理很简单，是她哺育了皇帝，皇帝与她情深。有的妃子死到临头，方才晓得那是因为她为皇帝生下太子，那真的是有冤无处喊。而这些，冯氏入宫不久就都清楚了，在宫廷里要想出人头地，哪些该做，哪些不该做，她都默默记在心里。

原来她在大魏的宫廷里有自己的靠山，那就是早年间嫁给太武帝拓跋焘的姑母，地位仅次于赫连皇后的冯昭仪。

昭仪的怀抱

在太武帝拓跋焘的后宫里，有一个女人此时正在黯然落泪。

她便是拓跋焘的左昭仪冯氏。434 年，她是以燕国小公主的身份嫁给拓跋焘的。当年的小公主，美丽而文静，聪慧而懂礼，整个燕国的宫廷里没有不喜欢她的。她也做过自己的梦，父皇会选一个能文能武的英俊少年，给她做驸马，她会与驸马比翼双飞，周游华夏，她还会与驸马一起生儿育女，过那种卿卿我我、儿女绕膝的日子。每当此时，她自己都会感觉脸上发烫，心儿乱跳。然而她的少女梦被无情的现实打得粉碎。

父皇的用心她是知道的，他企图用联姻来缓和魏与燕两国的关系。但是她一个美丽端庄的公主嫁给了拓跋焘，并没有挽救燕国的命运。燕国灭亡了。冯家人死的死，逃的逃。后来，她才听说她的哥哥冯崇、冯朗，还有同族几个兄弟投靠了北魏，并且被封了官。不管怎么讲，他们虽然背叛了父皇，毕竟保存了性命，为冯家留下了根。这使冯昭仪的心里燃起了一线希望。再后来，她又听说身为秦、雍两州刺史的哥哥冯朗在长安过得不错，膝下还有一个公子和一个公主，打心眼儿里为冯朗一家高兴。

冯昭仪凭借她的美丽、端庄、贤淑和通情达理，得到了拓跋焘的宠爱。拓跋焘显然不是她少女时期梦中的白马王子，他五大三粗的身躯、黝黑的面颊、蔑视一切的巍峨与魄力，让她感到了一种从未有过的力量、一种由内而外的气场，有时甚至是一种透不过气来的压抑。她信命，她在命运面前，只有顺从。当然她也相信，个别时候，命运也可以改变，但是那必须靠自己不懈的努力。眼下她成了拓跋焘的女人，顺从是第一位的，改变只能是在顺从的前提下。讲顺从，她就不能计较当年拓跋焘答应了父皇，迎娶了她，然后又灭掉了父皇的国家；讲顺从，就不能在他所有的嫔妃里争风吃醋，就不能在宫里欺下瞒上，胡作非为，骄横行事。她之所以能够有今天的位置，是因为她首先能够让自己沉下来，用平静的心和平静的眼神看一切。渐渐地，她清楚了拓跋焘的为人，他的性情和风格，也清楚了北魏皇宫里的许多规则。拓跋焘是那种典型的鲜卑汉子，说一不二，敢说敢做，爱憎分明，他并不在乎冯昭仪的燕国公主的出身，但是他特别在乎他的女人有没有越雷池之事，后宫干政、比如不守尊卑之礼等等。这些是绝对不能允许的。冯昭仪对此牢记在心，方方面面都做得非常妥帖。她明白，娘家的事是非常敏感的，涉及冯氏家族的事能回避就回避，回避不了也不显露出丝毫的同情或者悲怜。拓跋焘虽然有一位赫连氏皇后，但他一直偏爱着左昭仪，很少到赫连氏那里去。冯昭仪不这么看，她很清楚自己的处境，稍不注意就会前功尽弃，就会毁掉眼下所有的一切。所以她切记着温顺和细心，小心翼翼地照顾着拓跋焘的生活。对赫连皇后，冯昭仪更是尊敬有加，不管风吹雨打，每天都去给皇后请安，与赫连氏相处得像姐妹一般。对待皇上的其他嫔妃，包括太监和宫女，她也从不趾高气扬，在后宫里起到了很好的表率。拓跋焘就是看中了冯昭仪的这点，觉得她很靠谱，也觉得她是个实实在在、没有邪恶心肠的女人。一次，拓跋焘故意问冯昭仪："昭仪，寡人问你几个问题，你可要说老实话哟。"

冯："臣妾不敢有半句假话。"

拓跋焘："那我问你，你觉得寡人对你怎样呢？"

冯："皇上对臣妾恩比天高，臣妾没齿难忘。"

拓跋焘又说："寡人觉得有愧于你，应该再给你加封个什么呢？"

冯昭仪立刻跪下，低声道："臣妾为左昭仪，已经诚惶诚恐，岂敢有其他非分之想，皇上不可跟臣妾开玩笑。"

"昭仪你真的是这么想的？"

"句句是真！"

"哈哈……"拓跋焘笑着站起身来，把眼前的昭仪扶起来，一起坐下。然后深有感触地说："这个事情，若是寡人问别的女人，她们一定会磕头谢恩，她们会认为天子无戏言，她们会觉得明天寡人会立她为后。而你却能如此。难得呀，难得！寡人没有看错你。”

皇上走后，昭仪方才发现自己出了一身的冷汗。

还有一次，皇上在寝宫里问昭仪：“听说了没有？你哥哥全家都被寡人杀了。”

冯昭仪跪倒在皇上面前，停顿了半晌，抹去难以控制的眼泪，说：“臣妾也是血肉之躯，哥哥一家的事情，臣妾听说后，实在是难过了好一阵子。但是怕惹怒了皇上，所以臣妾不敢露出一丝一毫来。”

拓跋焘说：“我能想到，你的亲哥哥被杀，你会有多难过。本来我也该给你留点情面，免了他的死罪。然而事关江山社稷，寡人也无奈呀！你不会怨恨寡人吧？”

冯昭仪：“皇上是臣妾的夫君，臣妾从小学的就是三从四德，在家从父，出嫁从夫，夫亡从子。虽然哥哥与我感情很深，但也得首先考虑皇上的感受。皇上的家是一国之家，皇上的感受应该是天下人的感受，臣妾想不通也得想。”

拓跋焘再次请冯昭仪平身，说：“难为你了，我的昭仪，深明大义呀！”

冯昭仪说：“臣妾有一事，不知能不能说。”

“说！”

冯昭仪：“我听说我哥哥有一女儿，她还活着，如今已经被贬为女奴进宫，在洗衣房里做杂役。哥哥被杀，说明他犯下的是死罪。他女儿活下来了，说明她没犯死罪，求皇上开恩，免去这个小女孩的苦役吧，她是个刚满八岁的孩子。”

拓跋焘一愣，说：“噢，有这事？你去看过她吗？”

冯昭仪：“没有皇上的恩准，臣妾不敢妄为。”

拓跋焘长叹一声：“去吧，你去看看，她小小的年纪，可怜呀。寡人准了，就把她留在你身边吧，你们姑侄也好有个伴儿。你还有别的请求吗？”

冯昭仪再次跪地谢恩，说：“皇上大仁大义，能救小侄女一命，昭仪保证以后绝没有其他事情再让皇上费心，谢皇上隆恩。”

拓跋焘一句话，改变了小冯女的命运。

小冯女从进宫的第一天起，就没有睡过一个好觉，一天到晚不知道有多少衣物要洗，刚刚洗过一批，想歇一歇，又被洗衣房的一位恶婆娘叫过去，为她捶背揉肩。她还说：“小姑娘呀，这就是你的命，命里注定你的公主日子彻底结束了，这样的苦日子才刚刚开始，你要学会认命，知道吗？不然的话，你的日子就会更苦，鞭子就会挨得更多，明白吗？”

小冯女看看自己胳膊上的鞭痕，没有抬头，说：“我明白了，您说得对，这的确是我的命，我听您的，我服。”

小冯女听父亲说过，早在她出生前八九年，父亲最小的小妹妹，北燕国的公主就嫁给了北魏皇帝拓跋焘。如今这位姑姑怎么样，会不会因为父亲的事受到牵连，冯女不敢问，也不敢想。这个姑姑如果还活着，如果她是皇帝身边的女人，这是她唯一的希望。她也知道现在自己的处境很不好，稍不注意就会给自己惹出祸来。现在自己干活多一些，因为年幼，常常还会有人同情，犯错的时候被鞭打也会打得轻一点，如若不注意，就是这样的照顾也会丢掉。所以冯女在别人眼里，就只是一个傻傻的只知道干活的小姑娘，慢慢地，长安路上的伤痛痊愈了，夜里也能在大炕上与其他几个洗衣女挤在一起美美地睡上一觉。睡梦里，有一位像仙女般的女人出现了，把她带走，为她洗澡，给她换上了干净漂亮的衣裳。她是谁呢？她就是父亲说过的姑姑吗？

第二天，一场春雨过后，宫廷上空出现了两道虹霓。洗衣房的女人们都抬起头来，看着彩虹，贪婪地呼吸着雨后清爽的空气。这时候，有个太监到洗衣房来把小冯女带走了，说是冯昭仪要见她。

姑侄相见，片刻的犹豫之后，冯女一头扎进昭仪的怀抱，她们抱头痛哭。她俩虽然从未见过面，却是从未有过的相识相知，那种与生俱来的无法用语言说清的血缘关系，让她们亲密无间，寸步不离。洗澡、穿戴打扮之后的冯女，在冯昭仪面前，出落得有模有样，十分乖巧，昭仪视若己出。

那一夜，昭仪的内室里，小冯女哭诉自己的遭遇，昭仪轻轻地摸着冯女身上的鞭痕，眼泪伴着言语，安抚这个从苦难和险境里爬出来的柔弱的灵魂。连着几天，姑侄俩倾诉衷肠，一阵低语，一阵嬉笑，一阵悲痛，一阵哭泣，说不完的话，道不尽的情感，如黄河之水，滔滔不绝。

启蒙

小冯女被冯昭仪带在身边，这一切都来得太突然，如同做梦一般，来得让人不敢相信。那位只有梦里才会出现的，冯女从没见过面的姑姑，居然就神话般地出现在她的眼前。

姑姑身上的神奇之处真是太多了，首先是姑姑的美貌与优雅，简直让冯女佩服不已。在冯女心里，只有姑姑这样既有美丽的外表，又有丰厚的内涵，不急不躁、不温不火的女人才算得上是真正的美人。其次是许多年前远嫁北魏的姑姑居然没有死，还活得这么好，这么从容，而且也没有因父亲和叔叔、伯伯的事情受到牵连，这真是太好了。

后宫佳丽无数，得到皇上的宠幸是第一步，还要拢住皇上的心，这样还不行，还必须在后宫里树立自己的威信。谁的威信高，谁就可以活得有安全感，就可以活得有滋味，而大多数嫔妃也只有在长长的时光里静静地等候，默默地祷告，或者是在无尽的抱怨声中老去。而这些，姑姑都做得很好，这让冯女更是佩服得五体投地。冯昭仪打心里最愿意让冯女知道的，也是这些，因为这是生存问题，保住性命的问题，如果性命不保，其他一切都是枉然。

冯女八岁以前接受的教育，都是家庭式的，传统的孔儒之道，还有一些宗教方面的教育，这些教育使得冯女从骨子里与冯昭仪就十分想象，其性格、语气，甚至走路的动作，都如出一辙，加之血脉之亲，冯昭仪对哥哥留下的这个女儿简直喜欢到了极点。冯昭仪对冯女的教育责无旁贷，没有耽搁一天。除一言一行、一举一动都要严格要求以外，她首先告诉冯女，作为冯氏家族的女人，将来要想带给整个家族以希望，那么只有一条路可以走，那就是潜心修养自己，有朝一日成为皇帝的女人，成为皇后，成为太后。当然，实现这些很难，也很渺茫，但是哪怕只有一线希望，都要加倍努力。现在所有的一切都要为这个目标而准备，不能有丝毫的懈怠和疏忽。

冯昭仪给冯女的教育，有文化方面的，比如四书五经历史地理，有皇室礼仪、宫廷历史，更有历朝历代文化精粹、政治变迁、社会民俗等等，还有就是亲自传授北魏以来的各种往事，官场、战场以及后宫里发生过的一切，以及宫廷里的所有规矩、潜在的规则。姑姑的教育有别于教书先生，她是联系身边的人和事，为她讲解，让她知道如何做才能兴天下之大局，救黎民于水火，巩固局面，稳定人心，扭转危机，怎样做才能够保住自己的性命，掌握自己的命运等等。如果说将来有多少次后宫里的斗争、竞争，冯女之所以能够逢凶化吉，屡屡得胜，不得不承认冯昭仪这样一个不可多得的、专门只给小冯女一人教学的、已经潜心研究过多年、对这些早已如数家珍的老师，是功不可没的。

冯女是幸运的。

冯昭仪对冯女的教育是积极有效的，也是暗中进行的。她告诉冯女，每当有人来访，就扔下功课，在一边玩耍就好了。她不想让任何人看出来，自己在侄女身上的良苦用心。姑姑所说的一切，也大都是冯女能够想到或者是一点就通的，所以昭仪所讲授的，冯女都能融会贯通，做得非常到位。唯有一条是可以公开进行的，那就是请了宫廷里的琴师，教授冯女琴艺。每天下午有一个时辰，冯女就在学习演奏古琴，宫里的宫女和太监都能听得到。

冯女的命运里，还有另外一个很重要的人物，就是常氏。

说起来，常氏的出身也算是大户人家，只是她的爹娘死得早，她被兄长收养，住在龙城。龙城是北燕国的京城，她在龙城，随着兄长家的孩子，一起读过几年书，十几岁时兄长把她嫁给一个普通人家。后来北燕国被太武帝拓跋焘所灭，常氏的丈夫被杀，她作为奴隶被强迫带到北魏皇宫。常氏入宫时间要比冯女入宫早十一二年。当时的常氏无依无靠，孤苦伶仃，受尽了精神和肉体折磨。

一次常氏被当差的士兵毒打，刚好冯昭仪回宫正遇到了这个情景。冯昭仪的个性，是看不惯随便对奴隶打打骂骂的，她立刻吩咐随从停下，从车辇上下来，问道："她是什么人？为何受此责打？"这么一问，方知常氏是北燕国的故乡人。常氏遇到冯昭仪，就如遇到菩萨一般，含着泪水，哭诉自己的遭遇。冯昭仪已经多年没有听到家乡话了，感到亲切，同时也想如果可以得知父皇的消息，那就更好了。于是冯昭仪安排，与那常氏长谈了一次。她知道了北燕国已经被太武帝灭掉，父皇已经去世，她的几个弟弟侥幸降魏，如今在大魏国谋了官职，其中他最喜欢的哥哥冯朗在长安云云。常氏还说自己已经怀孕，也不知道这孩子的父亲是他夫君，还是那些蹂躏过她的男人。冯昭仪告诫她，在宫里女奴隶私自生下的孩子，一律不准苟活，你要想得开，你一定要照顾好自己，见机行事。冯昭仪叮嘱管事的太监，这个女人非常可怜，以后待她好一些。

冯昭仪与常氏的邂逅，改变了常氏的一切。

冯昭仪没有给太武帝拓跋焘生过儿子，可是拓跋焘有几个儿子，都先后得到了冯昭仪的爱护和照顾。拓跋焘偏爱其长子拓跋晃。拓跋晃五岁就被立为太子，常常随父皇出席各种国事，在太武帝南下时，也曾委托太子监国。拓跋晃得到父皇的信任，年龄虽小，却成长得很快。中国古代，人们的婚配和生育都比较早，拓跋晃十三岁就已经生下一个儿子，名叫拓跋濬。拓跋濬出生不久，就两眼有神，笑起来特别逗人，跟皇爷爷还有几分相像。无疑，太武帝对这个长孙特别喜爱。太武帝最宠爱的左昭仪冯氏，当然把这些都尽收眼底了。她还看到另外一个机会，那就是皇孙拓跋濬的生母闾氏因病去世了，拓跋濬年纪尚小，身边急需要一个人来照顾。冯昭仪知道在北魏王朝，一个女人去给皇孙做奶妈意味着什么，而且这个皇孙又是那么受皇上喜爱。那天，太武帝拓跋焘在冯昭仪宫里下棋，见冯昭仪愁眉不展，眼圈发红，便问："昭仪，为何事不悦呢？"

冯昭仪说："臣妾为皇孙濬儿而泣。濬儿小小年纪，没了亲娘，谁来照顾？"

拓跋焘："难得昭仪细心，有合适的人选，你替皇孙尽快地找一个乳母吧。"

说到这里，冯昭仪的眼泪再次流出，她说："臣妾其实早为皇孙物色好了一位乳母，人品不错，奶水也足，只是……"

"如何？"拓跋焘急了："直说无妨。"

昭仪："她是从燕国过来的，做杂役女奴。她的身份……"

拓跋焘："人品好，奶水足，其他的昭仪看着办吧。"

冯昭仪："为皇孙找乳母，非同小事，臣妾不敢做主，还是让皇上钦定吧。"

拓跋焘："也好，也好。只是不可再拖了。"

第二天，在冯昭仪的安排下，年纪尚轻、模样尚可，刚出生的女婴死于非命的常氏完成了她一生中一个最重要的转折。她给当今皇上最喜欢的皇孙拓跋濬当了乳母。冯昭仪这样做，真的是心疼那个可爱的皇孙拓跋濬，当然还有一条更重要，那就是她在拿自己的命赌博，她在赌这个皇孙将来一定能够成为皇帝，如果真是这样的话，她就又走对了一步棋。所以，她反复地叮嘱常氏，给皇孙做奶妈是大事，非常非常了不起的大事，做好了飞黄腾达，做不好恐怕命都保不住，所以绝不可有丝毫的差错。

常氏刚出生的女儿，没有见过一次太阳，没有吃过她一口奶水，就被溺死，常氏万分悲痛，成天以泪洗面。谁曾想，冯昭仪为她谋得一份差，从此，常氏过上了一种做梦都没有想过的日子，她每时每刻都不敢忘记冯昭仪的叮嘱。常氏把冯昭仪视作菩萨，她认为前世一定是做了许多善事，今天才会遇到这样的贵人。冯昭仪则与她说："咱们都是燕国的故人，对你的关照是应该的，也是你命好，刚好遇到了这样的机会，以后姐妹们相互关照就是了。”不出昭仪所料，常氏待皇孙濬儿视若己出，百般疼爱，不出多久两人的感情就已难舍难分，除上朝面圣，常氏都与皇孙濬儿在一起。一眨眼，他们娘俩已经在一起生活了好几年。同时，常氏与冯昭仪之间的感情也与日俱增，成了无话不说的朋友。

拓跋濬没让人失望，他三四岁时就已体现出超凡的能力和气质，常常与其父当朝太子拓跋晃、其祖父当朝皇帝拓跋焘在一起像模像样地谈论国家大事，谈论文武百官和黎民百姓等，体现出一种以国为家的感觉来，这让太武帝非常满意。冯昭仪把这些都真真地看在眼里，一种莫名的喜悦常常挂在她的脸上。濬儿在宫里时，冯昭仪经常去看望，逗他玩，与他说说话。濬儿也感到这个冯氏皇奶奶非常亲切，见面总愿意让冯昭仪抱着。有时濬儿随皇上外出，她就与常氏在一起，说些只有她们姐俩才说的话题。

拓跋濬四五岁的时候就常常随太武帝上朝，还外出巡查。太武帝遇到一些事情，故意不表态，先问问皇孙该怎么办。拓跋濬也不拘束，年少气盛，每每还能说出个道道来，没少得到皇爷爷的夸赞。一次，他们一起出巡，恰遇边关士兵押解俘虏经过，拓跋濬当即命令士兵把俘虏释放了。太武帝心想：一个吃奶的孩子，怎么会这样做，当下就问他这是为何。拓跋濬说，他们是皇爷爷的敌人，被皇爷爷打败了，羞恨交加，若是释放了他们，还给他们自由，也许他们就不再加恨于皇爷爷，而成了皇爷爷的朋友。拓跋焘一听哈哈大笑，连说好好好，听皇孙的，放了他们。

冯昭仪安插常氏在皇孙拓跋濬身边，原本就是为自己的将来打算的，常氏不负其望，果然成了冯女在后宫立足的一座必不可少的桥梁。

一天早上，冯昭仪告诉冯女，今天有非常重要的两位客人要来，你好好地打扮一下。冯女知道是谁要来，她把平时那身朴素的衣衫换下，穿了一身浅蓝色镶着金边的衣裙，看起来既不显得花哨、艳丽，也有一定的品味，昭仪很满意。太阳从东边的院墙上照过来的时候，昭仪宫里来了两位客人。一位是常氏，另一位是吃常氏奶水长大的，与常氏形影不离的拓跋濬。她们几位见过面之后，拓跋濬就说：“难怪常妈妈说有个可人的小姑娘，今天一见果然不凡。”

小冯女说：“小女没见过世面，皇孙见笑了。”

拓跋濬哈哈大笑，说：“噢？没见过世面，这倒没看出来。”转头向冯昭仪说：“昭仪奶奶，我可以单独带着这个小姑娘出去玩吗？你们说你们的话。”

昭仪自然同意了。拓跋濬上前拉住冯女的手，就要往外走，却被冯女拒绝了。冯女说：“你们皇家的人就这样吗？也不问问人家愿不愿意，就替人家做主了。”

常氏说话了：“濬儿，人家小姑娘害羞，第一次见面，要多加关照才对。”

“放心吧，常妈妈。我会对她好的。”

在拓跋濬的再三坚持下，冯女便随皇孙出去了。

冯女典雅矜持的样子，吸引了拓跋濬。从此，冯女成了拓跋濬读书、写字、玩耍的小伙伴，他俩吃在一起，学在一起，玩在一起。但她每天晚饭前必定要回到昭仪宫来住，一是夜里与皇孙在一起，会让人觉得女孩子太随便，有损冯女淑女的形象，二来，冯女没有忘记，还有姑姑安排的许多读书计划需要完成。冯女清楚，只有若即若离，既亲切又大方，既文雅又朴实，在拓跋濬的心里才会有分量。平时，拓跋濬有意在冯女面前卖弄一下自己的学识，可冯女总是对答如流，但又表现得很是谦虚和低调，也总是以一种请教的口吻说给拓跋濬听，让他觉得很舒服很享受。冯女有空还给拓跋濬吟唱一些小时候与母亲学会的歌曲。唱到高兴的时候，她就翩翩起舞，拓跋濬也随着歌声踩着节拍，与她一同舞蹈。在拓跋濬的心里，冯女已经是他的人了，他不会再让冯女离开他半步，更不会让这个多灾多难的女孩再受苦难了。冯女的内心也已经被这个英俊潇洒、志向远大，具有庞大气场的少年所占据，无法自拔。那年，冯女刚刚九岁，而皇孙濬儿也不过十一岁，两颗青春萌动的心在一起激烈地跳动着。

第四章　祸起萧墙

历史的楼阁，是历史人物撑起来的。历史人物，只有明君和忠臣，是不全面的，是无法还原历史真面目的。北魏时期的乱臣贼子，有三个代表人物，必须“载入史册”。而宗爱其中首当其冲。另外两个分别是北魏中期的乙浑和后期的元叉。

宗爱是个宦官，宦官是封建社会的一例畸形产物，但这样一个被所有人无法正眼相看的门类，却常常可以做一种超乎常规的梦。原因有三，一是可以近距离接触权贵，甚至是接触皇上；二是可以进出内室，与后宫嫔妃们搭上话；三是他们非男非女的特质使得性格、欲望与做人方式发生了变异。宗爱是他们中的“佼佼者”。

宗爱逆行

451 年和 452 年，北魏王朝发生了许多让人难以忘记的事情。

太武帝拓跋焘一世英武，他以巨大的魄力和举国的势力一举统一了北方，结束了五胡十六国以来的乱世，南北对峙的格局基本形成。然而太武帝的性格也有弱点，他有时固执，谁的话也不听；他有时轻信，几句浅薄的话，也会让他怒火中烧；有的时候他还多疑，连自己做出的决定都不相信，为此懊悔不已。

太武帝一生犯过几个大的错误，第一个就是灭佛。

在北魏政权刚刚诞生之时，道武帝拓跋珪对佛教事业支持和推广的力度是罕见的。国家大力支持费教发展表现在四个方面：一是国家办佛教，皇帝亲自参与佛教活动，给僧侣以极高的礼遇，寄教化民风之希望于佛教，以此来达到稳固政权的目的。二是从财力、物力和朝廷法度上保证佛教事业之根本，使佛教区别于其他宗教，以得天独厚的条件纵横于天下。三是佛教推广的深度和广度，民众和官吏的参与面之大都前所未有。四是允许道教、巫祝、神咒混合共存，一些地方的原始宗教，如神异、灵验、咒术等也比较活跃。这样做的意义，无疑极大地刺激了佛教在中国的生根开花和普及，但同时也暴露出一些问题。

其实宗教的概念，是从佛教进入中国之后，才逐渐形成。佛教是从公元前后由民间逐渐流入中国的，汉朝时期佛教正式进入华夏大地。在这之前，中国的宗教，从形式上比较分散和随意，最为强大的道教，也以方仙道、黄老道和天神信仰为主，在民间生根发芽，老百姓和朝廷之所以接受，主要是被其有关“神机妙算”和“养生长寿”的玄妙吸引。而佛教传入中国，其程式相对成熟，使之与其他宗教区别开来，高高在上，颇受尊重。于是道教这种过去教义大于模式，内容重于形式的宗教，颇受启发，亦开始了有组织有计划的强化和发展。佛教有佛寺，他们有道庙、道庵，佛教供佛，他们供神、供老子，佛教出家人称作比丘、比丘尼，他们也开始有出家人，称作道人、道姑等等。但是儒教，却执意不肯向佛教和道教学习，儒家的思想，在中国发扬光大，源远流长，为世世代代统治者服务，也被千千万万华夏子孙传承，却从未像佛教和道教一样，讲究那些形式上的东西。道教认为道无所不能、无处不在，所以在个别道教圣地居然有佛、儒、道三教合一、三教并存的寺庙，比如举世闻名的北岳恒山悬空寺里，就有一处三教殿。

北魏早期，朝廷操办佛教自然增加了财政的压力，宗教支出庞大，必然会压缩其他的正常支出，比如军队支出受到了影响，用于教育办学的开支也无奈减缩，等等。朝廷的威望和号召力因佛教的陡然兴盛而与之平分秋色。许多效忠皇上和朝廷的官吏和百姓，如今拜倒在某个高僧的门下，或者不渴求朝廷的呵护，以为遇到天灾人祸时，寺庙和佛祖才是他们的保护神。

道武帝之后，拓跋嗣继位，史称明元帝。明元帝受先皇的影响颇深，他对佛教的痴迷，与道武帝比起来不差分毫。明元帝封法果为辅国宜城子、忠信侯、安成公，被法果一一拒绝，遂对法果更加尊重。他下令在平城四周塑造佛像，并且亲自拜访高僧，请求佛教沙门要担负起教化民俗、稳定民心的责任。

太武帝拓跋焘是北魏的第三任皇帝，是个极为强势、极具个性又极度自负的皇帝。拓跋焘自幼对佛教并不排斥，当然也谈不上十分喜欢。史学界认为他即位之后，受两个人的影响，对佛教产生了质疑，并最终做出让人难以置信的灭佛决定。这两个人，一是寇谦之，二是崔浩。寇谦之是太武帝十分器重的道教大师，此人出生官宦家庭，从小对为官之道毫无兴趣，一心研究道教，常年打坐修行，自称是太上老君亲封的“天师”。崔浩则是太武帝身边无话不谈的宠臣、重臣，乃山东士族“清河崔氏”的后代，少喜道教之阴阳五行之说，辗转被太武帝请来加以重用，随时请教国家大事。应当说，寇氏与崔氏都是少之又少的大才子，他们都为大魏朝创建了许多不可磨灭的功勋。然而崔浩在受到太武帝长期重礼厚待之后，内心有了变化，过高地估计了自己，不再考虑为皇上做事要掌握的分寸，过多地体现了自己的喜恶和意愿。在对待佛教的问题上，他犯下了大忌。

寇谦之与崔浩都信奉道教，但观念却不同。寇谦之认为道教无所不包含，它可以与宇宙万物共存，而崔浩却认为有道不能有佛，道教与佛教水火不容。崔浩反佛，是铁了心的。首先他自幼喜道，对佛教一直排斥，他认为道教是唯一的天教，不需要佛教和其他宗教与之并存，或者是互为补充；其次，他在辅政期间，多番遭遇反对派、持不同政见者，特别是以太子拓跋晃为首的痴迷佛教的势力的挤压，这让他很是不快。他把这一切都归罪于佛教，佛教不灭，他誓不罢休。政治生涯正值顶峰时期的他，策划了一整套的计划。他多次向皇帝进言，说佛教势力越来越大，将来必成大祸；佛教僧侣打着教化民俗的招牌，干着反朝廷的勾当，号召皇帝的子民诚服于佛教、诚服于沙门，与朝廷分庭抗衡；越来越多的青壮年不愿服兵役，而愿意出家为僧，耗费国家财力，致使许多国之大业因国库空虚而搁浅，云云。438 年，计划初见成效，太武帝下令，五十岁以下的僧侣，全部还俗，以充兵役。六年之后，太武帝再次下令，禁止官吏和百姓资助或供养沙门，一经发现，严惩不贷。此时，拓跋焘对佛教的态度，已经有了根本的转变，崔浩多年的“苦心经营”，没有“付之东流”。446 年，崔浩跟随太武帝镇压盖吴起义。路过一处寺庙，发现里面设有暗室，并有大量兵器与财物。崔浩当即断定，此乃佛教组织密谋反叛之罪证也。皇上大怒，颁诏天下，所有寺庙之佛像、经书，一概焚烧，所有沙门一概活埋。此令非同小可，一旦昭告天下，那将是冤魂无数。太子拓跋晃，有意拖延诏令颁布的时间，暗自通知有关高僧快速逃匿。他深知此为风险之大，但他坚持大义，使许多僧侣和佛经得到了保护。但是此次灭佛，的确使佛教在中国北方的根基受到了极大的动摇。

太武帝灭佛，多一半是相信了崔浩的蛊惑。时过境迁，太武帝感觉做得有些过分，这让太武帝在心目中，对崔浩的评价大大地打了折扣。然而紧接着有另外一件事，却真正惹怒了太武帝。几年前皇上把撰写《国史》的重任交给了崔浩等人，崔浩又向太武帝推荐了文学大家高允，在崔浩的主持下，由高允等人主撰，大魏《国史》的修编进展很快。崔浩与高允坚持如实反映拓跋皇族一统北方的历史，涉及皇族秘史也一概不能篡改的原则。《国史》完稿，许多皇家丑行或私密之事，也在《国史》中一并暴露。春风得意、一路顺风的崔浩并没有感到编撰之事有何不妥，他居然在未经太武帝审阅的情况下，把《国史》原稿刻于石碑之上，供众人观看。一时间《国史》碑林吸引了文武大臣和黎民百姓，整个平城议论纷纷。

朝堂之上，拓跋焘把《国史》书稿重重地摔在地上，大怒："岂有此理，大逆不道！寡人重用崔浩，相信崔浩，崔浩却与寡人背道而驰！此等逆贼罪该万死，灭其三族！"崔浩立刻跪倒在地，喊冤道："皇上息怒，微臣冤枉啊！再说了，参与《国史》编撰一百多人啊，岂能由微臣一人顶罪？"

太武帝怒斥："有何冤枉？既然参与者一百多人，让他们与你一起死了吧！"

此时，高允跪倒，三叩头之后说："崔浩所言不假，有损皇家威严的部分，都是微臣一人所写，并非崔浩之罪，其他人等只是参与而已，请皇上只杀了微臣一人吧！"

此时太子拓跋晃站出，为高允求情，他说："高允乃一代大儒也，若是杀了高允，恐怕会伤了天下文人志士的心啊！"

许多大臣也跪倒在地，为高允求情。

太武帝拓跋焘非但没杀高允，反而认为如此替人受难、敢于担当、高风亮节之人，是大魏难得的忠臣。太武帝免除了其他人的罪行，唯独没有念及崔浩曾经有过的丰功伟绩，更没有顾及多年的君臣之情。450 年七月五日，崔浩被太武帝诛杀。同时，"清河崔氏"无论远近，都被连坐灭族，史称国史之狱。

太武帝做的另一件糊涂事，就是相信了太监宗爱。

中国古代的宫廷里，有一个特殊的群体，即宦官。宦官，太监也，是专为皇帝及其家族服务的奴才。天下太监，凡是“青史留名”的，多半都是下作无耻、奸诈的小人。他们作恶多端，祸乱朝廷和后宫，被世人唾弃。太武帝拓跋焘身边有个叫作宗爱的太监。宗爱此人年少时因犯罪被阉，成为宫里的一名太监。由于他有心机、善钻营，很快被太武帝赏识。拓跋焘是特别爱慕虚荣的皇帝，宗爱非常敏锐地发现了这一点。上天给了他自己一个思维敏捷的大脑和一张能说会道的嘴巴。宗爱的大脑，转得非常快，皇上喜欢谁，皇上讨厌谁，说什么样的话，皇上会开心，什么样的话皇上听了会生气，献上什么样的礼物皇上会高兴，宗爱的心里都盘算得清清楚楚。皇上没有一星半点的秘密。他的心机没有白费，他被太武帝留在了身边。然而，太武帝拓跋焘怎么也没想到，宗爱给大魏朝酿造了一杯又一杯的苦酒。

太子拓跋晃是个思维缜密、做事严谨的人，他在太武帝出巡期间，按照父皇的安排，严格履行监国职责，这让宗爱十分不悦。宗爱生来阴险狡诈，品格卑劣，他一直以为每逢皇帝外出，正是他在京城可以胡作非为的时候，可偏偏受到太子的阻挠，于是他怀恨在心，常常在太武帝面前说太子趁皇上不在京城，便耀武扬威，出言不逊，有损皇上的威严，也有愧于皇上的隆恩。虽然皇上很生气，但也不全相信他的话。直到有一天，太子与两个好友在一起饮酒，酒过三巡，他们免不了慷慨激昂，为国家大事抒发情感，被宗爱的眼线发现。宗爱立刻又向皇上报告，添油加醋地渲染了一番。宗爱还说当年皇上关于灭佛的指令，太子有意推迟执行，导致有不少僧人远逃，将来也必定给大魏国留下后患。这下拓跋焘忍不住了，下令马上将与太子一起饮酒的两位臣子杀死。这两位是太子最好的知音，他们平时形影不离，是太子的左膀右臂，他们被杀，严重地刺激了太子，太子吓得当场昏倒。不出两天，太子自认为大势已去，皇上也不再相信自己了，大喊“父皇保重，莫上小人的当”，口吐鲜血而死。时间是 451 年六月。

太子死后，太武帝身边忽然冷清了许多，仿佛皇宫变成了地狱，平时话语颇多的大臣们忽然齐刷刷地闭住了口，不再为鸡毛蒜皮的小事儿来烦皇上，宗爱出出进进也是不言不语。一天夜里，太武帝从噩梦里醒来，梦里太子晃两只眼睛发直，口里反复地说着那句话："父皇保重，莫上小人的当。父皇保重，莫上小人的当。……"这样的梦境一直浮现在他的眼前。拓跋焘忽然觉得自己做了一件愚蠢之极的事儿，太子这些年一直都受到自己的器重和培养，他怎么会有反心？太子的性情内向稳重，做事严谨，为人低调，怎么会忽然变得狂妄自大？太子几次监国期间都表现得非常好，怎么就会出现这样的事情？难道说，是宗爱他……宗爱所报告的事情，都是他一人所言，自己又没亲眼所见，宗爱他要做什么？他已经做了些什么？

拓跋焘大呼："寡人糊涂！寡人糊涂啊！"顿时泪如雨下，在场人吓得不敢言语。

太武帝看看站在身边的宗爱，这个自己一向信赖的人。宗爱低着头弯着腰，还如过去一般，恭恭敬敬地在那里站着。停了半晌，太武帝拭去眼泪，慢慢地说："对太子，寡人做得是否过分了？"宗爱正要说话，太武帝又说"崔浩活着的时候，寡人是不是听他的话听得太多了，他说的那些都是真的吗？"

宗爱颤颤巍巍地说："皇上节哀。皇上不要自责。"他看看皇上的反应，稳定了一下情绪，接着又说："那崔浩的话是有些过分，崔浩虽死，可是崔浩说过的话，皇上也不可全不信。再说了，皇上并没有治太子的罪，只是杀了他的两个同谋，太子的死是他自己的心胸狭隘想不开。堂堂大魏国的太子这样，以后江山交给他又怎么能行？"

皇上一听，把桌子一拍，一脚把宗爱踢翻，说："满口胡言！什么同谋？你有证据吗？"他高高举起的右手，狠狠地拍在了桌子上，桌上的一个盛酒的器皿跳了起来滚到了地上。

宗爱跪倒在地，额头紧贴在地面，连连说："奴才死罪！奴才死罪！"不敢起来。这个宗爱嘴上这么说，心里却在另下决心。他在想：看来皇上已经后悔了。皇上永远不会认为自己有错，一旦生气必将降罪于我。我该怎么办？太武帝虽然因太子之死，对宗爱不再那么信任了，但是他还一时没想到要除掉宗爱，而宗爱的内心却在谋划着一场政变。

宗爱在想，皇上真的翻脸了，崔浩已死，下一个就该是我了。想到这里，他的头上立刻有冷汗流下。崔浩对于皇上那是立过汗马功劳的，说死就得死，我一个卑微的太监，哪里还有活头？

太子死后不出半年，太武帝封拓跋晃的儿子拓跋濬为高阳王。这既是对太子的一种告慰，也是向朝廷上下表明，太子之死，丝毫不影响皇上对皇孙的宠爱和信赖。太子死后，皇上每每见到皇孙拓跋濬，就如同见到太子一样。他感觉皇孙濬儿比以前更加懂事了，他一点儿也没因太子之死而表露出对皇爷爷的不满情绪。太武帝忽然又觉得给濬儿的安排不妥，拓跋濬是要继承自己江山的储君，把他放在边藩，一则不在自己身边，他的安全得不到保障，再则一旦离开，不能天天在一起，想他的时候怎么办？于是又把给拓跋濬的高阳王之封取消了，诏说："封皇孙濬为高阳王，寻以皇孙世嫡，不宜在藩，乃止。"同时给拓跋濬的几个叔叔辈的皇子封了藩王，安抚他们的心。拓跋焘这样做，是要保护拓跋濬，同时进一步培养他，让他将来成为强过皇爷爷的一代国君。

太武帝渐渐地感到宗爱没有了往日的可爱，甚至有些可恨，有些阴险。但是他并没有想到，宗爱之坏，坏到何种程度——452 年春，英武一世的太武帝拓跋焘被宗爱所害，死在自己的寝宫里。

皇上暴崩，引起许多大臣的怀疑，平日里早对宗爱小人得势、为非作歹恨之入骨的大臣们大都认为，皇上之死，一定与宗爱有关。但是迫于宗爱的淫威，人们暂时还没有对付他的证据和办法。国不可一日无君，太武帝在世时早已明确表明过，将来要皇孙拓跋濬来继承皇位，然而面对这个问题，有三位重臣意见不一致。其中两位考虑到拓跋濬才十三岁，不是宗爱的对手，如若拓跋濬继位，势必让宗爱把持朝廷，到时必是国之不幸。另一位则坚持按先帝的遗愿来办，让拓跋濬继位。一时僵持不下，所以暂时决定对皇上之死密不发丧。宗爱知道拓跋焘已死，这些老臣们一定在商议谁来继位的事，此时他并没有闲着，他也在考虑如何能够左右他们，让事情的结果最终按照自己的想法来。

老臣们考虑到太武帝的儿子里，三皇子东平王拓跋翰年龄适中，能力亦强，且能征善战，除皇孙拓跋濬之外，最佳人选应该是他。这是朝廷上下明理人都能够看出来的，所以他们立即把拓跋翰暗中藏了起来，担心被宗爱所害。宗爱的确非常明白，老臣们无非是在拓跋翰与拓跋濬之间考虑问题，而这两个人选上位，都是宗爱所不愿意看到的，宗爱密谋害死太子，拓跋濬上来一定对自己不利，而拓跋翰上来更是英武难挡。怎么办？宗爱知道，把皇权直接从太武帝手里接过来，那是痴人说梦。于是他在皇帝的儿子里，选择了一个人，把注意力放在了他的身上，他就是六皇子——纨绔不羁不学无术的拓跋余。他了解拓跋余有三大爱好，女人、财宝和狩猎。于是他平时变着法儿地满足拓跋余这三个方面的欲望，让拓跋余成为他急来可以抱住的“佛脚”。一次太武帝南征回来，宗爱添油加醋地述说了六皇子留守京城期间的“功劳”。太武帝就加封拓跋余为南安王。拓跋余虽不成大器，可也不傻，他意识到了宗爱的价值，在某种意义上，他觉得宗爱比父皇更可爱，父皇这些年几乎忘记了他的存在，而宗爱不但给了他美女、财宝和花天酒地的日子，还给了他一个南安王。他打心底里感谢宗爱。

拓跋余从来没有做过当皇帝的梦，如今皇帝的宝座就在眼前，心中不免洋洋得意。宗爱把拓跋余秘密地召进宫来，然后以皇后的名义，宣兰延、薛提、和匹三位重臣进宫议事。可怜三位重臣自以为做事小心谨慎，对付宗爱绰绰有余，然而他们想不到中了宗爱的奸计。当他们忙赶来要与皇后商议大事时，却让宗爱早已埋伏下的杀手，全部杀死。被藏匿起来的三皇子拓跋翰也很快被宗爱的人找到，秘密杀死。第二天上朝，宗爱即矫皇后诏书，把拓跋余推到了皇帝的宝座上。

这段时间里，冯昭仪在做什么？

太武帝拓跋焘之死，对冯昭仪来讲，如天塌地陷，她怎么也想不到，身体硬朗、说话声大如雷、做事雷厉风行的太武帝会忽然因病而亡。悲痛之余，她在暗自思考。许多情况表明，正如大臣们所怀疑的，拓跋焘必然是被那奸臣宗爱所害。冯昭仪是个大喜大怒都不会乱了方寸的人，她很快想明白了，眼下是危机四伏，如若宗爱害死了太武帝，必是为了篡夺大魏的江山。那么，太武帝死了，三位老臣死了，拓跋翰也死了，宗爱要害的人，下一个恐怕就是皇孙拓跋濬了。所以她立刻安排拓跋濬和常氏、冯女，转移到宫外她个人的一个秘密住处。她反复叮嘱冯女，眼下是最危急的关头，意气用事必然会毁了大局，最重要的是保住性命，千万不要露面，尤其是提醒拓跋濬不要惊慌，不要害怕，不要绝望，不要懈怠，要做好准备，等待机会。

昭仪还在想，如果宗爱要杀她，怎么办？她分析宗爱的目标暂时还不是她，因为她的上面还有皇后，看来皇后眼下已经被控制起来了。宗爱几次都是以皇后诏书为名的。再加上冯昭仪平时做事非常低调，从不随皇上招摇，更不过问政事，不可能惹得别人的忌恨。所以昭仪自认为暂时是安全的。她吩咐宫里的人尽量不出门，闭门度日。有人打听，只说昭仪悲痛伤身，卧床养病。

冯女与常氏、拓跋濬在深夜里，一起到了昭仪的一处外宅。这个院子在城东比较偏僻的一个角落，周围有两家店铺，还有许多普普通通的鲜卑平民的住宅。门口有几棵大树，茂密的枝叶遮挡住半个院门，使得这处院子既不显山也不露水，平平常常。这处院子是昭仪悄悄置办下来，准备自己在出现特殊情况时避难用的，结果今日给皇孙派上了用场。日常除一两个平民打扮的下人出来买菜购物，就不再有人出出进进。常氏这几天显得有些紧张，吃饭睡觉都不踏实，她在为濬儿担心，更在为自己担心。自从和濬儿生活在一起，这么多年了，她一直以为将来的生活随着濬儿的发达，不会再出现风风雨雨了，谁曾想风云突变，大家的命运一下子变得无法判断。拓跋濬少年气盛，时不时地会桌子一拍，大骂几句，在屋子里走来走去。冯女了解拓跋濬的性情，也很清楚眼下的情况，跟当年父亲被传，全家人被杀那天的气氛差不多。那时的冯女岁数太小，她只有害怕，只有紧紧地抱住母亲，用自己的脸贴着母亲的脸，以求得一时的安全。而今天的冯女，虽然年龄并不算大，可是她经历过血雨腥风的考验，而且姑妈冯氏昭仪对她的教诲已经在她的身上和心里发挥了作用。冯女稳稳地坐在一旁，说：“皇孙千万息怒，气坏了身子最不值得。”拓跋濬停下脚步，看着冯女，心想这种情况下，能不急吗？冯女接着又说：“宗爱邪恶，作恶多端，眼下对付他的，是昭仪，皇孙的责任就是保护自己，保住自己就是保住了大魏江山。切不可忘了昭仪的话，安下心来，等待时机。”濬儿长叹一口气，坐下了。冯女把一杯茶端了过来。

柳暗花明

拓跋余是北魏王朝任期最短的皇帝，短到历史上没有给他留下帝号，只能称他为南安王。拓跋余一当上皇帝，就封宗爱为冯翊王、大司马、大将军和太师，几乎把所有的军政大权一股脑儿全给了他。拓跋余明白，没有宗爱，他恐怕连个王爷也当不上，此时的宗爱只要愿意，他自己就可以做这个皇帝。

拓跋焘之死，吓傻了皇后赫连氏。宗爱这些日子都做了些什么，赫连氏是能够猜到的，有些甚至是她亲眼看到的。她最不愿意看到的就是拓跋焘被害死，但是事情就这么发生了，她无力回天，也不知道接下来还会发生什么。平日里皇上宠爱冯昭仪，冷落了她，可冯昭仪待她非常尊重，每日必来看望，与她消遣聊天，对冯昭仪她恨不起来。皇帝一死，冯昭仪不再来看望她，赫连氏感到非常害怕，这种害怕让她心里没底。宗爱就此罢手，还是要赶尽杀绝？她被宗爱利用之后，下场究竟如何？这些她都无法想象。这一天，宗爱大摇大摆地来到皇后赫连氏的宫殿，既不跪礼，也不鞠躬，直接坐下，用尖尖的嗓音说：“太后，太武帝已不在了，您就全靠我宗爱了，知道吗？”

赫连氏战战兢兢地说：“有劳将军了。” 拓跋余登基后，赫连氏自然成为太后，但是她一点太后的底气也没有。

宗爱说：“保护先帝的皇后，是我的职责所在。只是有许多事情，太后要给我些方便才好，不然我就真的无能为力了。”

赫连氏：“你要我怎样？”

“太后，臣不会为难太后，你只要发个懿旨，将那几位平时喜欢与臣作对的大臣请过来议事，其他的事就不劳太后费心了。”

“你又要……”赫连氏一听，非常紧张，就像嗓子眼里卡了一根刺儿，上不来，也下不去。

“太后放心，臣做事全都是为了太后您，为了大魏江山。”

赫连氏面对宗爱，没有任何的招数。她明白宗爱想要干什么，她更明白宗爱这么干，最终的结果会是怎样，但是她只能按照宗爱的意思做，否则眼下就难以自保。

大臣兰延、和匹、薛提，被皇后宣进宫来，他们几位平日里在朝堂上是耿耿忠臣，敢于直言，维护国体，对宗爱所为是恨之入骨。皇后宣见他们，正是他们与皇后报告实情、报答皇恩的时机。但是他们对宗爱的奸诈估计得不够，加上打心里就瞧不起这个阉人，所以当他们几个来到皇后宫里时，立刻就被埋伏好的刀斧手砍得血肉模糊。

拓跋余重用宗爱，既是无奈之举，也是投其所好，既是报恩于他，同时也直接把宗爱推到了所有人的对立面上。宗爱矫诏，滥杀无辜，清理异己，满朝文武提起他，没有一个不恨得咬牙切齿。拓跋余了解宗爱，以前与宗爱私下交往不少，对宗爱的为人知道得比较多。他怕宗爱，也恨宗爱，更希望宗爱早早死去，他目睹了宗爱的阴险狡诈和残酷冷漠。宗爱把拓跋余推上来，并非为了拓跋余，而是为了他自己独霸皇权当“太上皇”，这一点拓跋余更加明白。拓跋余当皇帝也许没本事，但当小人不比宗爱差多少，所以宗爱的所作所为，都在拓跋余的预想之中。同样一个道理，宗爱也很了解拓跋余，拓跋余虽然给了他最多最大的权力，但一定不是出于真心，一定是想先稳住他，然后再暗中行事。况且他已经发现这个新皇帝在秘密地发展自己的眼线。对此，宗爱感到不安，更感到后悔，这步棋算是走错了。宗爱暗自下了决心，既然是走错了路，趁自己位高权重，干脆将错就错，重新洗牌也不迟。

一天晚上，宗爱秘密安排杀手，在拓跋余出宫去郊外东庙祭拜时，把他杀了。拓跋余在皇位上只坐了 232 天。

宗爱的核心圈子里有个人叫刘尼，刘尼的父亲在道武帝拓跋珪时期做过将军，刘尼本人也是一身的本事，一心想为国家建功立业，但是他却跟错了人。宗爱做过许多坏事，刘尼都看得一清二楚。现在刘尼实在是看不下去了，他也不能再助纣为虐了，觉得再这样下去，他会跟宗爱一样成为千人恨万人骂的罪人。虽然他良心发现，却知道上贼船容易，下贼船难。他一直在想怎么做才能为自己赎罪。必须等待一个机会，才能反戈一击，将功赎罪。此时宗爱连杀了两个皇帝，他不能再等了，他觉得机会来了，他要去找一个人，他知道此人一定能够力挽狂澜。

深夜，刘尼贸然敲开了步六孤丽的家门。

步六孤丽是太武帝最信得过的一位将军，多次战役中建功立业，在朝廷里很有威信，而且此人足智多谋，沉着冷静，是一位能成大事的将军。步六孤丽多次随太武帝出征，对伴驾的皇孙拓跋濬也是非常喜欢，还有几分敬重。步六孤丽此时对宗爱早已恨得牙根发痒。他与几个性情相投的大臣密议，如何才能铲除宗爱。同时他也觉得皇孙拓跋濬最有危险，可是手下人却不知道拓跋濬的下落，于是他秘密拜见了一次冯昭仪。他知道冯昭仪平时最关照皇孙拓跋濬，拓跋濬的事儿，昭仪一定知道。冯昭仪把濬儿藏起来之后，一直盼着能与一个值得信赖的人商量，如何搭救皇孙。步六孤丽来见，让昭仪喜出望外。知道情况后，步六孤丽松了口气。他秘密派人暗中保护皇孙，告诉昭仪安下心来，千万不要轻举妄动。

刘尼见着步六孤丽，把早已憋着要说的话全都告诉了他，而且说宗爱等人此时正在东庙，估计夜里不会再转移。步六孤丽判断，刘尼所说不会有假。他召集几个重臣，仔细分析了眼下的形势，认为当下必须用釜底抽薪之计，立即让皇孙拓跋濬秘密登基，这是最最重要的。刻不容缓，步六孤丽安排殿中尚书源贺与尚书长孙谒侯去控制禁军，把守各个城门，防止宗爱忽然进宫来。他和刘尼立即到拓跋濬藏匿的地方，来不及与常氏、冯女细说，只吩咐她们情况危急，不可泄露半点消息，就把睡梦中的拓跋濬叫醒与步六孤丽将军同乘一匹马，悄然进宫。而刘尼则与源贺、长孙谒侯带人悄然潜入东庙。

刚刚杀死了拓跋余的宗爱，认为已大功告成，只等着下一步去做皇帝了。于是他们在东庙摆上了酒席，吃喝起来。酒席散去，宗爱忽然觉得身心疲惫，于是在长老给自己让出的房间内倒头便睡，不一会儿竟打起鼾来。后半夜，随行人员酒足饭饱都已渐入梦乡，卫兵也都在打瞌睡。源贺、长孙谒侯的人几下杀死了卫兵，把宗爱等人入住的房间死死地包围了。此时，刘尼忽然大声喊道："各位醒醒，都听好了，宗爱奸臣，刺杀皇帝拓跋余，大逆不道，现在宗爱已被控制起来。皇孙拓跋濬已经登基，皇上有诏，凡放下武器的，还可以回宫，与以往一样为朝廷效力，继续为宗爱卖力的，就地正法。"从睡梦中惊醒的所有将士们一听宗爱被控制、拓跋濬已登基，无一例外地全部放下了手里的刀枪，愿意继续为朝廷效力，不再跟随宗爱做那些对不起祖宗的事了。而宗爱一听，知道大事不好，想夺门而逃，早已不可能，被就地杀死。

濬儿三更半夜被步六孤丽将军接走后，那处院子里的几个房间就都亮起了灯。大家都睡不着了，觉得今天夜里一定会出大事，能出什么事呢？常氏一着急就会咳嗽，冯女为常氏轻轻地敲打着背，还让下人倒了热水来给常氏喝。同时她吩咐下人吹灭所有的灯，继续睡觉，保持安静，不要在院子里走动。她坐在常氏旁边，静悄悄握着常氏的手。她也想打个盹，可两只眼睛怎么也闭不上，只好透过窗棂看着天上的星星。忽然有一颗流星从天上划过，冯女的心跳加快了。

拓跋濬被步六孤丽接走，他们共乘一匹马向皇宫飞奔。在路上他紧紧靠在步六孤丽宽阔的胸怀里，将军一边骑马，一边对拓跋濬说：“情况紧急，成功在此一举。只能委屈你了，请皇孙恕罪。”拓跋濬在步六孤丽的怀里一点儿也不感到委屈，倒有一种少有的安全感，他说：“我知道，将军之行为是为了大魏江山，如此情形，我的命已不属于自己，全仰仗将军了。”年仅十三岁的拓跋濬，虽然刚刚从睡梦中醒来，但是他立刻意识到，此时此刻非同任何时候，这是决定大魏江山命运的时候，一种从未有过的庄重感、使命感，让他很快进入角色，他将与这个紧贴在身后的将军一起办一件惊天动地的大事，挽救大魏江山于危难之中。

他们进宫直奔大殿。

皇帝身边

拓跋濬十三岁登基，改年号为兴安，史称文成帝。

拓跋濬登基，尊赫连氏为太皇太后，尊前朝冯氏昭仪为太皇太妃，封常氏为保太后，封冯女为贵人。当年的小冯女，终于成为皇帝的女人。跟随皇帝两小无猜，患难与共，拓跋濬对冯女自然感情不一般。北魏王朝初，皇帝的女人除了皇后，其他的女人没有特别的名号来区别。到了太武帝拓跋焘时期，开始有了改变，皇后以外，还有几个等级，首先有左右昭仪，贵人三个，椒房三个，还有中式、世妇、御女等。冯女被直接封为贵人，可以说是越了好几个级别的，充分说明她与文成帝的感情之特殊。事实上，新皇登基，必然会有许多的美人充实到各个位置上来，然而文成帝几乎每天都跟冯贵人在一起，他与冯贵人不仅仅是那种难舍难分的男女情感，在做人做事，在文化、国事等许多方面，他都愿意与冯贵人在一起交流和分享。

其他人的进位很自然，是水到渠成的事。只有常氏一下子从一个看护孩子的乳娘，成为太后，她又一次体验到做梦的感觉。梦醒时分，她自然清楚这个保太后是怎么来的，她与太皇太妃之间的感情更加深厚，平日里只要得空闲就待在一起。冯贵人成为皇帝身边人之后，没有更多的时间与冯太妃见面，但是太皇太妃教导过她的话，句句都记在了心里。太皇太妃曾经跟她讲过，大魏有许多特有的规则要牢牢记在心里，这些东西把握不好，就会无缘无故地给自己带来灾难，甚至丢了性命；把握好了，可以让你平步青云。她说过大魏，皇帝的许多个皇子，哪位皇子被立为太子，他的亲生母亲就可能被赐死，因为皇帝担心自古以来母以子贵，太子母亲一家会因此鸡犬升天，成为一种祸乱朝廷的势力。这条规矩是道武帝拓跋珪定下的。拓跋珪自幼崇拜汉武帝，汉武帝当年立勾弋夫人之子为太子，就下令赐死勾弋夫人，害怕汉高祖时期的吕后专权的一幕重演。太武帝拓跋焘被立为太子时，他的生母杜贵人就被赐死了，至于拓跋濬生母当年的死，有人讲是因病，也有人说是被赐死的。作为皇帝的女人，自古以来都以给皇帝生下一男半女而荣耀，若能立自己的儿子为太子，那更是满门荣耀、光宗耀祖的事情了，哪个人敢说不愿意给皇帝生孩子？在这种情况下，要不要给皇上生子、怎么生，自己心里要想明白了，自己去把握。太皇太妃还说过，本朝还有一个规矩，即皇帝的乳母可以被立为太后，享受太后的荣华富贵，而且本朝已经有几次先例在前。冯贵人把这些牢牢地记在心里，在皇帝拓跋濬身边规规矩矩，小心翼翼地做好每一天，不敢有丝毫的大意。太皇太妃还给常氏举了一个例子，她说太武帝的生母早年被赐死，太武帝自幼与乳母窦氏生活在一起，他们两人不是亲生胜过亲生，后来太武帝继位，就封窦氏为保太后。窦氏与太武帝感情颇深，一心抚养太武帝多年，太武帝懂得报恩，把后宫的权力一股脑儿全交给了她。

常氏听后，懵懵懂懂，似醒非醒，仿佛一下子长上了翅膀，有一种可以飞翔的感觉。但是她又觉得太皇太妃的话里，还有一层劝她行事必须谨慎的意思。此时，需要的是冷静，不是洋洋得意。

拓跋濬登基，既是太武帝拓跋焘的生前安排，也是满朝文武的心愿，由于他这些年常常跟随在太武帝身边，对于治理朝政这一套并不陌生，虽然年纪尚轻，却已经得到人们的普遍认可。当皇帝不比其他，只有年轻气盛还不行，有时候做事情考虑得不够周全，就会引发许多祸事。况且拓跋濬登基，接手的是一个朝廷内部人心不稳，国库吃紧，国民信仰出现危机的乱摊子。不要说一个小皇帝，就是一个身经百战，大风大浪闯过来的国君，也必然是一场大的考验，也得费一番大的周折。拓跋濬虽然是皇爷爷拓跋焘一手培养出来的，但是他对太武帝的有些做法并不赞成，比如对待佛教的立场，他就认为皇爷爷做得太过火了。拓跋濬小时候，就受到父亲拓跋晃的影响，笃信佛教，他经常在东宫的佛堂里亲耳聆听佛教圣僧与父亲关于佛法的探讨和交流。他童年的灵魂里已经被注入了许多关于佛教的理念。后来他又亲身体验了皇爷爷灭佛给国家带来的破坏，给人们心里造成的创伤。跟冯贵人在一起的日子里，冯贵人一言一行都让拓跋濬满意，他认为冯女就是典型的被佛法熏陶出来的女人，简直如菩萨再世一般。这种耳濡目染，更巩固了他对佛教的信仰。他认为佛教是一个国家应该有的基本信仰，是国君、皇族、贵族乃至所有的平民应当笃信的宗教，是一个国家统一思想、安定人心、安定社会的信条。他认为治理这个乱摊子，首先要做的一件大事，就是恢复佛法，要重建佛庙、请回高僧，让所有的佛教徒安心修佛。不管阻力多大，也必须坚持。果不其然，推行佛教的皇诏一颁布，几个过去忠心耿耿效力于太武帝的老臣，立刻就提出反对。带头的竟然是太武帝拓跋焘的舅舅，也即跟随太武帝打天下立过赫赫战功，并且与步六孤丽一起灭掉宗爱，扶持他继位的老臣中书令长孙谒侯。这让他非常为难，非常恼火，也非常地不理解。

与老臣一起反对弘扬佛法的另一个主要人物，是太皇太后赫连氏。当年的皇后赫连氏一直对太武帝宠爱冯昭仪耿耿于怀，鉴于冯昭仪对她尊重有加，她才忍着，没有爆发出来。太武帝被宗爱所杀，她悲伤且害怕宗爱会杀了她。当宗爱决定不杀皇后并且要利用赫连氏时，她感觉到了自己的价值，也认为只要能够活下来，做过些什么并不重要。所以在那段日子里等于是犯下了助纣为虐的罪行。然而，拓跋濬登基并没有追究赫连氏的罪行，反而尊她为太皇太后。按照人情世故，赫连氏应该对文成帝感恩才对，可是她觉得太武帝死了，她当太皇太后是顺其自然的，如果不这样安排，那是大逆不道的。文成帝封冯昭仪为太皇太妃这件事，再次让她跟耿于怀。文成帝封乳母常氏为保太后，更让赫连氏无法忍受，她感到自己的权威受到极大的挑战。于是她决定不再沉默了，她要给这个刚刚当上皇帝的乳臭未干的拓跋濬一点颜色看看。她选择拓跋濬恢复佛法这个点为突破口，于是私下召来过去太武帝的几个老臣，太尉黎庶、司徒古弼，还有拓跋长乐等，哭哭啼啼，说太武帝尸骨未寒，拓跋濬置先帝遗愿于不顾云云，几位大臣被赫连氏说得动了容。他们在朝堂上成为另一股极力反对弘扬佛法的力量。

夜晚，繁星点点，冯贵人的宫里点亮了几盏灯。灯下，冯贵人坐在榻边，拓跋濬横躺在榻上，头枕在冯贵人的腿上。冯贵人抚摸着拓跋濬的头，把几根从发髻上散落下来的头发理顺了。拓跋濬说：“贵人，朝堂上的事，你听说了没？”

冯贵人：“臣妾不知，发生了什么事让皇上犯愁？”

拓跋濬把事情一五一十地说了一遍。然后说：“贵人，遇到这样的事，寡人真的不知该怎么办了。”

冯贵人犹豫了一下，十分认真地说：“皇上是天子，还有天子办不到的事吗？”停顿了一下，又说：“臣妾的意思，是天子的威严历来都是不可撼动的。皇上只是太仁慈了。”

拓跋濬一听这话，大脑里像平静的港湾一下激起了滔天的波浪一样，他感到一下子有热血在往上涌，他腾地站了起来，在地上走了两圈，然后对冯贵人说：“贵人所言极是，自古以来当皇上的，哪能行妇人之仁？”

冯贵人从榻边站起身来，说：“臣妾女流，平时书看得多了，随口胡言，皇上的大事，哪里有臣妾说话的地方？”

拓跋濬不知，这些话不但是冯贵人要说的，而且是太皇太妃与冯贵人讨论再三，决定要说的。关键时候，如果皇上犹豫不决，难以稳定朝纲，也就难以成就大业。几天来朝廷上发生的，太皇太妃的眼线早已都告诉了她们，她们都在为自己的前途担忧，更为皇上担忧。冯贵人的话，点醒了文成帝，也坚定了文成帝的一个信念，那就是太武帝死亡的谜底是时候揭开了。拓跋濬明白，皇爷爷之死不能就这样不明不白地过去了。他一直觉得赫连氏与太武帝的死不无瓜葛，原想先安定下来，再细细地了解宗爱害死太武帝的细节。现在看来，弘扬佛法的事遇到很大阻力，可以先放一放。于是几次上朝，关于弘扬佛法之事他只字未提，赫连氏和长孙谒侯等人都以为小皇帝害怕了，收手了。其实这几天皇帝并没有闲着，他通过自己非常信得过的一个大臣，在太武帝、赫连氏过去身边的太监和侍女中，暗中调查太武帝被害的具体原因，并且把能够作证的几个人秘密地保护起来，以免发生意外。

几天之后，再次上朝，拓跋濬缓缓坐在龙椅上，文武大臣都到齐了，叩拜皇帝，山呼万岁。拓跋濬让大家平身以后，问大家知道太武帝拓跋焘是怎么死的吗？有人答，被阉人宗爱所害。拓跋濬又问，宗爱是怎么害死太武帝的呢？是用刀杀的？还是用剑？还是用绳子勒的？你们知道吗？满朝文武无人回答。文成帝站了起来，大声说：“你们都是我皇爷爷的旧臣，你们有权知道事情的真相。那么我来告诉你们。这几天寡人一直在调查皇爷爷死的真相。想我皇爷爷一世英明，大山一般的体魄，怎么就被宗爱轻而易举地害死了呢？”

说到这里，许多大臣都屏住了呼吸，等待着下文，也有个别人此时在出虚汗，腿在哆嗦。拓跋濬接着说：“我的皇爷爷身边有个奸人！她就是现在的太皇太后，当时的皇后赫连氏。”这时，皇上叫上了那几个被保护起来的太监和宫女，其中就有赫连氏的贴身侍女，他们把当时宗爱如何通过赫连氏进入寝宫，如何下药毒死太武帝，皇后又如何下诏命几位大臣进入后宫，被宗爱手下一一杀死等等所有细节都交代得清清楚楚，还把害死太武帝的物证都带到了现场，让所有人都看得明明白白。

拓跋濬高声道："太武帝，我的皇爷爷拓跋焘之死，现在已经真相大白。赫连氏勾结宗爱害死先皇，杀害肱股忠良，天理难容，赐死！黎庶、古弼、拓跋长乐忠奸不分，受赫连氏指使，为虎作伥，罪不可赦，处以极刑。"同时，拓跋濬还把宗爱死党的残余分子一并清算。

年轻气盛而略带稚嫩的文成帝拓跋濬之所为，震撼了满朝文武，他们立刻跪倒在地，高喊"皇上圣明！惩治邪恶，匡扶正道"，并山呼万岁。

第五章　一朝为后

命运的安排，让冯氏搭上了皇家的马车。

既然搭上了，她就别无选择地要走下去。不管前面等待她的是狂风暴雨，还是风平浪静，她都要时刻提醒自己别睡着了，就是睡着了，也得睁着眼睛。既然搭上了，她就不能被半路上抛下来，就要死死地抓住能够给予她安全的绳索，让自己真正地属于这驾马车，与马车的安危连在一起。既然搭上了，她就要弄清楚这驾马车的构造，看清楚马车在往哪里跑，看清楚马车究竟跑在什么样的路上，弄清楚缰绳在什么样人的手里，甚至于在自己弄清楚之后，能否把马车掌握在自己的手里。而这一切的起点，都是出于无奈，都是为了生存。

生存，让她的内心变得强大了，让她的胸怀变得宽阔了，让她的思想变得深沉了。

天上掉下个李贵人

年轻的文成帝一举铲平了宗爱和赫连氏势力，震惊了朝廷内外。朝廷顺利地颁布了恢复佛法、教化国民、发展生产的纲领。个别老臣私下对恢复佛法有异议也不敢再提，渐渐地感到时过境迁，而且佛教盛行这么多年，必然有其伟大之处，如若再坚持，为难皇帝，其后果不堪设想。以步六孤丽等重臣为代表的多数文武官员，拥戴皇上，各司其职，效力朝廷，北魏王朝再次出现欣欣向荣的景象。

这几天皇上高兴，兴致很高，忽然问道："冯贵人，你给寡人说说大魏国里谁的书法最好？"

冯贵人答道："臣妾以为崔浩的书法，有骨有肉，神与形兼为上品。"

"可惜呀，崔浩他已驾鹤西去。寡人只能看到他留下的字，不见他的人。都说见字如见人，寡人也想到了崔浩。崔浩对大魏的贡献，不可磨灭呀。"冯贵人凑到近处一看，案子上摆的都是崔浩的墨迹，还有拓跋濬临摹崔浩楷书的纸张。

冯贵人每天都有机会陪在皇上身边，不是在宫里写字、作诗、奏琴，就是在外面骑马狩猎、嬉戏玩耍。一天，拓跋濬、冯贵人及几位大臣一起登上城楼，观看整个平城的全景。忽然风华正茂的皇帝拓跋濬被城楼下面的一位女子吸引住了，这位女子身穿一身雪白的衣裙，像仙女般在城楼下边迈着婀娜的步子，渐渐向远处走去，其身段、走路的气质和一摇一摆的节奏，紧紧地抓住了拓跋濬的心，让他两脚不能移动。皇上身边的大臣们还在有说有笑，忽然发现皇上被城下这位女子吸引，大家一下子都静了下来。随从里有个太监看出了门道，说："皇上——皇上——她——这个小女子，皇上的意思……"

皇上并不回答。很显然，太监的话皇上压根儿就没听见。没错，此时皇上所有的注意力都在那个越走越远的女子身上。冯贵人就在皇上的身边，皇上的一切举动都被冯贵人看得一清二楚。顺着皇上的眼神往下看，那个白衣女子的确美得楚楚动人，说她如仙女下凡，一点都不过分。这个女子应该说是有一股仙气，但是更有一股妖气，一种魅气。冯贵人感到热血上涌，心跳加快。但是片刻之后，她又冷静了下来。冯贵人低声对那个太监耳语了几句。不一会儿，太监在皇上耳边说道："奴才弄清楚了，那位小女子就在城下不远处，她不会走远的。皇上，您的意思……"拓跋濬一听，立刻三步并作两步顺着台阶，朝城下跑去。几个随从跟着赶去。而大臣们和冯贵人则远远地止住脚步。

冯贵人心里明白得很，几年来，皇上身边只有她一个女人，虽然皇宫里美女如云，但能够如城下这位白衣女子的，真的是从未见过，不是年纪太轻，稚嫩得很，就是小家碧玉见不了世面。像这样三分野性，七分仙气的女子，真是少之又少，不可多得啊！冯贵人虽然极不愿意皇上有这般艳遇，但是既然遇到了，那就是皇上的命，也是冯贵人的命，既然是命中注定了的，就必须去面对。于是她立刻吩咐太监去为皇上打听，皇上若是真的与之有缘，谁都阻挡不了，作为皇上目前唯一的女人，她必须这样明智地去做。冯贵人心里清楚自己之所以能够与皇上在一起，靠的不是迷人的脸，而是与皇上两小无猜、出生入死的感情。在这点上，目前没有人可以与她相比。在这种紧要关头，她不能做得小气了，皇上的一切，她都要容纳，何况皇上要个美女是太平常不过了。

城楼下这位白衣女子，生于定州，是定州一带出了名的美女。此女子自幼美若天仙，皮肤细腻白皙，行为举止落落大方，眉宇间流露着一种凡间少见的高贵和妖娆。她小时候有高人给他算过命，说此女子将来所嫁之人，一定是大富大贵，不是一般人。其父对此深信不疑，对女儿的教育和培养注入了无数的心思。待到李女长大美艳惊城时，正赶上长安王拓跋仁带兵攻打定州。攻下定州之后，他听说了定州有一美女貌若天仙，于是便将李女抢入长安王府为妾。拓跋仁自打有了李女，便不思进取，整日花天酒地，与李女厮守在一起。谁知好景不长，他糊里糊涂地就犯下了与人合谋造反的罪行，被朝廷剿灭，全家男丁一律赐死，女眷一律进宫为奴，才有了今日被皇上看见的机会。

此时的李女走在街头，被一风度翩翩的公子拦在路边。公子开口："请问小姐，芳龄几何？何故在此？"李女被拓跋濬的出现和问话吓了一跳。随后便有太监过来提醒："大胆民女，还不跪下，大魏皇帝在此。"

李女一听就要下跪，一把被拓跋濬挽住，说："不必施礼。"

李女稳定了一下情绪，羞怯地回答了拓跋濬的提问。李女娇柔的声音和柔软的身体，更加吸引了皇上，他在李女的耳边轻声道："我们借一步说话。"

此时的皇上已经性起，很显然顾不了那么多的繁缛礼节了。他只知道此女是属于他的，他要与之共缠绵。李女年幼时就听其父说，她的面相，决定了将来一定会嫁给大富大贵之人。她曾经以为拓跋仁就是她的命里归宿，到如今她一下子明白了，拓跋仁只是她生命里的一个阶段，原来还有当今皇上在这里等候着她呢。对男情女爱这一套早已轻车熟路的她，从皇上的眼神里，嘴里呼出的气息里，就能判断出来这一点，眼前这位万民拥戴的圣上，是立刻就要得到我的身体，他已经不能再等待了。这也许就是我命里注定的，与其假意拒绝，不如半推半就，机会全靠自己把握。想到这里，李女面对皇上一步一步地靠近，她是一步一步地后退，嘴里只说："皇上，皇上，皇上……"

平城的街头，游人如织，一片繁荣。

就在皇上与那李女说话的地方，旁边刚好就是一处官家存放杂物的仓房。皇上就顺其自然地把李女拥入这个仓库里面，他俩刚一进去，太监和卫兵就紧紧地把仓库围住了。仓库里横七竖八地堆放了不少物品，拓跋濬并没有把现场的杂乱放在眼里，一把把李女散发着淡淡香味的身体放平在一个箱子上，迫不及待地脱下了李女的衣裙，露出了她白皙的身体，成就了好事。李女起初略加推拒，很快她就明白，如果她能让皇上喜欢上她，让皇上从此离不开她，那她不就一下子登天了吗？于是她立刻就使出了浑身解数取悦圣上，她要让皇上与她的第一次就找到不一样的销魂的感觉。

年轻而冲动的拓跋濬，已经很久没有过如此的激情。他的生活，除去用大量的精力打理国事，便是与冯贵人在一起，卿卿我我，平平淡淡，夫唱妇随，在相互沟通之中，充实自己，振奋精神，焕发斗志。眼下这个他并不了解的、天上掉下来的半仙半妖的女人，却在很短的时间里，勾去了他的灵魂，让他不能自拔，全力以赴。

冯贵人的心在滴血，她明白李女一旦受宠意味着什么，她更明白自己深爱的夫君是一位万民仰慕的皇帝，皇帝喜欢哪个女人是他自己的事，作为皇帝的女人，无权要求她的夫君只喜欢她一个，目前她能做的只有一条，那就是一个字“忍”！此时她只有去见太皇太妃，她在太皇太妃的宫里，扑到姑妈的怀里，放声大哭，把自己的想法和内心的酸苦，连哭带说一股脑儿全洒在姑妈的面前。太皇太妃让侄女在自己怀里哭了个够，然后慢慢地说：“你是皇帝的女人，你不是平民百姓家的老婆，你必须受得了这样的苦，受不了也得受，今天哭就哭了，以后就不能再哭了。这些眼泪足以让你一事无成。”冯贵人进宫以后才开始了她的人生，以前的一切只是个序幕，只是登上舞台的阶梯，而她的人生离不开她的姑妈的全程教导和周密的安排。姑妈的良苦用心不能白费，她绝不允许冯贵人在任何一个紧要关头上出现差错。太皇太妃接着又说：“孩子，在姑妈看来，这个李氏女人的出现，并没有你想象得那么糟，在某种意义上讲，她倒有可能助你一臂之力。只要我们做得好。”那天晚上，冯贵人就住在了太皇太妃的宫里，她们娘俩说了很久很久的话。

就如冯贵人预想的一样，拓跋濬把李女接到了宫里，封李女为夫人。每天下朝，他都与李夫人泡在一起。这个李夫人也在皇上面前极尽一个妖艳女人的能事，百般伺候，让拓跋濬深陷温柔乡，后宫里对此事议论纷纷。冯贵人此时心里十分酸苦，但她不能表现出来，她照常每天给太皇太妃和保太后去请安，然后一个人在宫里读书、弹琴。她知道，宫里的议论，甚至大臣们的议论，也许不算是坏事，或许也是好事，至少大家的注意力都在李夫人身上，一个刚刚进宫的女人，她的势力必定是有限的。问题的关键不在李氏夫人，世上的美人有的是，即使没有李夫人，拓跋濬也不可能一辈子只宠爱她一个女人，还会有张夫人、王夫人、赵夫人从你想象不到的地方冒出来。问题的关键是拓跋濬的心思。

没过多久，这位李夫人有喜了。

冯贵人向皇上道喜，同时也嘱咐李夫人注意身子，安心养胎，还带了自己收藏的老山参给李夫人用。这位李夫人早听说，在她之前，皇上一直宠爱着冯贵人，自从她进宫以来，皇上就没怎么去过冯贵人那里。她心想，这位冯贵人一定在生皇上的气，也一定在极度的妒忌中过着每一天。然而几次见面，她发现情况并非她想象的那样，冯贵人非但不妒忌，而且对她就如姐姐对妹妹一样关心和爱护。听皇上说，要不是那天冯贵人的安排，皇上跟她根本不可能成其好事，只有单相思的份儿了。所以对冯贵人，李夫人的内心早已没有了戒心和提防，有的是一种内疚，是一种感激。皇上也说："你该好好感谢冯贵人才对，以后你们姐妹好好相处，一定不要让寡人失望啊。"

李夫人进宫，随后又怀了孩子，让一个人非常生气。她就是拓跋濬曾经的乳母，常氏保太后。保太后是那种只认死理、一根筋的女人。在她看来，濬儿当了皇帝，可以有许多女人，但是谁也别想超过冯贵人。冯贵人多年来一直像对待亲娘一样待她，尊重她，孝顺她，模样又好，品性又端正。她认为像冯贵人这样的人，理应得到福报，得到她的照应和帮助。而这个李夫人妖艳肤浅，进宫以来霸着皇上不松手，如今她又身怀六甲，让保太后无法再沉得住气了。她亲自移驾李夫人宫，责问她与皇上何时有的孩子？谁来作证？会不会是入宫以前怀上的孩子？会不会是其他男人的野种？李夫人跪倒在地，再三解释肯定是皇上的龙种无疑，最后一直闹到那天跟随皇帝的几个太监出来作证，还亲自到皇上与李夫人第一次行夫妻之礼的仓库，看了刻在门柱上的字，才勉强承认作罢。

兴光元年(454),李夫人为皇上生了个皇子,起名叫拓跋弘。拓跋濬大喜，封李夫人为贵人。这位李贵人刚进宫时还略略地有所收敛，自从生了皇子，便不再有任何畏惧之心了。再加上她入宫时间还短，身边几乎没有一个朋友，没有人会给她讲在皇宫里应该如何做皇帝的女人。妃子需要注意的许多规则，她都一概不知，她只是清楚自己的长处，一是容貌和身段无人能比，二是给皇帝生下了长子,有皇帝的宠爱,谁能把她怎样？李贵人不但生得美，常常能让皇上欲仙欲醉，而且为皇家生了一个龙子，赢得了拓跋濬加倍的宠爱。在李贵人的请求下，皇上还封了李贵人的兄长李峻为太宰，其他几个兄弟也被封为公爵。李贵人因此有些忘乎所以，觉得自己的好日子终于到了，这所有的一切，都是命里注定属于她的。她每每记起父亲曾请高人给她看过相，她的富贵之命，如今得到了印证。

保太后再一次感到了危机，她觉得如此下去，李贵人大有取代冯贵人的可能，甚至被拓跋濬立为皇后都有可能。原因有二：一是李贵人目前的狂妄，简直不把任何人放在眼里；二是濬儿已经当了几年的皇帝，她的话在濬儿这里不再像以前那样管用了。她与太皇太妃见面，说到此事，太皇太妃倒是一脸的冷静，不急不躁，也很少说什么。这让保太后实在是受不了。这一天她俩又见面了，三句话没说完，保太后已经哭得满面泪水，她说：“可怜冯贵人，好端端的前程就要被这个狐媚之人给毁了。”冯太妃停顿了片刻：“我看未必。保太后不必太过伤心，也许事情还有转机。”

冯太妃之所以不惊慌，是因为她在心里有自己的打算，北魏皇宫里的所有事情，都逃不出她的视野。她在盼望着一件事，那就是让李贵人亲生的年幼的儿子当上太子。于是她说：“保太后千万不要生气，而且以后要对拓跋弘好一些，越好越对。不管怎么说，他都是皇帝的儿子，如果他日拓跋弘当了太子，那都是大魏江山的福音啊。”

关于后宫的逸事，保太后平时也听到了一些。冯太妃的话，虽然没有说得很明朗，但是她似乎也感觉到了些什么。于是她说：“您说得对，弘儿当了太子才好。”

此后，保太后对皇儿拓跋弘，对李贵人的态度有了转变，多次在皇上面前为她们美言，说李贵人越来越懂事了，更说弘儿生得机灵俊气，有皇上当年的模样，将来一定了不起，李贵人自然高兴，在保太后面前也放松了，有说有笑，相安无事。

456年，皇儿拓跋弘因聪慧伶俐，而且是长子，毫无争议地被封为太子。满朝文武都来祝贺。唯有李贵人惊慌失措，她在为自己的命运而担忧恐惧。她已经听说，当年汉武帝杀勾弋夫人立下“子贵母死”的规矩，道武帝效仿汉武帝也给大魏朝立下这个规矩，而且他说干就干，把太子拓跋嗣的生母刘贵人赐死。

然而她知道得太晚了，一切都已来不及了。保太后郑重地提出，按照大魏朝的例制，哪位皇儿立为太子，他的亲生母亲就要被赐死。拓跋濬对此无法表态，他知道道武帝定下的这一条是非常严肃的，不可违背的，几任皇帝面对这个问题都是无奈之下，按祖训办的。他想想李氏贵人自从跟了自己，那是如胶似漆，情深似海呀，他怎能忍心将她赐死。文武大臣们平日里已对李贵人颇有微词，觉得此女若是得势，必将祸乱朝廷。所以保太后提到此事，皇上没有表态时，所有文臣武将跪倒一片，齐声说：“皇上圣明，祖训不可破啊。”

就这样，可怜李贵人如花似玉，却因所生皇子被立为太子而被赐死。香消玉殒时，还不满二十岁。

手铸金人

李贵人从她第一次在皇上面前出现，到她被赐死，时间不算长，可是她出尽了风头，是整个后宫里最大最多的话题，在李贵人大出风头的这段日子里，后宫里的其他女人，无一例外地生活在嫉妒和愤愤不平之中。李贵人之死使这些嫔妃们暗中庆幸。唯有冯贵人不是这样，冯贵人的心中虽然波澜起伏，可是表面上却非常冷静沉着。在这段时间里，冯贵人要求自己，不能把自己真实的情绪表露出来。她做到了三点：第一，李贵人的得宠，她从不因此而表现出嫉妒和对皇上的不满，反而像个姐姐一般对李贵人给予关照，经常地问寒问暖，经常地过问她的起居，时不时地给她送一些补品和日用品。第二，李贵人为皇上生下龙子弘儿，她为皇上和李贵人高兴，并且对弘儿非常喜欢，常常去看望，极尽其母爱的一面，而且在皇上面前夸李贵人是功臣，夸弘儿如何如何乖巧等等。第三，也是最重要的，李贵人因祖训被赐死，她一度非常悲伤，她曾经向皇上说：李贵人的命运太悲惨，怎么会这样？并对祖训表现出不理解，求皇上看在李贵人的功劳和她对皇上一片痴情的份上，三思而行。冯贵人能够做到这三点，虽然保太后觉得她太傻，不为自己打算，可是皇上对她十分满意，也十分敬重。同样是皇上身边的女人，还有谁能这样宽容、善良，有菩萨心肠？皇上与冯贵人是长相厮守的少年知己，又是皇上心里最看重的女人，这么长时间的冷落，皇上想起来是既无奈又理亏。可是冯贵人不但没有忌恨皇上和李贵人，而且事事处处体谅皇上，并且为李贵人说话求情，这样的胸怀，这样的贤淑，整个后宫无人能比，李贵人虽然生得国色天香，但是她在这些方面做得远远不如冯贵人。

保太后提出应当立冯贵人为后，这正合拓跋濬的心意。然而事情并没有那么简单。北魏王朝还有个惯例，立后必须要经过一道手铸金人的程序。所谓手铸金人，就是太后与皇帝共同商定的候选皇后的女人，要亲手铸造一个金人。若是铸造成功，方可立后；若是不成功，按照祖先的说法，那是不祥的预兆，这个女人万万不可立为皇后。冯贵人对于这一招，也是早有准备。她平时很低调，对于朝廷上的事基本不闻不问，对于皇上来讲，冯贵人就是一个与世无争、没见过世面、对政治根本没有兴趣的女人。然而她的身后有一个足以担起谋略家称号、文化修养不薄、多年对大魏宫廷之事研究很深，颇有城府、不露声色的冯氏太皇太妃。关于为皇上生皇儿之事，还有手铸金人之事等，太皇太妃都事先给冯贵人仔细交代过，而且连具体细节都做了详细的指导和安排。就在李贵人被赐死的那些日子里，太皇太妃在私下还请了宫廷里最好的铸造师，为冯贵人讲解手铸金人的程序方法和容易出现问题的几个环节。再加上冯贵人天生聪慧，在自己的宫里已经练习了许多次，其程序和细节早已烂熟于胸。

是日，保太后下御旨，选定良辰吉日举行手铸金人大典。大典那天，秋高气爽，风和日丽。所有嫔妃都沐浴焚香，按时来到了宗庙，文臣武官们也都参加了仪式。宗庙前的广场布置异常隆重。年轻的皇上拓跋濬端坐正中，保太后坐在皇上的旁边，还有许多老臣分坐两边。广场中央置放了铸金用的模具、金砖等器具，烧化金水专用的烘炉已经点燃，冒着炽热的火苗。

在场的所有人里，有三个人心里最紧张，一个是冯贵人，因为她是今天的主角，虽然她已有了十足的把握，但是如此壮观的场面她还是第一次经历，紧张是在所难免的。还有两个人的心情此时比冯贵人还要紧张，那就是坐在正中的文成帝拓跋濬和保太后常氏。面对这样的场面，他们无法知晓今天的冯贵人会有怎样的表现。他们只能为冯贵人捏着一把汗，因为他们知道手铸金人能否成功意味着什么，而成功又谈何容易，冯贵人究竟对手铸金人知道多少呢？拓跋濬听父皇说过，当年开国皇帝道武帝拓跋珪想立自己最宠爱的刘夫人为后，而刘夫人手铸金人惨遭失败，结果慕容夫人手铸金人成功，成了皇后。而明元帝拓跋嗣宠爱的姚夫人也是因为手铸金人不成功，没有成为皇后。拓跋濬甚至想到自己不该这么粗心，既然知道其中的利害关系，为何不事先给予冯贵人一些帮助呢？如今想到了，也为时已晚了。

吉时已到，保太后一声令下，仪式开始。冯贵人在一片嘈杂的气氛中来到中央地带，她先向皇上和保太后行了跪拜礼。然后走到几案前，定了定神，就如同在自己宫里一样，按照成竹在胸的程序，一步一步地进行操作，没有丝毫的慌乱，现场的议论和欢呼声，她全然没有听到耳朵里，更没有对她造成影响。保太后被她的神态迷住了，她从心底里佩服冯贵人，这样的场合，居然如此坦然。拓跋濬的心也慢慢地平静了下来，他觉得冯贵人能做到这样，真是了不起，以前对冯贵人还是了解得不够，今天她一定不会让寡人失望的。

很快，所有的程序都进行完了，冷却之后，小太监轻轻地去掉模具，出现在大家面前的是一个十分精致、闪闪发光的小金人。年轻的皇帝拓跋濬，还未等到小金人呈上来就已站起身来，高声喊道："好！好！好漂亮的金人啊！"现场四周立刻欢声雷动。在一片欢庆声中，文成帝亲自把册封皇后的诏书和玉玺交到了冯氏的手里。冯皇后当下被请到文成帝旁边就座，所有的嫔妃和文武大臣都跪倒在地，给皇上和皇后道喜，高呼皇上万岁，皇后千岁。

贤淑本色

冯皇后成为大魏后宫主宰之后，住进了太华殿。

其实，冯氏骨子里不是那种对皇权十分感兴趣的女人。她的出身，她接受过的教育，她这些年所经历的一切，让她对宫廷里的明争暗斗十分惧怕。凭她的本意，是绝不会去选择走这样一条路的。然而出于她所处的位置和时代，她所面对的血雨腥风，出于自保，出于无奈，出于她的能力和才华，她没有第二条路可以选择。她从小接受的都是儒家的封建礼教，孝敬公婆，相夫教子，这是她所追求的，也是她所身体力行的。这同样也是文成帝拓跋濬对她最为满意，最为看重的方面。她感谢上苍给了她这份荣华富贵，她更感谢她的夫君、大魏国的皇帝拓跋濬，所以她极尽所有的爱来对待她身边的皇帝。

就在新皇后入主太祥宫不久，太皇太妃冯氏去世了，这让皇后心如刀割。皇帝厚葬了太妃，丧事办得很隆重。冯皇后知道她的姑妈身体有病，前阵子她见姑妈用手捂着腹部，异常疼痛的样子，看见皇后担心，太妃很快又说没事了，不痛了。她知道姑妈活得不容易，在宫廷里一直过着提心吊胆的日子，她入宫以来，又是姑妈全方位地关心、照顾和教育，生怕在哪些环节上出问题，影响了自己的前程。如今当年的小冯女已成为大魏王朝的皇后，太妃一颗悬着的心放下来了，但是她的身体也垮了。冯皇后在无比的悲痛中，度过了这段艰难的日子。这些天，她经常在姑母的牌位前跪着，以泪洗面，谁劝她都没用。她没有在父亲母亲的牌位前跪过，父亲母亲的死，在她心里一直是个结，是一个未了的结，她不知道在她的宫里，能否为她的父母立个牌位，但最终她没有这样去做。如今她长跪在姑母的牌位前，一是她在给姑母祈祷，希望观音菩萨能够接上姑母到西方极乐世界去，从此不再为人间的事烦心，不再为她这个只会让她操心，却没有给她带来幸福的侄女烦心。二是给她的父母跪，希望姑母与她的父母见面之后，能够把自己的事情跟他们说清楚，希望他们在天有灵，能够理解她如今的内心世界，原谅她无法为她们做些什么。她也是为她的哥哥跪，她希望姑母能给她的哥哥托个梦，希望她的哥哥还活着，活得身强力壮，将来有朝一日能够和哥哥团聚。她也是为自己跪着，她相信姑母会保佑她，让她在未来的日子里，能够顺顺当当，如果遇到什么危难，姑母能够在冥冥之中提醒一下，让自己跨过去。

冯皇后虽然很悲伤，但是她不能不为自己想，以后这当皇后的路该怎么走。以前所有的大事，都有姑妈为她分忧，为她构想，给她指出所有重要的问题，让她去把握。如今她只有靠自己了。保太后一直在护着她，但是在这个问题上，保太后和姑妈完全不同，姑妈对她是无私的爱，而保太后与她完全是一种相互利用的关系，她的心里明镜似的。保太后所提醒的，所吩咐的，她原则上都会照办，但她心里明白保太后的心思，若是不照办，或者稍微让保太后看出一点点不情愿，都会引起太后的不满，进而可能会造成大的麻烦。

北魏时的宫殿虽没有唐朝时期那么华丽辉煌，可那种气势、那种威严、那种富丽也已经让冯皇后头晕目眩。她还记得小时候母亲说过，女人的本分不是奢求享什么福，而是照顾你的夫君，抚养你的孩子，夫君和孩子能给你带来什么样的福气，那是命数，不在你怎么去争。母亲从来没有替她的女儿算过命，她信命，但她知道命不是算出来的，要靠自己用心，用双手去把握。如今她面对的这一切，母亲当年怎么会算得出来，就连她自己都感到恍惚，难道这些年她眼前所发生的一切都是真的吗？

冯皇后虽然入主了太祥宫，但她依然保持着俭朴的生活态度。因为她知道一个道理，皇后也好，宫殿也好，富贵也好，奢靡的生活也好，这些原本就不属于自己，她就是一个与其他女人无有两样的普通女人。平民百姓所受的苦、所受的清贫，对生活所有的感受，她都有过。她时时刻刻提醒自己，只有保持这份俭朴，保持这份平常心，才会懂得珍惜，才会坚持这份理智，才会在任何时候都清醒地告诉自己，该做什么，该怎么去做。她除了正式场合穿着打扮与饮食需要体现皇家的气象和风采外，其他时候她还是像过去的一般穿着，吃平常茶饭。她还特别愿意有时间就去下厨，做一些自己喜欢的土菜土饭。她觉得现在的一切都是佛祖保佑，是太皇太妃潜心栽培多年，是保太后全力以赴帮助的结果。当然也是自己努力的结果，多年来她谨慎做事，提心吊胆、如履薄冰地过日子，从没有大声地说过一次话，没有放声哭过一次，没有睡过一个安稳觉，什么也不敢做，不敢痛痛快快地做一回自己。就连在一边发发愣，哼哼歌，逗逗小猫小狗都不曾有过。现在能有这样一个结果，可以说是吃了苦中苦，苦其心志，劳其筋骨，饿其体肤的结果。冯皇后认为这份荣华来得实在不易，必须倍加珍惜，不可有丝毫的狂妄和懈怠。冯皇后明白皇后和其他嫔妃一样，都是皇上身边的人，都是皇上的老婆，要想做好一个皇后，首先是要做好一个女人，做好一个妻子，她要充当的第一个角色，就是做一个让拓跋濬喜欢的妻子，而不是皇后。如果做不好一个妻子，那么这个皇后的名分就是得到了也会丢掉。

一天，皇上来到太华殿，刚刚落座，冯皇后就跪倒在皇上面前。她说：“臣妾有一事请求皇上恩准。”

拓跋濬连忙起身，要把皇后扶起，说：“你我感情可谓青梅竹马，两小无猜，此时没有别人，皇后有何事情，直说即可，不必拘礼。”

皇后没有起身，说：“待臣妾说完，皇上应允了，臣妾才敢起来。”

她对皇上讲：“皇上，臣妾近日来一直为一事伤神。那就是太子弘儿的事。想当初李贵人楚楚动人，风华正茂，与皇上恩恩爱爱，为大魏江山生下皇子弘儿。弘儿天性善良，聪慧伶俐，相貌堂堂，遂立为太子。可怜那李贵人却为此付出生命之代价，臣妾暗中不知为李贵人掉过多少泪。臣妾不敢对大魏的例制做任何评价，只是觉得李贵人命运悲惨，更觉得太子拓跋弘的命运悲惨，他三岁就没了亲娘，常常哭着喊着要母亲。每当听到弘儿的哭声，臣妾的心都在淌血。臣妾恳请皇上恩准由臣妾亲自抚养弘儿，臣妾要给弘儿足够的母爱，不能让弘儿幼小的心灵受到伤害，感觉到孤独。臣妾要把李贵人应该给予而已经无法给予的母爱，加倍地给予弘儿。臣妾一片挚诚之心，请求皇上恩准。”

冯皇后的一番话，情真意切，打动了皇上。即使皇后不说这事，皇上也曾与保太后谈过，弘儿尚小，需要一个体己的、靠得住的，最主要的是对皇上忠心不二的人带着，他才放心。他们首先想到的，最靠得住的也是皇后冯氏。然而保太后提出，皇后没有生过孩子，没有带孩子的经验，由她抚养太子会不会做得不够细心？当然她也想到让皇后带太子，会不会给皇后增添劳累，皇后如今已不是过去的贵人，整个后宫里不知有多少事要她操心。如果再抚养太子，她的身体能吃得消吗？所以这个话题说了一半就撂下了。皇上心里也一一考虑了别的女人，没有一个让人满意的。这个事他正没有主意，谁曾想，今天皇后自己提出来了，而且说得那么动感情，皇上彻彻底底被皇后感动了。他一边搀起皇后，一边说：“快快请起，皇后贤德，菩萨心肠，无人能比，寡人岂有不准之理？”

随后，皇上通报了保太后，把皇后的一片诚心和对太子的母爱之情告诉了保太后，保太后虽然觉得有些出乎意料，但是她认为皇后既然要这么做，一定有她的道理，所以也没有再说什么，只是强调皇后的身子金贵，再抚养太子可要多多保重身体。皇上说："冯皇后对太子视如己出，如此胸襟，寡人还有何话可说，但愿太子日后能够明白皇后的这番苦心。"

拓跋弘住进太华殿里，虽然伺候弘儿的太监和宫女很多，但是皇后诸事都愿意亲自动手，她亲自把饭菜端给太子，看着太子一口一口地吃完，煲出的汤太烫她要亲口尝了直到不烫，才让太子喝。她常常还亲自下厨，为弘儿做一两种喜欢吃的点心。弘儿所穿的衣服，都是皇后亲自挑选后为他穿在身上的。宫女们私下议论，就是李贵人在世，也一定做得不如皇后这么细致入微。平日里，皇后教给弘儿许多做人的道理，教他认字，手把手地教他握笔，教他研墨，教他一笔一画地写字。太子年纪还小，对李贵人的许多事尚记忆不清，加上刚生下来就常常见到皇后，与皇后天生有缘，所以很快就不再哭着喊着要母亲了，皇后完全就在弘儿的心里取代了李贵人的位置。皇后要亲力亲为地做一个母亲。虽然她没有生过孩子，但是要做个母亲的强烈愿望一天也没有丢掉。记得弘儿刚出生不久，当时的冯贵人每次去看他，他总是停止了哭泣，换作笑脸待她，两只眼睛滴溜溜地转，让李贵人和下人们觉着很奇怪。现在他们住在了一起，除了皇帝过来，冯皇后总是与弘儿在一起，不是躺在一起，皇后给太子讲故事，就是在书案前做着什么，有时还会开心地做个游戏，母子俩开心地滚作一团。有时候皇上驾到，冯皇后正在给弘儿讲课或者教他写字，都来不及出门跪迎，皇上见他们母子俩如此，心中喜欢，从不怪罪，而且也凑过来逗乐，那是一幅非常祥和的画面！弄得皇上一度时间经常驾临太华殿，来看看皇后又在教弘儿什么，又在背哪段经典，有时皇上在朝堂为琐事烦心，会突发奇想，临时退朝，直奔皇后这边来，享受天伦之乐。保太后也是三天两头地过来，与他们凑在一起。她也为皇后有这份爱心感到高兴。

第六章　保太后

一个平凡的人，转身成为一个大富大贵之人，有几种可能？是富贵险中求，还是一步一个台阶地向上攀？一个乳娘，用自己的奶水喂养一个失去生母的孩子，会有怎样的结果呢？故事里的女主角常氏，用她的近似于神话般的经历，告诉我们，从那一刻起，她的命运发生了翻天覆地的改变，她从一个底层的苦命女子，变成了可以操纵朝政的太后。原因很简单，吃她奶水的是一个未来的皇帝。

太皇太妃走了以后，冯皇后可以说体己话的人，只剩下保太后一个。她心里清楚得很，虽然保太后与太皇太妃根本不是一回事儿，但是绝不能让保太后察觉出来，她必须一如既往地保持那种亲密和孝顺……

体己话

保太后常氏如今是皇上唯一的母亲，享受着她以前从来没有想到过的荣华富贵。她吃的穿的用的，她身边可以使唤的太监和宫女，她所住的宫殿和宫里所有的一切，对于她来说，无疑就像从人间一下子来到了天堂。虽然她知道这一切都是怎么来的，如果不是当年冯昭仪的提携与教诲，如果不是冯昭仪在每个关键时刻的点拨与提醒，她哪里会有今天？然而保太后这个人特别相信命，在她受苦受难时也很少抱怨什么，她会经常地跟自己说，家没了，孩子没了，只有自己还苟活着，这都是你的命，命里早已给你安排好了，你必须得接受这个现实，既然让你活，你就必须撑起这副板来。于是常氏很快地结束了以泪洗面的日子，挺起胸膛顽强地面对这无情的一切。那个时候，她就是一个女汉子，她必须靠自己的刚强来活着。

如今常氏也的确会想，人的命天注定，遇到冯昭仪也是她的命，得到冯昭仪的庇护，以至于以后得到皇帝和皇后的尊重和爱戴，可能是自己的好运来了。常言道，命里有五升，不用起五更；三十年河东三十年河西。想我常氏年轻时受过的苦也不是一星半点儿，死了孩子和夫君，被逼为奴，受尽了屈辱和蹂躏。谁曾想风水轮流转，现在就给我常氏转过来了。现在的一切，哪一点都不是我抢来的、争来的，而是顺理成章得来的，不要白不要，干吗觉得对不起谁呢？再说了，当今皇上不是吃我的奶水长大的吗？在他遇到危急的时候，不也是我常氏与他们一起相互搀扶着走过来的吗？皇后她能有今天，靠谁呀？没有我的鼎力帮助，她凭自己能行吗？当年的冯昭仪帮了我不假，可她的侄女也实实在在得到了我的帮助，这个也算是扯平了。他们这样对我也是应该的，也许是我上辈子做了许多许多的好事，才修来今天的福。常氏这样一想，慢慢地就觉得心安理得了，在皇上和皇后面前的话语和眼神，在其他人面前所摆出的架子、说话的语气，也渐渐地与以前不一样了，越来越像一个真正的太后了，一开口说话，就是“哀家，哀家”的。不但这样，保太后还试探着，逐渐地为其兄弟常英、常喜等人在朝廷里讨得了不小的官做。她觉得这些都是顺其自然，一点也不过分。一人得道鸡犬还要跟着升天，何况是我的家人呢？

这一天，太阳刚刚从高高的院墙上照进来，皇后就给保太后请安来了。寒暄之后，她们一同在佛堂拜佛。好多次皇后来请安，正赶上太后要拜佛，于是就一起在佛堂里给佛祖鎏金像上香并跪拜。

北魏的历史，从宗教的角度上讲，也就是一部佛教的兴衰史。太武帝拓跋焘的灭佛运动，虽然动摇了佛教的根基，但也给后来佛教的快速发展作了铺垫。当年太子拓跋晃，有意拖延灭佛令的颁布，许多僧侣和佛经得到了保护，成为佛教再次复兴的种子。文成帝拓跋濬继任以来，渐渐地恢复了佛教，后宫里的女人们也大都养成了拜佛的习惯，尤其是太后与皇后对佛教的笃信更是有过之而无不及。太后为了方便，还在自己的宫里设下了一个小型佛堂，文成帝专门为太后请了一尊鎏金佛像摆在了佛堂里。每到太阳照进来，佛像就会闪闪发光，有时还会隐隐约约地带着一圈光晕，加上香炉里飘出来画一般神秘、朦胧的香烟，给人一种特祥和温暖的感觉，所以太后就喜欢每天在太阳照过来时的早上，在佛堂里拜佛，叩拜之后慢慢地抬起头来，望着闪着金光的佛像，心里就会特别的安静。

保太后把皇后请到自己的内室，像往日一样，手拉着手说着体己话。皇后把一件狐皮袖筒拿出来呈给保太后，说：“天冷了，外面的风刮得刺骨疼。我亲手为太后做了一件袖筒，针线活儿做得不好，不知太后能否不嫌弃收下？”

保太后接过袖筒，一边细细地端详着袖筒的针脚，一边用手摸着毛茸茸的狐皮，连连说：“做得好做得好，别看哀家从小做着针线，可哀家的活计却真的不如皇后，这些年照顾皇上，已经好久没动过针线，手都生了。真是难为皇后为我考虑着，还亲手为我做了，这可真是让哀家戴在手上，暖在心里呀。”

皇后说：“太后是我的恩人，太后的恩情，我岂能有一时半刻的忘记，孝敬太后怎么都不过分，何况只是夜里动动手而已。以后若是有了可以拿出手的东西，再献给太后，既然太后把我当作最亲的人，还望太后多多关照呢。我年纪尚轻，许多做得不到的，太后一定多多教导才对。”

太后说：“最近哀家心情特好，身体也就无恙。也许是被佛所赐吧。”

“一定是的。太后，刚才跪拜之后，我抬头仰望，那尊佛像金光闪亮，耀眼得很，太美了。太后与佛有缘啊。”

皇后这么一说，换来保太后一阵大笑。保太后忽然问道：“皇后听说了没？最近皇上与昙曜大师常常在一起，皇上要在武州塞上凿石雕佛。”

皇后说：“是啊，这个昙曜，可真是一位了不起的大师哟。”

太后说：“哀家听说太武帝灭佛，到处杀和尚，昙曜他本来可以还俗，保住他自己的性命，可他就是坚持，一不还俗，二不脱袈裟，不论走到哪里，都在传教说佛。硬是躲过了许多次追杀，真是命大福大哟。”

皇后说：“太后，这大师与凡人就是不同，听说他的眼珠是蓝色的，而且那鼻子也是高高大大，与汉人有别，也与鲜卑人不一。”

“是吗？都说是从西凉过来的。那佛教不就是从天竺国传过来的吗？”

“西方就好比咱东方，大了去了，这昙曜大师的出生神秘得很哟。”

“太武帝那样灭佛，他都活了下来，的确够神的。”

皇后：“太后知道皇上是怎么找到昙曜的吗？”

太后摇摇头，说：“哀家只知道，前几年皇上诏回了昙曜。”

皇后说：“其实原来我也不知道，是皇上告诉我的。那时候，我刚刚做了贵人不久，什么事儿也不敢打听。是皇上高兴，主动跟我讲的。说他有一次带了不多的人马东巡，走着走着，皇上的坐骑忽然停下四蹄不走了。这匹马高大俊逸，是上等的御马，平时很正常，从未出过差错。结果那天它就是不再前行了，皇上骑在马上，不解地观察着御马的动静。此时前面正有一和尚半低着头，嘴里念念叨叨地朝着皇上的队伍缓缓地走过来。皇上历来对修佛之人非常尊重，他暗示大家不要惊动和尚，闪出一条路来，让和尚过去。谁曾想，皇上的御马却在和尚就要擦肩而过的时候，一下子咬住了和尚的袈裟，拦住了和尚的去路。这个和尚就是昙曜大师，是因为御马拦路，这才让有了皇上认识昙曜认识并且召他回平城的事情。”

“也是他的福报，佛祖在保佑他。”

“也是大魏的幸事，也是万民的幸事哟。”

保太后与皇后说起皇上来，话题就又多了起来。她说：“濬儿当皇帝以来，日夜为国事操劳，他的身子像是消瘦了许多？”

冯皇后：“太后是皇上的母亲，心思都在皇上身上。而皇上的心太大，他的心要装得了天下，装得了天下所有的臣民。皇上的心那么大，但唯独没有装着他自己。”

常氏：“所以说，皇后你的责任就大了。皇上顾不上自己，只有皇后你去照顾他。”

冯皇后：“弘儿的母亲李夫人走了以后，皇上很长一段时间闷闷不乐。我知道，当年李夫人能够给予皇上的，我给不了。这方面的缺憾，我一直不能为皇上弥补。太后若是发觉有合适的美人，可以为皇上做主，千万不要顾及我的感受。”

“皇后是天下最贤德的，居然还有这份心思。实在是难能可贵。”保太后傻傻地笑着说：“向来在后宫里，只听说过嫔妃之间争宠的，甚至为了得到皇上的宠爱，不惜一切代价。没听说过像皇后这样，一心只为皇上着想，宁愿苦了自己的。”

“太后言重了。我也不傻不呆，然而皇上的身体和心情为大。与皇上比起来，我的苦算不了什么。再说了，我本是从苦汤里泡大的，这点苦不算什么。”

保太后说：“昨天夜里，哀家梦见了太皇太妃，你的姑妈。哀家坐在她的身边，她是一副病重的样子，身体虚弱得说不出话来，两只眼睛远远地盯着一个方向，我顺着她的眼神看过去，那里就站着皇后你。她最不放心的就是你。”

提到姑母，冯皇后的双眼立刻就有泪水盈满、流出。“太妃，太妃，姑妈她……”哽咽得说不出话来。

保太后：“近来哀家常常想起你姑母，太皇太妃来。她与哀家，那可是过命的姐妹呀。可怜她早早过世，不能看到今天的皇帝，今天的皇后。”

保太后与冯皇后抱头而泣。

开凿武州塞石窟

保太后与冯皇后所说的“马识善人”和昙曜凿石雕佛，确有其事。

文成帝执政以来，在调整内阁、治理贪腐、转变朝风、强化军事等方面做了许多的努力。之外，文成帝为了治国治吏，还加强了法令和监察建设，颇见成效。文成帝针对不少官吏借酒滋事，私下聚会，诽谤朝廷和皇上，煽动叛乱的问题，颁布禁酒令，凡是未经朝廷许可，私自酿酒、贩酒、饮酒，尤其是酗酒闹事者，一经抓获，严惩不贷，直至判处死刑。紧接着，文成帝设置内外侯官，负责监督朝廷内外对禁酒令的执行情况，遇有违反者严加审讯和制裁，就此一项，处罚了不少官员，尤其是鲜卑族的官员，有的甚至被处死。

当然，文成帝最突出的业绩，给后人印象最深的，莫过于佛教复法。佛教虽然在太武帝时期被灭，但佛教的根尚在，佛教的种子还在人们的心里。北魏之初兴佛，道武帝靠的是道人统法果，而文成帝复法，靠的是佛教高僧师贤和昙曜。法果、师贤与昙曜，皆是西凉国潜心修佛的大师，西凉国被灭之后，他们被魏国请回，拜为座上客，效力于佛法的推广与民风的教化。太武帝灭佛时，法果已圆寂多年，师贤与昙曜被逼逃离。文成帝首先请回的是已经蓄发的师贤，拓跋濬亲自为他剃度，任他为道人统，主持佛教的复兴。师贤主持佛界之后，四处宣讲佛法，在文成帝的支持下重建佛庙，请回僧侣，有许多还俗的和尚回到寺庙，也有不少一心向佛的人出家为僧。后师贤病卒，拓跋濬悲痛不已，担忧谁人可以替代师贤，统领魏国的佛教事业。

昙曜的禅学十分见长，亦在绘画雕塑艺术方面有很高造诣。太武帝时期佛教所处环境日渐紧张，太子拓跋晃依然暗中与玄高、师贤、昙曜等大师来往，尤其是待昙曜以师礼，听他讲述各种佛法禅意。还有太傅张潭、尚书韩万德等重臣也私下请昙曜讲佛，私交甚密。太武帝灭佛时，昙曜在太子晃的关照下，乔装出逃，还有不少经书和艺术品也被保护下来。昙曜没想到与太子拓跋晃一别成为终身遗憾，如今他又回到京都平城，而太子晃已驾鹤西去，此情此景，昙曜怎一个悲字了得。

巧遇昙曜，对于拓跋濬来讲，无疑是雪中送炭。

很快，昙曜被文成帝封为沙门统。沙门统，就是道武帝时期给法果所封的道人统，从昙曜开始改称沙门统。沙门统，相当于佛教协会会长，这个会长不是民间拥戴的宗教领袖，而是由朝廷任命的官员，统领全国的佛教事业和僧侣。北魏时期的佛教，在文成帝期间兴旺到了顶峰。其标志就是朝廷亲自主持，开凿石窟，依照大魏五位皇帝的形象雕刻巨大佛像，预示着佛教的威严和永恒。

昙曜为沙门统以来，一直考虑一件大事，那就是佛教在皇帝心目中的地位，在臣民心目中的地位。一般的平民百姓是急来抱佛脚，平日里无心修佛，遇事才想起烧香拜佛。皇帝与佛教，说到底是一种利用关系，用佛教来教化臣民，全凭自己的喜好，对佛教认同的，就给佛教一席之地，不认同的就排挤佛教，甚至一灭了之。太武帝灭佛之时，多数臣民不再信佛，还有甚者，认为全是佛教惹的祸，信仰出现危机，人心哪来的稳定？昙曜认为，文成帝能够如此重视佛教，佛教已经成为大魏国的皇家宗教，这是非常了不起的，但是这还不够。有两条必须做到，一是大力宣传佛教，到处建立佛教寺院，要尊重和支持僧侣的修行和传教活动，让佛教思想深入民心。二是凿山刻石，塑造永恒佛像，使佛教能够永远传下去，使佛的形象在百姓心中打下永恒的烙印，从此不会再因政治而使得佛教受到影响。他把这样的建议献给了皇上，文成帝一听觉得非常好，虽然凿山刻石造佛要耗费大量的人力、物力和财力，但是这毕竟是造福千秋的大事，理应全力以赴。

460年，文成帝拓跋濬下令，由昙曜大师主持武州塞石窟的大型开凿雕刻工程。文成帝拓跋濬还亲自与昙曜大师跋山涉水，最后选定在平城之西武州塞的断崖作为开凿之处。此武州塞历代为祭祀之神山，而且因为此处断崖，主体为砂岩石结构，非常适合雕刻。他俩一拍即合，并选定吉日，举行开凿佛窟大典。

昙曜对文成帝说，先道人统法果跪拜道武帝，其意义即说皇帝就是大慈大悲的现世佛，理当受到众人的跪拜和仰慕。文成帝大喜，如此说来寡人也是现世如来。昙曜，自幼出家为僧，在凉国修佛成为大师，潜心悟禅，周游西域各国，他不但佛学了得，而且了解许多西方文明和哲学，年轻时已是凉国里很有名望的高僧了。

吉日已到，武州塞下，佛乐齐奏，五颜六色的经幡到处飘扬，文武百官和成千上万如潮水般的百姓跪倒了一大片。大魏国文成帝拓跋濬亲宣："大魏国武州塞佛窟开凿！"顿时几百名艺工同时开凿，刹那间凿打石岩的声音响彻山谷，皇帝与所有在场的人异口同声默念："阿弥陀佛，阿弥陀佛。"在所有默念"阿弥陀佛"的人里面，有冯氏皇后，也有保太后常氏。她们二人主动提出要参加这一重大的仪式，皇上听后非常高兴，就在皇上宣布"大魏国武州塞佛窟开凿！"时，她俩就跪在皇上的眼前，而跪在皇后左边的，就是她俩前不久还私下说起的昙曜大师。

保太后对皇后窃窃私语："皇上旁边那位高僧，就应该是皇上的御马叼住僧衣的昙曜大师吧。"

冯皇后没有言语。

保太后又说：“这位昙曜，怎么可能长成那般模样呢？他也太清瘦了吧？”

冯皇后又没有出声……

冯皇后并非有意不回答太后的问题，而是根本就没有听到太后刚才的悄悄话。她的注意力，都在昙曜身上。她用眼睛的余光默默地打量着昙曜，只见大师清瘦的身材，素灰色的袈裟，略长的脖子上是一副黝黑而坚毅的面孔，被骨头和血管支撑得有棱有角的头颅，深深的眼窝，高高的鼻梁，高高的眼眶骨，高高的颧骨，还有尖尖的下巴，都像用刀子刻出来的一样，微微睁开的双眼，眼神收敛，似乎很难读到他的内心世界。昙曜大师嘴里默默地念着，同时拨动着一长串佛家的念珠。冯皇后感到了一种力量，像一股热流撞击着她的心房，温暖了她的周身。

文成帝拓跋濬宣布佛窟开凿之后，陡峭的悬崖之上，便开启了浩大的凿山雕佛的工程。已经多日了，武州塞这段断崖石壁间，早已搭起了用各种木材上下左右接连的施工平台，许多艺匠在昙曜大师的授意和统一安排下，养足了精神，只等着吉日的到来。同时开工的有五个洞窟。这五个窟的一个共同点都是要在洞窟之内雕出巨大的佛像。艺匠们都是在昙曜的指挥之下，从顶端凿开一个洞，在下面也凿开一个洞。上面的洞凿开之后，按照比例完成大佛头部的雕刻，同时洞口还起着整个石窟施工期间的照明作用，自然光线可以从这个洞口照进来；而下面的洞窟凿开之后，则完成大佛腿部、脚部和底座的雕刻。在这个基础之上，上下贯通，逐渐完成大佛上身和下身的雕刻，使雕刻工程最终合拢。当然在那样一个科学和生产力还十分落后的年代，完成这样的工程，体现得更多的是艺匠们精湛的艺术、常年作业的经验和一丝不苟的精神。在朝廷巨大的国库开支的支持下，从那天开始，武州塞石窟的工程，不论风霜雨雪，还是烈日炎炎，一直在进行。文成帝时期，石窟的主体工程得以完成，文成帝之后，武州塞石窟的工程仍然在延续。

整个武州塞石窟的设计方案，都出自昙曜之手。昙曜大师本身学问深奥，这些年奔波在西域各地，对西域各地的艺术比较了解，所以他在武州塞石窟的总体设计上突出了几个特点：一是以拓跋珪、拓跋嗣、拓跋焘、拓跋晃和拓跋濬五世大魏皇帝的形象来塑佛，以体现皇家佛教的理念。佛是什么样？皇帝什么样佛就是什么样，皇帝是现世佛。其中拓跋晃太子虽然没有继承皇位，但是他一心向佛，曾经在最关键时刻保护了佛家僧侣，所以也被作为一代帝王（拓跋晃死后被追谥为景穆帝）对待，能够展现佛的形象。二是西域文化与内陆文化的大融合。佛教是从印度传过来的，在中国人看来，佛的形象大都与中国人的形象差不多，而昙曜大师不是这样想的，他认为佛普度众生，也会以世界上各种族人的形象出现，所以武州塞塑佛，其形象、穿着，会出现西域人的特点。三是分几期工程来做，他自己首先亲率大批艺匠来做的，就是佛像高达四五十尺的五个大型的标志性的石窟。其中最大的石窟，佛像高约五十尺，窟内可容三千多人。佛教历史上称其为昙曜五窟。之后武州塞石窟的雕塑，在北魏几任皇帝期间都一直不停在做，投入了巨大的财力和人力，才成为连绵三十里、规模巨大的云冈石窟。而开凿石窟雕塑石佛的艺工，起先都是从西凉迁徙过来的，他们大都有着丰富的石雕经验和娴熟的技术。而且这些既懂石雕又通艺术的工匠，大都对昙曜大师非常了解和崇拜，所以在昙曜大师的率领和统筹下，工程进展顺利，也符合昙曜的要求。

皇上驾到，太华殿里到处点起了灯，似乎比平时更加明亮。

拜见之后，拓跋濬搀起皇后，一并落座。皇后说：“皇上近来一直为武州塞石窟操心，听说那昙曜大师的佛法和艺术功力非同一般，皇上真是用对了人。”

拓跋濬说：“昙曜大师的确了得。他对佛法的禅悟，寡人十分佩服。近日昙曜大师设下讲坛，要宣讲佛法与大魏江山，皇后可以去听听。”

“臣妾自幼颇受佛教的熏陶，一定会听。”皇后望着整日操劳国事的拓跋濬，用手摸着皇上的鬓角，说：“皇上为臣民操劳，要保重身体哟。皇上都有白发了。”说着，几滴眼泪落了下来。

皇上说："皇后自从跟了寡人，除了担惊受怕，就是操心忙碌，如今还为寡人落泪，寡人于心何忍呀！"

"臣妾是皇上的女人，臣妾的一切都是皇上给的，臣妾一直为不能给皇上尽力而感到心里不安。皇上今天如若没什么大事，就在臣妾这里好好睡一觉吧，臣妾一定好好伺候着皇上。"随后安排皇上就在皇后的寝室里用了晚餐，用餐后为皇上宽衣。皇上把皇后拥入怀里，道："皇后风华正茂，还不曾为寡人生上一男半女。"

"都是臣妾无能，请皇上恕罪。臣妾一定与皇上共同努力。"

奇遇

保太后常氏对冯皇后越来越满意，也就把后宫里大大小小的事情一股脑儿全交给了冯皇后去打理。在封建社会，皇后的职责范围很大，她首先是要相夫教子，尽到一个夫人的本分。这方面冯皇后自然是做得非常到位。其次，皇后要替皇帝掌管后宫，处理整个后宫里所有的事情。何为后宫？简单地说，皇帝的女人；再说详细点，皇帝的嫔妃和宫女们，还有先皇留下的女人们，当然皇帝那些未成年的孩子也属于后宫的范畴。古时候后宫里尔虞我诈、钩心斗角的事情发生得太多了，所以后宫交给一个什么样的人来执管，是非常重要的。冯皇后认为后宫的治理说难也难，说不难也不难，关键是皇后自身做得怎么样，如若能够以身作则，率先垂范，有一颗公道无私的心，打理好后宫的事也不难。作为皇后，还有一个职责，冯皇后十分清楚，但从不表现出来，只是在万不得已时才会出手，那就是辅佐皇帝，掌握好国事与家事的平衡，以保证皇帝和国家的大局稳定。

经过一段时间的观察，保太后发现自己亲自选定的皇后为人和善、性情稳重、品行端庄，做起事来，宽严适度、奖罚分明，没用多大劲，就把个后宫搞得井井有条，服服帖帖。而且皇后对待保太后十分孝顺，十分听话，每当想到这一点，保太后都能自己笑出声来。保太后并不在意冯皇后是否在后宫里，真正能够一碗水端平，让大家风平浪静、利益均沾，她主要是看冯皇后是自己用心推上来的，她要是能为我所用，那就算没有选错，一步关键的棋也就算走对了。于是她就毫无保留地把后宫里七七八八的事全都交给冯皇后，自己过起了神仙般的舒坦日子。人就是这样，事情多的时候觉着身子累、心也累，恨不得扔下所有的事儿，睡个三天五天的。可是一旦闲下来，日子一久，就觉得无聊了，觉着浑身不自在，好像哪儿哪儿都不舒服。保太后倚在卧榻上，想自己这一生，自己的男人和孩子早早离开了自己，尤其自己的男人当初是多么勤快，多么体贴，想到这里，止不住还掉下一串泪珠。自从入宫以来，虽然也算辛苦，可日子总算过到这般天地，一辈子也算没有白活。只是跟前没有一个贴己的人，寂寞起来没着没落的，整个身体像是被挖空似的，她有一种预感，如果此时刮一股风过来，她会随着风飘起来。想着想着，竟然眼泪打湿了衣衫。

保太后最近让文成皇帝提拔了一个人，任为尚书，封平凉公，他便是林金闾。这个林金闾是个太监，长得有几分模样，白净白净的，经常与太后打交道，会说话，会献殷勤，被太后看中，常常与太后厮混在一起。林金闾虽然身体被阉，不能为太后所用，却能够与太后说说笑笑，打发时光。时间一长，保太后便为他在皇帝耳边说了话，给他弄了个官做。林金闾为此给太后跪下表示，此生愿随时听太后调遣，唯太后是命。

太后以前每天在宫里的佛堂拜佛，近来忽然决定每天乘辇去平城最大的皇家佛寺。

中国古代有一句来源于佛教的禅语，叫作“救人一命，胜造七级浮屠”，这里的浮屠，是佛陀的意思，后来在佛教的寺庙里，有建起佛塔的，佛教徒们也习惯把佛塔称作浮屠，七级浮屠便是七层佛塔。在平城，开国皇帝道武帝拓跋珪第一个构建规模宏大的皇家寺庙，而且在寺庙里建有十五级浮屠，可见其雄伟壮观。保太后就是要去这个寺庙去拜佛，一则显得隆重，让世人都看看太后的威风，二来呢，自己也好出去走走，看看外边的风景，看看路边的集市及百姓的生活，以解心头的烦闷。这一天，天高气爽，湛蓝的天空，飘着几朵白云，保太后坐在车辇之上，心情顿时好了许多。拜佛之后，太后的车辇从佛寺那边出来，缓缓地朝着宫城的方向驶来。太后从辇窗的缝隙里看着路边集市，人头攒动，一片繁荣。心里正高兴呢，忽然几个小孩在路上放爆竹，把那匹驾车的黑马惊了。那黑马一声嘶鸣，两条前腿腾空跃起，紧跟着飞也似的向前奔跑，把车上的太后和宫女们吓得六神无主，随从们紧跟在后面一路追过来。车辇在平城的马路上飞驰而过，扬起一阵尘土，许多路人都被惊得大声呼喊。说时迟那时快，一名路过的武士纵马赶来，他像离弦的箭一样飞奔而来。这武士骑在马上眼疾手快，一把抓住了黑马的缰绳就势一勒，那黑马缓缓地停了下来。车上的保太后像是从噩梦中醒来一般，趴在车辇里，身边的宫女和赶过来的随从，围在马车的四周呼喊着“太后，太后”。一路上跌跌撞撞的太后，她的脑袋、脖子、身子和腿，不知有多少处在跌撞之中负了伤。这些，保太后都无暇顾及，因为她的神儿，已经出窍，她慢慢睁开双眼，半晌没有出声。早已掉了帘子的车窗外，一位年轻的武士威风凛凛地骑在枣红马上。那武士翻身从马上下来，单腿跪下，说道：“见过太后，太后吉祥。”

此时，太后已经回过神来，她整理一下衣衫，坐了起来，吩咐回宫。太后的车辇及随从们再次出发，向皇宫的方向渐渐远去，那位年轻的武士跃身上马，在夕阳西下的余晖里，显得十分阳刚而潇洒。

太后回到宫殿里，刚一落座，贴身女官便吩咐太监去传太医，并派出另外一人把太后遇险之事禀告冯皇后。保太后却说：“去，查一下，那位救了哀家的武士，是谁？”

皇后和文成帝都赶过来，看望太后。御医禀告，太后只是有一些轻伤，敷一些药，很快就会痊愈的。皇上吩咐太后身边的太监、宫女，多多照顾太后的身体。太后笑呵呵地说：“哀家的身子没那么娇气，经得起折腾，皇上皇后不要担心。”

最近，不断有人在冯皇后的耳边说保太后的一些事情，先是说太后喜欢上一位太监，后又说太后与一名年轻的武士怎么怎么的。冯皇后吩咐身边人，以后宫内的太监和宫女不得乱传各种有伤体统的流言蜚语，否则严惩不贷。直到有一天冯皇后给保太后请安，与一位英俊威武的武官相遇，才相信所谓的流言已成事实。

那位在平城街头救了保太后一命的武官，名叫乙浑。乙浑是鲜卑族人，本来他的鲜卑族姓名应该是乙弗浑，后来鲜卑族为了顺应潮流，有许多家族把自己两个字的姓氏汉化成一个字，乙弗家也就赶时髦把乙弗汉化为乙，乙弗浑就叫作乙浑了。乙浑家是鲜卑族里的平民，世世代代都想有朝一日，能够祖坟上冒青烟，改变一下平民的血统，在朝廷里混个一官半职。应当说乙浑这个小伙子长得帅气，浓眉大眼，皮肤白净，肌肉发达，他自幼习武，舞刀弄枪长拳短腿，样样都有几下。可是就如他的名字一样，乙浑这个人，仿佛天生就浑。乙浑之浑，与社会上其他的浑人有区别。一是他外貌不错，二是他个性圆滑会使心计，三是他的确有点哥们义气。所以出道不久，他便混成了一个教官的职位，平时在校场上带着士兵们练习武艺。

那天在平城街头，乙浑正巧赶上太后的车马出了问题，他等待了多年的机会来了，他没有过多的时间考虑，他甚至根本无法一下子搞清楚车辇之上坐的是谁，他只晓得那样豪华精致的马车，一般人不会有，一定是个大人物，所以他毫不犹豫地出了手。直到马车走远，他骑在马上立在落日的余晖中，太后从马车的窗户看着他的身影，他也从路人的议论里明白过来，刚才勒住的是当朝皇帝的母亲太后的马车，他的脸上露出了由衷的笑容。

保太后从乙浑这里得到了精神上、肉体上的满足，多少年了她的脸色从没像今天这样红润而有光泽。她觉得乙浑这小子太好了，身体好，会疼人，而且还特会说话，经常逗得太后嬉笑连连，于是保太后隔三岔五地在自己的宫里与乙浑幽会。太后正好近来啥心也不用操了，她吩咐宫里的人，每当乙浑进宫来，就关闭宫门，太监宫女们一律退到外面，没有传话，不得入内。另外乙浑之事不能乱嚼舌头，谁若是惹得哀家不开心了，有你们好受的。

乙浑每次进得宫来，除了与太后温存以外，还给太后讲了许多外面的事情，讲平城有多少好玩的、好吃的，讲他听到的许多西域各国的新鲜事，还讲过去他是如何习武的，如何行侠仗义、闯荡江湖，还时不时地给太后练上一段拳脚，在太后看来，乙浑的拳脚那真的就算出神入化了。乙浑又说："此生能够见到太后，是菩萨的安排，不然的话，我怎么会那么巧正好赶上太后的车辇出事儿呢？又怎么能够有这样多的机会与太后见面，一睹太后的容颜，一沐太后的芳泽。"还有一次在卧榻上，太后头枕在乙浑的大腿上仰面躺着，乙浑为太后按摩身上的每一寸肌肤，太后舒服地闭着双眼，嘴里发出轻轻的呻吟。乙浑说："太后有皇帝这样的靠山，可谓天下都是太后的，太后想怎么着就能怎么着。"

太后听到这番话，睁开眼睛，缓缓地说："此话也对也不对，哀家不是那种贪心不足蛇吞象的人。"

"乙浑该死。乙浑的话不是那个意思。"

"那你是哪个意思呢？说出来听听。"

"乙浑的意思是，太后虽然有皇上，但是除了皇上以外，在皇上身边，太后还需要有自己的人。您说是不是这个理？"

听了乙浑的话，仿佛给太后的脑袋里浇了一瓢凉水，她立刻打了个寒战，坐了起来。太后认为自己也算是老谋深算，可是怎么就没有想到这些呢？她知道，皇上对自己就如对亲生母亲一样，她觉得一辈子该得到的也都得到了，她的下半生就倚仗着皇上享福吧。乙浑的话点醒了自己。在朝廷里还必须安排自己的人，谁是自己的人呢？她的哥哥弟弟，她的侄子，皇上给他们已经安排了，将来应该把他们都安插到更加有权有势的地方去。还有谁？如今跟她最亲的人就是眼前这个乙浑了。

乙浑见太后在深情地看着他，便双腿跪下，双手抱拳，对太后说："太后千岁，如若太后不嫌弃，从今天起，乙浑就是太后的人了，乙浑愿为太后出生入死。太后愿意乙浑是条狗，乙浑就是一条狗，太后喜欢乙浑乖乖的，乙浑就乖乖的，什么时候需要乙浑出去咬人，乙浑一旦放出去，就是一条疯狗，绝不让太后失望。”

“好一条狗！哈哈哈哈。”太后笑得前仰后合。太后笑是笑，可也从乙浑的表白中听出来了，这小子有野心，也想图个大官做做。他绝不会没有自己的所图，为她去做这条狗的。她认为乙浑有武艺，肯效忠，也真是个人才，一则给他个官做，朝廷里也有了自己的人，用起来方便；二来也是给皇帝推荐个将才，只要他小子真心实意对我好，给我卖命，给他弄个带兵的将军，还不是我一句话吗？

太后既然这样想到了，也就这样做到了。不久她就在皇上那里为乙浑讨了一个“车骑大将军”的显赫官位，封为东郡公，让乙浑摇身一变成了贵族。当然太后也同时为常家的几个数得上的，逐一安排了官职。皇上自幼没了亲生母亲，保太后对他的哺育抚养之恩，如同再造，拓跋濬永远不会忘记，所以太后提出的请求，皇上统统没有推辞，完全按照太后的意思去办。

乙浑得道，乙浑的父母和家人，包括平时那些狐朋狗友都来祝贺，乙浑也摆了酒席，让大家一起分享这块从天上忽然掉下来的“大馅饼”。乙浑得来这些，好像并没有费多大劲，只是在太后跟前出神入化地表白了一番，让太后相信乙浑会一辈子效忠于她，太后一高兴，这些就都源源不断地来了。乙浑放下酒杯，对亲朋好友们讲：“大家千万不要高兴得太早了，我乙浑的好日子来了，这只是刚刚开了个头，以后我乙浑还要做许多大事，想跟我混的，都收敛着点，遇事不要自己做主，要问问我该怎么办，明白吗？这叫请教，也叫请示，懂吗？哪个若是不长眼，由着自己的性子来，坏了我的大事，别怪我到时候不客气。”这些给他敬酒的，都是他平日交下的小混混，多多少少会点拳脚，偷鸡摸狗、欺男霸女的事儿没少做过。这些人既没见过世面，也没做过大事，一听大哥混出个模样，而且还要提携大伙，那个高兴劲儿就别提了。他们纷纷表示，风水轮流转，如今就轮到咱哥们儿飞黄腾达了，以后就听将军的，将军让怎么干，大家就怎么干，不会再惹是生非了。乙浑也一再许诺大家将来都一起发财，在朝廷里做官，美人和财宝少不了大家的。

保太后常氏也是命里不该享有这样的福，当大富大贵和乙浑来到身边不久，她得了重病，她的小腹疼痛难忍，几天来御医围着她转，用遍了天下所谓最好的药，也无力回天，早早地离开了人世。

她的死让文成帝和冯皇后十分难过。文成帝为保太后举行了隆重的葬礼。

常氏离世的那一年，与武州塞石窟开凿同载。

第七章　乙浑之乱

让她同时经历的不仅仅是夫君的离去，还有一场异常血腥的叛乱，满朝文武面对一个凶残的逆贼，竟然束手无策，一个烂摊子留给了年轻的冯皇后。

历史上，挟天子以令诸侯的故事发生过几次，最出名的要数三国时的曹操。想当年，曹操把年幼的汉献帝视作傀儡，叱咤风云，称霸北方，玩转乾坤，真可谓是一代枭雄。可曹操高吟着《观沧海》"东临碣石，以观沧海。水何澹澹，山岛竦峙"的时候，万不会想到，在二百五十年之后，会有这么一个小人在效仿他，野心勃勃，独揽兵权，矫诏欺下，乱杀大臣，祸害天下，无恶不作，他就是北魏王朝的乙浑。在作恶方面，乙浑所为远远超出了曹操，可谓登峰造极。

小人得势

保太后常氏只是乙浑登天的梯，当乙浑已经登上了天堂，常氏这个天梯也就失去了意义。常氏活着的时候，乙浑隔三岔五被唤去，搞得乙浑的心里的确有点烦她。一是乙浑还有许多的“正事儿”要办，不可能天天泡在那里；再则太后毕竟是太后，哪比得上那些嫩得出水的女孩儿，差不多找到感觉就好了。应当说保太后的死，也让乙浑掉了几滴泪水，这几滴泪，一是常氏对他的举荐，二是常氏的温柔乡，也让乙浑拥有过满满的成就感。没曾想这个太后如此的短命，当年他在太后面前信誓旦旦地承诺过，他要成为太后呼来唤去的一条狗，而今“狗”还在，主人却去了西天。嗨！这都是她的命，她不是相信命吗？既然相信命，那她就不该对我有丝毫的怨言。

保太后的死，并没有影响到乙浑的提升。相反因乙浑是常氏举荐，文成帝把对常氏的怀念之情，全都转化为对乙浑的信任。

常氏离世之后，乙浑有几年“默默无闻”地为皇上效力，他的才干和“热心肠”，越来越多地得到了赏识，文成帝让他执掌虎贲军和羽林卫，陪伴在皇上的身边。皇上为什么会很快就赏识乙浑呢？以前拓跋濬并不认识乙浑，经过保太后推荐，给太后一个面子，赏给他一个官位，这个很简单。但是让皇上喜欢上他，委以重任，不是太后推荐就能够的。根本原因是乙浑的个性正好得到拓跋濬的喜欢。乙浑很会做事，他办事如同他的思维方法一样，敏捷而圆滑，非常得体，把皇上的心思摸得很准，很对皇上的胃口。当然乙浑仅有这样的个性也不行，乙浑还做了三件实实在在的事，让皇帝觉得心满意足，无话可说。第一，乙浑为拓跋濬物色了一匹世上罕见的良种宝马，深得拓跋濬的喜欢。这匹马，是他用了重金从西域买来的。文成帝一看，这马高高大大，枣红色，雪白的鼻梁，长长的尾巴不停地甩来甩去，从四条铁柱般坚硬无比的马腿往下看，是四个白色的跺来跺去的马蹄。枣红马在文成帝面前哼哧哼哧地打着响鼻，若不是缰绳被乙浑牢牢地拽着，好像它随时都要飞奔而去的样子。拓跋濬非常喜欢。

第二，乙浑专门为拓跋濬开辟了一处游猎场所，有山有水，被大片的松树林包围着，这里有野鸡、野鸭、野兔，还有野鹿和野猪等动物出没，对于皇上这个非常喜爱射猎的人来讲，无疑又做了一件很称心的事。乙浑隔三岔五地安排皇上出去射猎游玩，能够把皇上的兴致调动起来，发挥到极致。

第三件事，更重要，自从李贵人因亲生儿子拓跋弘立为太子被赐死后，拓跋濬身边再也没有一位让他魂牵梦萦的美人了，虽然他一直非常看重冯皇后，但是冯皇后属于那种稳重、知书达理的女人，在男欢女爱这方面就差了许多，拓跋濬正值英年气盛，哪里受得了这般苦。皇上的内心之苦，别人很少能够看出来，但是冯皇后能懂。她虽然明白皇上需要什么，可她替皇上做不了这种事，她不知道该怎么做，选什么样的美女才能得到皇上的龙心。再说了，皇后也是女人，她的心告诉她这事她不可能去做。冯皇后向太后提出，请太后帮着为皇上寻找可心的美女。但是保太后觉得皇后年轻漂亮，李贵人不在了，皇上的心自然就该回到皇后这里来，她不愿意再选上个王贵人、杨贵人什么的，把后宫给搞乱了。其他人大多对皇上的心思是看不出来的，就是看出来也轮不到他来出面。这事偏偏就让乙浑赶上了，乙浑在江湖上混了许多年，对男女之事太精通了。于是他非常认真地为皇上走访人间美女，要漂亮，要有气质，要懂一些诗词歌赋，或者琴棋书画，特别是要有能够勾住男人魂魄的那种妩媚，那种辣劲，那种野劲。选好了几个美女，在一个专门布置好的场所接受皇上的召见，由她们为皇上歌舞，与皇上一起做各种游戏，服侍皇上，把个皇上搞得如痴如醉，魂不附体，常常整夜整夜地狂欢，大白天还沉溺于温柔之乡。为了支撑皇上的龙体，乙浑还为皇上寻得一种壮阳之药，给皇上服下。拓跋濬服药以后，觉得神清气爽，体力倍加，在那些美女营造的温柔乡里能够轻车熟路，游刃有余。之后皇上上朝的次数越来越少，就是在朝堂上跟文臣武将们议事时，也常常走神，想起那些美人来。古往今来，会溜须拍马、阿谀奉承的人，往往能够得到重用，乙浑之事再次印证了这一点。当然乙浑得以重用，还有另外一个原因，就是皇上觉得乙浑有功夫，有号召力，做事果断，思维敏捷，是个干大事的料。拓跋濬自然也能够觉察出乙浑有野心，但是他认为是人都会有野心，只要发挥他的长处，控制住他的短处，谅他也翻不了天。

拓跋濬在这一点上失策了。

乙浑把虎贲军和羽林卫的兵权拿到手之后，他很快就做了一件事，那就是把他那些当年一起混江湖的小兄弟们全都安插在军队里面，有的直接就提拔到重要的位置上来。他要做到在需要的时候，能够一声令下，不能出任何差错。同时他要求他的那些兄弟，尽快把皇帝身边的护卫拉拢过来，实在不行就换成自己的人。

痛失夫君

文成帝拓跋濬病了。

皇上的病，有人立刻通知了冯皇后。冯皇后早听说皇上近来一直重用乙浑，而且常常与乙浑在一起。乙浑已经成为朝廷里非常活跃，而且掌有实权，可以呼风唤雨的人物了。乙浑是什么人，冯皇后当然知道，乙浑就是在保太后病故前宫里遇到的那个年轻武士，几年没见，他已经攀爬到如此重要的位置上。他太能干了，冯皇后当年听到这个乙浑与保太后的事情，她忍了，她不想在这个问题上伤了保太后的心，她明白保太后这么多年过得十分不易。但是这个乙浑，在朝廷内外所做的其他事情，让冯皇后实在坐不住了。多日来皇帝不再登皇后的门，成天与这个人鬼难辨的乙浑在一起，他们成天在做些什么？以冯皇后的个性，皇帝的这些事本不该她去操心，她无法做到对皇帝的行踪了如指掌，她也从来没有兴趣去搞清楚这些，这不是她皇后的本分。然而此时的她有一种预感，不祥的预感，这个乙浑，不可小觑，皇上若是过分地信任这样一个旁门左道之人，迟早会出大事。有人来报，说这个乙浑原来就是个地痞混混，说他近来都为皇上做了什么什么。

冯皇后脑子里闪出几幕画面，一个是皇帝在宫廷外面设立荒淫无度的场所，皇帝跟许多不知底细的女子鬼混，乙浑在旁边发出奸诈的笑声；再一个是乙浑在朝廷里飞扬跋扈、横行霸道、欺上瞒下，所有的大臣他全不放在眼里。乙浑干了些什么？他要干些什么？再这么下去，乙浑那双手，会弄出什么样的“排场”来？皇帝对此有察觉吗？皇帝会不会出事？冯皇后开始担忧了，她在皇上身边安插的太监和宫女今天来报，说皇帝病倒了，高烧几天不退。

冯皇后没有与任何人打招呼，直奔皇帝的寝宫。

近来皇上感到身体特别虚弱，不仅发烧还咳嗽不止，既像是劳累过度，又好像得了风寒之症。乙浑把三个有名的太医请过来给皇上把脉，他警告御医们：“皇上的龙体，非同一般，你们瞧好了，不能乱说，更不能乱下药，要是出了问题，小心你们的脑袋。”御医们把过了脉，互相之间使了使眼色，然后说：“皇上正值当年，身体一向很好，屡经风风雨雨都硬硬朗朗的，这次也不可能出现太大的问题，可是从脉象上看，又觉得很弱，我们几个一起商量，给皇上开了一副补药，为皇上调理滋养，主要是增强皇上的体质，希望皇上能够及早康复。”正说到这份儿上，有人传冯皇后来了，有几个护卫要拦住她们，乙浑出来把皇后迎在外室坐下。乙浑说：“皇上病了，乙浑正要前去禀报，不知皇后驾到，微臣叩见皇后千岁。”

冯皇后并没有理会乙浑的说辞，快步进到内室，扑在拓跋濬的身上，就哭了。她一手抓住皇上的手，一手抚摸着皇上的脸，一边询问病情怎样，身体哪里疼痛，一边眼泪哗哗落下。

皇后的哭喊声中，拓跋濬微微睁开眼睛，他与皇后二人四目相对，没有言语。

在冯皇后看望皇上不久，文成帝拓跋濬就撒手人寰，驾崩了。

这两天，冯皇后每天都去寝宫看望皇上，每次都被乙浑挡在外室，乙浑讲：“皇上的病情已见好转，太医说不能见任何人，以免再染风寒。请皇后千岁回宫等候，皇上答应见了，微臣立刻禀告皇后。”

皇后觉得大事不好，一定是皇上出了问题。但是皇后此时此刻没有其他办法，只有回宫等候。在皇帝那里安插的眼线回来报告，说所有人都无法靠近皇帝的内室，情况不明，据说皇帝身边的两个贴身太监也已不知去向，还说为皇上诊病的三位御医也不再露面了。冯皇后随后又接到报告，乙浑今天对朝臣们说，今年各地大旱，粮食长势堪忧，皇上近日不上朝，在沐浴吃斋，为天下黎民祷告求雨。可是满朝文武，对此议论纷纷，多有疑问。

还有报告，说殿中上书拓跋郁等人闯宫，有去无回，没有消息。

紧接着，皇后又接到密报，老臣平原王步六孤丽被召回宫，这是步六孤丽府上传来的消息。步六孤丽乃三朝元老，当年是他毅然出手辅助文成帝继承大统，对皇上和皇后都有过命的恩情。再有报告传来，说皇上只允许步六孤丽将军一人进宫，进宫后再也无消息。

听到这里，冯皇后感到一阵眩晕，被女官扶住才没有倒在地上。

冯皇后在人们的服侍下醒过来，她的心仿佛针扎似的疼痛，她的脸色变得惨白惨白的，没有一丝往日的红润。跟前的几个贴己的宫女，一边喊着皇后皇后，一边给她喂水，她在众人的搀扶下坐了起来。只见她慢慢地呼出一口气，嘴里念着：“皇上，皇上……”哇的一声大哭起来，她的哭声十分凄惨，也十分吓人。大家并没有得到皇上驾崩的消息，为何皇后哭得那么厉害，而且一个劲儿地喊着皇上皇上。皇后在哭，她从来没有这么哭过，想当年父亲被害，母亲病死，家里人惨死那么多，她没有这么哭过，或许是当年她还小，对人世间的情感体味得还没那么透彻，也没那么痛切，而今天她有一种预感，也许是一种只有最亲的亲人之间的那种预感，皇上可能已经真的不在了，皇上的灵魂已经离开了她非常熟悉的，充满了激情的身体，对于皇后来讲，那种灵魂脱离肉体的感觉，就如同经历了天塌地陷一样，所以她哭得非常伤感，痛彻心扉。周围所有的人全都跟她一样泪流满面，抽抽泣泣。

不知过了多久，冯皇后自己擦干了脸上的泪水，长出一口气站起身来，走到几案前坐下，吩咐道：“全都不要哭了，给本宫泡杯茶来。”有人把刚泡的茶递上来，冯皇后没有喝，而是把那杯茶捧在手里，轻轻地摇来摇去，贴身的宫女知道，皇后考虑问题时往往就是这样。

她在想，拓跋郁几人就这么让乙浑给杀了？让世人尊重的老臣步六孤丽难道说也已惨遭毒手？当年老将军从姑妈的外宅把拓跋濬带走的情景，闭上眼睛就如同昨天发生的事情一样，是步六孤丽将军把拓跋濬扶上马，然后自己又飞身上马，他俩骑着同一匹马飞奔而去，才有了今天的局面。难道说步六孤丽将军也没有充分考虑到乙浑的手段，以至于落入贼人之手？皇上，皇上，皇上你怎么样了？乙浑这个奸诈小人，你究竟要把皇上怎么样？皇上刚刚把军权交给了你，让你享受这般荣华富贵，你难道要害死皇上，取而代之？皇上若是因病驾崩，为何乙浑秘不发丧？他怕满朝文武怪罪于他？他是个怕事的人吗？不是！他是个天不怕地不怕，为了个人目的一不做二不休的混蛋。不管皇上是死是活，不管皇上他是因病驾崩还是被他所害，乙浑都是在犯上作乱。如若乙浑得逞，轻则他会像宗爱一样找个皇子或皇侄来当皇帝，他自己挟天子以令诸侯，重则乙浑便会自己去坐这把龙椅，过把皇帝的瘾。真要这样的话，我的弘儿可就危在旦夕了，乙浑下一个要害死的人就是我的弘儿。

想到这里，冯皇后一颗悲伤而狂躁的心反而安静了下来。她吩咐下人把太子请来，同时还吩咐另外一人即刻到宫外的寺庙里请昙曜大师连夜进宫，有要事商量。太子虽然已经住在东宫，可是东宫几乎所有的人都在皇后的视野内，都是经过皇后亲自选配、亲自指教才进到东宫的，皇后的话在这里是说一不二的。太子弘儿很快来到太华殿，皇后把自己知道的和分析的全都讲给太子听，太子一听，脸色惨白，腿都有些发抖。皇后说：“事情紧急，你不要怕，你贵为太子，将来天下一定是你的。眼下有本宫在，你听本宫安排就好了。”正说着，昙曜大师从太华殿的后门进来。

昙曜大师对皇后的贤德和才华早有耳闻，那次在武州塞石窟开凿大殿上，昙曜大师见到了皇后，从皇后的相貌上，大师已读出了此女子不凡，有如观音再世，有这样的女子为皇后乃大魏朝之幸也。之后，几次昙曜大师在寺庙里讲佛，皇后是每场必到，而且在寒暄之间，也常常透露出对大师的敬仰和尊重。皇后把自己掌握的情况跟昙曜又说了一遍，求大师帮太子渡过这一关，大师没做任何推脱便欣然答应。冯皇后吩咐一个靠得住的军士连夜送昙曜大师和太子出城，没有丝毫耽搁。回到寺庙后，昙曜大师在禅房里，为太子换上了僧衣，并且当即剃去头发，以小和尚的身份与大师住在了一起。

矫诏恶行

有人秘密报告，说文成帝确实已驾崩。此报告乃冯皇后在羽林卫安插的内线送出的消息。冯皇后当时已经吩咐此人，平时只需潜伏，不需传递任何消息，到了万分危急的时候，要出其不意地把消息传出来。消息一到，情况一目了然，如今大魏朝正面临着大厦将倾的局面。

正如冯皇后想象的一样，文成帝拓跋濬驾崩之后，乙浑采取密不发丧的手段，封锁了所有消息通道，三个为皇帝诊病的太医、皇帝身边的太监、宫女被立刻杀掉，守卫全部换成乙浑自己的人。他要干什么？很显然他要的不是做个一人之下、万人之上的权臣，他是个不见棺材不掉泪、不到黄河心不死的人，既然到了这般地步，他就直接要当皇帝。既然拓跋濬可以当皇上，我乙浑又为何不能，难不成坐天下的只能是他们拓跋氏吗？我乙浑出身平民又怎样，就不能做皇上吗？乙浑已经拿定了主意，跟自己的命运赌一把，他要孤注一掷大干一场，哪怕前面是万丈深渊，哪怕前面是刀山火海，他也要试一把。他暗中给自己制订了计划，第一步，谎称皇上祈雨不上朝，矫诏杀死主要的大臣；第二步，设法让太子走出东宫，将其控制或杀死；第三步，调动羽林卫，控制局面，实施政变，即刻登基，更朝换代。随即他把几个兄弟唤过来，秘密商议，准备政变，他问："本将军主意已定，你们哪位愿意与我并肩？"

几个过去和他一起在江湖上打打杀杀的混混一听，精神头来了，表示为此拼上性命都值，而且都是一副摩拳擦掌的样子，只有一个后入伙的家伙，说话时有些吞吞吐吐，乙浑只一个眼色，那人便被后面的武士给抹了脖子。余下的人都表示一切听从乙浑将军的命令，生死与共，同创一番惊天动地的事业。

第二天早朝，乙浑吩咐一个太监向朝臣们发布皇上念及苍生、祈雨打坐，暂不上朝的消息。朝堂之上多数大臣觉得乙浑在耍阴谋，一定另有企图，一向以刚正不阿、敢说敢干出了名的顺阳公拓跋郁眼珠一瞪，大声喝道："大胆乙浑，竟敢欺瞒众臣，走！找他问个清楚。"顺阳公在武将里面威望很高，他平时就是路见不平拔刀相助，遇到恶人当道必然带头反击的主。此时他一发话，便有几个敬仰其为人的武将站出来说："顺阳公说得对，我们找他去，今天他必须给我们一个说法。"说罢，几个人一起来到太华殿下，大喊："乙浑出来，乙浑出来，今天，你给我们说清楚了，皇上现在究竟在哪里？"

"我们要见皇上！见不到皇上，我们今天就不走了！"

"乙浑，你究竟在搞什么名堂？出来！"

过了一会儿，乙浑一路小跑出来了。他双手一抱拳，轻声说："顺阳公息怒，各位息怒。不是乙浑拦着诸位，的确是皇上在祈雨，不便打搅。刚才微臣已向皇上禀告，皇上一听怕你们担心，犹豫再三答应见你们了。只是请各位进去的时候放轻脚步，不要鲁莽，以免激怒了皇上。各位请！"

乙浑这么一说，大家都信以为真，把佩剑佩刀交给了守卫，从侧门缓缓进宫。宫里非常安静，而且是一片黑暗，只是个别地方点有一些晃动着火苗的蜡烛。乙浑早已料到会有这么一天，他在四处的角落里暗藏好了无数的刀斧手，几位大人进去没走几步，即被埋伏好的武士们一起动手，像砍瓜切菜一般杀掉了。

顺阳公和几位将军一去，半晌无返。朝堂内议论纷纷，胆大的继续在骂乙浑，越骂声越高，话越糙，似乎多难听的话，都不解气；胆小的人不再言语，或者干脆默默地退出，他们真的不知道大魏朝堂之上，究竟还会上演哪些悲剧，此时的选择是三十六计走为上计；做事谨慎的谋事之君，此时更加意识到了问题的严重性，他们私下商议，乙浑此等逆贼，胆大包天，大权在握，十有八九已经将皇上控制，危难之时，只有请高人出山，从长计议，切不可莽撞行事。

这几日，平原王步六孤丽因年岁已大身体不适，告病在平城的一处温泉汤头疗养。这温泉汤头从地下冒出的泉水滚烫得很，泡澡要等池子里的水晾上许久才可，是一处非常好的洗浴和疗养的去处。步六孤丽其实就是不想上朝，心里烦闷。他虽然几日告假没有上朝，可是朝廷发生的一切，他也都有耳闻，几乎每天退朝之后都有人来这里看望他，与他说说朝廷的事情。他不太相信数年前宗爱逆反的事情今天还会重演？这个乙浑究竟是什么来历？难道就凭他与那保太后有苟且之事，就能横行于朝堂之上吗？步六孤丽乃朝廷重臣，颇受先帝和当今皇上的信任，尤其是文成帝拓跋濬，那是老将军亲自保护和谋划才当上皇帝。拓跋濬的人品和才能，步六孤丽也十分清楚，再怎么说也不会落得让一个小人玩弄于股掌之间吧？天色将晚时，步六孤丽正与几个人喝酒说话，有人来报，说皇上有旨，请老将军连夜入宫，有要事商量。来请步六孤丽的人是朝廷一个大臣，叫穆多侯。穆多侯平时也十分敬佩步六孤丽老将军，对乙浑的行为也是恨之入骨。此番乙浑让他去请老将军，乙浑有自己的想法，让乙浑的人去请，势必引起将军的怀疑，十有八九请不来。他就选准了穆多侯，你去请，你不是不相信我吗？你不是要见皇上吗？你去请步六孤丽来，你俩一起去见皇上。我的话步六孤丽可能不信，你穆多侯的话他总该信了吧。步六孤丽把酒杯一放，说了声：“老夫去见皇上，老夫倒要听听皇上是怎么说的。”

穆多侯说：“老将军，以下官看，这里面一定有问题。下官说句不尊不敬的话，此时皇上危在旦夕，皇上是否还活着，我们都不清楚，老将军万不能贸然前去，实在是危险哪！”身边的其他人也劝步六孤丽不能去，去了凶多吉少。可那步六孤丽是何等英雄，他哪里怕个乙浑？他把桌子一拍，喝道：“你们都住口，你们既然知道皇上时时刻刻都在危险之中，我步六孤丽哪有贪生怕死、当缩头乌龟的道理？你们都不要说了，老夫去意已决，我倒要看看，这个小人乙浑能够怎样于我？”

从汤头到平城，一路上马不停蹄。车辇之上，老将军闭目养神，一言不发。穆多侯几次要说话，都被步六孤丽制止。步六孤丽一口一个“老夫”自称，可能他确实有些老了，老得有些过于自信，老得对乙浑的为人、罪恶和胆量估计不够。其实也不完全是这样，步六孤丽何等之人？哪里会不知道问题的严重性？乍一看，老将军闭目养神，其实他是在慷慨赴难。老将军在想，皇上此时怎样，他心里没底，皇上就在乙浑这个恶人的手里，他又能咋办？置皇上的安危于不顾，带一队人马与那乙浑大干一场吗？万万不可。躲在一边，等候机会，等候准确消息，知己知彼再做打算吗？这样更不可。此次进宫，多半是乙浑的计谋，他要借机除掉老将军步六孤丽，但是也有可能，哪怕是一点点可能，真的是皇上要召见，我岂有不去的道理，不就是死吗？为了皇上去死，死就死了罢，我一大把年纪了，早该死在沙场上，我的老命是皇上的，什么时候需要，就拿去好了，有何可惜？所以，任何人劝他，他都不听，他此番就是抱着赴死的决心而去的。当然，步六孤丽最不情愿的，就是不明不白地死在乙浑这个小人的手里，那样的话，他的一世英名将会毁于一旦，毁了就毁了，毁了又能怎样？与皇上相比，与大魏江山相比，老夫算得了什么？不就是一副躯壳吗？

第八章 临危不惧

中国的封建历史，大多是男权主义的历史。但是当历史到了一定的关头，仅仅靠男权无法跨越的时候，甚至是男权已经被彻底摧垮的时候，历史往往会选择一位女性出面，来收拾这个残局，来代替男权，实现跨越。冯氏皇后，就遇到了这样的关头，与其说是历史选择了她，还不如说是，在无奈之下，她选择了历史。

如果充当这个角色的是她的夫君，是她的儿子，是任何一个男性的话，往往是出于政治的目的，出于大局的考量。而她是个女人，她在此时此刻的选择，更多的是出于亲情，出于感恩，出于一种属于情感范畴的原因，她的大局就是情感。为了她的爱，她不得不出手，为了她的爱，她无法分得清值与不值，她站在了历史的风口浪尖上。

另一副面孔

明知山有虎，偏向虎山行。步六孤丽老将军就如他的鲜卑姓氏其中的一个字一样，那是孤胆英雄。他要去会会这个乙浑，哪怕舍出自己这条命。

夜已深，皇宫里一片寂静。西面的池塘里，平日是一片蛙鸣，东面树林往日的夜里总有一声接一声的虫叫，伴随人们甜蜜的梦乡，此时这些全无了踪影。偶尔会有宫外传来的隐隐约约的犬吠声。

步六孤丽老将军深夜入宫，面带微笑。进宫之后，他亮出洪亮的嗓音说："乙浑，你在哪里？为何不出来迎接老夫？老夫来也，快带老夫去见皇上……"

老将军的话音打破了寂静。

话音未落，早已有刀斧手从暗中闪出，将步六孤丽包围。

老将军大笑："哈哈哈哈，此等阴谋，老夫早已料到。"

刀斧手们平时大都是杀人不眨眼，但是此时面对英勇无比，颇有传奇色彩的步六孤丽老将军，他们的手开始颤抖了。

老将军又是一番大笑："乙浑小人，你都使得什么虾兵蟹将？老夫空手而来，难道你们还怕老夫不成？来呀，来呀，你们手里的钢刀，是泥捏的吗？"

士兵们相互看看，围了上来。

"哈哈哈哈……"

最终，步六孤丽在自己爽朗的笑声之中，倒在血泊之中。老将军倒地的声音，既如山倒楼塌，皇宫的地面似乎都被他的身躯震得发颤。

随之而来的穆多侯将军，也被杀死在宫里。可悲可叹，老将军步六孤丽经过多少血雨腥风没有倒在战场上，却死在卑鄙小人的阴谋里。可以想象，乙浑之流在满朝文武之中，最害怕的就是平原王三朝老臣步六孤丽了。有几次在朝堂之上，乙浑正在说话，步六孤丽老将军打断了他的话，“哼！”就这么一声，他就不再说话，再也接不上了，他的语气也断了，思路也没了。在他看来，如果步六孤丽上了他的当，被他灭掉了，那他在大魏朝里基本上就可以为所欲为了。他的阴谋真的得逞了。

可恨那乙浑，皇上的尸骨未寒，他已经矫诏杀死了数名忠臣和一些无辜的人。

乙浑的下一个计划，是想把太子拓跋弘骗出宫来，他怎么才能做到呢？

他自然想到，如果单单只是一个太子，就太好对付了，可是这里还有一个难对付的人，就是皇后冯氏。自打太子的生母李贵人死后，太子一直由冯皇后抚养并教育长大，太子自然会得到冯皇后全方位的照顾。要想把太子除掉，最简单的办法，就是包围东宫，然后直接闯入宫中杀死太子，可这是下策。一是，太子如果不在东宫，大张旗鼓，结果没有找到太子，怎么办？二是，闯入东宫，这样大的举动，会把事情闹大，会打乱全盘的计划，搞不好就前功尽弃。所以硬闯不行！还得想其他的法子。可是要把太子骗出来，就必然得跟冯皇后较量一番。保太后曾经跟他说过，冯皇后为人正直，又聪慧善良，与太子母子之间感情很深。又说冯皇后做事有理有章，非常谨慎。对付这样的人，乙浑一下子没了合适的路子。

其实，乙浑出道以来，在后宫打交道最多的是保太后。乙浑在梦里见到了保太后，保太后对他说，皇帝待哀家不薄，对你如同再造，皇后她就是个好女人，好得不能再好了的女人，你千万不要亏待了他们。你发誓，你发誓，你要好好效忠他们。说着话，保太后的脸忽然变得雪白，嘴角上还往外滴血，一滴两滴地滴着。保太后嘴里还说着，来，过来，到哀家这边来，你已经好久没与哀家亲热了，来！

乙浑从梦里吓醒。作恶多端的乙浑，居然害怕这样一场梦。如此看来，善有善报恶有恶报，还真的是这样。即使恶人逃离了律法的惩处，最起码他也逃不了良心的惩处，乙浑这些天最怕夜晚来临，他一旦睡下，保太后就会出现在眼前，用手指勾他过来，保太后的脸雪一样白，毫无肉色，嘴角上滴着血。

乙浑在朝廷这么多年，还没有与“好得不能再好”的冯皇后打过交道。皇后有皇后的事，她基本不会过问朝堂上的政事，截至目前乙浑虽然在朝堂上胡作非为，可他在后宫里还没有与那些皇上的嫔妃们有过交集。过去从保太后那里，也从其他大臣那里，他多多少少听到一些有关冯皇后的说法，当然主要是说她贤良、温淑，也有人说她有心计，在后宫很有人缘，大家都甘愿听她的话，等等。

三思

其实，冯皇后在很早以前，就已对自己的前程做了必要的安排。这些安排，是当年姑妈教给她做的，说皇宫内院危机四伏，即使是皇帝身边也时时刻刻暗藏着种种不测，所以要想求得平安，必须早做安排，做到消息准确，头脑清晰，才能在任何情况下占据主动。这样的话，也唯有一辈子保持清醒头脑、做事有章有法的姑妈，才会讲给她听，因为姑妈的心里一直有一个理想，那就是为冯氏家族做一件事。姑妈她早年间作为国与国之间政治斗争的筹码，嫁给了拓跋焘。在大魏国的宫廷里，姑妈她一凭自己的美貌，二凭自己贤淑的品格，三凭自己的低调和严谨，得到了拓跋焘的宠爱，也得到了应该有的位置，同时也为自己的侄女做了必要的铺垫。冯氏家族的起起落落，在姑妈的心里早已是十分久远的事。姑妈她就是个女人，一个在皇帝身边过来的女人，她知道身边最亲近的人，就是血浓于水的，长相和品性都与自己十分相似的侄女。冯氏家族还活在世上的只有她们两个女人，姑妈只有把唯一的希望寄托在侄女的身上。侄女入宫，来到她的身边以后，她才觉得对冯氏家族的祖先，对她的父亲，她的哥哥，有了报效的机会。她对侄女的培养和教育，胜过对自己的关心。她对侄女的教导和影响，不仅仅是生活习惯上，更重要的是文化、政治和精神层面的，使之在做人做事和斗争、生存、发展方面逐渐成熟起来。可以这样说，没有姑妈就没有冯贵人，没有如今的冯皇后，也就没有未来的冯太后，以及她所有的辉煌。

冯皇后做过四个方面的精心安排：

一、将自己培养的亲信，秘密安插在后宫、皇帝身边和几个重要的环节。任务就是及时掌握、报告最真实的情况，做到心中有数。乙浑专权，祸乱朝廷，早在他刚刚被皇上重用时，皇后就在乙浑的得力干将之中安插了自己的人，并且吩咐，不到生死存亡之际，不需他做任何事情，只要暗中观察即可。

二、在朝廷中选择性地结识那些对朝廷忠贞不二的大臣、将军。比如征东大将军任城王拓跋云、征南大将军京兆王拓跋子推、征西大将军阳平王拓跋新城、镇南大将军汝阴王拓跋天赐、济阴王拓跋小新城等，这些为国家屡立战功，让敌人心惊胆战的坐镇各方的大将军，一旦被皇上召回议事或者皇上宴请群臣时，冯皇后总会恭恭敬敬地向他们敬酒，感谢他们的忠诚，与他们保持相互欣赏又隔着一段距离的关系。

三、对太子的培养。太子弘儿是大魏王朝的未来，对太子的培养非常重要。拓跋弘是个孝顺、听话的孩子，他聪明好学，反应敏捷，善于思考。但是他的缺点，冯皇后也看得十分明白，那就是性格内向，有些多疑，很多事情，他不愿意讲真话，这是让皇后很伤心、也很担心的一个方面。

四、对保太后的策略。保太后是冯皇后成功的另一个重要后台，大恩在先，冯皇后对保太后的态度也非常明确，孝顺、孝顺、再孝顺。底线是不能危及大魏江山、皇上和冯皇后自己。冯皇后明白，保太后与姑妈不一样，姑妈有文化，信佛尊儒，也懂宫廷规则，而且跟自己是至亲；而保太后没有这些，她是典型的小人得志，不由着她，她会认为你忘恩负义；完全顺着她，她迟早会出乱子。

如今保太后死了，但是被保太后推荐的乙浑，却成了朝廷的大患。冯皇后明白，眼下面对的局面，是她入宫以来情况最复杂、最危险的一次，乙浑不是宗爱，他比外敌更隐蔽、更阴险，比宗爱更残忍、更无耻，没有十足的把握，出于冲动贸然而行，只能是自取灭亡。冯皇后此时的思路非常清晰，两个字，一个是忍，一个是拖。所以冯皇后吩咐身边人，一切照旧，不露任何痕迹，完全像没发生任何事情一样。

当夜，太华殿后门悄悄有人进来。他便是皇后秘密差人请来的乐平王、车骑大将军、骠骑大将军拓跋丕。这位老臣是拓跋氏皇族的后代，对大魏王朝忠心耿耿，在军事上也是身经百战，威名远扬。他是文成帝的长辈，是文成帝非常信赖的一位资深的将军。因为他在军队里的威望，拓跋濬特别给他可以节制平城内所有军队的权力。乙浑在杀害步六孤丽老将军之后，拓跋丕就自然成了他的眼中钉和肉中刺。乙浑近来所有专权作乱的事情，拓跋丕都看在眼里恨在心里，他不知道下一步朝廷里还会发生什么，但是他在心里做好了准备，随时听候命令，为皇上、为朝廷效力，死而后已。他接到冯皇后的密旨，感到事情一定非常紧急，不然皇后不会深夜召见。他便毫不犹豫，一人单骑，飞马前来。

皇后见拓跋丕来到很激动，立刻有泪水在眼眶里打转，她平静了一下心情，把近来的事情一五一十都说了。说完，她给拓跋丕跪下了。老将军立刻把她扶了起来，他双手抱拳，说："皇上已然驾崩，老臣悲痛万分。眼下贼人当道，肆意横行，情况紧急，请皇后下旨，老臣自当舍出性命，力保大魏江山，以告慰皇上在天之灵。"

冯皇后说："老将军，在此国家危难当口，本宫乃一介女流，全仗将军之威严，方可为皇上在天之灵和天下分忧。"

拓跋丕说："请皇后吩咐。"

冯皇后："本宫以为，眼下之策，一个字，静。静观其变，顺势而为。"

拓跋丕："老夫明白，宫内宫外，朝上朝下，都要静，心静才能物静。"

冯皇后："将军洞察秋毫，明白本宫的心。当下本宫闭门谢客，一切全仗将军暗中打理。"

"大策已定，皇后放心。"

告别之时，皇后还与老将军耳语片刻。老将军与皇后含泪而别。

冯皇后在等，那乙浑也在等。

乙浑他的大脑一刻也没闲着，他在想此时的皇后在做什么，太子在哪里，他在等候太子和冯皇后这边的动静。他想，以冯皇后的聪明，她一定已经猜出皇上不在了。皇上不在了，她一定会像天塌地陷一样没了主意，她一定会出宫带着太子来找我，问个一清二楚。到时候，她们可就出来容易回去难了。可是冯皇后和太子这边一直就没见有任何的动静，这让乙浑百思不得其解。

这一等就是三四天过去了，许多人都沉不住气了，七嘴八舌地议论起来，有人说："大将军，皇上的寝宫里好像已经散出不好的味道来了，怎么办？"

"东宫那边还没动静，太子小儿吓得尿裤子了吧？"

"哈哈哈……"

"呵呵呵……"

乙浑沉默。

"万事俱备，只剩最后这个槛儿，难道就真的没办法迈过去吗？"

"一大帮子活人，就让尿憋死了？"

"其实，那个太子小儿无足轻重，关键是那冯皇后，我们要切实加以提防。"

"想那太子，年纪尚小，东宫那几个护卫还不够老子一划拉呢，直接闯进去杀了他算了。这有何妨？"

"皇后一介女流，又能怎样，一起除掉算了。"

冯皇后与乙浑，矛盾的双方，都用了同样的对策——等。就看最后谁等得熬不住了，会先出招。冯皇后把大策与拓跋丕交代清楚之后，反而安静了许多，她每天手执一卷，似读非读；几案之上，一壶一杯，茶凉了，宫女再给换上热的，似饮非饮。与其说她在饮茶读书，不如说她在修性养心，她在感悟人生，她在思考着眼下局势的每一个细节。乙浑哪里有如此的心性，他就像热锅上的蚂蚁一样，因无计可施而抓耳挠腮，听到眼前这些不负责任的议论，他鼻子一哼，眼睛一瞪，大家便立刻鸦雀无声了。大殿里顿时变得死一般寂静，连人们的呼吸声都听得一清二楚。

此时，有人来报，说冯皇后请乙浑大将军有要事商量。

缓兵之计

乙浑只带了一员武将来到太华殿。

皇后的邀请，是他从没有想到的，他正为是否真的把东宫围起来，冲进去而犹豫不决。现在，他不急了，他要看看皇后的葫芦里到底卖的是什么药。太华殿里，安静、祥和，多处蜡烛把宫殿照得通亮，空气里飘着淡淡的香味，也许是从佛堂里洋溢出来的吧。乙浑进到宫里，再次让他不解的是，宫里丝毫没有剑拔弩张的感觉，甚至连一点应急的气氛都没有。皇后端坐在几案后边，正在喝茶，身边有两个宫女伺候着。见乙浑拜见，皇后微微抬了抬手，说：“乙将军，你辛苦了。”

乙浑正要给皇后行跪拜之礼，没曾想皇后先开了腔。他不知道皇后所说的辛苦，指的是什么，心里咯噔了一下，就势跪倒在了地下。他答道：“微臣不辛苦。皇后有何吩咐，请直言。”

冯皇后：“起来吧。乙将军以后来本宫这里，就不用跪拜了。”

乙浑站起。他心想，这次跪拜的确多余。

冯皇后说：“自从上次探望皇上，本宫好多日不见皇上了。”说到这里，皇后故意表现出几分忧愁，抬起头来深情地仰望着，眼里噙着泪珠。

乙浑："皇后与皇上，情深似海，臣晓得。只是皇上谁也不见，微臣也无奈。"

冯皇后平静地看着乙浑，抿了一口茶，说："自从皇上有病在身不再上朝，朝廷内外全都是乙将军在操劳，如今皇上在为天下苍生斋戒祈雨，上上下下免不了还有许多事情让将军费神，实在是辛苦将军了。"皇后所言，句句在理，说得乙浑有些飘飘然。

"多谢皇后体恤微臣，微臣受皇上隆恩，不敢有丝毫怠慢。"

"是啊，本宫也看出来了，如今皇上看重的就是将军的忠诚，所以才如此依靠将军。本宫想，皇上祈雨大典之事，也一定是委托了乙将军的吧？"

"是是，是的，皇上已经安排了，祈雨大典……"

那天，乙浑忽然想出一招，蒙骗满朝文武，可是他不知道皇上斋戒祈雨，还有什么大典的事，这让乙浑一下子乱了方寸。冯皇后并没有让他难堪，接过话茬慢慢地说："以往的祈雨大典是非常讲究的，本宫请你来，就是知道皇上斋戒打坐，不便打扰，祈雨大典的事，乙将军全权安排就是了。到时候，本宫一定会出席的。乙将军问一下皇上，大典之上，是皇上自己主持，还是由本宫代为主持，本宫也好早做准备。"

乙浑的反应特别快，立刻说："大典之事，皇上已经安排好了，微臣正在布置准备，时间在三天之后，皇上身体还未痊愈。微臣再向皇上请旨，估计十有八九，主持大典就由皇后千岁代劳了。不知皇后还有何具体要求？"

冯皇后说："皇上相信你，本宫也相信你会安排好的。请告知所有在朝的文官武将和后宫嫔妃，从即日起斋戒三日，三日后参加大典。"

从太华殿出来，乙浑暗自发笑，居然能够笑出声来。他在心里说，皇后呀皇后，你们死到临头了，还在想祈雨大典的事，皇上早已死去，你居然闻不出一点味儿来？都说皇后机警过人，我看女人就是女人，头发长见识短呀！好，既然你想到了大典，那我就再陪你玩上一出祈雨大典的戏。乙浑向身边人请教了祈雨大典，究竟该有些什么环节，既然要玩，那也得玩个八九不离十，不能让满朝文武笑话不是？以后咱也是要做“大事”的主，做任何事，也得像模像样。再说了他皇帝小子，不也是慢慢学来的吗？他难道是从娘肚子里出来，就会这一切？我就不信这个邪！他吩咐下去，要办一个真正的祈雨大典。

三日之后，武州塞下，大佛脚下，祈雨大典正式开始。

许多在朝官员聚集在此，他们大都心不在焉，交头接耳，议论纷纷，一片嘈杂，还有的武将出言不逊，意欲与那乙浑之流拼个你死我活，表现出跃跃欲试的样子。此时，只见冯氏皇后典雅端庄，气宇轩昂，身着华丽的凤袍，头戴金步摇，十分隆重地出现在高台之上。她的背后，便是以当今皇上拓跋濬的形象打造的，足有五十尺之高的英俊高大的立式佛像。冯皇后在高台上一站，双眼安详，两臂张开，双手朝下，现场便立刻安静了下来。

然后，冯皇后说：“如今大魏江山正处于危急关头，天下大旱呀！”

冯皇后把“天下大旱”四个字挑得非常高。她是动了真感情。来说这四个字的。这里代表了她的许多层意思，但是她不可能一一都给大家说清楚，她只能把所有的内容都藏在“天下大旱”里面。她环视眼前众人，接着说：“看看朝廷的粮仓，看看百姓的家里，如果再不下雨，我们的文臣武将，我们的苍生父老，都将面临饥荒，那样的话，江山何在？大魏国何在？”

皇后停顿了一下，与离她不远的乙浑对视了一下，接着说：“我不知道你们在议论什么，我知道皇上带病之身，已经斋戒数天，为黎民百姓祈雨，而我们怎么能不与皇上齐心协力呢？”说罢带头跪下，在场的所有人都被皇后娘娘所说的话震撼了，齐刷刷地跪倒一大片，乙浑也跪倒在其中，远处的田埂上、山包上、大树下、小路边，有许多百姓也都跪倒在地，就如河流山川一般，起起伏伏，波澜壮阔。

冯皇后带头三叩首，高声呼喊：“佛祖保佑，普降祥雨！”

接着，在武州塞的山川里，爆发出雷鸣般、潮流般的呼声：“佛祖保佑，普降祥雨！！佛祖保佑，普降祥雨！！！”

这呼喊声久久在山坳里回荡着。

乙浑看出，皇后主持的祈雨大典，并非在与他游戏。

乙浑从来没有见过这样的祈雨大典，他从来也不相信祈雨能够改变天象，不相信一场规模浩大的祈雨大典就可以让老天爷开恩，给干旱的土地上来一场大雨。他没想到，那天他顺口编的一个谎言，说皇上在祈雨，就引出了如此的一大堆事情来。眼前这个女人，刚才演出的这一幕，也的确震撼了所有的人。但是乙浑看不出这个女人除了能说几句慷慨的言辞以外，还有什么其他的本事。

祈雨大典结束之后，乙浑不住地苦笑着。他的几个兄弟又开始议论，白白地跟着皇后唱了这么一出，真没劲，下一步该怎么办？他们都在等待乙浑的决策。大典之后，皇后又安静了，也不见太子出宫来。

苍天不负有心人，许是冯皇后主持的祈雨大典真的感动了天上的龙王，一场大雨降临，时大时小，连着数日不停，浇灌了北方干涸的土地，农夫们笑了，平民们笑了，文臣武将们笑了，几乎所有的人都笑了。然而乙浑的脸上没有丝毫笑容。因为乙浑他要办的事，与下雨无关，与天下人是否能吃饱肚子无关。身边的人苦笑着说：“看来这个皇后还真有两下，那天在武州塞石窟前的祈雨，还真的管用了。”

“将军的一句话，还真的弄假成真了。呵呵……”

乙浑：“少说废话。告诉我，皇后那边有动静没？”

还没等回话，就听到有人从外面穿着蓑衣，冒着大雨前来传话。“皇后下旨，说乙将军办事得力，有功，请将军太华殿喝茶。”

正是大雨瓢泼，皇后来请，不知这又是演的哪一出。乙浑无奈，不能不去，只好带了两个人一起冒雨去了。

他们三人从车轿里下来，一路小跑进到宫里。

外面大雨瓢泼，宫里依然是灯火通明，佛堂里燃着的香，仍然散发着淡淡的味道。乙浑几个走进宫，从身上落下的雨水把地面湿了一大片。他远远看见皇后端坐在几案后面。他们继续往前走，要到几案前跪拜。此时只听得他们身后有人说话了："乙浑小人，老夫在此恭候你多时了。"说这话的，正是乐平王拓跋丕。这几日下雨，救黎民百姓于危难，也正是清算乙浑逆贼的最佳时刻。近来冯皇后的一系列举动，不仅麻痹了乙浑，还让乙浑觉得自己所做的一切都天衣无缝，使他彻底地放松了警惕。拓跋丕并不是一个人来的，他这几天已经联络了陇西王源贺、牛益将军等，一是对付乙浑不可轻敌，另外灭掉这样一个皇上曾经重用过的车骑大将军，彼此之间有个见证为好。所以皇后一下旨，他们便调动了许多信得过的、颇有功夫的武士，隐藏于太祥宫。

乙浑听见身后有人说话，立刻觉得后脊梁一阵凉风吹过，已经有一把锋利的剑从后面刺入，穿透了他的胸膛，乙浑好像还有话要说，却无法说出，便一头栽倒在地，鲜血喷洒了一地。他的另外两个同伙也同时被杀。

同日，庄严的太华殿上，冯皇后面对满朝文武，宣布文成帝拓跋濬已于十三日前因病驾崩，宣布了乙浑祸乱朝纲、谋害皇上、密不发丧、矫诏欺君、乱杀朝廷重臣、贪赃枉法、谋反等罪状，如今乙浑已被老将军拓跋丕和源贺、牛益将军所杀，乙浑罪恶累累，诛灭五族。同时请回了太子拓跋弘，即刻登基，史称献文帝。献文帝登基，尊冯氏为皇太后。

拓跋弘登基时十二岁。

太子拓跋弘这些天一直是在担惊受怕中度过的，年纪尚轻的他对自己的命运作了若干个估计。乙浑整个一个浑人，什么事情他都敢做出来，他既然可以害死父皇，杀死我一个毫无还手之力的太子，那还不像捏死一个小虫一样简单吗？可以与乙浑较量的将军，多的是，但是他们都在哪里？他们为什么还不出手？父皇平时对他们的恩德如山，难道只是挂在嘴巴上，到了危急关头，为何他们像缩头的乌龟一样呢？母后，唯一给他力量，也给他希望的，就是母后。可是母后，她毕竟是个女人，而且她又不掌握兵权。母后在他心目中，就是一个高雅、贤惠，充满了智慧和母爱的人，但是这样一个女人，真到了拼命的时候，她真的能靠得住吗？难道母后她能够指挥了将军？他想到，做了几年的太子，若是就这么被杀掉了，乙浑就会当皇帝，那样的话，天下不就改朝换代了吗？

昙曜大师这些天一直陪着太子。太子每天的行为举止，大师能够看到。昙曜只是告诉他："阿弥陀佛，善恶终将有报，太子不必心急。"有几次，拓跋弘欲夺门而出，推开门，却被昙曜堵了回来。大师问："不知太子殿下，何往？"

拓跋弘："偌大一个朝廷，只有母后一人与那乙浑较量，我怎能坐得住？"

昙曜："皇后的一盘棋如何部署，太子殿下已经清楚了？"

拓跋弘："若是知道一星半点儿，也不至于如此，像热锅里的蚂蚁。"

昙曜："既然全不知晓，太子殿下此番出去，是要将皇后的棋局搅乱吗？"

拓跋弘两眼发直，无言以对。

昙曜双手合十："阿弥陀佛，太子殿下安静便好。"

如今，拓跋弘坐在了朝堂之上，他卡在嗓子眼儿的那颗蹦蹦乱跳的小心脏，终于掉了下来。他明白全因为母后的机智和才能，他才有今天。国不可一日无君，历史上许多小皇帝继位的同时，伴随着父皇的葬礼，虽然满朝文武都为之臣服，然而喜庆的气氛却分毫也无。同样，拓跋弘这个十二岁的小皇帝上任要办的第一件事情，就是给他的父皇举办国丧。

第九章 走上政坛

在先皇的葬礼之上，她悲痛欲绝，毅然扑向大火，她要与她的夫君同去。

关于这一幕，历史上有许多说法。有学者认为，她这是自编自导的一场戏，一个对皇权倍感兴趣的女政治家，不惜赌上自己的性命来上演这场戏，为的就是感动大家，从而更加顺利地接手朝政，以掩盖其本来的内心世界。其实并非如此，如果冯氏真的要谋皇权，根本不会冒着性命的风险去赌博，她可以有多种安全可靠的办法去实现。另外，听政三年之后她主动退出，还皇权给献文帝，更加说明了她对皇权并非垂涎欲滴，亟不可待。那只是危难关头的无奈选择。当然这次选择，也不完全是冯氏自己的选择，也要求她做出是历史要求她做出的选择，要求她做出是满朝文武要求她做出的选择。

累犬护驾

文成帝驾崩的噩耗传出，整个平城都笼罩在一种空前悲哀的氛围之中。

那时候的平城比现在的大同还要大许多，平城是当时华夏最大的都市之一。全京城有人口在这里居住生活。这些人包括四类：一是皇族和贵族；二是被灭掉的许多国家的女人和奴隶们，他们被迫从各个地方迁徙到京城；三是平城的原住民，他们世世代代在这里繁衍生息；第四类人是外来常住人口，包括从南朝和西域各国投奔而来的，从事贸易、文化交流的人们。这几天，京城所有的地方都被白色的纱幔和粗麻包围着，皇宫里更是黑灯、白纱，铺天盖地，供品堆积，香烟缭绕。文成帝的丧事几乎做到了极致，首先是因为朝廷上下为能够躲过一次大劫而庆幸，人们都把憋了许久的一股劲用在了葬礼之上；还有就是文成帝信佛，积极弘扬佛法，在百姓心中，文成帝就是释迦牟尼的化身，而且大旱灾情刚刚得到缓解，百姓们也把此恩德记到了文成帝的身上，一定是先帝保佑的结果，百姓们才能种下今年的庄稼。

拓跋濬的棺椁，停放在灵堂的正中，周围摆放着无数白色和黄色的花朵，皇家的宫廷乐队换着班地在这里演奏悲凉的乐曲。大丧以来，冯太后一直在灵前守着，其他嫔妃们也轮流为先皇守灵，小皇帝拓跋弘忙里忙外，也抽出空来陪在太后身边。前来吊唁的大臣、皇族、僧侣，还有各国使臣，一批又一批的。冯太后一直处在极度的悲伤之中，她哭上一阵，被宫女们搀扶到侧庭休息一会儿，只要觉得能走能动，她便又到灵前跪下，又是一阵的哭泣，她的嗓子已经嘶哑得说不出话来，拓跋弘几次劝她回太华殿休息，太后就如同听不见一般，一直就那么守在灵前。

从得知皇上驾崩消息的那一刻起，她的悲伤，她的愤怒，她的思念，她的忧虑，集中在一起，就如同几百万年、几千万年的火山一样，随时都会爆发，都会一泻而出。然而她没有，她只是哭了那么一次，很快理智告诉她，此时并不是发泄的时候，有太多的事情，太多的头绪需要她冷静下来，慢慢地捋顺，慢慢地消化，慢慢地从中寻找出口，寻找突破，她不能因为眼下的悲痛，毁了她多年的品性，改变了她一直追求的做事风格。最终她用自己那颗在柔弱外表下跳动着的坚强的心，那种遇事不慌、临危不惧和缜密不乱的思维，战胜了来自各方的负面情绪，挽救了朝廷，挽救了太子，也挽救了自己。

如今这座情感的“火山”真的爆发了，悲痛占据了一切，一浪高过一浪的恸哭，就是冯太后倾泻的唯一出口，沉淀和积压了好久的泪水，与悲伤、思念、彷徨一起奔涌而出，淹没了时光、吞噬了日月，她的整个精神世界一时间坍塌了。

北魏皇帝的丧礼有个“累犬护驾”的仪式，就是在皇帝灵柩入土前，要将皇帝生前骑的马、穿过的衣服、用过的器物等都全部焚烧，还要选一条养得肥肥大大的犬，用彩色的绳子牵着一起烧掉，意思是这些被烧掉的东西就会化作一只神犬升天，去保护皇帝。“累犬护驾”的现场是丧礼最为壮观，也是最为凄惨的场面，皇家和贵族、文臣武将、来宾来使和其他人员全都素衣缟服，跪倒一片，哭泣声与器乐吹吹打打的声音此起彼伏，不绝于耳。眼见得大火燃起，越烧越旺，几乎所有的人和物，都有一种恍恍惚惚、飘飘浮浮的感觉，仿佛真的有许多东西，都随着先皇而去了。

冯太后就跪在大火的正面，身边是献文帝拓跋弘和其他嫔妃们。大火在燃烧，太后的心也在燃烧，她用尽了所有的气力在哭，但是她已经发不出声音了。旁边的宫女一直都紧紧地搀扶着她，与其说是搀扶，倒不如说是用自己的身体支撑着她，宫女们感觉到如若不这样，太后的软弱的身体就会瘫倒在地。就在这个时候，太后不知哪来的力量，她把两个宫女一把推开，一边站起身来，一边大喊：“先帝，您如此心狠，扔下臣妾自己走了，先帝，您走了，臣妾如何能够独活？先帝，臣妾陪您一同去吧！”说罢，猛地向大火扑去。冯太后离大火也就百步左右的距离，事情来得突然，任何人都来不及去想冯太后究竟要干什么，她已经朝着大火的方向跑去。倒是那两个宫女被冯太后推了一把，她俩出于应急反应，要把太后抓住，一看太后扑向大火，她俩随后就跟着跑了过去，就在冯太后闯入大火的一瞬间，两个宫女也跟了过来，一把抓住太后拽了回来。此时拓跋弘和众人也都到了跟前，将冯太后抢了回来。由于火势太猛，热度太强，太后在火海边上经历了这么几秒钟，衣裙就有几处被燃烧，太后她被强烈的火焰所刺激，窒息倒地。两个宫女也已经被强烈的温度灼伤，晕倒在地。

身边所有的人，高声地呼唤着太后，皇帝拓跋弘满眼泪水，用力摇动着太后的身躯。

此时的冯太后已陷入半癫狂状态，她刚刚恢复一点知觉，睁开了双眼，看到周围的人们，她不知道刚才发生过什么，也不知道自己是在阴间，还是在阳间？为什么这么多的人在呼喊着她。她忽然看见远处的火海，依然在熊熊燃烧，而且不断地爆发出各种噼噼啪啪的声响。冯太后又从人们的簇拥中猛地挣脱出来，嘴里用微弱的嗓音喊着："先帝，臣妾来了，先帝，臣妾来了……"她又要扑向大火，被所有的人拦下。小皇帝拓跋弘显然被眼前的这一幕吓着了，他已经没了父皇，他不能再没了太后，他立刻跪倒在太后面前，苦苦地哀求："太后啊，太后，您不能这样，父皇已经驾崩，您要是再走了，我怎么办？大魏江山怎么办？"

京兆王拓跋子推看在眼里，被冯太后与先帝的感情所震撼，也扑通一下跪倒，热泪纵横地说："太后呀，先帝把江山留给了我们，可怜皇帝他年岁还小，您若是想不开了，谁来辅佐他？太后呀，太后的身体要紧，保重身体要紧！"

"太后保重身体哟。"

"大魏江山离不开娘娘呀。"

"江山社稷，不能没有太后呀。"

太后再次慢慢睁开双眼，一看此时大家已顾不上再看燃烧的大火了，注意力全都在太后这里，此情此景，此请求之诚恳，从在场所有人的眼神里能够看得出。她缓缓地用嘶哑的声音说：“先帝对本宫恩重如山，如今他去了，哀家如何能够活得下去？为何不让哀家随先帝而去呢？先帝一定在那边等着哀家呢。”她看看身边的拓跋子推和小皇帝拓跋弘，几行泪水夺眶而出。她用尽了全力，沙哑地说了几个字：“你们，扶，哀家，起来……”

从“累犬护驾”现场回来，太后一病不起，昏昏沉睡。

太华殿外有许多大臣跪倒在地。

宫内灯火通明，拓跋弘和许多嫔妃跪倒在太后的卧榻之前。

不知过了几个时辰，太后睁开了眼睛。皇帝立刻爬过来，握着太后的手，问太后感觉怎样。太后吃力地说：“皇上，下旨让大家都退下吧。哀家不会有事儿的。”

拓跋弘：“太后，你一定要答应我，爱惜身体，儿皇不能没有你。”

太后苦笑着说：“答应，答应便是了。”

拓跋弘站起身来，向所有人说：“太后已经答应了寡人的请求，众卿都退下吧。”

大家山呼：“吾皇万岁，万万岁！太后千岁，千千岁！”

等待

冯太后在太华殿养病，御医给太后胳膊和腿上敷了一些烧伤药膏，开了一副安神的药。她夜以继日，昏昏沉沉地睡了两天。

醒来之后的她，渐渐地恢复到了原来的状态。皇帝拓跋弘每天都在太祥宫里，与宫女、太监们一起伺候着太后。冯太后说：“皇帝，我的皇帝呀，你不能整天泡在哀家身边，你已经是皇帝了，你应该去见你的大臣们，去过问国家大事。你明白吗？你以为你还是过去的太子吗？”

拓跋弘无奈退出。

冯太后说拓跋弘的地位变了，而她自己的变化，也已经摆在面前。仿佛一夜之间从皇后变成了太后，在众人面前，以前自称本宫，现在要自称为哀家了。她在想，这可不是简单的一个称谓的变化，这是实质性的变化，自己所处的位子，所面对的情况，所承担的责任，都将发生实质性的变化。对于这样的变化，她能不能适应，她该如何适应？

出现在她的脑海里至少有三个问题：第一，坐在朝堂上的是十二岁的幼主，拥有至高无上的皇权，但是他岁数小，暂时还不能撑起朝廷的大任，怎么办？第二，站在朝堂下的群臣中，有不少是皇帝的叔叔辈儿、兄弟辈儿，他们个顶个的年富力强，权倾一方，随便一个出来当皇帝，也不比这个幼主差，怎么办？第三，乙浑之乱刚刚结束，可是由于他造成的混乱局面还没有理顺，乙浑和林金闾的余党还没有肃清，太皇太后常氏还在，以她为首的一部分力量还在发生作用，怎么办？

冯太后觉得，大魏江山如今靠小皇帝靠不住，靠这些重臣们也会出问题，那么只有一条出路，那就是靠自己。靠自己，说透了，就是太后要临朝亲政。可是问题又来了，太后亲政，虽然说目前是唯一的出路，可满朝文武不这么想，那些拓跋家族的皇兄、皇弟、皇叔、皇爷们不会这么想，他们都会从另外的角度去考虑问题，怎么办？朝堂之上的每个人，都会根据他们自己的利益去看这个问题。虽然这么长时间，冯氏在北魏王朝里没有坏名声，一些先帝的老臣对她忠心不二，以拓跋子推为代表的宗室王爷，都对她尊敬有加，文臣武将大都对冯氏没有非议。但是这只是在平时，是在她做一个贤惠的皇后时。如今她要从后宫坐到前面来，一个女人要亲政，情况就不一样了，大家还会像以前那样吗？这就成了问题。冯太后明白，坐江山靠的是人心，不是靠专权，得人心者得天下，人心聚不拢，全都枉然。必须走一步险棋，用真情打动真情，用人心聚拢人心。

冯太后认为从现在起，要重新塑造自己的形象。首先要从一个只会打理后宫内务的皇后，成为一个治理天下说一不二的政治家。这是非常重要的转变，也是必须的转变。过去她对自己的要求，只是作为一个女人，一个封建社会里的女人应该遵守的规矩和应该尽到的职责，而现在她要辅佐幼主。什么叫辅佐幼主，说白了，就是完全由你去执政，没有退路，没有依赖，你必须站在风口浪尖上。如果这种情况下，如果你只是个柔弱的女人，那是不可想象的。其次要从一个做事低调、遇事回避、静养内心、很少表露自己思想的角色，变成一个深谋远虑、敢想敢做、举重若轻、奖惩分明、善于与各种人打交道的角色。这一条也是必须的，冯太后相信自己能够做得到，但是她必须很好地在各种场合下去磨炼自己，提高自己。第三，她要从一个一直给别人当附属品的女人，成为一个自己能给自己做了主的，也能够给别人做了主的女人。这一条更为重要。这实际是一个观念上的转变。封建社会哪有女人说话的权力，小到一个小家，大到一个国家，女人说到底还要看男人的脸色行事。小时候她听父母的，进宫后她听姑母的，听保太后的，后来听皇上的。以后她要学会做自己的主，做儿子的主，做天下的主。当然这个做主，跟男人们还不一样，要事事处处体现出女人的温柔和大度，体现出女人的坚韧和坚强，不能让男人们看笑话。

先帝大丧过后，朝廷有千头万绪的事情等着料理。文武百官每天在太华殿等候上朝，都有人传太后懿旨，说皇太后有病在身，不能上朝。大家都心如乱麻，百无聊赖，不知如何是好。其实已有拓跋丕、高允、源贺、刘尼、高闾等大臣，分别去后宫看望太后，希望冯太后早日康复，亲理朝政。太后也表示，国事为重，让大家费心了。

此时，又有人通报拓跋子推来看望太后。

这个拓跋子推正是太后要等候的人。北魏文成帝时期，有威震八方的“宗室五王”，他们分别是阳平王拓跋新成、京兆王拓跋子推、济阴王拓跋小新城、汝阴王拓跋天赐和任城王拓跋云。这五位手握重兵的王爷，都是景穆帝拓跋晃的儿子，文成帝拓跋濬的亲兄弟。要说拓跋晃的儿子，至少也在十多个，可是论成大器者，除去长子拓跋濬成为一代君王外，就是这五位王爷了，他们各霸一方、功高盖世，深受满朝文武的仰慕和尊敬。

五王之中，最有城府，最具威信的，也最让皇上看重的，当属京兆王拓跋子推。拓跋子推，在兄弟里排行老三。他少年时期聪明懂礼，为人柔和，做事周全，人缘极好。长大以后，成为皇族里颇具口碑的一方首领。《魏书》里虽然给他的记载不算多，却用了一个后人使用率极低的词—绥接，称拓跋子推"性沉雅，善于绥接"。绥接之意，是抚慰交往，常常能够以心换心，抚慰其心灵，让人觉得舒服和靠谱。

拓跋子推小时候，与拓跋濬形影不离，无话不谈。当年冯太后入宫，通过冯昭仪和保太后常氏的关系，结识了少年拓跋濬，他们一见如故，在一起读书、游戏，谈论诗词歌赋和人生理想，也常常有拓跋子推等兄弟们相随，彼此都有较深的了解。有时男孩子舞刀弄枪，冯氏就在一边观看，彼此之间的友谊非常单纯。冯太后当时一心都在拓跋濬的身上，但是拓跋子推英俊潇洒、多才多艺，而且矜持文雅的样子，也在冯太后心里留下很好的印象。从性格上讲，拓跋子推与冯太后更相仿，他们两个的年龄也更接近一些，冯氏姑娘美丽秀气、懂礼教、有学识，若即若离、如梦如幻的样子，也着实吸引了拓跋子推，无奈她的心已有所属。

拓跋濬在位时期，拓跋子推自然是受到重用，也算是位高权重，加上他平时为人豪爽，屡立战功，在所有的武将之中，他的号召力是非常大的。先帝驾崩之后，眼线报告，许多人成天聚在京兆王府，他们议论如今正值乱世之秋，大魏江山危在旦夕，谁有本事谁当这个皇帝，多数人力举拓跋子推，子推虽然一再退让，但也是雄心勃勃，得意扬扬。那天冯太后扑向大火被大家救下，子推跪倒在地亲自劝说，情真意切，句句都落在了冯太后的心里。太后的内心继续掂量着拓跋子推的心思，她必须要弄清拓跋子推的真实想法，所以太后一直在等他，这么多老臣都来劝哀家，你为何不来呢？难道是……

这个时候，他真的来了。拓跋子推提着一个精致的漆盒进来，他再次给太后跪下说："太后千岁，都是微臣没有保护好太后，才让太后负伤。微臣亲自给太后煲了人参汤，请太后赏脸用一些吧。"说着宫女从漆盒里拿出一个盆来，从盆里盛出一碗汤端过来，拓跋子推接过来亲自用调羹喂给太后喝。太后喝了一口，笑着说："子推啊，快快起来。哀家还没有病到不能自己喝汤的程度，难为你一片苦心了。"接过碗来自己喝了几口，接着说："子推，你还会煲汤呀？哀家觉得真是好喝。谢谢你了。子推，我知道你找哀家，不只是给哀家送汤来的，有什么话就请说吧。"

拓跋子推再次郑重地跪倒，双手抱拳说："微臣受文武百官之托，请太后尽快养好身体，临朝听政啊。"

太后接过话茬，说："也真是的，朝廷之事千头万绪，以前皇上外出的时候，你们都能替皇上打理朝政，如今哀家有病在身，就没人愿意出来替哀家尽力吗？平日里你们的本事都到哪里去了？"

拓跋子推："太后，微臣无能啊。如今的朝廷哪比往常，那乙浑祸乱朝政多时,朝廷已是千疮百孔,试问哪位高人能够代替太后出来主持朝政？太后以贤德服人，以才学服人，居危不惧，立克乙浑乱党，解救江山于危难之中，谋略和品格无人能比啊，请太后出来主政，收拾河山，吾辈定当听命于太后，尽心竭力，万死不辞。"

拓跋子推所说的，太后听得真真切切。她一颗忐忑不安的心，顿时平静了许多。太后说："哀家可不敢当呀，铲除乙浑哪里是哀家一人的功劳？那是你的皇爷老将军拓跋丕，还有你，你们都有份儿，我只是强作镇静，没有给王爷们、将军们添乱而已。"

子推："微臣岂敢贪功。微臣只是一心请太后出山。大魏江山等不了啊！"

"好吧，跟江山社稷比起来，哀家的身子也不算什么。哀家并没有子推所说的那样功高，但是哀家也看不得有人对我大魏江山虎视眈眈。既然子推如此说，哀家便不能再做推辞，待哀家稍作修养，明日便上朝与大家一起议政。京兆王告诉大家吧。"

拓跋子推意欲告辞，冯太后道："子推啊，哀家还有一事相求。"

子推说："微臣万死不辞，请太后吩咐。"

太后低声说："如今的大魏是多事之秋啊，皇上年幼，哀家又是一介女流，不知皇叔可否留在京城，与哀家一起助皇上一臂之力？"

子推望着太后期待的眼神，心里一亮，他态度诚恳地说道："蒙太后信任，微臣愿意为太后和皇上效犬马之劳，鞠躬尽瘁。"

第二天，太华殿内庄严肃穆，文武百官无一例外全都到齐，站列两旁。冯氏太后与献文帝拓跋弘端坐正中，总管太监一声"太后有旨，上朝"，所有人等跪倒在殿堂之内，山呼："吾皇万岁万万岁，太后千岁千千岁！"

冯太后轻声道："诸位爱卿请起。从今日起，哀家将与皇上一起主理朝政。"说到这里太后故意停下来。只见老将军拓跋丕道："太后千岁，当今天下，太后的仁德和才学无人能比，太后与皇上一同亲政，人心所向。"

立刻众臣齐声道："太后与皇上一同亲政，人心所向。"

片刻后，太后说："乙浑乱贼，祸乱朝廷，人心惶惶，如今朝廷各个方面都需重新振作起来，以保证我大魏江山不倒，哀家和皇上在这里拜托众爱卿了。哀家对治理朝政知之甚少，还望众爱卿以社稷为重，不吝赐教，多多谏言，凡献言献策有功者，尽职尽责对朝廷做出贡献者，赏！凡在其位不谋其政者，贪赃枉法，欺君瞒上，欺压百姓者，严惩不贷！"遂宣布拓跋丕诛杀乙浑有功，为尚书令，封东阳公；陇西王、征南大将军源贺为太尉；宗室五王有功，留在京师，辅佐皇帝，阳平王拓跋新成、汝阴王拓跋天赐为内都大官，京兆王拓跋子推、任城王拓跋云为中都大官，济阴王拓跋小新城为外都大官。还任命中书侍郎、梁城侯高允为中书令；中书博士高闾为中书侍郎，赐爵安乐子；阳都男贾秀为振威将军，晋爵阳都子。高允、高闾和贾秀，这三位汉臣成为冯太后内阁的主要成员。

总管太监说："太后问诸位，有何要事要奏？"

东阳公拓跋丕说道："太后，当务之急，那乙浑逆贼，朝廷还有他的余党。"说着，他递上了奏章，上面列举了乙浑的亲信，还有太监林金闾一干人等，共十一人在案，罪恶累累，证据确凿。

太后问："源贺爱卿，按大魏律法，这些人该如何处置？"

源贺答："禀太后，诛三族！"

太后即说："按大魏律法办！"

在场所有人都齐声："太后行的是大义啊，太后明鉴啊。"

那一年，乙浑之乱被镇压，文成帝驾崩，献文帝继位，冯太后开始亲政，正是465年。

重组内阁

冯太后第一次亲政，是在一个冬天。

那年的冬天特别冷，平城的人们大都围着火塘、火盆，蜷缩在屋内，只有少数人外出办事，还有就是当值的看守护卫、巡逻的将士们忍着寒冷，坚持在户外。平城被接连的几场大雪覆盖，强劲的西北风把树上残留的树叶和已经落在屋顶、路面上的雪再一次扬起，肆意地嚣张起来。马路上的积雪被偶尔来往的车马和行人践踏，留下杂乱的印迹。跟低矮的民居比起来，皇宫的院墙红得十分耀眼，可远远望去，高出院墙一层压一层的飞檐瓦辙，也失去了平日的色彩，白色一片，混沌万千。

冯太后亲政以来，她的心里一直不平静。

太后亲政，说起来是皇帝年幼，由太后代理他掌管朝政；而听起来就不那么好听了。在一千五百多年前男权为主的封建社会里，女人当政，一定是有非议的。想当初汉高祖刘邦的皇后吕雉，辅佐刘邦打下了天下，她后来以太后的名义执掌大汉政权八年，也是一位历史上非常了不起的铁腕人物。这位吕雉文化高，有谋略，敢想敢干，手段也老辣，在安邦定国、奖励农耕、恢复民生等方面做了不少事情，可是后人评说她残暴无度的骂名却远远胜过她的功绩。

北魏太武帝拓跋焘的乳母窦氏，在她成为太后之后，也曾一度亲政。

那一次拓跋焘率军征讨凉州在外，窦氏亲政，结果柔然国乘机攻打魏国，当时朝廷人心惶惶，感到大事不好，有人劝窦太后躲起来，谁曾想窦氏临危不惧，大骂劝说者胆小鬼。她毅然拔剑亲自指挥留守的两位将军奋勇抗击，她还亲自号召城内的老人和妇女准备参战，一举打败了来犯的敌军。窦氏如此威武的事迹在满朝文武看来，也不足为道，只因为她是女人。

这些经验和教训，冯太后都仔细地想过。她明白当年的吕雉和窦氏，是为了青史留名？是为了赚得满朝文武的口碑？为了与男权社会争个高低？甚至为了把皇权永远攥在女人的手里，让所有的男人们拜倒在女人的面前？这些当然都不是。她们与如今的自己一样，完全是出于无奈，为了大局，为了皇帝和朝政的大局，不得已而为之，宁可冒天下之大不韪，也不能撒手不管。祖先留下的大魏江山必须延续下去，不能因为皇帝年幼而使得江山根基不稳，百姓生活不安宁。但是就这样单纯的想法，实现起来也是难上加难，如果她在朝廷里没有自己的威信，没有自己的亲信，没有自己亲手培养和树立的人气，后果将无法想象。

先帝大丧之后，冯太后抱病休养。她一直在等，在等待一个合适的时机，才能出来，所谓欲速则不达。那就是等到朝廷的事积压太多，大家觉得再没有人出来主持朝政，大魏就濒临崩溃了。而在这种情况下，其他人出来既没有这个胆量，也不合适，只有请太后出来。即使有个别人极不情愿让太后亲政，也是大势所趋，人心所向，没有办法。大臣们三番五次看望太后，讲明情况，请太后以朝廷大局为重出来主政。只有到了这一步，才算时机成熟了。这不是太后自己多么想主政，而是情况危急，满朝文武再三请太后出来，这样的时机可以说是太后等出来的，是有意营造出来的。太后出来亲政了，出来得有面子，出来得有气场，占尽了天时地利人和，亦进亦退都可主动，让大家没有说辞。

当然，这段日子里太后也不是消极地等待。

在这段休养的日子里，太后一直在默默地谋划着亲政后的蓝图，以及实现这幅蓝图的条件和步骤。首先，她要彻彻底底地清算乙浑、林金闾和常氏太后这三个集团，达到三个目的：一是让江山稳固，让大家再次认识到在冯太后的主政下，大魏江山千秋万代，谁都不要有非分之想；二是将这三个集团近年来贪污受贿、盘剥百姓、巧取豪夺的所有财产全部充公，充盈国库财力，以促进发展和建设；三是震慑所有的官员，大到朝廷重臣、皇亲国戚，小到布衣七品，全都在心里感到一种高压势态，明白权力是朝廷授予的，不是你图谋不轨、侵占财物的工具，只有效忠朝廷，尽职尽责才是正道。事实证明，这三条全都效果明显，甚至是收获累累。

冯太后亲政的第一战役，可谓大获全胜。

一个十二岁的小皇帝，在人们看来是不可能担当什么大任的，但是皇权对于他来讲是与生俱来的。封建社会就是家天下，大魏江山就是拓跋家族的，与外姓人无关，这个是天经地义的，没有任何办法，只有拓跋弘来做这个小皇帝才名正言顺。太后亲政，就是让能人帮助皇帝主政的权宜之计。不然谁的本事大，就由谁来做皇帝，那就改朝换代，大逆不道了。坐在拓跋弘身边的冯皇后，也不过二十四岁。二十四岁的女人，用现代的眼光看，应该是一半孩子气，一半女人味，正是最漂亮、最激情洋溢、最青春靓丽的好年华。然而在封建社会，女孩子一般十几岁出嫁生子，到二十几岁已经为人妻为人母多年。冯太后常年生活在宫中，论气质和容貌，她一直就是所有后宫嫔妃的典范。在满朝文武的眼里，此时的冯太后活脱脱就是貂蝉再世，魅力四射。这样一个年轻靓丽的女人指点江山，玩转乾坤，会不会把大魏的江山当作儿戏，如同小孩子过家家一般，每天上朝，都在跟文武百官做游戏呢？这样的想法，冯太后相信站在下面的百官里边，十有八九会有。

这个问题不难解决，冯太后除每天上朝“演戏”以外，她要做好另外一件事，就是重组统治集团。所谓一朝天子一朝臣，哪代朝廷都一样，谁来主政都会组建自己的统治集团。朝堂上文臣武将站着一大片，冯太后只能让他们其中的几个人进入到她的决策圈里来。冯太后不是一般人，她对历史上许多朝代的更替和纷争，都研究得很深刻。平时在朝堂上，太后说起来文采飞扬，可是她真正做的文章却是在心里，她所要说的话，所有要做的事情，都已经深思熟虑好了。

她心仪的人选，要有真才实学，要有自己的心腹，还要形成相互制衡的格局。这些人里，大多数要跟自己有过命的交情，到关键时候才能够全力支持自己。也要选那些在朝廷里颇具影响力的谏臣。选谏臣，不要他讲感情，只要他尊重自己的良心。有反对意见不可怕，有时还可以给决策带来别具一格的新思路。当然，她也要把军队牢牢地把控在自己的手里。

首先冯太后重用了高允和高闾，形成二高互补的结构，奠定了内阁里的文化底蕴，特别是通过他们可以弘扬内地、中原、大汉民族的农耕文化、孔儒思想，逐渐让鲜卑族的马背文化、西域的佛教等文化与之相融合。高允一生好学，尤喜文学和音乐，对儒道佛宗教思想、经史、天文、数术等皆精通。由于少年时期经历曲折，一直到四十多岁，他才步入仕途。太武帝拓跋焘的舅舅杜超任征南大将军镇守邺城时，任高允为从事中郎。当时正值杜超手下积案众多，杜超命高允等人全权处理，结果唯有高允秉公办案，得到杜超的赏识和重用，其他几位皆因贪赃枉法，受到制裁。高允被安乐王拓跋范招用，辅佐拓跋范镇守长安，深得称赞。后转而参与骠骑大将军、乐平王拓跋丕西征上邽、平定凉州建功，太武帝赐高允汶阳子，任授建武将军。太武帝下令让高允与当时位高权重的司徒崔浩一起编撰北魏发展史《国记》，结果《国记》告成之日，崔浩因《国记》书写了涉及皇家阴暗面的内容，被处死，而高允幸免，且得到拓跋焘的赞赏。其间，高允先后任秦王拓跋翰和太子拓跋晃的老师，还参与朝廷律令的商议，与太子拓跋晃结下深厚感情。太子晃被奸人诬陷，气绝身亡，高允十分悲痛。太武帝亦被奸人宗爱所害，南安王拓跋余被推上皇位，之后又被宗爱杀死，少年英武的皇孙拓跋濬在步六孤丽将军的帮助下，铲除宗爱乱党，登基于危难时期，史称文成帝。高允继续得到文成帝的重用，为中书令，兼著作郎。高允刚正不阿，敢于坚持真理；他生活俭朴，家教严明，不会为了私欲置国家利益而不顾；他一辈子研究历史和治国，是皇家现成的难得的师爷，是活着的孔夫子。高闾比高允晚几岁，是一代风流才子，博古通今，出口成章，他与高允又是多年至交，把他俩一起纳入内阁必然是承前启后的最佳选择。

太后重用了源贺。源贺也是先帝和自己十分看重的人才。源贺过去姓秃发，在大魏国任职以后，因秃发与拓跋同源而改姓更名为源贺。源贺在粉碎宗爱叛党过程中，发挥了至关重要的作用，文成帝当年要重赏于他，可他一再推辞，拓跋濬坚持让他在缴获的战利品中任意选，最后他只选了一匹战马。源贺曾被人诬告谋反，文成帝坚信源贺，杀死了诬告者。他多年在朝为臣，征战沙场，战功显赫，被冯太后任为太尉，执掌兵权，他在内阁里的地位足够与宗室五王形成制衡。

阳平王拓跋新成、汝阴王拓跋天赐、京兆王拓跋子推、任城王拓跋云和济阴王拓跋小新城，此宗室五王是文成帝拓跋濬的兄弟，他们深受文成帝的重用，兵权在手，各霸一方，被称作北魏最有权势的王爷。此次冯太后对他们五位谓费尽心机，太后的策略是纳入内阁，明升暗降，削去兵权，留在身边。这五位皇叔各怀心腹事，如果留在外埠，无人制衡，一旦羽翼丰满，必将酿成大祸，这是冯太后的心病所在。所以太后就借重组之机，以皇上年幼，需要皇叔们的教导和扶持，同时也考虑皇叔们在外征战多年，回驻京城修身养性、共享富贵的名义，将他们留在平城，辅佐皇上。五位王爷虽然也颇有微词，可拓跋子推却说："皇上需要我们，太后也需要我们，我们留下好了。"宗室五王里，一向是拓跋子推的影响力最大，他既然这么说，大家也就没再说什么。太后心里明白，宗室五王，他们之间也有矛盾，在被剥夺军权的问题上，他们的利益是一致的，其他方面他们也各有各自的想法，只要方法得力，自然会让五王堡垒土崩瓦解，为我所用。太后将宗室五王调回之后，又逐渐让其他将军接替了他们的兵权，实现了平稳过渡。

太后重用了贾秀。贾秀曾在前太子拓跋晃东宫任太子中庶子、杨烈将军，赐爵阳都男，拓跋晃死后，一度被罢官还乡。文成帝继位后，他被再次启用，委以执掌吏部曹的重任。冯太后觉得此人性情耿直，不随波逐流，在清除乙浑等集团余党的事情中，态度坚决，不留死角，是防止买官卖官、整顿吏部风气的难得人才。所以他被破格提拔为振威将军、阳都子，进入内阁，继续执掌吏部曹事。

太后还重用了老臣刘尼。刘尼，鲜卑族姓氏独孤，他是太武帝时期的老臣，曾经与老臣步六孤丽等一起粉碎了宗爱叛党，保护文成帝拓跋濬登基，立下了汗马功劳，可以说是与冯太后同甘苦共患难的忠臣，是冯太后和拓跋濬共同的大恩人。步六孤丽被乙浑所害，太后悲痛万分，如今过命的老臣已经不多了，必须加以保护，于是太后此次组阁，就把刘尼请出来，留在自己身边，作为自己最信得过的人。刘尼年老，性格脾气仍与当年一样耿直忠厚。

为了帮助幼帝拓跋弘健康成长，冯太后特别重用了一位献文帝的少年朋友步六孤定国。此人的父亲正是大魏国的功臣，被乙浑害死的老将军步六孤丽。他年幼时被皇上下旨进宫与拓跋弘为伴，一起玩耍一起读书，他聪明好学，年龄略比拓跋弘大一些，两人的感情颇深。冯太后考虑到，内阁里面全都是皇上爷爷辈儿的、叔父辈儿的，也必须有一个跟皇上能够说上话的、彼此之间容易沟通的人。步六孤定国此次被太后封为散骑常侍、镇南将军，东郡王，准他常常陪在献文帝身旁并参与国事，令他感激涕零，并请求太后把他的爵位让给其弟步六孤睿，太后恩准。

事实上，这样的格局，为太后亲政奠定了非常好的基础。如此下来，冯太后在众臣心中的各种疑虑渐渐减小，而由她把舵的这艘大船风顺气正，人心聚拢，各在其位，各谋其政，很快，乙浑和常氏集团对朝廷造成的恶劣影响得以纠正，国力有所增强，百姓生活改善，大魏江山得到了巩固。

第十章 女性政权

在大魏庄严的朝堂上，一位年轻貌美的女性端坐在小皇帝的身旁，她将全权掌控几代先帝留下的江山，她将用自己的思想和观念左右当朝的皇帝，乃至朝堂上所有的文臣武将，左右整个大魏的前程和普天之下黎民百姓的命运。人们的心中不禁产生疑问，她行吗？她真的行吗？她和大魏真的是一心吗？

人们不会忘记，十几年前，她的整个家族被大魏毁灭，把大魏交与她的手中合适吗？人们不会忘记，前不久，这个女人办了一件让整个朝廷都震惊的大事，她的手段和心计不可低估，把命运交与她的手心，究竟是福还是祸？人们也不会忘记，这个年纪的女人，正是谈情说爱、生儿育女的时候，她是否把整个江山当作小孩子的一场游戏，是否把江山当作一场儿戏？

谋政

对于献文帝拓跋弘来讲，这个皇帝真的是来之不易。十二岁的时候当皇帝，他的确没有准备好，他真的不知道该怎么做。那些天，太后冯氏为了父皇悲痛欲绝，差点出了人命，真真实实地吓坏了他。假如太后也出了事，那拓跋弘的天就真的是塌了。事后他每当想到这些，就会出一身冷汗。太后不在，我能坐了天下？太后使尽了心计，扳回了这一局，却因为我自己的无能，又要陷入新的败局，这个现实就摆在面前。乙浑乱党势力还在，谁晓得有没有相当于乙浑的什么浑人还眼巴巴地等待着时机，操控我大魏皇权呢？即使他们真的让我来做这个皇帝，没有把我杀死，那我还不是人家手里的棋子，想怎么摆弄就怎么摆弄？

冷汗出过，他渐渐恢复了常态。谢天谢地，他所担心的，并没有出现。他由衷地感谢两个人，当然首先感谢太后。太后虽然不是他的生母，但是太后给予他的爱，胜过生母，生母只是给了他生命，当我需要她的时候，她已经离开了人世，其余的一切，都离不开太后。这些还不算，更重要的是两个最为关键的关头，是太后给了他希望。一次是大难临头，太后暗中保护了他，让他留住性命来做这个皇帝，另一个是太后居然答应他，来做他的帮手，辅佐他的江山。他知道太后很神奇，到了危急关头，她能够起到超过男人的作用，而且是让满朝文武佩服至极的作用，自己十二岁当皇帝，靠谁来帮忙？朝堂之上有才有德又有能力的人，多了去了，但是哪一个能够比太后合适呢？没有！有才有德又有能力算什么，最根本的一条，只有太后才能与我一条心。于是他更要感谢另外一个人，那就是皇叔拓跋子推，他隐隐觉得，只凭自己的请求，太后不会答应自己，最终让太后从病榻上下来，坐在自己旁边的，是皇叔拓跋子推。拓跋子推与自己没有多少交往，更没有多深的情感，他不会为了我去说服太后。拓跋弘猜想，皇叔子推有两个动机，一是为了父皇的江山，皇叔与父皇是亲兄弟，他不忍心看着父皇的江山从此败落；二是为了太后，他多多少少感觉到一些，皇叔对太后绝非正常的叔嫂情，或者是大臣与太后的情谊那么简单。所以他认为皇叔去跪求太后，才是问题出现转机的春风。拓跋弘的脑子还是聪明，他想到的基本都是问题的关键。如今太后助力，已经把朝廷的秩序理顺，而且手把手地教给他，告诉他皇帝的心思不应该只放在朝堂之上，应该放在老百姓和朝廷的风气之上，等等。虽然他一时半会儿并非都能够想得很清楚，但是作为皇上的他很快就有所领悟。

对于冯太后来讲，辅佐小皇帝，主政朝廷，是无法按照自己的意愿去选择的，愿意你也得去，不愿意你也得去。进一步，你就要遭受天下人的白眼和诋毁，退一步，你就要顶着头发长见识短，不顾全大局的骂名。是进亦忧退亦忧，与其退避三舍，默默无闻，不如轰轰烈烈大干一场。用如今的话说，就是走自己的路，让别人说去吧。事情发展到了这个地步，冯太后只能在主政的理念和方法上做出选择。

冯太后主政以来，并没有把小皇帝拓跋弘放在一边，她既要说了算，按照自己的理念处理国事，又要让拓跋弘看着、学着、琢磨着，让他尽快地成长起来。

太后问他："平城里的人愈来愈多，哀家走过几个地方，有的房子里，一块巴掌大的地方，要住十多个人，还有许多人住在桥洞下面和树林子里。皇上觉得这个问题该如何解决？"

拓跋弘答："很简单，那就给他们盖房子。老百姓没有房子住，还不反了天？"

太后说："盖房子，拿什么来盖？"

拓跋弘："国库支付！国库支付为人们盖房子，总比养军队镇压起义合算。"

"说得好！哈哈哈……"

于是下旨在平城大规模地建设里坊式的居民区，安置大量的平城百姓居住。他们还迁徙许多鲜卑族人前往关东地区，一则缓解平城居住紧张的矛盾，二则让鲜卑人去关东学习掌握农耕文化，还让大量掠夺而来的人口投入农业生产和手工业劳动。

一段时间，几处造反者被官兵缉拿归案。拓跋弘对太后说：“我们十分卖力地为百姓们谋福祉，可是各地依然民患连连，他们这是为哪般？”

冯太后说：“依皇上之见呢？”

拓跋弘：“宽是宽，严是严，对待这些不识朝廷善举的刁民，我以为该开杀戒。”

太后：“皇上不急这一时，再想想，有没有其他的办法？”

拓跋弘几天之后，告诉太后：“寡人想明白了，越是民反，越不能急躁，寡人以为可以大赦天下，予以安抚。”

冯太后心想，几天的光景，拓跋弘就变了，这一杀一赦，一字之差，天壤之别呀！而且拓跋弘以寡人自称，看来他真的是站在皇上的角度了，好大的开悟哟。太后说：“哀家不明白，怎么就大赦了呢？”

拓跋弘：“杀几个人容易，稳定人心难。谁起反事，就杀谁，那倒简单了。做个皇帝远没那么简单，大赦天下，让天下人感觉感觉皇上的胸怀，也反思反思自己，说不定就不再有反心了呢。”

“哈哈哈哈，皇上入道了，开悟了。”

拓跋弘：“寡人是在向太后学习呢。”

不日，献文帝下旨民患未造成大反者，一律赦免死罪，回归故里与家人团聚。如若再犯，或知错犯错，犯上作乱者严惩不贷。一时间百姓称道，风平浪静，世风日好。

一日上朝，有官上奏，说某些州郡官吏失察，欺上瞒下，奏折上列举了许多朝廷命官，有的官员刚任命半年，就已经上了被告的名单。献文帝征得太后同意，亲自巡察，造访民间。回来之后，他十分生气，与太后说：“朝廷让他们为黎民操劳，而他们却只懂得中饱私囊，朝廷要他们何用？

都查办了吧！”

太后不语，看着他生气的模样，暗自发笑。拓跋弘顿觉言有所失，停顿片刻，问道：“太后的意思呢？”

太后：“皇上知道这些不道之徒，都是何人推荐呢？”

拓跋弘：“可惜了，他们的前任向朝廷举荐了他们。他们一个个都是平庸之辈，有人举荐，才得到朝廷重用，然而他们并不感谢朝廷，更对不住他们的前任，如此的嚣张。”

太后却说：“他们的前任，举贤不避亲者有，可更多的是吃了拿了，才举荐给朝廷。问题的根本，出在他们的前任，更是出在朝廷。朝廷故官举荐新官的制度，是改变的时候了。”

拓跋弘暗中佩服冯太后一言切中要害，遂下旨，州郡官吏，由前任举荐改为朝廷派遣和民众访察相结合的办法，大大改善了州郡官吏的风气。

冯太后与献文帝拓跋弘经常到各个州郡考察民情和吏情，考察过后，他们相互交换意见，用太后的思想感染拓跋弘。冯太后问献文帝：“皇帝认为，民风不纯、民心不稳，问题出在哪里？”

拓跋弘不假思索地答道：“生活艰难，饥寒交迫。”

冯太后说：“皇帝只说对了一半。”

拓跋弘瞪大了眼睛，问：“太后的意思，那另一半呢？”

冯太后说：“老百姓与豪门望族一样，都是人，改变人的状态必须是两个方面，一是改变他的生活，二是改变他的心。”

“改变他的心？”

“对！你可以用食物填饱他的肚子，要充实他的内心，用食物却无能为力，这就需要师道，需要办学，让人的灵魂得到洗礼，得到改变。”

拓跋弘说：“寡人明白了，祖上在平城设立太学，让皇亲国戚入太学，就是太后说的意思。”

冯太后接着说：“大魏王朝，只有太学远远不够，大魏的兴与亡，实际上是大魏所有人的兴与亡，所以皇帝应该把授业解惑之所办到州郡去。”

不久，北魏王朝开始设立郡学，许许多多有志之士，包括寒门之子，也能够得到教育。在冯太后的主张之下，献文帝还颁诏推行医官制度。所谓医官制度，就是国家出钱把救死扶伤的医者养起来，让他们为朝廷官吏、士兵和百姓行医疗病。这样的制度，在我国夏商周时期，就已存在，那时候主要是考虑到皇族、贵族的利益，而北魏是少数民族的政权，医官制度也长期仅限于御医范畴。在献文帝时期，医官制度得以推广，最受益的是老百姓。

又见兄长

太后的心腹张佑给她带来了好消息。

张佑是太后在宦官里启用的一个知己。当初张佑的父亲张成为扶风太守，他因玩忽职守罪被杀，幼年的张佑受牵连被处以腐刑，后入宫为宦官，在东宫当差。张佑与冯太后几乎同时入宫，那时小冯女常常伴在太子拓跋濬身边，与张佑就认识，并经常在一起玩耍。他们因为相似的家庭遭遇，彼此怜惜和尊重。张佑虽为宦官，可他聪慧好学，能骑善射，为人正派，这些都被冯女看在眼里。日后冯女成了贵人，又成为皇后，她在文成帝耳边吹风，使张佑得到保护，并几次提升，官至散骑常侍、内行令、都绾内藏曹。由于对张佑的信任，冯太后总把一些不便公开的私事交给他去办。这个张佑的办事能力也强，主要是他的嘴巴特别牢靠，不该说的话，他从来不会说出去。所以冯太后几年前就委托他暗中查访一个人，是死是活，都要把他找到。

张佑带来的消息，是冯太后的亲哥哥冯熙找到了。

冯熙找到了，这是天大的好消息。好多年了，她一直有预感，她从小最崇拜也最亲的哥哥还活着，他一定在某个地方默默地等着她。冯熙的事，冯太后跟谁都没有说，她只是对张佑说过。她明白这个事情，让其他人知道了，也许会成为她致命的把柄。她不要这样，她要的是把冯熙找到，让他活生生地站在眼前。许多个夜里，冯太后都梦到小时候的幸福时光，父母都健在，她是全家人手心里的宝。一家人生活在一起有说有笑，哥哥冯熙带着她在河边、乡间嬉戏，冯熙的朋友，也与他们在一起。然而这些都已是过眼烟云，都只是梦，一去不复返了。这么多年失去音信，很长时间她认为冯熙一定死于战乱，可是近年来她又觉得哥哥没有死，而且活得很好。张佑的消息，证实了她的预感。

在太后宫里，冯太后见到了她的哥哥冯熙，兄妹俩抱头痛哭，说不完的体己话，叙不完的离别情。冯熙长太后四岁，早已是一位身材高大、体格健壮、饱经风霜、性情刚毅的汉子了。他浓黑的眉毛，白白的牙齿，一缕短须整齐地嵌在薄薄的嘴唇上。冯熙当年在父亲一再的叮嘱下，逃离了长安。按照父亲信上所说的，他一路向西去找羌族部落。那个时候羌人还没有成为一个民族，属于半原始状态的部落。他们基本在陕西、四川以及更西一带，羌族部落生活状态比较古朴，没有城池，不讲究奢华的居住条件，但是他们强悍粗犷，也热情好客。当年冯朗曾与羌族部落的首领有过交情。冯朗觉得儿子冯熙投靠他们可以保命，也可以得到发展，能为冯家留下一条根。冯朗的判断没有错，羌族部落收留了冯熙，让他在羌族部落扎下了根。冯熙一边学习羌人的文化和习俗，一边勤练武艺，没过多久就成为部落里带兵打仗的一员悍将。而且羌族部落还为他娶了老婆，安了家，可惜那个女人没多久就意外身亡。冯熙告别了羌族的首领和兄弟，他把羌人的恩德和亡妻情紧记在心里。他要走出部落，下山去。因为在他的心里，一刻都没有忘记冯家的仇恨，父亲被杀，全家男人统统被杀，母亲和妹妹不知去向，他与大魏不共戴天。此次他北上平城就是寻机复仇来的。

兄妹相见让冯熙有三个没想到。首先没想到，他的亲妹妹居然是大魏国的皇太后。那个当年的跟屁虫、机灵鬼，怎么就成了与冯家有血海深仇的敌国的掌权者。其次他没想到，他的亲妹妹多少年没见，居然是这般大气、这般深沉、这般光彩照人，这与他记忆中的妹妹和他想象中长大了的妹妹完全不沾边，她怎么会变成今天这样一位具有强大气场的人物呢？让他更加想不到的是，当他提出要替死去的父母和亲人报仇时，这个与他同样血脉的亲妹妹居然彻底否定了，如今的她想到的不是自家的仇恨，想到的全是天下苍生、黎民百姓，想到的全是朝廷的稳定。

冯太后说："兄长，今天我们兄妹相见，实属难得，哀家说的都是掏心窝的话。如今大魏帝国统一天下，已势不可当，这是天下大势，我们冯家的私仇与这个比起来，孰大孰小，一目了然。我们不能做那千古罪人。冯家的仇人是太武帝拓跋焘，如果你当年要杀死拓跋焘，给冯家报仇，妹妹我无话可说。如今他已经死去多年，你无法找他报仇。如果你要把家仇记在大魏国的头上，拿大魏国出气的话，那哀家如今是大魏国皇权的实际操控者，大魏国就在哀家的手里，你要执意报仇，只有杀死哀家，哥哥你能下得了手吗？"

冯熙："妹妹你……"

"母亲临死前给我说过，至今我记忆犹新。母亲是在寒冬腊月被押解的路上，饥饿与疾病交加，倒在路边的。母亲临死前，告诉我千万要找到你，只要你还活着，就是冯家的希望。父母的遗愿，留下你不是让你报仇的，而是给冯家留下一条根，有朝一日让冯家再次辉煌。你如今快三十的人了，还没有成家生子，你对得起父亲母亲吗？对得起冯家的祖先吗？在哀家看来，你必须尽快地安顿下来，把大魏国看成是自己的家，娶妻生子，担负起一个男人应该担当的责任来。让大魏江山里流动着我们冯家的血脉，让冯家在大魏国里立于不败之地。这才是正道。兄长你好好想想，看哀家说得对否？"显然，冯熙报仇的计划很快就被冯太后的话给粉碎了。他很难找出一个理由不听从妹妹的安排。

今非昔比，冯太后的兄长找到了，满朝文武都来给太后道喜。献文帝随后下诏正式给冯太后的父亲冯朗和伯父冯崇平反昭雪，任冯熙为冠军将军，赐肥如侯。

冯熙归来，不仅给冯太后带来了无限的惊喜，也给她的事业增添了许多自信和乐趣。拓跋子推主动为冯熙推荐拓跋皇族的尚博陵公主为妻，太后甚为高兴。冯熙毕竟是个男人，妹妹的大道理，表面上说服了他，但在他的内心却永远留下了一个结。他知道，冯太后所言句句在理，她讲的是天理，是道义，是一个只有如妹妹这样的视国家利益为重，视臣民福祉为重的掌握朝廷大局的人才拥有的道理，他一个寻仇者，历经千难万险的寻仇者，凭这么一大堆道理，就可以一夜之间忘掉了血海深仇？他做不到。虽然他的身边有了可心的美人，也有喝不完的美酒，但是冥冥之中，仇恨的根子并没有拔掉，个别时候好像还在蔓延。

平日，冯熙都沉迷在美人和美酒之中，每当有空暇，他便去见太后，他要与妹妹好好聊聊。冯太后见到冯熙，也有好多的话。贴身宫女们平时见到的都是为国事操劳的，少言寡语，一旦说话便有千钧力量的太后。只有冯熙到来，另外一个状态的冯太后，才会出现。笑声爽朗，话语也多，陈谷子烂芝麻的事儿也能讲出好多好多。有时候，兄妹俩个还能推杯换盏，豪饮一番，在豪言壮语中分手告别。

一天冯熙见太后，给太后带来一位故人。此人名叫李奕，是太后小时候特别崇拜的一位男孩，跟冯熙的年龄相当。当年的冯女清秀乖巧，男孩们都愿意跟她一起玩，可是冯女却偏偏只喜欢一个男孩，总愿意与他一起说笑，一起游戏，一起背诵诗词，看他和哥哥在河边练武。然而一晃这么多年过去，相互之间没有任何消息，这个李奕居然再次出现在她的生活里。只见他身着一袭白色衣袍，英俊潇洒，风流倜傥，与她想象中的那位公子别无两样，只是在眉宇间多了几分成熟和稳重。冯熙带来的这个人，让冯太后平静的心海泛起一阵波澜，她感到脸颊有些微微的发烫。

他们见面以后，互相讲述了许多年的经历，李奕为冯太后的大起大落和生死博弈感动得两眼含泪。这位李奕公子也是坎坷曲折，一路风波。李奕本是西凉贵族出生，家庭背景造就了他的文化底蕴和文人气质，然而在他少年时西凉被灭，父母双亡，李奕过着寄人篱下、背井离乡的生活，后来又与大哥相遇，一直生活在一起。李奕的大哥李敷为官已经二十多年，忠心耿耿，勤勤恳恳，很受太武帝拓跋焘的欣赏，文成帝拓跋濬也对他给予重用，封他为南部尚书、中书监，晋爵高平公。李奕与大哥生活在一起，李敷却没有向皇上推荐过。李敷教导李奕多学本事，充实自己，将来必有用武之地。李奕的出现，对于冯太后来讲，一如春风拂面，她在内心有一种激动，有一种少有的渴望和振奋。不久，凭李奕的学识和才华，他被太后从雍州司州录事的位置上调回宫中，任宿卫监。宿卫监是个守卫皇上和后宫的官职，在这个位置上，可以经常见到皇上和太后。

太后得到冯熙和李奕两个知音，真可谓喜从天降。他们不仅为冯太后执政增添了力量，也给未来的生活埋下了伏笔。

拓跋子推

正当年轻的冯太后为李奕心潮暗涌时，有一个人却为冯太后朝思暮想，他就是拓跋子推。

子推年少时与兄长拓跋濬、小冯女经常在一起。那时候的小冯女刚入宫不久，在常氏和冯昭仪的安排下，天天跟在拓跋濬在身边。但是在拓跋子推的心里，一直对这个懂礼数、讲规矩、有学识、有水平、若即若离、如梦如幻的女孩情有独钟。但是命里注定这个女孩不属于他，她是与拓跋濬连在一起的。所以，拓跋子推就只有把这份心思暗暗地藏在心底，只是在必要的时候，他才会站出来去保护她。有一次，拓跋濬与小冯女闹别扭，他把小冯女有意晾在一边，而他自己却在少年伙伴中有说有笑。小冯女没有生气地离开，也没有黯然落泪，而是一个人在河边，望着缓缓流水，独自发呆。拓跋子推看在眼里，多次向冯女投去关注的目光，最后干脆就跑过去陪着冯女聊天，给他讲故事听。

冯女一点也不傻，子推对她的这份情，她心知肚明。然而在她的心里，拓跋子推就是她的一个兄长，是一个很有男子气概、有血有肉有情有义，拿得起放得下的汉子，她从来没有往别处想过。拓跋子推有几件事做得深深感动了冯太后。第一件事，就是当先帝驾崩，乙浑被除，小皇帝继位，朝廷无人能够驾驭之时，拓跋子推没有像许多人私下议论的那样，篡权夺位，而是发自内心地带头请冯太后出来亲政，并且为了江山社稷肯于放下兵权，辅佐幼帝，这让冯太后在心里又给这位皇兄加了分。第二件事，拓跋子推主动提议给冯太后的父亲平反，恢复名誉，让冯熙在朝廷里担任重要职位，得到大家的一致赞同。并且亲自为冯熙安排与尚博陵公主的婚事，这也让太后格外欢欣。冯太后要给他哥哥安排个职位，还不是一句话？可是冯太后为自己的哥哥做事，偏偏不愿意自己提出，一则不让大家看出冯氏把大魏国当成了自己的家；二则她也想看看，平时对她卑躬屈膝的人们，在关键时候能不能出来说话。拓跋子推做得非常好。第三件事，小皇帝拓跋弘立志要学习骑射和功夫，太后提出让拓跋子推做皇帝的老师，拓跋子推毫不犹豫地答应了。并且常常与皇帝在校场上摸爬滚打在一起，费了许多的精力，渐渐地与拓跋弘的感情越来越深。冯太后相信，凭拓跋子推的这份感情和他的功夫，小皇帝一定会有很快的长进。

冯太后有一点对拓跋子推看走了眼，那就是子推对她的感情。其实拓跋子推凭他的权势和财富，想找什么样的女人都是手到擒来。大魏王朝是拓跋人的天下，拓跋家族多少年来在男女婚配之上，一直比较开放，女子再嫁，男子多妾，甚至是隔代婚配也被默许。拓跋子推，一代豪杰，可他偏偏就看上了先帝之后。在他心中，先帝已然不在，先帝与太后的这段姻缘就算翻过去了，自己与当年小冯女的这般暗恋，总算等到了机会。这个机会来得不算晚，太后如今才二十多岁，风姿绰约，一言一行、一举一动、一笑一颦，在他看来都十分动人。他有一个原则，凡是太后的事儿，他全答应，全都按照她的意思去做，让她高兴，只为了一个目的，那就是得到她，得到这位他心仪已久的女人。

这一天，小皇帝拓跋弘跟皇叔拓跋子推在校场上练了半天的骑射，他们又骑马到了鹿苑，两匹战马一路飞奔，后面的御林军被他们甩出好长一段路程，林子里扬起阵阵尘土。跑在前面的拓跋子推一条腿挂在马上，整个身体贴在马的另一侧，拉弓搭箭，一支箭朝拓跋弘射过来。拓跋弘知道这又是皇叔在考验他的功力呢，他往左稍一侧身，那支箭已经到了眼前，被小皇帝一口咬在嘴里。后面跟上的御林军全都吓出了一身冷汗。他俩飞身下马，哈哈大笑，拓跋子推双手抱拳，说："皇上神威，微臣不敬了！"

拓跋弘说："皇叔说笑了，没有皇叔的亲传和教练，寡人哪有今天的长进？"

他们一边说笑着，一边往前走着。小皇帝说："寡人看得出，皇叔对太后的忠诚那才是无可挑剔呀！"

拓跋子推说："微臣年少时就认识太后，那时候太后入宫不久，在给先帝伴读呢。"

拓跋弘问："皇叔您说，太后的精力为何如此旺盛？"

拓跋子推："太后正当年，风华正茂呀！"

拓跋弘："太后虽是风华之年，可她经历了太多的苦难和危机。寡人对她关照不够。"他停顿片刻，转念又说："倒是皇叔对太后关心有加，皇叔一片苦心啊！"

皇叔拓跋子推没有直接对答皇上的话，而是若有所思地说："进到这个皇宫里的人，对两个东西感兴趣，一是美人，二是皇权，而皇权的魅力远远大于美人。太后她自己就是个美人，所以她只对皇权感兴趣。"

"噢？"拓跋弘稍感诧异："皇叔说得也对，但不完全对。皇权对谁的吸引力都大，太后主要是觉得寡人岁数还小，操持如此大的朝廷还为时过早，所以太后她不得不如此。我倒是对太后的身体担忧啊，太后她为了寡人和朝廷操碎了心。"

"皇帝执政那年十二岁，如今已经十四岁了，太后也该把朝廷的大权交还给皇上了。皇上以为，太后会还权于皇上吗？"

“哈哈哈哈，皇叔多虑了。如今寡人每天有皇叔陪伴，潇洒快活，何必去寻那不自在呢？就让太后继续亲政不好吗？”

“如此说来，倒是微臣想得多了。皇上真的对那祖先留下的江山社稷不感兴趣？依微臣看来，倒也未必吧。”拓跋子推在他的话里边一直用最直接的东西试探着皇帝的底线，他倒要看看这个少年深沉的幼主到底有多大的胸怀，又说：“如果明天太后就把朝廷还给皇上，皇上敢不敢把这烫手的东西给接过来呢？”

拓跋弘回头看了看这个几乎天天陪在身边的皇叔，斩钉截铁地说：“江山和朝廷本来就是寡人的，这里还有敢与不敢的问题吗？”

“皇上果然帝王气概，微臣无地自容。”说到这里，拓跋子推跪倒在地，激动地表示：“微臣与皇上的感情，皇上应该明白。微臣今天所说这些，无非是想让皇上早日亲政，执掌江山社稷，这既是文武百官的愿望，也是天下苍生的福分。微臣愿永远追随皇上，为皇上出生入死，绝无二心，请皇上放心。”

拓跋弘双手搀起拓跋子推，说：“一日为师，终身为父。你与寡人的关系，寡人从不质疑。”

一天，有消息传来，说镇守长安的拓跋道符造反了。这让太后很生气。这个拓跋道符是太武帝拓跋焘的孙子，他的父亲正是被宦官宗爱杀死的东平王拓跋翰。冯太后念及拓跋翰被奸人杀害，他的后人应该得到妥善安置。于一年之前，献文帝下诏让东平王拓跋道符任长安镇都大将。冯太后在安排内阁人选时，收了宗室五王的兵权，留下了不少执掌军权的空档，才能有拓跋道符的今天。这个拓跋道符居然不感恩，不思进取，萌生出叛乱的念头，这还了得？拓跋道符的父亲拓跋翰，那是一代骁将，能文能武，太武帝被宗爱害死之后，朝廷里让拓跋翰继任的呼声非常高，但是宗爱和赫连氏太后推纨绔皇子拓跋余做了几天皇帝，并且杀死了拓跋翰。后来文成帝拓跋濬继位，让其子拓跋道符继承了爵位为东平王。冯太后此次又对他委以重任，执掌兵权，镇守长安。谁曾想这个拓跋道符的心里一直还为其父鸣不平，他不管当时是谁害死了他的父亲，他只是在想如果父亲做了皇帝，那他拓跋道符就是太子，现在说不定也已经是皇帝了。每每打起这个小算盘，他就一肚子气，都是拓跋皇族，怎么皇帝就他们做得，我就做不得？心血来潮，兵权在握，他就做起了皇帝梦，于是就起兵造反，要打回平城。要说他的父亲，那也真是一代英雄，拓跋道符与他的父亲比起来，可就差得太多了。不要说他如今的势力还很小，他在军界还是愣头小子，就是在他所率领的大军里，就有许多人不买他的账。在他扯起造反的旗子，要兵发平城不久，他的属下便夜闯总兵府拿了他的项上人头。冯太后派来的镇压反军的部队还没包围长安城，就已经有人主动地献上了拓跋道符的首级。

拓跋道符之乱，很快就烟消云散了。然而在朝廷里由此引起的嘈杂声，却不会立刻就停下来。有人私下讲，女人执掌大权，终究不是个事儿，大家心里别扭，担心江山会被外戚劫了去，到时候满朝文武忠心耿耿，都不知道为了谁。还有人说，江山是拓跋家族的，拓跋家的皇叔皇兄皇弟到处都是，为何让一外姓女人当道，拓跋道符只是初试牛刀，以后还不知道会出什么乱子呢。

朝堂上，冯太后在奖赏平叛乱贼的大臣和主动杀死拓跋道符的武将。

太后讲：“众爱卿，大魏帝国是几代先帝和几代前辈们用生命和热血换来的，如今北方统一，黎民百姓才过了几天的好日子，就有人犯上作乱。他们要干什么？”太后环视了一下朝堂上的百官，然后心平气和地说：“若是柔然来犯，也罢；若是南朝打过来，也罢。可偏偏不是他们，是我们大魏国的内部出了乱朝贼子。过去，出了宗爱，一个阉人，几年前又出了乙浑，一个得势的小人，他们差点就要把祖宗的江山拿了去。还有这位拓跋道符，好好的大将军不想做了，也要当皇帝，大魏国能有几个皇帝？祖宗好不容易统一的北方，怎么了？就要毁在你的手里？哀家听说了，还有一些人不安分，是吗？想干什么？站出来说说！”

整个太华殿鸦雀无声。

“哀家一介女流，对朝政原本毫无兴趣，是满朝文武求的哀家出来主持朝政的，你们不记得了？可哀家记得，你们曾经跟哀家说过些什么。哀家是为了大魏的江山，为了有朝一日把完完整整的江山交还给皇帝。我听说了，有人在说哀家是个女人，女人执政对社稷不好！当初干吗去了，当初哀家就不是个女人了？当初朝政混乱，百废待兴，你们男人都到哪儿去了？怎么就在哀家面前跪倒一大片，苦苦哀求哀家出来主政呢？今天，还是哀家这个女人坐在这里，怎么就对社稷不利了呢？简直是荒谬至极。”

太后的话一停，朝堂上安静得都能够听到人的心跳。

“你们哪位有话，不要憋在肚子里。给哀家说出来！”冯太后加重了语气，接着说：“哀家今天就再给你们一次机会，你们只要觉得哀家坐在这里碍手碍脚了，影响了江山社稷，哀家今天就把朝政推出去，哀家去过几天舒心的日子，何乐而不为！”

献文帝坐在旁边，心里在打鼓。冯太后所说的这一切，句句在理，步步紧逼，没有一个人能够站出来，说出另外一番道理来。他也说不出什么话来。

拓跋弘究竟是怎么想的呢？

他十二岁登基，做了个傀儡皇帝。当时他的内心是一片空白，因为事情来得太突然。冯太后没想到，太子他更没想到。他三岁被立为太子，那时他还很小，刚刚记事儿。如今，他的太子才做得像那么回事儿，他正在向他的列祖列宗学习，向他的父皇学习，他要知道的东西还差很多，他要练就的本事也还差很多。就在这个时候，父皇不在了，一下子把江山交给他，他肯定是找不着方向的，所有的事情对于他来讲，都是只知其一不知其二。冯太后出面，把局面给稳下来，把朝廷的摊子给撑下来，他先做几年的傀儡皇帝那是必然的，他也是理解的，而且打内心感激太后，感激太后的才华和人品，能够服众，不然他真的不知道会怎么样。如果太后不出来，当时的情况，必然会是哪个皇叔或者是哪个皇兄出来做这个皇帝，还有他拓跋弘什么事儿呀？这么多年的太子就白做了，那个为他做太子而被赐死的母亲不就白死了吗？为此，他不能怨恨冯太后。

然而，冯太后抚养他长大，对他付出了那么多，真的就是为了他吗？难道她潜心这么多年，不就是为了有一天坐在朝堂之上独揽大权吗？刚才在朝堂上，太后所说的话，每个字每个音都像个钉子，钉在他的心里。她说得那么在理，那么无可辩驳，就是在说一个道理，那就是她冯太后虽说是个女人，女人执掌朝政无可非议，好着呢。难道说，大臣们所议论的都将变成现实吗？那个十多年对他有养育之恩的冯太后，一旦大权在握，就不再顾及以前的情分吗？他在灵魂的土壤里种下了一颗怀疑的种子。

此时的皇帝拓跋弘，没有别的选择。他站起身来，看了看有些激动的冯太后，说："太后息怒，不要为了一个拓跋道符气坏了身子。"然后他对百官们说："太后的话，爱卿们都听到了，太后绝不是在生一个人的气，这个拓跋道符，一个忘恩负义的小人，本不算什么。太后所指，寡人也听到了，的确有那么一些人的心思，不在朝政上，不在为寡人分忧，而是在给寡人添堵，他们见不得天下太平。"

拓跋弘说的话，让太后的内心平静了好多。

拓跋弘又说："寡人也给你们一次机会，让你们一次说个够，寡人视你们无罪。如果你们今天不说，却要在下面嚼舌根子，寡人决不轻饶。"

拓跋子推跨前一步，跪倒在地："太后，皇上，微臣绝无二心，愿为大魏江山肝脑涂地！"满朝文武一起跪倒："愿为大魏江山肝脑涂地！"

第十一章　明争暗斗

也许拓跋弘真的长大了，该让他独立地执掌朝政了。也许女人还是应该生活在后宫，朝廷是男人的天下。没完没了的奏折，千头万绪的国事，让冯太后觉得心累。

小太子拓跋宏的出生，冯太后自然担当起抚养的职责。每当把这个孩子抱在她怀里时，她在想：或许这个孩子才是她一生的寄托。于是，冯太后毅然决定，把皇权主动还给年少的皇帝。

让她心寒的是，献文帝亲政的结果，却是一场意想不到的残酷斗争的到来。为了朝廷安危和黎民百姓的稳定，也为了自己的生存和利益，冯太后不得不进行反击。说到底，这是一场观念与思想的较量，也是一种文化与社会责任的博弈。

还政

幼主拓跋弘要娶的第一个女人，居然是父皇拓跋濬的一个妃子李氏。

当年文成帝拓跋濬站在城楼上看风景，相中了一位李姓的美女，急急匆匆地临幸了她，生下了拓跋弘。这事，每当想起来，就如同昨日一样，太后的大脑里会一幕幕地过一遍。而今拓跋弘又看上了父皇的妃子李氏，这让冯太后非常气愤。这是怎么了？天下品貌双全的美女何其多，为什么会这样？还要不要皇家的尊严？这些话都是太后在心里想的，她没有说出口。当拓跋弘向太后提出这个请求时，太后没有说任何话，把一个斟满了水的杯子，狠狠地摔在了地上。缓了片刻，太后说："皇上，这事儿今天就不说了。哀家会考虑周全的，皇上先退下吧。"

太后的胸怀之宽广非同一般。太后明白让皇帝开心是大事，其他的都无所谓，为这事儿不必那么认真。皇上不高兴了，还谈什么皇家的颜面呢？加上皇叔拓跋子推为此求情，也得给皇叔一个面子不是？她决定妥协，于是把拓跋子推传进宫来。太后说："子推，哀家有一事相求。"

拓跋子推抬头看着太后说："请太后下旨，微臣万死不辞。"

"说什么呢？又不让你上刀山下火海，哀家是说皇上的婚事。死不死的，多不吉利。"

拓跋子推："听说太后不愿意那个李氏，太后的意思是……？"

"哀家什么时候说过不愿意呢？再说了，娶那李氏，不只是皇上愿意，皇叔你不也来求过情吗？哀家为何不愿意呢？"说到这里，冯太后吩咐给皇叔赐座。

"哀家同意了。皇上这门亲事，哀家给他做主，具体的事情就要靠皇叔操劳了，李氏那边也烦劳皇叔去说。今天请皇叔来，哀家就是拜托皇叔全权操办这个事儿的，皇叔可愿意？”

“微臣领旨。”

太后下旨赐婚于拓跋弘和李氏，而且亲自操办了皇帝的婚事，给拓跋弘一个如意的结局，这让好多人都感到意外。最感到意外的是皇叔拓跋子推。他在想，摆明了太后为此很不开心，怎么转眼太后又同意了呢？冯太后实在是太了不起了，她居然能够在这样一个问题上做出如此的让步。那太后做此让步，究竟图了什么呢？拓跋子推纳闷。

冯太后有所不知，在拓跋子推的安排下，小皇帝早与那李氏成了好事，而且肚子里已经有了龙种。正常情况下，十三四岁的男孩子，正是懵懂的年纪，但是古代鲜卑人，尤其是皇家的男性，十几岁成婚并且生育的，却并不少见。拓跋弘在务政上可能迟了一些，可他在这个问题上却成熟得比较早，加上李氏驾轻就熟地配合，他们的婚姻是既有其名，更有其实。李氏虽为先皇的妃子，年龄比拓跋弘长了好几岁，但是天生一副漂亮的脸蛋儿，皮肤也保养得好，很是水灵，而且也懂事听话。她得到两任皇帝的宠爱，今生也算没有白活。在拓跋弘面前，她表现得服服帖帖，逆来顺受，就是想让皇帝在肉体上和精神上离不开她。

眼见得李氏的肚子越来越大，拓跋弘喜笑颜开。他每天都要守在李氏身边，为了给她增加几分安全感，也因为即将成为父亲的那种自豪。孩子出生那天，风和日丽，天高气爽，皇宫内似乎比平日里多了几分光亮。这个男孩生下来就白白净净，哭声有力，不同寻常，献文帝和冯太后都十分喜爱，视若珍宝。太后下旨大赦天下，封李氏为夫人，给孩子起名拓跋宏。不知鲜卑语说到拓跋弘与拓跋宏，是怎么发音的？现代人基本不会把父亲和儿子，起成两个发音完全相同的名字，而一千五百四十多年前的拓跋皇家，他们没有这样的忌讳，只是用汉字音译过来，用了两个意思不同的同音汉字。

太后成全了皇上与李氏，而且对李氏所生的宏儿非常喜爱，时不时地过来看望。说来这宏儿也与太后投缘，每每太后抱着，总是异常兴奋活跃，嘴里咿咿呀呀地说着什么，惹得太后不停地亲吻。太后一开心，就给李夫人和宏儿赏赐，宫里面一片笑声。

这一年，中秋节刚过，月亮玉盘似的挂在天空上。

大魏国到处还沉浸在一片节日的气氛之中。朝堂上，冯太后跟文武百官缓缓地说道："众爱卿，哀家今天非常高兴，一来李夫人为皇上诞下龙子宏儿，拓跋皇族再添龙脉，可喜可贺。二来正值中秋佳节，普天同庆，家家团圆。三呢，哀家再给大家添上一喜。"

所有的人立刻来了兴趣，竖起耳朵候着，要听听太后这第三喜。

太后说："哀家辅佐幼主，一眨眼已经过了三个中秋。如今皇上已经长大成人，朝廷里的事情皇上应该是轻车熟路了。更重要的是，我已经有皇孙了，哀家对朝廷的事本来就没有兴趣，现在哀家感兴趣的事儿有了，那就是哀家要抱皇孙去了。"

说到这里，她把身边拓跋弘的手一抓站了起来，说："众爱卿听旨，哀家从即日起，还政于皇上，望众卿尽忠辅佐。"

拓跋弘听了这番话，感觉有些突然。他觉得这一刻来得太快，来得让他不知所措。他虽然站在太后的身边，但是太后用手紧紧地拉着他。他感觉头有些眩晕，腿有点发软，他觉得如果没有太后拉着他，他一定会倒下。太后那抱过他、拉过他无数次的手，他第一次感觉到了那手的力量。他万万没有想到，太后会这么爽快，把他认为几乎不可能办到的事情，办得这么简单，这么合乎情理。恍惚之中，只见满朝文武一齐跪倒，山呼："皇上万岁！万万岁！太后千岁！千千岁！"

献文帝有些紧张，不知该怎么办。太后又拉拉献文帝的手，说："皇上，要亲政了，今后的天下事，就要皇上一个人去处理了。哀家这几年做得不好，哀家原本就是一介女流，天下本来就是皇上的。皇上给爱卿们说说吧。"

照理说，这么重大的事儿，太后应该提前与献文帝酝酿好了，再出台。太后如此行事，让拓跋弘的心里毫无准备，他一时半会儿根本找不到感觉。

潜意识告诉他，好事儿往往就是来得突然，此时的你必须镇静，再镇静，否则就会成为满朝人的笑话。

拓跋弘振作精神，说："太后把江山还给了寡人，寡人其实还不成熟，还会有许多地方向太后求教，也向诸位爱卿请教。感谢太后对寡人的信任，寡人也替大家感谢太后，感谢太后对众爱卿的信任。"

献文帝从467年秋天开始亲政，改年号为皇兴。

没错，拓跋弘的确长大了。一个十四岁的孩子，在封建社会复杂多变的政治斗争中不得不很快地成长起来，支撑起他年少的心灵，支撑起大魏江山。

冯太后，这个把自己从小抚养大的亲人，现在回过头来看，过去异常清晰的面容，似乎变得越来越模糊，越来越不认识了。拓跋弘有两个想不到：

想不到太后会如此轻而易举地把江山还给他。据他的观察和了解，太后并不是对江山社稷没有兴趣，而是兴趣大得很。她在亲政的三年里，把文武百官和大魏朝廷玩得团团转，如果她没有兴趣，怎么会对皇权的经营研究得如此透彻，把握得如此恰如其分？如今她把自己亲手布局、亲手经营的朝廷，拱手让出去。以他曾有的估计，把江山从太后手里要回来，轻则率群臣向太后发难，重则就要流血，拼个你死我活。如果这些都发生了，拓跋弘倒是觉得在情理之中，而这些全都没发生，他反而觉得不踏实，像一个被自己吹起的大泡泡，随时都会破裂似的，很让他不安。

想不到太后会对李夫人和宏儿那么好。他没有忘记当初，他向太后提出要娶李氏时，太后愤怒的情景。他也记得皇叔拓跋子推为此事向太后求情，被太后断然拒绝。而时过不久，太后的态度来了个大转变。当时献文帝在想，太后又在玩什么阴谋，这绝不是太后的真实想法。之后的大婚、生子，太后都一如既往地关心关怀，并且赏赐给李氏许多金银财宝。这些就再次让献文帝惊讶。难道当时太后发怒是假，后来这一切反倒是真？拓跋弘找不到答案。

然而，事已至此，一切都比他设想的要好，究竟下一步会出现什么变故，无论太后在未来的路上给自己埋下什么样的陷阱，他都要硬着头皮往前闯。

冯太后把皇权还给献文帝，当然没那么简单。中秋节期间，大殿之上冯太后忽然宣布，我不干了，我要回归太后本色，从朝堂上离开，去抚育孙子，去做一个女人应该做的事儿，还朝堂一个清净，还自己一份自在，不再与男人们说长论短，不再为军国大事分忧，做自己的想做的事，让所有的人去琢磨吧。冯太后还政，本来可以事先与内阁成员一起商议，起码也与献文帝拓跋弘和皇叔拓跋子推小范围地提出来，听听他们的意见，然后再来真的。然而她没有这样。

她有三个目的：其一，我要还政，是真的还政，绝不是虚情假意的推让。像上次那样，拓跋道符举事反叛，朝廷上下议论纷纷，冯太后让大家都说说，究竟我这个女人执政以来怎么样？然后大家再次跪倒一片，请求太后不要与小人一般见识，看在江山社稷的份上等等，然后太后继续主政，这样的戏哀家不要再演了。这次我是义无反顾地还政，不给任何人反复的机会。

其二，几年来拓跋弘的确长大了，朝廷上的事他知道了不少，但是真正要他一个人面对，他还没想过，最起码他还没有做好精神准备。还政就是要在这样的状态下完成，才能显现其价值。如果是水到渠成，瓜熟蒂落之时，才不得不还政于拓跋弘，冯太后就会特别地被动。她非常明白，许多人在背后说三道四，指桑骂槐，还有甚者直接给拓跋弘出主意，给他说太后对皇权的迷恋，给他讲皇权操在太后手里，拿过来就是难比登天。冯太后在所有人毫不知情的时候忽然宣布还政于皇上，可以给这些人一记响亮的耳光，让皇上明白那些所谓“献计者”的话，都是妄言，都是无稽之谈，都是心怀叵测，根本不能相信。拓跋弘在这种情况下，就会对身边的人，对他的所谓的朋友重新审视，谣言不攻自破。

其三，也就是冯太后的苦心，真的是要把未来的日子和心思，放在皇孙的身上。拓跋弘，在冯太后的抚养下，最终成了大魏国的皇帝。但是近来太后经常在做噩梦，梦到拓跋弘要与她刀兵相见。梦醒时分，太后在反思自己，当初给予拓跋弘的关爱太多，而对他心智上的引导和教育却不算多，有时甚至对他的许多不正常的念头，没有加以及时纠正，才导致他今天这样，少了一些阳光，多了一些阴暗，少了一些宽容，多了一些猜忌。皇孙宏儿出生不久，对他的培养绝不能放松。冯太后有一种预感，皇孙才是她的希望，才是大魏王朝的希望，对皇孙的培养一刻都不能耽搁，而且她必须亲自上手，皇孙宏儿，绝不能成为第二个拓跋弘。

多疑的皇上

献文帝长大的一个标志，就是比过去多疑了，神经质了。

就在拓跋弘抱着轻易得来的江山疑惑不解的时候，冯太后开始了她的新生活。冯太后的宫里，最近常常有一人出入，那便是宿卫监李奕。李奕在这个位置上，尽心履职，屡有建树，没有出过任何差错，身边的将士们对他心服口服。安排李奕为宿卫监，冯太后也是有意为之，因为这个官职，可以常常在后宫里进进出出，名则负责后宫的安全，检查防卫，实则借此机会随时可以见到李奕。冯太后至亲的夫君拓跋濬离开她已经三年，每当夜深人静，太后忙完了朝廷的公务，躺在卧榻上时，一种由内而外的空虚和寂寥像一张网笼罩着她的身躯，也笼罩着她的内心。冯太后也是女人，也是个需要疼爱需要支撑需要依靠的女人，况且她孤灯伴影时，芳龄才二十四岁。李奕的出现，点燃了太后那盏青春盎然的灯。几次见面，太后与他擦肩而过，他最多短短的一声问候，太后总是停下脚步，深情地看他一眼。这一眼，别人可能不知道，可李奕读得懂。李奕在想，他与太后之间的这层窗户纸，该怎么捅破？

李奕在太后的宫外独自一人想心事，忽见一个宫女过来说：“太后传李奕觐见。”

“李奕叩见太后。”

“李将军，以前哀家忙于政务，慢待将军了。如今哀家闲下来了，将军可以常来与哀家说说外边的事情，说说羽林卫的事情。”

“李奕遵旨。”李奕见一宫女正在为太后按摩两肩和后背，太后一边享受着，一边深情地望着他。

“女孩子手劲小，李将军可否愿意为哀家揉揉呢？”

“李奕愿意为太后效劳。”说着，那个宫女闪到一边，李奕过来为太后亲手按摩起来。冯太后感到从未有过的舒服，嘴里不禁轻轻地呻吟着。几个宫女见状悄然闭了门，退到了外面。屋里的两人在叙说着什么无人得知，里面不断地传出由衷的嬉笑声。

太后与李奕的事，很快传到了皇上的耳边。他不相信，也不愿相信。当时的皇上最担心太后会对皇权过分地迷恋，他宁可让太后迷恋上一个男人，然后把皇权交还给他。可是现在太后毅然决然地把皇权交给了他，当他为刚刚得来的皇权沾沾自喜，还没有缓过神来的时候，太后的身边却有了一个男人，此时的他一点也开心不起来。他想到自己当初要与李夫人结为夫妻，太后她极不开心，把杯子狠狠地摔在地上，没过几天，太后又成全了我俩，现在看来，太后是在给自己铺路。我娶了父亲的妃子，惹恼了太后，如今父亲不在了，太后与别的男人厮守在一起，这又是哪家的道理？他想起了太皇太后常氏，为了自己的欲望，重用了贼人乙浑，差一点酿成大祸。太后呀，你怎么了？难道你也想效仿常氏，让朝廷再次遭遇那样的血雨腥风吗？他想起了父皇，当年父皇与太后恩恩爱爱，如今父皇离去不久，太后就心有所属，父皇在天之灵如何安息？他又想起了他的皇子宏儿，太后呀太后，你不是要用全力，去抚养宏儿吗？原来宏儿对于太后来说，不过是个幌子，太后只是捱住自己的寂寞，为了这个男人，她连朝廷都不顾了，放弃了苦心经营的社稷和江山，太后呀太后，这还是寡人熟悉的那个太后吗？

年轻的皇帝拓跋弘刚刚亲政不久，冯太后就给他来了这么一出。这让献文帝难以静下心来主持朝政，到夜晚也不得安宁，无法入睡，过去的时光一幕一幕在他的脑海里闪现。他记起他的生母李贵人，因为自己被立为太子而赐死。皇叔子推跟他说过，冯太后的手段非常了得。他不愿意相信他生母李贵人的死与当时的冯皇后有关。冯太后对他的养育之恩，他不能忘。他非常清楚，赐死李贵人的是常氏太后，是万恶的“子贵母死”的例制，这与冯皇后毫无瓜葛。可是拓跋子推却说，皇上太年轻，当时的冯贵人是要全力拿下皇后的位置，如果生下皇子的不是李贵人，而是冯贵人呢？如果冯贵人“手铸金人”不成功，冯贵人当不了皇后，还有今天叱咤风云的冯太后吗？难道这还不清楚吗？这一步一步都是事先设计好了的，你的生母李贵人只是冯贵人一路升迁的一块垫脚石。

皇叔的话，看来说得也有几分道理。拓跋弘不能想这些，每每想起来，就觉得头疼。太医给他吃了几副安神的药，让他好好地睡觉。

冯太后常常与那风度翩翩的李奕在一起。但是她并没放弃对皇孙拓跋宏的抚养，她让李夫人与宏儿搬迁到离自己最近的宫殿，宏儿与伺候他的宫女全都在她抬腿即到的地方。她要随时去看宏儿的起居和饮食，没有丝毫的懈怠。

皇子宏儿在李夫人的哺育和疼爱下，长得十分可人。红扑扑的脸蛋，水灵灵的眼睛，特别是那张能说会道的小嘴，总是逗得人们前仰后合。太后和皇上都非常高兴，可是李夫人的脸上却挂着难以抹去的忧愁。有人跟她讲，宏儿如此可人，又是皇上的长子，极有可能被立为太子，将来可是大魏的储君哟。李夫人明白，若真是这样，自己就面临着被赐死的危险。大魏国“子贵母死”的例制，已经让不少皇帝的嫔妃命赴黄泉。她想起先帝曾宠幸于她，那只是图了她的漂亮，可先帝的心思不在她的身上。倒是拓跋弘对她一往情深，经常陪在她的身边，知冷知热的。献文帝为了她高兴，还特意提拔了李夫人家的几位亲人。他拜李夫人的父亲李惠为征南大将军，都督关右诸军事，雍州刺史，长安镇大将，封南郡王。还封李惠岳父韩颓为襄城王。可这又能怎样？就是把整个朝廷给了李家，也换不回李夫人的一条命呐。所以她高兴不起来，她的心一直处于惶惶不安之中。

皇兴三年（469）六月，未满三虚岁的拓跋宏被立为太子。

十六岁的献文帝拓跋弘和三岁的太子拓跋宏在朝堂上接受文武百官的朝贺。

大家山呼万岁之后的第二天。朝堂之上就有振威将军、阳都子贾秀出来奏请皇上，按照大魏“子贵母死”的例制，应当赐死李夫人。皇上高兴的余温还没退去，就被贾秀的话弄得愁容满面。这一刻终于到来，献文帝知道迟早都会面对这一刻的，而它却来得这么快。李夫人，寡人真是无法面对你呀！大魏的例制，夺去了寡人生母的性命，父皇没有办法救生母于水火，今天厄运又降临到你的头上。早知今日，还不如当初忍痛割断你我的缘分，顺了太后的心愿。夫人啊，你与寡人情如鱼水，寡人怎能忍心？寡人命苦，当日寡人头顶辱没祖宗的骂名娶了你，今天寡人又要违背自己的良心害死你，夫人你什么过错都不曾有，为何替寡人含冤送死？寡人如何对得起你，如何对得起天地啊？

朝堂上，十分安静，大家都在等着皇上的答复。可是皇上此时却泪流满面，未做肯否。

贾秀此人一贯心直口快，不惧皇权，该说的话一句也不少说，哪怕为此付出沉重代价。此番话，没人愿意当众说出，唯有贾秀。他接着说：“皇上，微臣斗胆再问一声，皇上悲痛而泣，想必是因为皇上与李夫人的感情。李夫人与皇上情深似海，微臣心里明白，朝堂之上无人不晓。微臣是这么想的，皇上既然悲伤，说明皇上知道李夫人被赐死是祖上留下的不可违的例制，皇上不置可否，微臣是否可以理解为皇上已经准了？”

拓跋弘眼睛微闭，还在流泪，甚至发出抽泣的声音。太子拓跋宏在一边，他不明白今天的皇上怎么了，小孩子都不哭，你为何痛哭不止呢？总管太监认真观察了皇上的表情，然后喊道：“祖制难违，皇上准了。退朝！”

这个总管太监胆子也太肥了吧，他一声喊“祖制难违，皇上准了”，就替皇上做了主？没那么简单，皇上若是真的不准，他就是吃了熊心豹子胆也不敢这么办。这个总管太监是谁的人？那是皇上亲政以后亲自为自己挑选的，能够替皇上分忧，能够察言观色、见机行事的人。他当然知道皇上不舍得李夫人，知道皇上这些天为了李夫人的命运而伤神。他曾经试探过皇上，可否把这个该死的“子贵母死”的例制给废了。皇上说，当年父皇与我的生母感情最深，然而我母亲的命运依然不能例外，能够废除早废除了。既然厄运难逃，总不能让皇上亲自下令，赐死自己最爱的人吧？这个恶人只能由总管太监来做。

李夫人宫内，灯烛昏暗。

李夫人在卧榻上抽泣不止，宫人们站立一边无语。此时冯太后驾到。

她吩咐宫女把灯拨亮，然后把李夫人扶起来，说：“哀家知道你的命运悲惨，想想为大魏朝生了太子的女人，哪个不是这样？哀家更知道有大魏祖宗的例制，你也不会让皇上为难。太子还小，你离不开他，你还想多照顾他几年，这些哀家都能理解，你的柔弱，你的善良，你明事理、识大体，哀家和皇上也都知道，都会永远记得。你就放心走吧，宏儿就交给哀家，将来的大魏必定是太子宏儿的。”

“谢太后。宏儿有太后的关照，臣妾也就放心了。”李夫人停住了哭泣，对着镜子，梳妆打扮自己。然后接过那碗毒酒，一扬头喝了进去，片刻之后倒在太后的身后。太后吩咐擦干夫人嘴角的血痕，让李夫人干干净净地上路。

太后从李夫人宫里出来，眼角上挂着泪珠。她下懿旨，厚葬李夫人，让太子搬到太后宫里来。她有种预感，拓跋弘已经走得越来越远，这个太子皇孙才是自己的希望，才是自己生命的延续。从那天起，冯氏太后承担了抚养和教育皇太子拓跋宏的所有义务，她接受了对献文帝教育培养时期的经验和教训，继承了当年姑母对她教育的许多做法和套路，辛勤劳碌，严格要求，一丝不苟，孜孜不倦，循循善诱，以身示范，潜移默化，为大魏王朝培养出了一代明君。

李夫人的死，让皇上陷入苦闷之中。他最恨大魏“子贵母死”的例制，这个例制简直就是丧尽天良的法度，半点人性都没有，他的生母和他钟爱的女人都死于这个例制，而他不喜欢的人，却能用这个例制来肆意地践踏他这个所谓的“无所不能”的天子。如果皇帝就这样无能，还为何拼了命当这个皇帝？

皇上骂得没错，先皇当年也咒骂这个例制充满了血腥和仇恨。事实上，这个例制杀了太子的生母，可以从根本上避免太子生母将来造就的外戚当权、祸乱朝廷。但是太子从小因生母被杀而种下的仇恨，必将演变成为对皇权的蔑视和亵渎。另外，大魏王朝还允许太子的乳母最终成为太后，太后专权不比外戚当权的危害小。皇上的生母一旦有权有势，还会考虑江山是自己儿子的，做起事来多少有些顾忌，可是皇帝的乳母一旦专权，这种顾虑就会很小，所以后者比前者造成的不幸和危害还要大，而且一般情况下都带着不可避免的血腥和杀戮。

思来想去，拓跋弘最后把怨恨都记在冯太后的头上。当年，太后转怒为喜答应了寡人与李夫人的亲事，寡人一直纳闷这是为何，现在答案已经明明白白地摆在那里，原来太后是在这里等着寡人。你有初一，我有十五，寡人真的已经长大了，世态炎凉，朝廷黑暗，寡人也已看得清清楚楚。愤怒中的皇上，没有直接找冯太后发作，哪怕说几句责备的话也没有，而是在心里做起了文章。这就是拓跋弘的性格，一个长大了的皇帝，遇到事情他能够先忍下来，然后去想，去思考对策。这要是换了太武帝拓跋焘，一定会大发雷霆，吐出心中的怨气。如果是文成帝拓跋濬也不会表现得如此内敛，如此深沉。而献文帝拓跋弘的行事风格，就是把所有的事情都压在心里，一层一层地分析，并得出结论，然后按部就班地去实施。从这一点上讲，他还真的很像冯太后，在大是大非面前，能够沉住气，三思而后行。

机会终于来了，相州刺史李欣因贪污罪被押，审理中李欣交代，此事来龙去脉南部尚书、高平公李敷也知道。皇上从李欣的案卷里发现了这一点。高平公李敷是何人？他不就是太后的相好李奕的大哥吗？太后呀太后，不是不报，那是时机未到。这不，机会来了吗？你不让我开心，我心爱的人你都算计着杀死了。这回，太后你老人家的心爱之人，也落在寡人的手里了。于是皇上下旨，南部尚书、高平公李敷包庇贪官李欣，罪不可赦，诛灭三族，其弟濮阳侯李式、宿卫监李奕两家受牵连，一并灭族。一时间李家人被杀了几十口，血流成河。

其实李欣贪污一案，跟李敷没有太大关系。李敷规劝过李欣做事不可过分，而李欣不听，结果案发。李欣想：为此事我已舍出了钱财，估计不会为此丢掉性命。而李敷一贯做人古板，不会变通，惹得李欣很不开心，不如我借机害你一把，看看皇上对你这种不知好歹、故作姿态之辈如何处置。李欣绝对没想到如此诡计一下子害死了李氏三兄弟全族几十口的性命。而李欣自己只是挨了一百鞭子，去官为奴。不出多久皇上又让李欣官复原职了。一下子失去了同门几十口人的李欣，绝对不会想到，他当时咬了李敷一口，只是给皇上提供了一个借口，其实李敷和李式两家被害，并非被他牵连，而是受了李奕的牵连。而李奕也没有得罪过皇上，只是因为皇上知道眼下只有杀了李奕，才会让冯太后心痛，痛得滴血。

博弈

太后确实心痛。

当太后获悉李奕的死讯后，她不顾一切来到行刑的地方。太后从车辇的窗口上看到在血泊之中横七竖八躺着几十具尸体，当她一眼认出李奕那身着雪白衣袍的躯体时，一下子感到心头上被挖去一块肉，疼痛地晕了过去。待她苏醒之后，已经躺在卧榻之上。

冯熙守在她的身边，一看太后醒来，便要宣御医。被太后拦下，说：

“哀家没事儿了，熙哥，跟哀家说说是怎么回事。”冯熙把听到的消息从头到尾说了一遍后补充道：“我还听说，皇上还在朝堂上指桑骂槐地强调，后宫的嫔妃要守住节操，不能玷污列祖列宗。皇上下旨，在皇宫与民间，都要崇尚历史上的贞洁烈女。不少宗亲王把贞洁烈女的故事画在屏风和漆柱上……”

“好了，不要说了！”太后噌地从榻上坐起，两只手狠狠地将被子抓成一团抱在胸前，泪水像断了线的珠子一拥而下，两只眼睛透过泪水闪射着光亮。她狠狠地吐出四个字来：“罪该万死！”冯熙把拳头一攥，问道：“怎么办？微臣就听太后一句话。”

太后摇摇头，轻轻地说：“兄长退下吧。”

要说冯熙与太后相见，咬牙切齿地说到报仇的事儿，的确是被妹妹——大权在握的冯太后的大义和大局给感化了。然而这次，献文帝拓跋弘居然杀死了李奕，明眼人全都看得出，献文帝这是在往太后的心上捅刀子呀。冯熙为父母报仇的火刚熄灭不久，替太后报情仇的火又燃了起来。冯熙眼睛一瞪，就像有火苗在往外冒出，他奋力把铁一般的拳头砸向身边的柱子上，他说：“太后，为兄只要你一句话，我就去找那小皇帝问个彻底，或者干脆要了他的小命，也替父母在天之灵出口恶气。”

冯熙这一拳头砸下去，立刻便有几名武艺高强的卫士闪出。

冯太后说：“将他带下去，绑起来！没有我的话，不准放他出来。”

冯熙被绑在侧室，卫士们寸步不离守在一旁。半晌，冯太后进来，亲自为他松绑，把一杯热茶放在他的手上。太后让身边人退下，兄妹四只手紧紧握在一起。太后说：“兄长，这个拓跋弘的确该死，但那是我与他娘儿俩的事情，哀家自然会有哀家的办法对付他。这里边的水，深不可测，熙哥千千万万不要跳进来。哀家说过的话，也是父母留下的话，你时刻不能忘记，熙哥你最大的事就是留住冯家的根，过好日子。”

冯熙眼里熊熊燃烧的火，再一次被太后眼里盈盈的泪水扑灭。

杀死李奕，对冯太后是非常致命的一击，也让冯太后的思想有了彻底的转变。

首先太后重新认识了献文帝。献文帝拓跋弘，她含辛茹苦抚养大的儿子，对自己非但没有牢记养育之情，而且已经视为仇敌。献文帝，他的思想，他的为人，他的心胸，与这么多年里太后的谆谆教导完全背道而驰，只是有一点继承了太后，那就是他的心计。献文帝，这个太后寄予很大希望的皇帝，不是个仁君，没有宽厚仁爱的心肠和胸怀，把大魏江山交于他的手里没有前途。献文帝，他对朝廷和黎民百姓的事情，想得不多，看得不远，他对自己的权力、对自己的势力、对自己的好恶与恩怨，看得太重，这样的皇帝，是朝廷的不幸，是天下的不幸。说起来，谁都不怨，不能怨拓跋弘自己，他到现在也不过十六七岁，他还是个孩子，怨就怨冯太后太自信，认为自己培养的孩子，一定不会出问题；怨就怨冯太后从一开始就把拓跋弘估计错了，认为他聪明好学，心眼灵活，理解能力强，能够举一反三，却对拓跋弘天生好疑、自私、内心阴暗、善于伪装等问题看得不清，才有今天的结果。

冯太后也重新认识了自己。冯太后是个在封建社会的朝廷里有重要地位的女人，冯太后在当年第一次坐在朝堂上听政时，重新估价了自己，她从一个只愿做贤妻良母的女人，变成了一个政治家，一个能够掌握江山社稷命运的女性。如今，她再一次重新认识了自己，她要从一个女性政治家，变成一个成熟得胜过男人的女性政治家。换句话说，就是要在自己的政治生涯里，彻底地克服眼光短浅、手段软弱、犹豫不决、幻想太多等问题。承认自己对拓跋弘的认识是错误的，还权给他也是错误的，对他一味地让步和迁就，以至于如今对朝政，对拓跋弘的言行完全不过问，任由献文帝大权独揽是不对的。

冯太后开始反击了。

冯太后的反击，做得无声无息，在局外人看来，冯太后只是为李奕的死难过了一阵子，其他并无二样。

她首先秘密吩咐安排在朝廷各部的眼线，了解献文帝和朝廷的各种情况。她得到的第一个有用的消息，便是献文帝与一个叫作万安国的臣子有染。这让冯太后觉得既可笑又可恨。皇上呀皇上，你性格偏激也就罢了，你居然还喜欢这一口，那么多嫔妃摆在那里你不动心，你却把肉体和灵魂投向一个男子。也对，你喜欢一个李夫人，李夫人替你生了宏儿，被赐死。从此你就变态，不再喜欢美人，转而喜欢美男了，我还真是小看了你这个小小年纪的皇上。线人说这个万安国，长得十分白净英俊，被拓跋弘拜为大司马、大将军，封安城王。某一天，他发现皇上喜欢与他在一起，他便投其所好，不分昼夜常常与皇上一起吃一起喝一起睡，玩得天昏地暗。皇上高兴，不仅给他封官晋爵，还给了他不少的赏赐。

接着她得到了第二个消息，就是皇上率兵西征，要七八个月才能回来。拓跋弘亲政以来，朝廷腐败滋生，人心不稳，大魏国再次处于内外交困的局面。献文帝遣殿中尚书纥骨莫寒到西部招募敕勒部人为武士，结果这个纥骨莫寒在西部到处索取财宝金银，惹怒了敕勒人。他们一气之下杀死纥骨莫寒，举旗造反，一时间聚起上万人。献文帝启用汝阴王拓跋天赐挂帅征讨，谁曾想拓跋天赐几年不打仗，战法不精，空有一身的狂傲，中了敕勒人的诈降之计，损伤过半，大败而归。回到太华殿，他扑通一声跪倒在地。对于皇叔辈儿的拓跋天赐，献文帝既气恨，且又不能发作。无奈之下，拓跋弘委托拓跋子推主持朝政，亲率大军西征。

冯太后觉得机会来了。

一天，太后派一个小太监告诉万安国，太后有请，让他午后从后门入宫。万安国不知详情，又不敢不去，只好在午后一个人进到太后宫来。谁知被宫内的护卫当作私闯后宫的贼人给拿下了，只二三十下皮鞭，他已被打得皮开肉绽。这时候冯太后过来了，问道："你是何人，敢私闯哀家的宫殿？"

"微臣万安国，是皇上身边的散骑常侍。微臣是奉了太后的旨意前来觐见的。"

"噢，万安国？哀家想起来了，你就是那个不知廉耻，专行那逆人之道，祸害皇上的万安国？”

“微臣罪该万死。”万安国一看，太后啥都清楚，躺在地上忍着疼痛说。

冯太后端起茶杯，轻轻地品了一口，接着说：“照你说来，倒是哀家叫你来的？哀家想知道，是哪个给你传的话？你给哀家指出来吧。”在场的太监、宫女和护卫十几个，他看了许久也找不出那个传话的人。

“大胆万安国，你祸害皇上，哀家还顾不上惩罚于你，今天你倒溜进哀家的宫里，是何居心？讲！”万安国一听全明白了，今天的事情全是朝着皇上来的。冯太后的威名，他是早知道的。如果知趣点或许能够保住自家的小命，于是就把跟皇上如何如何从头到尾说了一遍，在认罪状上签名按手印，并且答应太后立刻从京城消失。

万安国消失不久，济阴王拓跋小新城不明不白地死了，满府上的人哭得死去活来。这个拓跋小新城近几年来跟皇上走得特别近，给皇上出了许多主意，常常跟皇上喝酒作乐到天明。之前在拓跋子推的引荐下，宗室五王、步六孤定国已经成为亲信中的亲信，皇上有许多事情，总是先经过他们几位秘密商议之后，才进入议事程序。有时候，他们几个一拍即合，干脆就不再和其他老臣们商量，直接就颁旨了，这让许多老臣愤愤不平。现在济阴王一死，加上前一段因病去世的阳平王拓跋小新城，宗室五王就只剩下三位了。拓跋天赐大败而归，损失惨重，羞愧难当，一病不起。五王里面能够在朝堂上为皇上撑腰的也就剩京兆王拓跋子推和任城王拓跋云两位。

步六孤定国伴随皇上多年，一路飙升，拜为司空，他已经忘记当年太后让他进入内阁的恩情和用意，倚仗皇上，有恃无恐，不把那些老臣放在眼里。高允、高闾和源贺没有说什么，只是摇头，对他们的作为表示失望，而贾秀和刘尼两位老将，不管三七二十一便破口大骂：“这帮乳臭未干之徒，当年我们保护先帝继位之时，你们还没生下来呢，如今倒与吾辈平起平坐。尔等规规矩矩还则罢了，否则的话，我们可不是吃素的。”

皇上亲征归来，寻万安国不见，再差人去传，却说那厮几日前举家搬迁，没带一兵一卒，已经逃得不知去向了。皇上大怒。又有人报拓跋天赐卧病不起，拓跋新城去世，步六孤定国陷入窘境，老臣们近来心情不爽，常常出口不逊。皇上感到情况不太妙。这多半年里，朝廷里已经发生这么多的变故，一定是太后在发难。他对前来觐见的拓跋子推、拓跋云、步六孤定国等几位说：“太后这几年，说起来把江山交给了寡人，而实际她每时每刻都与寡人作对。寡人在前方打仗，太后在后方拆寡人的台，寡人这个皇帝做得很是无趣。”

众人都说：“皇上息怒，太后已然归于后宫，朝廷还是皇上说了算。皇上有何吩咐，微臣在所不辞。”

“寡人近来对佛法领悟了不少。寺庙里的尊尊佛像都好像要与寡人说话，他们告诉寡人，空即是色，色即是空，世上万物都有因果，就拿朝廷来说，是你的，朝廷自然按照你的章程来做，不是你的，你就是坐在那个宝座之上，也由不得你。”

皇叔拓跋子推说：“皇上与佛结缘，那是好事儿。记得昙曜大师曾经说过，皇上便是现世佛，皇上打理国事，替天下苍生谋福祉，即是最好的修佛。皇上千万不可只是拜佛修经，而耽误了朝廷大事哟。”

献文帝双手合十：“阿弥陀佛，这个不必担忧，朝廷的事儿，寡人不做，自然会有人来做。阿弥陀佛。”

众臣不解地看着皇上，无语。

拓跋弘：“这个皇帝，寡人不做也罢。寡人提出让皇叔京兆王拓跋子推来做这个皇帝，大家看如何？”

拓跋子推根本不晓得拓跋弘的心里在想什么，忽然说出这样的话来，着实把他惊着了。转念一想，近来皇上所言，一半是君言，另一半却是佛语。皇上刚才这句，究竟是君言，还是佛语呢？君子无戏言，不能开玩笑的，佛语那就更是神秘莫测，更非戏言。君言也好，佛语也罢，皇上也不该把我放在火炉上烤哇！这这这，多半是拿我去做炮灰，他为了拿回皇权苦苦折腾，如今说不干就不干了，不能理解，所以立刻跪倒在地，说：“微臣何德何能，绝不能答应此事。”其他人也说，此事非同小可，万万不可以。

拓跋弘忽然放声大笑，笑得前仰后合。笑过一阵，又严肃起来，说："寡人绝非儿戏，拓跋子推是先帝的弟弟，本是正宗的皇室，做皇帝名正言顺。再说了，由我来对付太后，显然不如皇叔的威望，到时候太后便没有其他理由，出面干涉朝政了。"

众人还在坚持，拓跋弘说："就这么定了，明日早朝，寡人便要当众提出禅位之事。"

献文帝设计退位，提出让皇叔"迎战"太后的当天，冯太后就得到了消息。太后对拓跋弘此举也很纳闷。他这是唱的哪一出？他真的不想干了？不对！他真的是大彻大悟，要退出红尘？更不对！太后第一次对拓跋弘的心思，猜不透了。她想到的对策是，不论拓跋弘是怎么想的，都不能乱了阵脚，要稳住，不能采取任何措施。只有稳住自己，才能稳住拓跋弘。太后宫殿里深夜，来了几位老臣。太后与老臣们商议，绝不能禅位于拓跋子推，实在不行，就由小太子宏儿继位。

果然第二天，满朝文武到齐后，献文帝说："寡人继任以来，朝政不振，外患内忧，寡人有愧于太后，有愧于先帝，有愧于众臣。寡人近来对朝政渐渐淡泊，平日常有遗世之心。皇叔京兆王功高盖世，仁厚贤德，寡人愿意禅以帝位。此后寡人将与沙门高僧一起专研佛学，不再过问国事。"

王公大臣们被献文帝的话惊呆了。这是怎么了？拓跋弘又在玩什么名堂？不是要夺回皇权大干一场吗？这又是哪根神经出了问题呢？

任城王拓跋云近来与太后见过面，聊起朝廷的事，太后对他说："听说朝廷中有不少人给皇上出主意，好主意也有，坏主意也不少。希望皇叔能够不忘当时的誓言，很好地辅助皇上，切不可随波逐流，人云亦云，误国误君啊。"拓跋云表示，谨遵太后懿旨，尽职尽责。此时任城王拓跋云记起太后的嘱托，他站出来说："皇上，微臣有话要说。皇上刚刚得胜而归，四海同庆。朝廷虽然外患内忧，正是皇上拨乱反正、建功立业的时候。皇上岂能违背祖宗，抛下社稷和黎民？何况江山传承，父子相传才是正道啊。"

立刻，又有太尉源贺站出来，说：“皇上要舍太子而外传宗王，禅位于皇叔京兆王，老臣只怕将来大魏江山辈分混乱，大逆不道啊！”

拓跋丕说：“皇位禅于宗王不妥，太子年幼，继位也不到时日。皇上正值龙虎之年，威望正隆，当日理万机，以天下苍生为重，怎能独善其身，皈依佛门？老臣请皇上丢掉此念，以江山社稷为重啊。”

这时，尚书步六孤馛站出来厉声说道：“太子拓跋宏天资聪慧，皇室正统，皇上若要禅位，非太子莫属，如有改变，老臣愿死于朝堂之上。”这个步六孤馛，是文成帝时期的征西大将军，东平王步六孤俟的长子，其弟步六孤丽不畏权势反对乙浑，被其害死，朝廷上下早有耳闻。如今步六孤馛为了劝谏献文帝，说出这般不留退路的话来，在场所有的人为之感动。拓跋弘用眼一扫下面的人，大臣们基本反对，他把目光投向阉官之列，选部尚书赵黑站出来，说道：“皇上，禅位于皇太子，微臣誓死拥戴。”赵黑是冯太后安插在选部的心腹，他早已向太后表白过，永远为太后效力，此时正是关键时刻，拥戴皇太子便是拥戴太后，他没有第二选择。

献文帝已经看出，他的计划得到的是大多数人的反对，他的死党无一人出来支持，拓跋云反而带头提出非议，他很是纠结。原路退回，很没面子，大言不惭说朝政不兴，对国事已淡薄，要主动退出朝政，现在又要反悔，天子说出的话哪能如儿戏一般？再坚持禅位于皇叔的话，已经遭到一致的反对，怎么办？

还是一代大儒高允有办法，他站出来说：“想当年，周公旦效力辅助十三岁的周成王之事，想必皇上都还记得，老臣建议皇上不妨效仿之。这样既不违背祖宗之托，也可让各位皇叔、皇兄、王公大臣们辅助幼主。”

献文帝没急着回答，他在想现在的情况下，寡人是骑虎难下，进退两难，不如就这个台阶下来。一可以把朝廷的重担推开，二可以让皇叔子推等人站出来涉理朝政制约太后，三是自己虽退，却可以站在身后左右他们，掌握主动。于是他说：“众爱卿既然如此说，寡人就依了你们，今日正式禅位于皇太子拓跋宏，请诸位殚心竭力扶之。禅位大典，于明日举办。”

皇叔拓跋子推，泪眼蒙眬地站出，他双手抱拳说：“辅佐幼主，微臣自当鞠躬尽瘁。微臣请皇上看在太子年幼的份儿上，出任太上皇，与幼主一同治理国家。”见拓跋子推这么一说，许多大臣都站出来，说：“请皇上出任太上皇。”关键时候，还是拓跋子推实实在在帮了他一把，拓跋弘暗自高兴。他便不再推辞，接受了太上皇的尊号。

延兴元年（471），五岁的拓跋宏继位，其父拓跋弘玩了一场政治游戏之后，尊为太上皇，继续把持朝政。冯氏被尊为太皇太后。

第十二章　再次听政

大魏破落而危机四伏的摊子，让她再次走上历史的舞台。我相信这不是她的本意，江山社稷让她不能继续去做她的贤妻良母之梦，不能再蜷缩在后宫。江山社稷呼唤她挺身而出，让她知难而上，让她不畏艰难，让她破釜沉舟，让她那颗柔弱的心脏，去面对天下，去面对黎民百姓，去面对即将发生的一切。

历史让她再次走上政治舞台，这次听政，成为中国历史上对社会发展促进最大，也是影响最为深刻、最为后人所认可的一次太后当权。

与其说是一次太后听政，不如说是一次社会变革的实践，是一次团队协作的实践，是一次政治体制改革与经济体制改革相结合的实践，是一次理论先行、教育先行、组织建设先行的社会实践。

五岁皇帝

十八岁的献文帝拓跋弘主动提出禅位，让所有人都大吃一惊。

太皇太后没想到，拓跋弘会这样，就如几年前拓跋弘也没想到，太后会轻而易举地主动把皇权还给他一样。许多老臣们没想到，这个视皇权如命的皇上，忽然就不想干了，这太出乎人们的意料了。就连拓跋弘的内阁们，也是在他宣布的前一天才听说，他们每个人的前途和既得利益，都将随着皇上的禅让，成为未知数。然而献文帝不是那种想起一出就是一出、随心所欲的人。他的禅位不是跟大家演戏、开玩笑，更不是与太皇太后赌气想出的无奈之举，而是经过深思熟虑，才付诸实施的。

他真的是不愿意再做这个皇帝了。首先，他厌倦了皇权的斗争。受太后的影响，拓跋弘从小就喜爱佛教，他对昙曜等大师非常崇拜，幼时跟着太皇太后拜佛，少时也常常去听大师们讲经说法，当了皇上以后，对佛法愈加痴迷。佛教里讲究割断红尘，讲究清净，而皇权里的斗争太过复杂，太过血腥，让人的思想里难以有片刻的清静，这与佛法完全背离。所以他的内心，是真的不想再做这个皇帝了，曾经的皇帝梦与现实相比，一点都不潇洒，不浪漫。

他愿意放下皇权的另外一个重要原因就是太皇太后。这个曾经把自己视作掌上明珠的，不是母亲胜似母亲的太后，被他看得越来越清楚了。他认为此时的太皇太后与他很难再说母子情深，只能说是明争暗斗的敌我，承认也好，不承认也罢，事实都是明摆在那里的，必须面对。太皇太后对他的敌意，不为别的，也就是因为皇权在拓跋弘的手里，不再受她的左右。与太皇太后的斗争，要想缓和，或者是平息，唯一的办法就是退出，让她心安，让她逐渐淡忘那些曾经的争斗。

让拓跋弘放下皇帝不做的第三个原因，就是朝廷上下太皇太后的势力太大，影响力太大。当年太皇太后临朝听政时，在朝廷安排了许多自己的亲信。许多新臣、老臣，都对太皇太后的做法和人品佩服得五体投地，现在换作自己理政，思路方法都跟太皇太后不一样，拓跋弘感到难以做到让文武百官心服口服。拓跋弘总有一种感觉，他在朝上坐镇，太皇太后在后宫也在坐镇，大家在朝堂上议过的事情，退朝后就都汇报给了太皇太后，太皇太后又告诉他们应该如何应对。这种感觉一直都有，挥之不去，太皇太后的影子没有一天离开过他的眼前。这样下去，他怎么干？怎么还能把这个皇帝做下去？

禅位的主意拿定以后，禅位给谁？怎么平稳过渡？献文帝谋划好了。

说到禅位，他当然第一是想到了太子，他那个十分可爱的儿子。想想太子宏儿，虽然年幼，却懂得疼爱他的父亲，每次见了献文帝，总是站在他的身后给他揉肩，给他敲腿，劝他多多休息，拓跋弘顿时心花怒放，笑逐颜开。曾经有一次，献文帝腰部患痈疮，疼痛难忍，当时只有四岁的拓跋宏就不顾一切地爬在父亲的身上，为其一口一口地吮吸脓血，把拓跋弘感动得流泪。史上有哪个皇帝不愿意把江山传给自己亲生又钦定的太子呢？但是如果把江山交给五岁的太子，就等于把江山又交给了太皇太后，交给了自己的敌人。太子自打其生母被赐死以后，就由太皇太后抚养，太皇太后对太子的感情可想而知。想想当年自己继任当傀儡皇帝，所有皇权皆由太后把持，拓跋弘就吓出一身冷汗。禅让给太子的念头从一开始，就被拓跋弘自己给否定了。

他找准的禅位的对象，是他的皇叔拓跋子推。拓跋子推近来一直教他骑射，教他刀剑，也教他许多皇权斗争的计谋，他从内心感激有皇叔这样一个对他十分尊重，又十分卖力，十分为他着想的知己和老师。拓跋弘早年丧父，缺少父爱，在他的潜意识里，他已经把拓跋子推当作他的父亲了，跟他学习，与他交流，既是一种亲情，更是一种依靠。禅位给拓跋子推，还因为皇叔三十多岁，正是龙虎年龄，加上他在军界和朝廷里的霸气和影响力，无人能够再与他分庭抗争，太皇太后绝不是他的对手。也因为皇叔这几年对自己的感情，他一旦当了皇帝，也会对他心存感激，也会善待他的儿子和所有的皇叔、皇兄。同时他再也不用担心大魏江山重蹈太后专权的覆辙了。但是，禅位给皇叔的想法，被大家否决了。大家的理由，最直接的就是皇位传给皇叔有悖祖宗例制。于是才有了传位于太子，自己当上了太上皇的结果。

这个结果不是拓跋弘所要的。

拓跋弘要的是通过禅位，能够给自己图得一份清静，然而这个目的根本无法实现。他为了这一天深思熟虑了很久，然而最终的结果，却不是他所设想的，这个结果是在一种他始料未及，险些失去了主动权的情况下，无奈的选择。他是既气愤又庆幸，气愤自己满以为天衣无缝的事儿，根本没有按照他的轨迹发展；庆幸最后既圆了自己禅位的君子之言，又没把皇权再次让给太皇太后。其实质是绕了很大一个圈子，回到了原点，自己继续操纵朝政，等于是他跟朝臣们唱了一出戏，一出没有经过彩排，所有剧组成员没见过剧本，只有他自己知道，自己又差一点失控的，完全自编自导的戏。现在戏散了，一切归于平静。所不同的，一是稳定了一下太皇太后的情绪，让太皇太后看看这场戏以后的余音；二是把太子推到了前台，接受各种考验和锻炼。

在整个禅位风波之中，最为尴尬的角色是拓跋子推。

拓跋子推这个人武艺高强，对皇家也特别忠诚。但是自从献文帝与太后之间的感情出现裂痕，朝廷上下渐渐分做两个阵营之后，他的忠诚就只能木已成舟地属于拓跋弘了。当初，他答应做皇帝的老师，心想：只要不出意外，在皇帝庇护下，他可以得到更高的官位，得到更多的好处，有可能的情况下，他还能得到太后的感情，这样的话，真是一举多得。到后来，皇上与太后的斗争明朗化了，他不得不选择站在献文帝一边，甚至给拓跋弘出了不少主意，个别时候，还在这问题上给皇上火上浇油，坚定了皇上与太后作对的决心。他打心眼里也不太喜欢皇上拿不起放不下、犹豫不决、进三退二的性格，他想让皇上果断地采取行动，阻止太后的干政。没想到，皇上却想出这么一招，把皇叔他推到前面，自己躲在后面指挥，所以他一开始就不愿意接受。

拓跋子推不想做这个皇帝吗？当然不是！

当年的拓跋子推，虽受文成帝的重用，可内心一直在滴血。为何同是兄弟，拓跋濬就是太子，就是皇帝，而自己只能是臣子？待到拓跋弘成为皇帝，冯太后请他留在京城辅佐皇上时，他还做过与太后拧成一股绳，一起辅佐皇上，既可以得到太后的芳泽，又可以左右皇上的美梦，结果太后威武，一个人把朝政治理得有板有眼，而且太后在感情上一直在装糊涂，没有实质性地迈出过一步，这让他对太后非常失望，也更让他死心塌地地为拓跋弘卖力。谁曾想，在这样一个两大阵营，拓跋弘明显不敌太后的情况下，皇上要把他架在火炉上烤，他当然不愿意去做这个炮灰。结果就是，拓跋弘禅位之事，以太子宏儿继任，拓跋弘在太上皇位置上继续控制朝政告一段落。

拓跋子推落得个十分尴尬的境地。拓跋子推明知禅位于他会遭到满朝文武的反对，皇上面对如此境地，也不会一意孤行强行把他推到皇位上的。他在这场戏中，扮演的是一个非常被动的小丑的角色。从此以后，所有人都知道，他是太上皇的人，是一个太上皇不惜把皇位都禅让给他的铁杆死党。他在内心里骂拓跋弘，太上皇呀，你这一招可把我害苦了，以前我帮助你是在暗处，如今你把我摆在了明处，我成了众矢之的。

捡了个大便宜，又不知道这如何就是个便宜的，是拓跋宏。

五岁的太子拓跋宏，忽然就成了皇帝。他每日上朝都像模像样地坐在太上皇的身边。退朝以后，他再回到太华殿里。冯氏被尊为太皇太后之后，就搬进了慈福宫。一日退朝后，拓跋宏与太皇太后说：“太上皇要我跟他去打猎，皇孙儿特来禀告太皇太后。”

“不可！”太皇太后只有两个字，回答他。

小皇帝有些不解，还准备跟太皇太后力争。太皇太后打断了他的话，吩咐小皇帝的贴身太监：“去，通禀太上皇一声，皇帝要读书了，没有闲暇去玩。”

拓跋宏乖乖地坐下来开始读书。拓跋宏一边读书，一边就想当皇帝并不好玩，上朝第一天觉得新鲜，以后就烦了，天天就那一套，跪倒一片，山呼万岁，然后就是太上皇问这问那，臣子们说三道四。他这个皇帝根本插不上话。退朝以后与往日一般，除了读书，还是读书，太皇太后对他的管教没有一丝一毫的放松。

读了一会儿书，他再次与太皇太后提起刚才的事。他说：“太皇太后，孙儿既然是皇帝了，为何自己的事情不能自己说了算？”

太皇太后说：“上朝是政事，朝政上的事自然是皇帝说了算。哀家只管后宫，皇帝学习的事情、成长的事情，是哀家要管的。皇上听明白了吗？”

皇帝摇摇头，又点点头。太皇太后接着说：“你既然是皇上，每天朝廷里发生那么多事情，都应该由皇上去处理。这些都要皇上说了算。你现在说了算吗？”

“孙儿只做皇帝，孙儿不做皇帝的事儿。皇帝的事儿，是太上皇说了算。”

“皇帝现在还小，说了不算，是太上皇说了算。哀家管你，让你学习，让你读书，让你明白许多道理，就是为了皇帝以后能够说了算，不再让其他人替你做主。哀家的责任就是造就一个未来的皇帝，一个能为天下苍生做大事的皇帝。你明白吗？”

皇帝似乎听懂了，眼睛里有泪水打转。他跪倒在地说：“太皇太后用心良苦，孙儿牢记在心，永世不忘。”

冯氏对拓跋宏的培养，是从他的生母李夫人被赐死开始的。

拓跋宏五岁当了皇帝，让太皇太后高兴。虽然在他的头上还有个太上皇，在太皇太后看来，这就给她提供了一个机会。以前皇权全由献文帝一人把持，想插进去根本不可能，太皇太后也不能这么干。今天不一样了，皇上是拓跋宏，站在他身后的不仅仅是太上皇，太皇太后作为他的抚养者、教导者，一样可以站在他的身后。区别是，你在明处，我在暗处，你在朝堂上，而我在朝堂之外所有的时间里都可以影响他。太皇太后给皇帝硬性地规定了一条，当皇帝绝不能荒废学业，那就是“上朝听政，下朝读书”，不然就要受到太皇太后的责罚。说是责罚，其实是说给太上皇看的。皇帝可以拿这个跟太上皇说，所有退朝之后的时间都要去读书。太皇太后奶奶说了，对于小皇帝而言，上朝是大事，读书是更大的事。

太皇太后是个能够耐得住寂寞的人，这么多年她锻炼得非常坚强，非常能够忍耐，她认准了身边的小皇帝是大魏朝的未来，培养和教育不可有丝毫的疏忽和大意。李奕被杀之后，她把全身心都投入到了拓跋宏的身上，拓跋宏接触些什么样的人，她都要把关，都要给他一一分析。因为在献文帝年少时她就把拓跋子推请来做他的老师，现在想起来真是失策。拓跋子推也不算是坏人，可他在献文帝的问题上，就是一味地揣测皇帝的心思，顺势而为，没有坚持原则。甚至在献文帝胡作非为时，他起到了助纣为虐的作用。这个教训一定要接受，同样的错误不能再犯第二次。

迷途

太上皇迷上佛教，并非是当初导演禅位之戏的一个托词，而是确有其事。

文成帝继位七年时，发生过一件事。南宋丹阳中兴寺救助灾民放斋饭，正值南来北往的灾民聚集在寺庙前的广场吃斋的时候，有一法号惠明的僧人袈裟飘逸，容貌端庄，非常出众，中兴寺的和尚们被他的气场所震撼，住持和尚问道：“师父从何处来？”

那僧人答道：“从天安寺来。”他们简单交谈了几句话，此僧忽然在众人眼前消失得无影无踪，在场僧人和灾民无不惊讶。

献文帝登基那年，听到了这栩栩如生的传说。他觉得佛祖真的存在，佛教必须发扬光大。献文帝登基第三年，大魏朝从刘宋手里夺得齐州和青州两地。齐、青二州的豪门望族都奉旨前来平城，二州的百姓也迁来平城，赏给有功的大臣和武将为奴。此事被沙门统昙曜得知，昙曜向献文帝提出可以拨出土地，让这些人开荒种植，打下的谷物大部分可以交到寺庙的粮仓来，称为僧祇户；还可以把那些犯人和罪奴，分派到寺院里役使，或为寺院耕种土地，称作佛图户。当时献文帝正对佛教崇拜得五体投地，所以对昙曜关于僧祇户和佛图户的奏请，全部恩准实施。这些僧祇户和佛图户非常高兴，因为这样一来，他们就成了昙曜麾下寺庙的人，向政府纳租和服徭役便被免去。

献文帝在平城建造了号称天下第一的永宁寺。这个永宁寺占地规模很大，只寺庙的基台就有三百余尺高，其意图是构建七级浮屠。永宁寺内塑有一尊用铜十万斤、黄金六百斤的高四十三尺的释迦牟尼立身像，这给黎民百姓增添了难以承受的租税和徭役。

禅位之后，太上皇移居北苑，在北苑仓促地建造了一处规模不小，然而装饰有些粗糙的宫殿，他就在这里安居、修佛，并与王臣国戚议事，给自己的宫殿起名为“崇光宫”。他住在崇光宫以后，拜佛之事很不方便，于是他又在北苑中的西山，离崇光宫十里的地方建立佛寺，因北苑又称鹿苑，皇家饲养的野鹿生活在其中，于是给北苑佛寺起名“鹿野佛图”，与佛家传说迦尸国的波罗奈城东北十里的鹿野苑，从位置上、内容上相吻合。鹿野佛图建成后，太上皇干脆就请他一贯崇拜的僧侣们入住佛寺中，每当有空就与他们谈经说法。

太皇太后也热爱佛教，她本来对拓跋弘崇尚佛法没有意见。只是她认为当日的献文帝、今日的太上皇，有些心术不正，心不净何谈佛图，而且为了自己修佛大动土木，肆意让僧侣进进出出皇家禁地，随之各处寺庙因有太上皇做靠山，已经出现攀比富贵、私吞财产的问题，甚至与俗人勾结为非作歹等，这些都做得过分。但是太皇太后并没有找太上皇去理论，她把这些现象讲给皇帝听，像平时讲课出题目一样，让皇帝自己分析判断。皇帝片刻之后便拟出一份诏书来，太皇太后一阅大喜，说："孙儿好办法，好文笔。"不久，皇帝下诏，僧人要严守本分，未经许可不得进入皇宫，也不得长期在寺外滞留，民间五家为保，相互监督，不得容留僧侣，对长期散游的无籍僧侣，一经发现，立即严处。对于弘扬佛法的巡游僧侣，要领取公文方可巡游，违者必罚。这个诏书，不仅对规范佛教活动和沙门行为起到了很好的作用，也对皇宫安全防范产生了效果。太皇太后有许多事情就是这样，一个出题目、出思想，一个想对策去实施，与皇帝配合默契，既解决了问题，又锻炼了小皇帝。

这道命令一下，太上皇立刻有所反应，他也让皇帝颁一道诏书。诏书里说，近期济州东平郡的佛寺里，佛像发出异样光辉，以至于整座佛像变成金色，为了将佛法发扬光大，特命济州僧侣将佛像送达平城，并昭告天下人，佛像送达之日起，观瞻佛像奇光，弘扬佛法。两道诏书，连着发出，皇帝一看便知，太上皇不开心了，专门做给太皇太后的。但是太上皇让发，不得不发。朝廷里一片议论。

"小皇帝太难做了，谁的话也得听。"

"小皇帝也不知道是太皇太后的王牌，还是太上皇的王牌？"

"这样的皇帝不做也罢，太皇太后与太上皇，他俩谁厉害谁就坐镇，何必为难一个孩子。"

"此话也不对，皇帝虽然年幼无权，可这是历练他的好机会。"

"小皇帝左右为难，夹缝里生存，能做到这一步，足见他天资聪明，将来一定能成大器啊。"

"太上皇把小皇帝推在前面，他是进亦可退亦可，进退自如啊。"

"太皇太后身不在朝廷，她的心却时时刻刻都没有离开过朝廷。"

"太皇太后作为的目的，不在朝政，而在君心。小皇帝的所作所为，都体现着太皇太后对时事的看法。虽说太皇太后没有临朝，可是她的思想、她的眼睛、她的耳朵无处不在啊。"

……

皇帝明白，自己眼下虽为皇帝，却无实权，太皇太后的话面对现实，着眼未来，顾全大局，不忘细微，既分析当下实际情况，又运用儒家思想，他不能违背。而太上皇大权在握，对太后总是提防在前，反击在后，事事把控，婉转应对，他也不能不听。皇帝往往是左右为难，不知如何是好，太皇太后看出来了，一点也没有怪罪他的意思，反而说他做得挺好。太皇太后说："人世间并不简单，是与非总不像高山和峡谷那样分明，有太多的具体情况需要我们分辨，需要我们思考。有时是不能直接说是，非也不能直接说非，但心里必须分得清清楚楚，绝不能做错上加错、知错不改的事情。"

太皇太后因为两件事，很不开心。一件事是被太皇太后当年撤销官职的叱干虎子，又被太上皇重用，另一件事是为太皇太后十分效力的一位心腹赵黑，被太上皇贬黜。

这个叱干虎子是魏朝开国功臣叱干达头的孙子。叱干达头当初是散员大夫、聊城侯，他的儿子叱干野猪善骑射，还品学兼优，在文成帝时期被提升为给事中，负责户籍管理，赐爵顺阳子，因为立功，后又升为并州刺史、太州刺史，晋爵河东公。叱干虎子是叱干野猪的儿子，得到祖父和父亲的推荐，年少时便进宫给文成帝当侍从。再后来，他因说话办事得体，被文成帝提拔当了专门负责各曹奏章上报的内行长，控制着皇帝重要的机要渠道，内臣外官都对他惧怕三分。此人居权刁难百官，当时的冯皇后得到消息后，就在文成帝那里参了他一本，结果被皇上削职为枋头镇将，后又被一撤到底，在枋头做了一名镇门士。叱干虎子觉得十分委屈，可又没有办法，只好忍下耻辱，胡度时光。后来朝廷发生的事，他都有听说，他认为如今太上皇与太皇太后裂痕渐深，若能利用他俩之间的矛盾，说不定哪天还能重见天日。说来也是这小子命好，果然近来听说太上皇要亲征南下，路过枋头，他就天天盼着太上皇的到来。

太上皇亲征南宋不为别的，就因为太后打压、事事为难与他，他借口南征出来散散龙心。部队走走停停，跨过黄河进入相州山阳境内，忽听来报，说有人跪在路边求见太上皇。太上皇恩准，见此人英俊健壮，只是略显疲惫。来人正是叱干虎子，他把前因后果连哭带说地叙述了一遍，跪倒在地说：“本人受太皇太后迫害，请太上皇做主。”太上皇允许他随着部队一起前行。部队正好路过枋头，太上皇向路人打听枋头的叱干虎子。哪知道这几个路人正是叱干虎子安排好的，他们向太上皇说尽了叱干虎子的好话，如何如何造福一方，黎民百姓无不念其恩德等。太上皇一听，如此好官，被太后削职，何谈正义？于是来了个现场办公，直接下诏恢复叱干虎子枋头镇将之职，即刻上任。叱干虎子感激涕零，领旨上任。太上皇心中暗喜，被太皇太后处罚过的官员，寡人再把他提起来，说不定哪天就能派上用场。他一高兴，就在部队浩浩荡荡到达刘宋边境，给刘宋造成不小心理压力的时候，居然颁旨回朝。他不打了，龙心得到了宽慰，何必要打仗呢?

此事很快就让太皇太后知道了。

太上皇率军南下，到达刘宋未开一仗，却班师回京的事，让人不解，朝廷百官皆有议论。他长途奔波，刚刚回到京城还未睡下，就有人来报，说：“李欣求见。”

这个李欣，当年因贪污罪受罚，却因举报李敷包庇之罪致使李敷三兄弟满门被杀，而得到拓跋弘的赞赏，不久他官复原职。拓跋弘当了太上皇之后，再次重用他参与朝廷军国大事，监管朝廷选举官员的事务。李欣来见太上皇，没有好事，他是给太皇太后的亲信赵黑奏本的。话说历代历朝，都有一些奸臣，他们好事不愿做，大事做不了，专做一些蝇营狗苟、献媚权贵、诬陷君子的事儿，而且在某种程度上，还受到皇上的认可，这个李欣就是个典型。

李欣害死了李奕、李敷，却保住了自己。他明白害人之事，也有说道。不能见人就害，要分清对象是谁。他知道眼下是太上皇的天下，太上皇的对手是太皇太后，他要害太皇太后，没那个本事，但是他可以想方设法去找找太皇太后死党们的不是，从这里下手。此赵黑与那张佑一样，是太皇太后多年来在身边的太监里，根据人品和才华选中并安插在重要位置上的亲信。太皇太后用人，不拘一格，她要求绝对忠诚，但并不要求绝对顺从，她更注重其文化和人品，关键时刻要出以公心，为大魏江山着想。这个赵黑在选部任尚书，选部就是专门管理官吏的部门，赵黑就是为太皇太后负责把关，不能让卑鄙小人混进官员系列。李欣兼管选部，赵黑十分清楚李欣的为人，对他提出的人选格外认真考察，几次被赵黑提出异议，当下被太上皇否决，因此被李欣怀恨在心。李欣一直在暗中调查赵黑，发现这个赵黑还真的廉洁、公正，很难抓到他的任何把柄。于是他便在赵黑过去任职的地方访察。

李欣把收集到的关于赵黑贪污腐败的事情写成奏章，递给了太上皇。

太上皇早已把赵黑视为眼中钉，他清楚地记得在禅位拓跋子推的问题上，赵黑反对的态度是那么坚决。事后李欣就说过，此人是太皇太后的心腹，这一定是太皇太后指使的。李欣给赵黑罗列了几条罪名，说赵黑在太武帝时期任侍御，主管监藏，贪污了许多朝廷的财物等等。太上皇一看，非常明白，这就是李欣故意整治赵黑给编造的，太武帝时期的事情，哪里找得到人证和物证，李欣呀李欣，你为了把赵黑整下去，真可谓煞费心机哪。不过这正是寡人要的，寡人的眼中钉，要把他拿下去，还要那么多证据吗？想到这里，他不禁笑出声来。既然找不出给他定罪的证据，那他赵黑也无法找到无罪的证据吧？哈哈哈……

太上皇没有杀死赵黑。他的内心也佩服赵黑为官多年居然没有被查出问题，这样的好官，他实在是下不去手，所以他下诏把赵黑黜为门士了事。他只是想让太皇太后难堪。

叱干虎子和赵黑的事，让太皇太后很不开心。太皇太后觉得太上皇实在可恨，也实在可笑。太皇太后把拓跋弘抚养大，给过他溪水般的母爱和明月般的智慧，然而他在为人处世上却丝毫没有继承太皇太后的风格。他骨子里虽有一些善良和正义，而更多的则是一些阴暗的、多疑的、猥琐的、让人无法恭维的因素。把国家交给他，实在是种遗憾，是种悲哀。太皇太后在思索，该怎么办？她不能再忍受了，不能再等待了，文成帝在天之灵，也会为此流泪，为此滴血的。当然，太皇太后不是那种说风就是雨的蛮干女性，她要等待一个合适的机会。

终结较量

延兴四年（474），吐谷浑使臣前来朝贡，带来许多西域珍宝，同时也把几年内投降吐谷浑的魏军将士一并归还。太上皇正为几次挑衅太皇太后，太皇太后没有还击而得意洋洋，一听到吐谷浑朝贡便哈哈大笑，他吩咐在城北校场举办阅军大典，让吐谷浑来使看看我大魏国的威风。同时，他还下令，将那些投降吐国的将士，先期的斩首，后期效仿的发配边镇。

延兴五年（475）盛夏，太上皇宣布北征柔然。他在城北校场举行大规模的阅军，阅军之后，部队浩浩荡荡出发了。许多大臣对此又是一番议论，他们为太上皇劳民伤财、百姓苦不堪言的连年征战而感到悲哀。太华殿里太皇太后接见了散骑常侍张佑和剧鹏，他俩都是太皇太后从太监里选拔的官员。他们向太皇太后报告了眼下满朝文武的怨愤和最近发生的事情。近年来太上皇举兵柔然，无功而返；南征宋国，兵临城下不战而退；西讨吐谷浑失利，许多将士投降。去年吐谷浑将投降将士几千人送还，以图相安无事。本来这些将士吃尽了苦头，让他们得以饱食，再去守边即可，太上皇却下令将他们其中近半数斩杀。他俩跪倒在太皇太后面前，说："大魏江山，危在旦夕。百姓苦不堪言，需要休养生息，从军被杀，将来谁还愿意为国出力啊？太皇太后不能坐视不理啊！"

"是的，爱卿所言极是。"

太皇太后已经有许多次听到类似的消息了。她知道拓跋弘的问题出在哪里，拓跋弘的个性决定了他的行事风格，决定了他顾头不顾尾、顾小节而不顾大局、顾形式而不顾实质的做人格局。江山在他的手里，弊多利寡，渐入逆境是必然的，太皇太后要看准时机，挽救时局，同时也给太上皇必要的教训。

太皇太后首先拿步六孤定国开了刀。

这个步六孤定国，是太皇太后当年提拔并纳入内阁的。谁曾想他一点也没有了他父亲步六孤丽的血性和正义，他不思进取，助纣为虐，帮着太上皇做了不少的坏事。而且太皇太后也看出来了，步六孤定国与太上皇，在私生活方面也不清不白。当初太皇太后惩罚拓跋弘的男宠万安国，让他消失。没想到太上皇很快又找到了他，暗中厮混在一起，花天酒地，荒淫无度。这个步六孤定国居然也同他们搅在一起，搞得乌烟瘴气。太皇太后以执法犯法为罪名，将步六孤定国免去了官职和爵位。

太上皇知道后，一看步六孤定国罪名成立，人证物证齐全，吃了个哑巴亏。

太上皇征讨柔然回来，又喜欢上一位新的男宠，名叫达奚买奴。太上皇拓跋弘近年来对美女不感兴趣,对男宠的迷恋到达一种难以想象的程度。这个达奚买奴是北魏早期功臣司空、宜城王达奚斤之孙。模样长得特别俊美，招人喜爱。有人知道太上皇这种喜好，专门推荐了他。太上皇一听即刻召达奚买奴入宫，首次见面便爱不释手，任他为神部长，不让他做任何事，藏在崇光宫里，随时陪太上皇嬉戏玩耍，饮酒作乐。这事不出几天，太皇太后便知道了，她还知道这个达奚买奴抢了万安国的风头，万安国失宠对他恨之入骨。太皇太后便吩咐一名小太监，给万安国焚烧的妒火上浇了点油。

不出两天，崇光宫里传出万安国趁太上皇上朝之际，秘密潜入将那达奚买奴杀死，自已再次逃亡的消息。太上皇一听怒火中烧，把几案和上面的奏本和文书全都推翻在地。可他回头又一想，此事传出去，一定会引起朝廷百官的讥笑，因为涉及皇家的尊严，还是不要张扬为好。随后几天，太上皇一直闷闷不乐，感觉恍恍惚惚，好像身体被抽空了一样，他甚至感到立起身子走几步都没有气力。太监说：“太上皇的身体要紧，不必生那奸人的气。太上皇，奴婢听说近来这平城里有西域美人，不然奴婢差人去……”

“滚！给寡人退下！”不知趣的太监被太上皇轰了出去。

太皇太后问皇帝：“皇帝最大的皇权是什么？”

“当然是……”拓跋宏已非当年的五岁幼主，他的话即将出口，却又吞了回来，他想了想又说：“当然是对军队的控制。”

太皇太后点头：“眼下的局势，皇上如何看？皇上要实话实说哟！”

“孙儿不敢有半句谎言。”拓跋宏跪倒在地，抬起头来说：“怨声载道，民不聊生。”

太皇太后说：“你的父亲，太上皇他是不知道，还是有意为之？他把江山搞成了这样！事情是太上皇所为，而天下人却把账记在皇上的名下，皇上幼小，无能为力呀！”

拓跋宏：“孙儿无地自容，有愧于太皇太后，有愧于天下人。”说着，眼里有泪花闪烁。

太皇太后把拓跋宏扶起来，让他坐在自己身边，缓缓地说：“哀家自然心知肚明，这哪里是皇上之罪过。但是哀家既然今天与皇上说这些，那就说明哀家不能再坐视不理了，哀家虽是女流，但哀家毕竟是文成帝的皇后，哀家还主政过大魏江山几载。哀家岂能眼睁睁地看着社稷衰败？”

那一天夜里，太皇太后与年逾十岁的拓跋宏谈了很久很久。

延兴六年（476）七月十三日，在太皇太后的建议下，皇帝忽然下令，驻京城的所有军队分为三军，所有将士分为三等。第一军调动时，派遣一等将士；第二军调动时，派遣二等将士；第三军调动时，派遣三等将士，一一对应，不得一次性将三支军队全部调动。皇帝说：“太皇太后，这样的话，就可以控制整个军队的局面，最大限度地防止军队参与政变。”太皇太后说：“是的，这个办法好。”

同时，太皇太后还让皇帝下诏，宣布平城内外全部戒严。

其实在此之前，太皇太后已经几次秘密会见了高允、高闾、贾秀等老臣，与他们就当下大魏朝廷局势交换了看法，并取得了一致的意见。认为目前已经到了人心不稳、内外交困的危险时刻，必须采取果断措施，方能力挽狂澜。

忽然一日，拓跋子推秘密来访，刚见面便给太皇太后跪下。他满含热泪地说：“太皇太后，微臣万没想到局势会发展到今天的样子，微臣有罪呀。”

好久没有近距离接触过拓跋子推了，这个人已经带着献文帝，或者说被献文帝带着跑得太远了。怎么就想到来见见哀家，这又是来得哪一出呢？太皇太后还如以前一样，扶他起来，说：“你是太上皇的老师，怎么了？难道是太上皇得罪了你？是太上皇不再按照你的意思办了？你才记起还有个哀家可以听听你的诉说！”

拓跋子推缓和了一下情绪，说：“太皇太后有所不知，当初献文帝年幼，微臣答应太皇太后，去辅佐之。如今太上皇已经长大，他个性太强，执意而行，微臣三番五次劝说太上皇，都无济于事。微臣想，既然辅佐太上皇，就没有与太上皇二心的选择。劝谏未果，最多微臣闭嘴。但是事到如今，微臣也管不了许多了，微臣斗胆参见太皇太后，请太皇太后早有提防，太上皇一意孤行，难免做出对太皇太后不利的举动。如果需要微臣效力，微臣自当以大魏国利益为重，以太皇太后平安为重，誓死而为！”

“哈哈哈哈，子推呀子推，事到如今，你还有这番心思，实在是难能可贵得很哪。”太皇太后满脸堆笑，那笑容却一点也没有了平日的祥和。她接着说：“你看出来了，太上皇与哀家有些不和，文武百官都看出来了吧？他们没人愿意出头，为哀家考虑，只有你一人。看看吧，如此的感情该有多么的动人，多么的不易啊。可是你想到过吗？太上皇，他会对哀家不利吗？他吃奶的时候失去了亲娘，是哀家把他抚养大的，是哀家灭掉了乙浑奸贼，是哀家托那昙曜大师藏匿保护了他，才留得他的性命，才把他扶到了皇位之上，你以为太上皇是何等畜生，他会对哀家不利吗？”

“微臣只是为太皇太后的安危着想，才贸然……”

“贸然，的确是贸然，如若不是贸然，以子推你今天所犯的罪，杀你十次都不够的。你退下吧，哀家不会计较你，你毕竟是文成帝的亲弟，你也是哀家刚入宫时知根知底的人。今天的事情不要与任何人讲，请你自重吧。”

拓跋子推走了以后，太皇太后一个人在想，要不要真的有所准备，以防不测。不能，绝不能。平城虽然戒严，但调动军队依然是皇上和太上皇的权力，若是私下调动，多少会露出端倪，反而成为太上皇出手的把柄。再说了，太上皇，她还是比较了解的，就如刚才她与拓跋子推说的那样，起码的道德底线还是有的，举起屠刀对付她，应该还不至于。

太皇太后在默默地等待。

她不能主动地采取措施，她知道太上皇已经失去了耐性。这个时候主动出手反而会陷于被动，不好翻盘，而且落个不好的名声。

太上皇并不糊涂，他也越来越觉得在他统治的这些年，大魏国一直处于滑坡的势头，号令不通，人心不聚，臣民不稳，在他看来都是太皇太后掣肘搞分裂造成的。他一直对太皇太后采取不直面冲突的妥协政策，他不愿意母子感情破裂，让天下人耻笑。如今戒严令一下，他感到事情的严重性了，他不能再忍了，不管前面等待他的是深渊还是陷阱，他都要去面对。七天之后，太上皇来到慈福宫。

太皇太后端坐正中，手捧一只色的琉璃杯。见太上皇进来，太皇太后说：“哀家的宫里，近来一直都很清静。太上皇有些日子没来了吧？”

太上皇见太皇太后没有一点惊慌，回头一看，他的随从一个都没有跟进来，全被堵在了外面。此时的宫里，只有他们两人，还有一个宫女站在太皇太后的身边。太上皇的心里倒生出几丝慌张来。他振作一下精神，说道：“太皇太后，寡人今日前来，是有几句忠告。太皇太后抚养寡人多年，这母子之情，寡人一直念念不忘。太皇太后原非皇帝嫡亲祖母，却对寡人和皇帝的朝政暗箱操纵，处处干预，寡人念及母恩，隐忍至今。如今朝廷不稳，臣民思变，危机四起，寡人请求太皇太后主动放弃对江山社稷的操控、对皇帝的操控，还天下一个安宁吧！”

太皇太后冷笑一声，轻描淡写地说：“太上皇接着说。”

太上皇说：“寡人的话说尽了，请太皇太后给寡人一个说法！”

太皇太后振作精神，说：“哀家原以为太上皇今日是来给哀家请安来的，没想到太上皇是找哀家发难来了。哀家一介女流，尔为刀俎，吾为鱼肉，不用说那么多，太上皇有什么招就使出来吧！”

“这——”太上皇一听，反而没了主意，一时语无伦次。

“太上皇呀，你对哀家若有隔阂，哀家也就忍了。万没想到，你我当年的母子情已荡然无存，而且你句句都说的是胡话，简直是岂有此理！”太皇太后说这话时仍然是面不改色，神情自若。她喝了口茶接着说：“哀家以为太上皇经过这么多事情，应该长大了，没想到你把江山禅让给了宏儿，宏儿虽小，却还机灵，你自己却还是个不明是非的孩子。可惜哀家在你的身上付出了那么多的心血，从一个刚会说话的娃娃抚养你长大，苦口婆心地教你做人，教你做事，教你做个好皇帝。你说得对，哀家不是宏儿的嫡亲祖母，也不是你的生母。可哀家的祖父是燕国的国王，哀家又是文成帝亲封的皇后。当年你的生母李氏入宫前是那永昌王之妻，她入宫不足九月便生下你，此事瞒过了先帝，却瞒不过保太后和哀家，你根本不是先帝的龙种。保太后已去，这个秘密只有哀家一人知道。哀家本想你只要为天下人操劳，做好你分内的事，你也就算是个好皇帝。哀家自然会封住自己的嘴，把这个秘密带进坟墓。哀家悲悯，念你生母死得可怜，才抚养了你。这许多年来，哀家为你付出多少，懒得再说。希望你能够念及天下苍生，做一些力所能及的善事。没曾想你的腔子里到底流的不是先帝的血，所作所为皆为天下人所不齿，今日还如此猖狂，大言不惭！”

这番话说完，一向不易激动的太上皇差点瘫倒在地。他强作镇静地支撑着自己站起来，手握剑柄，正要发作，太皇太后一声令下，两旁早有一群武士手持刀剑站了出来。太皇太后厉声说道："太上皇，你想干什么？难道说你还要给哀家舞剑不成？还不给哀家退下！"

太上皇回到宫里，悲伤与羞愧交替折磨着他，铁塔般的身躯居然无法支撑，一下子倒在卧榻上。想想自己的出身，想想太皇太后对自己的养育之恩，想想自己这些年对太皇太后所做的一切，再想想摆在面前的现实，他觉得已经没有出路，他只有绝望。苍天啊，寡人有何颜面再立于朝廷之上？再见满朝文武？如何面对先帝？如何面对列祖列宗？寡人休矣！他悄悄取出一壶自己暗中保存了许久的毒酒，自斟了一碗，一饮而尽。

消息传来，太皇太后和皇帝几乎同时赶到崇光宫，只见太上皇口吐鲜血而死，面色惨白。皇帝趴在太上皇的身上哭得死去活来。太皇太后见此惨状，心痛不已，失声悲恸，只恨回天无力。

第二天，皇帝在太华殿十分悲痛地宣布太上皇因病驾崩。

太皇太后把拓跋子推和李欣召进宫来。他二人一见太皇太后，扑通一声跪倒在地，他们知道太上皇已去，他俩的好日子也就算是结束了。没想到，太皇太后却说："二位爱卿辅佐太上皇尽心尽力，如今太上皇驾崩，他的丧事，靠别人哀家不放心。这是大事，还有劳二位操持了。"李欣此时已是双腿发抖，嘴唇哆嗦，说不出话来。拓跋子推说："太皇太后不计前嫌，老臣自当殚精竭虑。"

太皇太后说："子推，你是皇上的皇爷爷，太上皇的皇叔，你们平时对太上皇只知道顺从，也不分个青红皂白。如今太上皇已经离开，你们应该好好地收起心来，辅佐新主才对。哀家就看你们的行动了。"此话一说，拓跋子推感动得热泪盈眶。

拓跋子推和李欣从太皇太后那里领命出来，浑身已经出透了汗。伸手一摸，脑袋还在，都长长地出了一口气。

七日之后，太上皇在盛乐金陵安葬。

第十三章　重振朝纲

从献文帝手里接过来的大魏国，已经是一个国力空虚、人心涣散、内忧外患、危机四伏的烂摊子。身心疲惫的太皇太后再次走上政坛，她在反省，她在思索，首先要做的，是聚拢人心，重整朝纲，让这驾破旧的马车再行驶起来。

拓跋皇族倡导的是马上文化，讲究的是攻克与占有，而一旦政权建立，如何得以巩固，仅靠杀戮和豪夺是短暂而无力的，甚至会导致灭亡。发展农耕、治理国家、安定百姓、友好邻邦等，这些重大的国策，需要文化和思想建设做支撑。

而文化和思想的奠基，依靠的是人才。站在历史和民族的高度，去识别、重用人才。然而她毕竟是个普通的女人，她不是神，她在用人问题上，也无法摆脱家族势力和情感驱使，以及“顺我者昌，逆我者亡”的烙印。

拓跋宏的心病

太上皇拓跋弘驾崩后，皇帝举办盛大仪式，将太上皇神主牌位请往太庙，尊太上皇为显祖。皇帝宣布天下大赦，有大臣提出，应给参加祭庙大典的所有官员赏赐。这种情况以前也有过，在大典的气氛中大伙儿接受隆恩，何乐而不为？偏偏有人出来反对，说：“皇上，臣有不同意见，太上皇驾崩，普天同悲，连山河都在哭泣，岂有庆贺之理？这样的封赏应该取缔。封爵加官，应是根据官员所建功业和品行而进行，这是朝廷的大事，万不可利用天子驾崩之机，鱼目混珠，不分彼此，一概受封。请皇上定夺。”

说此话的是秘书令程骏。程骏祖上曾为西晋都水使者。程骏小时候家境贫寒，拜凉州经学大师刘昞为师，他聪慧好学，博古通今，为人耿直忠诚，十分受刘昞喜爱，在北魏的学识界名声远扬，太武帝时期，任著作郎。献文帝时期他是派往高丽的大臣，被高丽国扣押。太上皇驾崩之前，程骏刚刚被高丽放回来，任为秘书令。很显然，程骏的话有道理，但是不合时宜，也不得人心，令许多人感到煮熟了的鸭子，已经摆在餐桌上了，结果因为他的几句话飞走了，而对他十分不满。

但是皇帝觉得程骏说得好，通情达理，只是涉及所有官员的事情，不好做主。他去请示太皇太后，太皇太后说：“这个程骏有胆有识，敢说出这样的话，让哀家佩服，就按他说的去做吧。”可是太皇太后心里也恼这个程骏，因为献文帝死去，正好可以利用这个机会大肆封赏，拉拢人心。他的一句话，让太皇太后还得另寻机会。这个程骏又让太皇太后生不起气来，他的学识和道义，他的为人有目共睹，大魏朝眼下正是用人之际，有这样的人效忠朝廷，也是好事一桩。

太皇太后此次主持朝政，是水到渠成、顺理成章的事，不用像上次那样要演几场戏做铺垫。经过疾风暴雨考验，庄重而典雅的太皇太后只需往那里一坐，满朝文武、黎民百姓和皇帝，无一例外地选择了她，没有第二条路可走。

可是，太皇太后面临的情况十分不好，有三道难题摆在她的面前，需要她一道一道地解开。第一，朝廷上下人心不稳。好多年了，大家都能清楚地看到，皇帝还小，在朝廷里小皇帝的势力非常小。官员里面主要分作三派：一派是太皇太后的人，一派是太上皇的人，另一派是保持中立，随波逐流，冷眼观望的人。太上皇驾崩后，很显然太上皇的人感觉事情不妙，大难临头了，他们害怕项上人头随时都会搬家。太皇太后对这些人的想法是，先不予追究，放他们一马，让他们渐渐地把心放在肚子里，然后把他们做过的坏事一一搞清，记录在案，看他们的表现。若是能够幡然悔悟，给朝廷卖力的，完全可以不计前嫌，继续重用。当年你们跟着太上皇蛮干，可以理解，也是图个靠山，图个发展。今天你的靠山倒了，你还不识相，要一条道儿走到黑，那我就新账老账一起算。保持观望的那些官员们，必然已经等到了结果，他们一定会恪守职责，效力朝廷。个别老滑头，个别对女人执政继续持否定态度的大臣，那就随他去吧，你要转变他的想法比登天还难，必须让他们在铁的事实面前碰得头破血流才回头。那些过去跟着太皇太后干的，十分卖力的有功之士，自然要大加封赏，让他们从心里觉得当时的选择是明智的，前途一片光明。只有这么做，才可以在较短的时间里，把人心稳下来，把有识之士吸引过来。

第二道难题，是经济衰落，大魏国如今的家底十分薄弱，国库空虚。究其原因，主要是老百姓的米缸里没东西，饥荒都过不去，哪有能力给朝廷纳粮？大魏朝是拓跋鲜卑的天下，鲜卑人的特点，就是逞强好斗，他们长期的马上文化占据了绝对的思想空间。对待事物的判断，基本上就是攻克和占有，建立政权，收复土地，拥有奴隶和女人，夺取财富和食物，他们靠的就是这些。他们在发展农耕、休养生息、巩固政权上，缺乏一套可行的、长久的、人性化的办法和制度。而汉族出生的太皇太后，从小大量地获得过儒家文化、农耕文化和佛道思想，这正好可以在稳定大魏江山、治理社会、发展生产、改善百姓生活上起到非常重要的指导作用。太皇太后清楚，需要改革的地方太多了，首先需要改变的就是人们的思想。而思想的改变谈何容易，鲜卑族精神层次内含的根深蒂固的东西，怎么能够一夜之间得到改变？所以说，一个大胆而现实的设想摆到了太皇太后的几案上，那就是改变他们的血统，让他们自觉地从亲情上、理念上、生活习惯上，通过影响，通过教育，通过融合，潜移默化地接受汉文化，赞成汉文化，推广汉文化。

第三道难题，就是面前的小皇帝拓跋宏。让他完完全全地接受和继承太皇太后的思想，把他塑造成能够体贴民心、广纳善谏、改良社会、除暴安良的一代明君，这是她的一个理想，可是眼下理想与现实还有很大的差距。

太上皇驾崩，是皇帝拓跋宏难以接受的事实。

拓跋宏做这个皇帝已经有五个年头，五年来他刚刚对朝廷的事儿，知道了个大概，对满朝文武的个性摸了个大概，对太上皇的行事风格适应了个大概，可是情况变了，太上皇好好的，就没了。好几个夜里，拓跋宏都睡不着觉，他一闭上眼睛，就能想起太上皇，或者是陪他去打猎，或者在给他讲故事，或者一起坐在朝堂上，或者骑在马上远征而归，或者大醉一场走路都跌跌撞撞，皇帝赶快去扶，或者哭哭啼啼，听他讲起许多的辛酸往事来，一觉醒来，泪水湿透了半边枕头。太上皇正值青春气盛，生龙活虎，究竟有何事情能让他陷入困境，不能自拔，以至于结束自己的生命？他记起前不久太皇太后下令军队分三等，京师戒严，难道太皇太后……他不敢想了，他也不愿意相信这样的现实。

太上皇的性情，太上皇的为人处世与太皇太后不一样，但是这些绝不能够是夺去太上皇性命的理由。太上皇几年来一直与太皇太后面和心不和，后来发展到他俩的心里都容不下对方，这些拓跋宏和许多朝臣都能看出来，这也不能全怪太上皇，太皇太后也有心胸不宽的时候，最终为什么偏偏是太上皇丢掉了性命，而太皇太后却再次主持朝政呢？他不敢往下想了。

太上皇与太皇太后的争斗，最后非得以其中一人的死，为终结吗？当然论操控朝政，论治国理念，再论人脉，论思想品位，太皇太后的确高太上皇一筹，拓跋宏在这些方面的确对太皇太后心服口服。但是就不能有第二条路可以选择吗？论亲情，一个是父亲，一个是祖母，他岂能偏向其中一头？论感恩，太上皇给了我生命，也给了我皇位，还遗传给我许多的拓跋皇族英勇不拔的精神，而太皇太后在做人、做事、治国、富民等许多方面，是我的导师。然而他们两位，为何就不能够站在同一个阵营，携手同心呢？对待臣民，他们都能慈悲为怀，可是对待对方却如此心狠？他不能多想了。

他心里明白对自己最好的莫过于太皇太后，这个是铁打的事实。他心疼太皇太后，因为自己年少，她不得不再次掌起江山社稷的总舵。若是对待太上皇，太皇太后能有对皇孙我一半的好，也不会有今天的结局。太上皇驾崩的那天，拓跋宏悲痛欲绝，太皇太后也是捶胸顿足，心痛不已。从现场的情况看，所有的人都不会相信，太上皇之死，与太皇太后有关。如果真如人们推断的那样，太皇太后的戏演得也就太逼真了。他记起，皇爷拓跋子推曾经说过，文成帝英年早逝时，太皇太后就要与文成帝同去，累犬护驾的大火差点吞噬了她。难道那一幕，也是太皇太后上演的一出戏？拓跋宏狠狠地扇了自己一个嘴巴，你怎么能这样去想？莫大的罪过呀！

皇帝还有一个心结，就是他的生母李夫人。李夫人的死，他没有怪罪太皇太后，他知道就是这个祖宗留下的该死的“子贵母死”的例制，不仅害死了他的生母，也害死了太上皇的生母。他也不怪罪太上皇，一个位高权重的皇帝，居然改变不了他生母的命运，保护不了自己喜欢的女人，还谈什么保护天下苍生？他的父皇，说到底是一个软弱的人，是一个无能为力的人，他最后居然还不能保护自己，死得不明不白。

经过太皇太后的准许，皇帝颁发诏书，追封其生母、已故的李夫人为思皇后。皇帝知道，所有的想法只能烂在心里。他现在要做的，实实在在就是两件事，一是按照太皇太后的旨意去做，细细观察太皇太后所言所为，琢磨其中的味道；二是倾听所有人的言论，包括官员的和百姓的，牢牢记在心里。

封赏

一日，有消息报来，说武州塞石窟的一尊大佛闪现佛光，佛光退去之后，大佛的容貌呈微笑状，与文成皇帝极为相像。太皇太后、皇帝携文武百官前往武州塞瞻仰。归来的路上，太皇太后非常高兴，对皇帝道：“这是吉兆啊，皇祖父在保佑你啊。”

第二天皇帝下诏，对如下人员进行封赏：八旬老臣高允，晋爵咸阳公，任使特节、散骑常侍、征西将军、怀州刺史；晋升征西大将军年近七旬的拓跋丕为东阳王；封皇叔祖汝阴王拓跋天赐为征西大将军，仪同三司；封高闾为中书令、给事中；封太皇太后亲哥冯熙为车骑大将军、都督、洛州刺史，侍中和太师职务保留；恢复原常氏太后长兄常英太师的职务；封驸马都尉丘穆陵泰为殿中尚书、散骑常侍、安西将军，赐爵冯翊公；封游明根为仪曹长，散骑常侍；封李安世为主客令；封韩麒麟为给事黄门侍郎；封李冲为内秘书令，南部给事中；封太卜令王睿散骑常侍、侍中、礼部尚书，赐太原公。拜京兆王拓跋子推为侍中、本将军、开府仪同三司；拜征西大将军、安乐王拓跋长乐为太尉，尚书左仆射、南平公拓跋日辰为司徒，晋封宜都王，拜南部尚书李欣为司空。

几位太皇太后培养的宦官也得到提拔，封张佑为尚书、安南将军，赐爵陇东公；封张佑同乡抱嶷为殿中侍御、散骑常侍，赐爵安定公；封剧鹏给事中，剧鹏的亲哥剧买奴任幽州刺史；封王遇为散骑常侍、安西将军，赐爵宕昌公；封苻承祖散骑常侍、辅国将军，赐爵略阳侯；封老宦官王琚散骑常侍、冀州刺史、广平王；封老宦官赵黑侍御、散骑将军、侍郎、尚书左仆射，兼管选部曹。

此次封赏是完全按照太皇太后的旨意进行的，规模大、涉及面大，可以说拿出了朝廷的家底儿。八十高龄的老臣高允，学识高深，谋略也高深，他已经看出朝廷要变革，太皇太后不是等闲之辈，改革是年轻人的事情，再坚持在太皇太后的眼皮子底下绝非好事，况且自己德高望重，朝廷给他的待遇无人可比，见好就收吧。所以，高允主动向太皇太后提出告老还乡之请求。太皇太后看到高允虽年事已高，但身体硬朗，思维敏捷，绝不亚于晚辈，想着一旦放他还乡，以后朝廷就再难启用，所以只准予离开京师，在一富足之地任职，安享晚年，让他永远与太皇太后的心保持一致。

在高允的极力推荐下，高闾完全接替了高允，成为大魏王朝最大的文官中书令。当然高闾的提拔不仅仅是高允的推荐，更是太皇太后当初让他进入内阁时的打算，也是高闾不负众望，通过自己的努力得来的。高闾在太上皇驾崩之后撰写了一篇《至德颂》，太皇太后看了非常高兴。这篇歌功颂德的文章，既赞扬了太上皇和太皇太后的美德和功绩，又不违背事实，用词巧妙，太皇太后此时正需要这样的文章，掩盖这段母子之争的真相，把矛盾缩小淡化，有助于尽快地稳定局面。高闾的过人之处，就是文化深、文字功夫过硬，而且能够揣测当局者的心理，投其所好。结果他成功了。

四朝元老拓跋丕，功德圆满，身体和威望不减当年，加上他对朝廷的忠诚和做事公道、雷厉风行、拿得起放得下的风格，朝廷上下无不称赞。皇帝把许多积下来的案子，难以处理的事情，都交给了他去处理，让拓跋丕继续为朝廷效力，提拔为东阳王。拓跋天赐是皇帝爷爷辈的老臣，是正宗拓跋皇族的长辈，是当年威震四方的宗室五王之一，虽说征讨敕勒打了败仗，也必须得用起来，而且要给足他面子，拜为征西大将军，让拓跋家族无话可说。

太皇太后的亲哥冯熙，自从真心投靠妹妹，熄灭了报仇之火后，尽职尽责，没给太皇太后惹出事来。皇帝要拜他为太师、侍中、中书监等职，让太皇太后高兴。但是冯熙知道太皇太后的意思。太皇太后不希望把她的哥哥摆在矛盾的中心点上，更不能让她的哥哥在战场上送死，只要享受富贵，不惹出乱子就好。冯熙也想得开，他首先想到的是，不能让妹妹为难，外戚权职太高，会惹得众官不服。所以他主动提出无法胜任，后来改为外任，去洛州当刺史去了。虽说太皇太后心有不忍，她还是想让熙哥留在身边，也好相互照顾，但是觉得兄长说的是大局，也就同意了。

常英乃是当年文成帝时期保太后常氏的长兄，保太后在世时，他被封为太师、内都大官，保太后被赐死后，当时就给他留了一条命，发配敦煌做苦役。这常英身体强健，几年下来竟然没有垮掉，而且一直委托旧人在太后面前说好话，表示愿意重新做人，为朝廷效力。此时的太皇太后是多一个朋友多一条路，也记起当初常氏保太后力推她成为文成帝的皇后，而且两人曾多次共患难的过去，于是就启用了他，任平州刺史。

丘穆陵泰，原名丘穆陵石洛，是太武帝时期老将军丘穆陵崇之孙，他的父亲曾与太皇太后的本家姐姐结为夫妻。他本人也因皇亲国戚的关系一路提升为驸马都尉，皇帝听说他与皇家及太皇太后的关系，一高兴给他改名叫丘穆陵泰。此次他又被加官晋爵，还是因为关系近，知根知底，做事靠得住。

游明根，从祖籍上讲与太皇太后一样，是燕国人，其父还被太皇太后的伯祖父提拔，任过广平太守。他个人勤奋好学，品行端正，后来被魏国聘为主书，后提升为宁远将军，赐安乐男，献文帝时期又先后出任青州和东兖州刺史。此人为官清正，为人温和，口碑颇好，加上太皇太后对燕国旧人的感情因素，便给他在京城安排官职，提拔为仪曹长。

韩麒麟在太武帝时期，任东曹主书，后加封伏波将军，赐爵鲁阳男。此人仪貌端庄，为人亲和，做事雷厉风行，而且善于骑射。献文帝时拜给事黄门侍郎，差其在徐州和兖州地区招抚汉民，由于他方法得力和个人魅力，有四千多人投奔大魏国，受到广泛好评，太皇太后重用了他。

李冲和王睿，是太皇太后非常看重、关系颇为亲密的两位宠臣。太皇太后提拔他俩也在情理之中。还有就是曾经伺候过太皇太后的太监和已经提拔过的宦官，太皇太后当然也不会忘记了他们，此次也都一并加以赏封。比如赵黑、张佑，他们都曾经为太皇太后出生入死，鞍前马后地效力。抱嶷是张佑的老乡，经他推荐给太皇太后卖命，太皇太后也很满意。剧鹏哥俩相互抱着团为太皇太后消灾免难，太皇太后怎能忘记？王遇和苻承祖两位都是少年被阉入宫，他们长得俊秀，为人机灵，做事勤快，被太皇太后所宠爱，此次被赏赐，绝非偶然。

说到李欣，此人诬陷李敷，致其三兄弟全家被杀，太皇太后却没有杀他，反而加以重用。许多人不予理解。其实，李奕之死始终是太皇太后心里难以跨过的一个坎儿。太皇太后身边的美男宠臣不算少，她是招之即来挥之而去，但是没有人能够填补因失去李奕给她造成的空虚。李奕是太皇太后少女时的一个梦，这个梦刚刚成为现实，她已经触摸到了，也感受到了，甚至于那种心跳、那种气息，都让她陶醉，然而却很快地消失了，被打破了。这样的仇恨，刻骨的、揪心的仇恨，她怎能忘记？然而为了大局，她忍了。如果太上皇一死，她便把太上皇的人，太皇太后的仇人一齐杀掉，那只能出一口心中的怨气，又能怎样？结果就是让所有人看清问题的实质，是太皇太后杀了太上皇，让皇帝的心里埋下仇恨的种子，从而引起新一轮的血腥之战。而这些是太皇太后不想要的。所以太皇太后不但没有降罪于李欣，反而提拔了他。

皇帝下诏，任拓跋子推为青州刺史，任李欣为徐州刺史，任拓跋长乐为定州刺史。太皇太后不愿意再看到他们，让他们离开了京城。那个曾经极力反对普遍封赏的秘书令程骏，太皇太后此次故意没有给他任何提拔和赏赐，就是要给他的头上浇一盆凉水，让他清醒地认识一下现实与书本上的东西完全不是一回事，有时是非常残酷的，同时也想考验一下他是否真的能做到淡泊名利。

青州是大魏国最为富足的地方，拓跋子推觉得这样的安排还算不错，远离京城享清福，又可以避开政治斗争的血雨腥风。但是他想错了，在赴青州上任的半路上，拓跋子推不明不白地死去了。消息传来，太皇太后泪如雨下，她对皇帝说："拓跋子推，忠臣也，可惜他生不逢时啊。如今又遭此厄运，哀家有亏与他呀！"

皇帝："太皇太后的意思，寡人明白。一定把他的丧事办得风风光光。"

初试文治

皇帝是个有心人，这些年他从太皇太后的身上学到了一点，那就是凡事不要急着表态，首先要把事情弄得清清楚楚。他年少，求知欲强，精力充沛，对所有的东西都充满了好奇，也愿意亲自去看看，去听听。

一日，皇帝给太皇太后汇报他在黄河两岸州郡的视察情况，他说老百姓有许多难言的苦衷，地方官员盛气凌人，巧取豪夺；民风渐落，盗贼四起，有的占山为王，百姓的日子毫无安定可言。这样的情况，我大魏国比比皆是。怎么办?

太皇太后说："你是皇帝，你觉得该怎么办？"

皇帝说："地方官员只图自己享乐，不管百姓死活，且治理无方，应该撤换他们。"

"换一批新的官员，皇上就觉得问题解决了？"

"不行就杀，找几个作恶多端的杀掉来警示百官。"

"作恶多端的，要杀。不称职的，也要换。但是问题的根本还不在这里。"太皇太后喝口茶，接着说："皇上亲赴黄河两岸，体察民情，真是百姓之福啊。可是皇上有没有感觉到，问题出在下面，根子却在朝廷里，解决问题要从皇上这里先动手啊。"

"太皇太后说的是，要改变吏制？"

太皇太后笑着说："皇上所言极是，根本要从朝廷的吏制上动手。大魏国过去一直在打江山，道武帝、太武帝是这样，文成帝也是这样，献文帝也要到处打，要占领越来越多的土地，拥有越来越多的臣民，可是如何治理这个国家，如何坐好江山，只靠武力、靠杀人、靠纵马驰骋不行。皇上应该好好学学汉人是如何坐江山的，学学他们的文治之法。"

拓跋宏慢慢地领会太皇太后所谓的文治，所谓的吏制上的问题。拓跋鲜卑人不骑马纵横于沙场，哪里有如今的江山？然而坐江山，治理江山，就要换一种思路，就要从马上下来，就要放下刀枪，就要从吏制上，从文治上想对策，要方略。以前几代皇上，拓跋皇族的祖先们没有做到，那么以后呢？江山交给了寡人，寡人必须变革，必须拿出新的，超越祖辈的方略。皇帝一连又是几个不眠之夜。

之后不久，皇帝对黄河以南与南宋接壤的七个州进行安抚，他下诏将牢狱中无罪、轻罪的平民释放，让地方官员在民间发现和推荐有识之士，为朝廷所用。

皇帝下诏，魏朝各州县要聘请若干人员，专门负责向朝廷反映地方官员履职情况和老百姓的疾苦。强调每隔三年要对地方官员考核一次，连着考核三次才能说明此官员是否尽心尽职。根据考核的情况，对地方官员进行奖惩和升降。地方官员不能更替太快，更换太快，否则对治理地方就不会有长期打算，就不会体恤百姓，就不会有地方的安宁。

随后又下诏，州牧、郡守和县令，要组织、提醒和监督百姓耕种、灌浇和收割，家里有多余耕牛的要借给没有耕牛的百姓使用，否则他家的后人永远不得在朝廷任职。对组织监督农作不力，造成农时耽搁的地方官员，一律免职。

到后来，皇帝多次组织有关大臣亲赴各地进行巡视和检查，或者派出使者进行督办，随时了解地方官员的履职情况。下诏，要核实各地户口，由县令负责收集赋调，州牧、郡守负责按户口核对其赋调，然后送往京城，以保证国库的实力。

皇帝就各地盗贼、造反等事情，请示太皇太后。太皇太后说：“当下社会民不聊生，造反和盗贼的出现很正常，不要惊慌，谅他们也掀不起什么大浪来，正好看看皇上任命的那些官员是不是与朝廷一心。镇压反贼，保一方平安，本是他们的职责，若是他们不尽职，反倒吃了反贼的好处，那他就等着掉脑袋吧。”太皇太后非常清楚，百姓的肚子里是空的，怎么会不造反呢？发展农耕，填饱肚子是根本。在太皇太后的指导下，皇帝在督促地方官员帮助百姓展开农作，扩大收成上做了很大努力，收效也很好。

一日，皇帝问太皇太后：“老臣高允都八十七岁了，为何朝廷还不准他告老还乡，颐养天年呢？”

太皇太后笑呵呵地说：“皇上有所不知，高允爱卿，一世清廉啊。他拿什么颐养天年？他不比皇亲国戚，到处巧取豪夺，财富丰裕得几辈子都用之不竭。高允他拥有的，只是一身正气和满腹经纶。哀家要养着他，护着他。大魏江山要文治，要将拓跋祖宗留下的江山巩固，就要用汉人的思想，而汉人的思想里孔儒之道为上，高允老臣是大魏朝廷里的一代大儒，是文臣里的典范，哀家岂能让他回归故里？他在有生之年里必须得到哀家精心的保护，不可有半点闪失。大魏需要他，哀家需要他。所有的文官武将都在看着哀家怎么对待他。”

高允是中国历史上鼎鼎有名的大儒，他是北魏朝几任皇帝重用过的老臣，尤其是皇帝和文明太后冯氏共同执政时期，他被朝廷视为大臣里的典范。身为臣子究竟该怎么为人处世，效忠朝廷，高允就是标杆，一目了然。当然除了高允之外，太皇太后还有意培养了高闾。当时高允和高闾，被并称为文臣二高，他们两人相互补充，相互保护，相互勉励，感情颇深，从不居高自傲，得到满朝文武的尊重和敬仰。还有游明根，自幼苦读，孜孜不倦，终成大器，被献文帝重用，高允在外当刺史时期，游明根与高闾一起尽心辅佐太皇太后和皇帝，做出很大的贡献，被世人并称为“高游”。太皇太后培养和塑造模范官员的办法很奏效，许许多多年轻官员效仿“二高”和“高游”，为人谦和，尽心尽职，清正不阿，北魏官场的风气逐步好转。

中国古代，从奴隶社会起，就有着十分残酷的刑罚制度。一人犯罪，株连亲族，轻者三族，重者五族、七族，还有株连九族，全部被灭门。一到灭门时，几百人及上千人，甚至几千人同时被杀，真是血流成河，尸横遍野。诛三族，指的是父族、母族和妻族，统统被杀；而最残酷的诛九族，则是在诛三族的基础上，再加上父亲方面的父族和母族，母亲方面的父族和母族，妻子方面的父族和母族。至于诛五族、七族，是朝廷根据情况来做具体判决。

到了北魏时期，这种族诛逐渐减少，除非遇到特别重大的案件，才会灭三族，一般的大案不过灭门而已。灭门，又叫门房之诛，就是罪犯一家受牵连被杀。这样的刑罚仍然非常残酷，人在家中坐，祸从天上来，有不少人到死也不明白怎么回事，命就没了。李敷三兄弟被判的就是门诛，三家十几口人被杀。只是门诛也有轻重之分，重的灭门，轻的将成年男人杀死，十四岁以下男子受腐刑，丧失生育能力，而女性没入官家为奴。太皇太后当年全家被杀，也是被判门诛，才有了她与母亲等女眷被长途押解赶往平城的事。他的哥哥冯熙被父亲安排逃亡，不然非死即阉，绝没有今天的结果。

关于门房之诛，许多臣子对此一直是耿耿于怀，每每谈到此事，心惊胆战。但是又不便多说，因为这些刑罚都是皇家用来对付臣民的武器。太皇太后经过了几次痛彻心扉的不幸之后，她发誓要对这个刑罚改一改，一是要等到合适的时机，二是要仔细想想究竟怎么改才合适，毕竟自己如今是皇权在握，门房之诛是镇压对手的利器，要是改得没有威慑力，就适得其反了。

最后，皇帝遵太皇太后的旨意，采取了折中的办法，既放宽了刑罚，在必要时还可门诛。诏书上说，太皇太后倡导以德服人，倡导天下文治，门诛刑罚从即日起放宽量刑，除谋反、大逆、干纪和外奔四罪仍门诛之外，其他犯罪一律只追究罪犯个人。这样一改，在百姓一看，族诛就取消了，门诛也大大缩小了范围，真是做了一件功德无量的好事。臣子们无不称好，平民们也是奔走相告，拍手称快。

几件事情下来，皇帝总是全力以赴地配合着。他从心里对太皇太后佩服得五体投地。大魏江山已经有几任皇帝了，他们想不到的、做不到的，太皇太后想到了，也做到了，而且效果非常好。水可以载舟，也可以覆舟，得民心者得天下，太皇太后所做的这些，得到的是民心，民心有了，何愁江山不稳？

近来，解除禁田的事情摆到了朝廷的议事议程上来。太皇太后故意召集部分大臣议论此事。消息很快传出，皇亲国戚中反对的声音一浪高过一浪。

一日，皇帝请高闾给他讲讲关于禁田的事情。

高闾说："老臣承蒙皇上信任，不敢有半点不实之言。"他讲到，鲜卑民族是生活在马上，善于征战的强悍民族，民族的个性让他们离不开草场和荒漠，离不开纵马驰骋。当拓跋祖先在平城建都、统一北方之后，这样的喜好仍无一丝改变。但是北方大部分土地不是草原，而是一片一片的耕田和七沟八梁的山地，耕地是百姓用来种植谷物、杂粮和桑麻的，而山地纵马奔驰又会受到各种阻碍。于是皇家就下令禁田，强制性地划出大片大片的土地变成草场，变成荒地，供鲜卑人跑马打仗，成群地饲养牛羊，供鲜卑人食用。这让成千上万的北方人失去了他们赖以生存的土地。过去他们一亩地的收成就可以养活几口人，而今他们没有了土地，吃饭成了无法解决的问题，他们就对朝廷不满。这就是禁田。禁田是拓跋鲜卑几代人遗留下来的例制，体现的是马上民族的豪气。

皇帝问："既然是祖上遗留的，为什么如今成了问题呢？"

高闾答道："平城乃大魏王朝的都市，平城拥有众多的人口，同时也聚集了四面八方的财物，其中包括许多年来汇聚而来的源源不断的粮食、棉麻、桑麻和牛羊，这主要原因是大魏王朝的铁蹄横扫北方，势如破竹，战无不胜。然而太武帝之后，北方一统，征战之事少了，因战争掠夺而来的财物就少了，不要说黎民百姓食不果腹，再这样下去，就连拓跋皇族和后宫也快坐吃山空了。”

皇帝：“大魏朝解除禁田可行吗？”

高闾说：“皇族是皇上的皇族，百姓也是皇上的百姓。这就要看皇上的心里，究竟是更看重哪一头？百姓有了土地，自然能够休养生息，不会再造反，而且还能给朝廷带来很多的赋调。若是只看重鲜卑皇族的利益，土地被皇族大量占有，自然能够得到皇族的拥戴。可是时间长了，老百姓饿死了不说，没有人种植谷物和杂粮，皇家也不能拥有粮草，到时候问题就严重了。”高闾接着说：“皇上若是决心解除禁田，将要面对的是许多大臣，尤其是皇族的非议，甚至是抵抗。这就要看皇上如何让他们心服口服，真心地与皇上保持一条心，问题的关键是他们的利益问题。”

皇帝在太皇太后的授意下颁布了解除禁田的指令。解除令颁布半年之久，各地实施情况非常不好，有的地方甚至按兵不动。孝文帝又让东阳王拓跋丕带人下去督察。不久拓跋丕回来报告，说进展依然缓慢，未见功效。太皇太后很少有生气的时候，此事却惹怒了她。她在朝堂之上说：“哀家要解除禁田，不是让你们做游戏给哀家看的，是要你们动真格的。各州郡按兵不动，问题出在哪里？问题就在朝堂之上。请问朝堂上的大臣和皇家贵族们，你们动了吗？拓跋家族的皇爷、皇叔，你们舍得割下自己的肉吗？”太皇太后的眼神，从拓跋丕开始，把在场所有的人一个一个地扫过来，她加重了语气说：“你们都给哀家拍拍胸脯，说说，你们动了没有？”

在座的几个老臣纷纷跪下，说：“老臣知罪，解除令执行，我们当身先士卒。”

“天下兴亡，老臣有责啊！”

“太皇太后息怒，老臣自当带头退还土地和牛羊。”

太皇太后平静了一下心情，说：“老百姓没有土地可种，他们吃什么？你们吃什么？谷物和杂粮能从天上掉下来吗？土地不退还，难不成你们要与哀家一起饿死、困死吗？”

太皇太后让大家起来坐下，然后又说：“我知道众爱卿都是跟着先帝、先帝的先帝浴血奋战打江山的功臣，于情于理，都不该从你们的手里夺回土地。可是你们看看汉人的功臣、汉人的文官武将，他们没有大片大片的土地，一样可以儿孙满堂，一样可以享受荣华富贵，怎么就非要霸占老百姓活命的土地呢？”

退朝之后，几个老臣带头登记在册，退出土地和牛羊。

随后几天，情况更为好转，许多朝廷大臣、皇族、贵族主动登记退出土地和牛羊。太皇太后大喜，吩咐皇帝布下宴席，她要好好地答谢这些与朝廷同呼吸共命运的皇族老臣。拓跋丕说：“太皇太后，老臣有话要说，此次解除禁田，还有一人带头抵抗，老臣实在为难。”此人原来是河间王闾虎皮。这个闾虎皮，武艺高强，性情鲁莽，曾经救过太武帝拓跋焘的命，一路提拔为统万镇大将军、河涧王。整个统万镇大部分土地都被闾虎皮圈占，为了驱赶原住的百姓，他竟然下令让他的部下可以用箭射杀，惹起了众怒。太皇太后一听，吩咐传闾虎皮。

时间不久，河涧王闾虎皮来见太皇太后。他站在堂上，一手握剑，一手叉腰，问道：“太皇太后有何事要见老臣，老臣正与家奴做游戏，忙得很咧。”

太皇太后一看此人傲慢无礼，出言蛮横，就在心里痛下了决心。她轻声而有力地说：“跪下！”

“老臣一辈子只跪皇帝和父母，你既非皇帝又非父母，为何给你下跪？”

“跪下！”太皇太后加重语气，又说了一声。立刻又有几名武士上来，将他按倒在地，他只好跪下。

“你就是大名鼎鼎的闾虎皮？”

“老臣便是闾虎皮。”

太皇太后笑着说：“常言道，与虎谋皮，那需要多大的胆子哟。你这个名字，难道就是说明你胆子有如此之大吗？”

闾虎皮用他那双虎眼，盯着太皇太后，说：“老臣跟随太武帝打仗，一靠忠心，二靠虎胆。老臣就这个胆子。”

“没错，哀家听说了，你的确是打仗的英雄。如今你不打仗了，就在哀家面前、皇帝面前，在皇帝的禁田令面前逞英雄了？”

“哈哈哈哈”，闾虎皮的笑声震得大堂都在晃动。他说：“老臣知道，你要解除老臣这些年里圈占的土地。老臣在沙场征战多年，救过太武帝的命，老臣身上的伤疤数不清，占用一些土地算什么？没有土地，老臣去哪里纵马？去哪里游玩？谁愿意捧你的场，就让他去捧好了，老臣没那个好心情。你要治老臣的罪吗？你可知晓，太武帝给过老臣免死牌。哈哈哈哈，太皇太后，你奈何不了老臣。哈哈哈哈……”

太皇太后面对这个无赖，竟然异常平静。等闾虎皮撒泼够了，笑够了，她缓缓地说：“来人，请先祖神元帝的宝剑。”

过了不一会儿，两位卫士将供奉在祖庙多年的先祖神元帝的宝剑，恭恭敬敬地捧到了大堂上。太皇太后说：“闾虎皮，这把祖宗留下来的宝剑，你知道应该用在何处吗？”

一向骄横嚣张的闾虎皮，见到此剑，立刻变得软弱了许多。他脖子一扭，一声不吭。

太皇太后接着说：“闾虎皮，对抗圣旨，目无朝廷，欺压百姓，乱杀无辜。斩首！”

闾虎皮一看太皇太后居然来真的，瘫倒在地，大声喊：“太皇太后饶命！老臣遵旨退还土地，你饶了老臣，老臣立刻退还，所有的牛羊也一并退还！饶命啊！”

太皇太后说：“现在退还，晚了。杀！”

闾虎皮一除，所有的阻力都没了。解除禁田令执行得非常顺利。老百姓的手里重新拥有了土地，他们欢欣鼓舞，开荒耕种，不仅稳定了生活，还为朝廷增添了收入。

第十四章　重在教育

冯氏走到这一步，要感谢一个人，那就是她的启蒙老师，她最亲最爱的人，教给她文化和礼仪，教给她做人、做事之基本道理的姑母。冯氏在教育拓跋宏时，完全继承了姑母的做法，也接受了在培养拓跋弘时的教训。

冯氏明白一个基本道理，一个国家的强盛和一个人一样，必须在教育上花本钱，而且这个事情不能等，抓得越早越好，对国家越有益。冯氏抓教育是两手抓：一手抓举荐人才办学校，培养大批的年轻人；另一手亲自抓对小皇帝的教育和培养。她要为大魏王朝缔造一个千古流芳的好皇帝。为此她亲笔撰写了教材，三百余章的《劝戒歌》和《皇诰》十八篇，既为培养拓跋宏提供了极佳的文本，也为后朝后代留下了不可多得的精神财富。

她的良苦用心，终于没有白费。

严师

皇帝向太皇太后说，平城附近的土地，都开始种植谷物和杂粮，农家人和平城百姓也能吃上牛羊肉了，他说：“太皇太后猜猜，老百姓把羊肉和牛肉称作什么？”

太皇太后不解，反问：“什么？”

“叫作费劲牛，费劲羊。”

“为何？吃起来咬不动吗？”

皇帝笑呵呵地说：“并非咬不动。是因为太皇太后废除禁田，百姓们才能吃得到牛和羊，所以称作废禁牛、废禁羊，传开来乍一听就成了费劲牛和费劲羊。”

“呵呵，有趣得很。老百姓吃到费劲羊、费劲牛，心里舒坦得很，好啊！”

乐呵了一阵，皇帝问太皇太后，他连着下了两道诏书，号召天下有识之士给朝廷反映下情，谏言献策。寡人用心良苦，期待贤能，助我大魏，没曾想反响却很小，这是为什么？太皇太后刚才正在认真地阅读《春秋》，她把竹简放下，答道：“皇上，你发诏书了？哀家怎么就不知道呢？”

皇帝回应：“孙儿在想，我们大魏朝应该广开言路，吸纳人才，这不正是太皇太后所倡导的吗？”

刚才的笑容从太皇太后的脸上消失了，她认真地说：“没错，这正是哀家所倡导的。可是哀家问的是，皇上颁发这样的诏书，哀家怎么就不知道呢？难道皇上担心让哀家知道了，会阻止你这样做吗？难道我们两人之间的沟通已经出现了问题吗？”

皇帝无语，两只眼睛疑惑地看着太皇太后。

“过去，皇上听哀家的，怕得罪了太上皇，听太上皇的，又怕哀家不高兴，哀家也觉得皇上你夹在中间，十分不容易。现在太上皇不在了，哀家以为皇上可以不再两头为难了。如今这又是怎么了？”

皇帝跪倒在地，说：“孙儿若是做错了什么，请太皇太后责罚！”

“起来吧，你不用跪。哀家也没生气。皇上若是觉得没有做错什么的话，为何要来请教哀家？你该怎么做就去做好了。这江山本来就是皇上的。”

皇帝没有起来，一头磕下，前额紧贴在冰冷的地上，泪水滴滴答答地掉下，他一言不发。他不知道自己做错了什么，太皇太后会如此这般地说。他忽然感到委屈由心而来，最后传到鼻子尖上，酸酸的，伴着眼泪落下。

太皇太后对太子拓跋宏的抚养和教育，是从其生母李夫人被赐死开始的。拓跋宏吃喝拉撒、认字、书写、算术、背诗、吟歌，都是在她的监督下进行的。白天太皇太后与乳母一起照顾拓跋宏，有时宏儿玩得累了，倒在她的怀里就入睡了。到夜里，拓跋宏仍然睡在太皇太后的宫里，没有特殊的事情，也不会再唤醒乳母。为太子请的乳母，太皇太后总是过上几个月就找理由换掉，不让太子与乳母之间有太深的感情。太皇太后是个非常有耐力能坚持的人，只要是她认准的事，她会按照自己的计划，一直坚持下去，直到终点。她曾经把许多的母爱和慈祥都投入到对拓跋弘的抚养上，而对于拓跋宏的抚养，则更加体现的是一份责任，一份无以替代的义务，为了大魏江山，为了黎民百姓，为了自己一生追求的梦想能够实现，作为一个女人，她感觉到自己的力量是远远不够的，她必须用自己的理念和心血亲自塑造一个皇帝，来承载自己的希望。所以对于拓跋宏所做的一切，除去母爱之外，她是在完成一个事业，是在实现一个宏伟的蓝图，因而必须是理性大于感性的，是原则高于情感的。

对拓跋宏的教育和培养，她给自己制定下了几条原则：

第一，皇上摔倒了，要让他自己爬起来，未来没有人能够帮到他，他只有靠自己。皇上必须有足够的坚强和忍受力。

第二，有错必须改，不能宽恕。对小错的宽恕意味着放纵，意味着酿成大祸。皇上是大魏国的皇上，是千万万臣民的皇上，绝不是皇上自己的皇上，皇上必须着眼大局，同时不放过细节。皇上做事做人也要有是非，对就是对，错就是错，否则的话，江山怎能交给他？

第三，遇事先让他自己去想办法，做事必须由太皇太后给他把关，不能失控。太皇太后就是皇上的导师，这个不需要任免，不需要他人的认可。只要太皇太后活一天，她就要为皇上负责到底。

第四，他是皇帝，不是孩子，由不得他任性，由不得他拿国事开玩笑。一般的孩子，在这个年龄，可以任性，可以游戏，但是他是皇上，他不能，他没有这个资格和权力。

第五，访查先行，不了解事情的本来面貌，就不能说话，不能表态，不能采取行动。君无戏言，作为皇上，一言既出驷马难追，所以每说一句话，都要想好了，想通了，才可去说，既然说了，就必须去做，绝无反悔的那一天。

第六，上朝听政，退朝读书。听政重要，国事不可误，读书更重要，更不可误。听政是皇上的责任，读书是孩子的根本，如今皇上还是孩子，所以两头必须都做好。

第七，理论在先，治国平天下是一盘大棋，必须有一整套理论，而不是头痛医头，脚痛医脚。当皇帝，是要治理天下，为臣民谋福祉，如何治理？如何谋福祉？只有肚子里装了知识，脑袋里灌输了理念，才可明白大是大非，才能做到游刃有余。

第八，对皇帝不能轻易放权，一直到他完全成熟，他的思想与太皇太后完全一致了才可放手，否则会前功尽弃。不用多说，这是太皇太后接受了献文帝的教训，得出的结论。

这几条，是太皇太后在心里定下的，天知地知太皇太后知，不需要别人知道。

太皇太后还记得，当年她初到平城是如何接受姑母冯昭仪的教育的。大魏国是鲜卑人建立的王国，鲜卑人对后代的培养，就是把孩子置于马上，经受各种各样的摔打、颠簸和磨炼，让他的身心都变得坚强和柔韧，接受祖宗留下的马上文化。冯昭仪对当时小冯女的培养有两个优势，一是冯昭仪自己从小接受过非常系统的汉文化教育，基础扎实，二是大魏的宫殿里有许许多多的汉文化经典书籍。从道武帝拓跋珪开始，拓跋家族养成了一个习惯，他们不论在哪个国家攻城夺池，都不会忘记，把该国的书籍经典据为己有。由于各国所藏的书籍年代不同，许多经典是汉代以前的书籍，仍然是竹简所制，每句话、每个字都是用刀子刻，或者用毛笔写在竹简上的，一轴一卷的，分量不轻，占据的空间也大，汉代以后出现的缣帛和纸质书籍并不算多。太武帝灭掉燕国，几代燕国国君拥有的书籍也统统被运回了平城，平城的皇宫成为当时北方藏书品类最全、数量最多的地方。然而对于这些书籍，鲜卑族的武将没有兴趣，他们只知道这是一些非常重要的财富，而以高允为代表的汉臣对此视为珍宝，同时冯昭仪对小冯女的教育，也正好用得上。当时在后宫，小冯女在姑母的指点下阅读了大量的书籍。如今的太皇太后对拓跋宏的培养是如法炮制，把所有的汉文化经典书籍全部让拓跋宏阅读。拓跋宏也真是聪慧过人，而且对读书有着非常浓厚的兴致，悟性又强，他常常是手不释卷，终日苦读。有时因为一个问题与太皇太后理解不一，要争论很久。他辩驳得头头是道，滔滔不绝，让太皇太后插不上嘴。太皇太后就是喜欢他这点，每当认识不一致，能够坚持自己的观点，一直到被说得心服口服才肯罢休，绝不是人云亦云，得过且过。

皇帝按照太皇太后的安排每天坚持读书的时候，也正是太上皇对他进行教育和影响的时期。太上皇当年也是被冯太后关起门来读书的，可是后来冯太后给拓跋弘指定拓跋子推为师，帮助他学习骑射功夫，拓跋弘变了。他开始厌倦汉文化，厌倦读书了，觉得骑马射箭打打杀杀才是男儿本色，而且拓跋子推也给他讲了许多拓跋鲜卑人的故事，深深地感染了他。以至于他很快地放下书籍，拿起了刀剑，实现了从外形气质到内心追求的转变。他发誓要对他的儿子皇帝以身示范。他多次提出要带皇帝出游，带皇帝去鹿苑骑射，都被太皇太后拒绝了。终于有一次说服了太皇太后，太上皇带着皇帝远征吐谷浑两个月。这段时间，他们父子俩形影不离，吃、住、行都在一起，太上皇给皇帝讲了拓跋家族一路征战，征服了许多国家，统一大北方的辉煌历史，特别是讲到力微、禄官、猗卢郁律和什翼犍等人物的故事，拓跋宏为自己拥有这样的祖先而自豪，他骨子里的拓跋人的血液开始奔涌，开始滚烫。

那次出征回来，太皇太后明显看出了拓跋宏的变化，但是拓跋宏不是笼子里的鸟，不是温室里的花，不能因为怕他受到外面的影响，就不让他离开半步。所以太皇太后非常冷静，她说："皇上是一国之君，出去见见世面也好。皇帝最终是要率兵打仗的，是要面对各种情况的。"

皇帝把听到的看到的，都给太皇太后讲了一遍。他说："此次出征，寡人方才领略了拓跋皇族的伟大，寡人激动不已啊。"

太皇太后说："皇上以为大魏江山，这么打打杀杀就能够到了今天这样的局面吗？"

皇帝仔细地看着太皇太后脸上的表情，没说什么。

"皇上读了那么多书，都白读了吗？知道秦二世是怎么死的吗？知道泱泱大汉是怎么演变成三国鼎立的吗？"

皇帝还是没有说话。

"拓跋祖先自然是伟大，这个无可争议。可是伟大之处，何止是能征善战！更加伟大的，是鲜卑对北方的统一，是对大汉文化的向往和吸收，是给予黎民百姓的安抚和安定。皇上出去几天，读过的书都忘了吗？"

拓跋宏跪下，说："太皇太后训斥得对！"

"退下吧，三日不准上朝。闭门读书，写大字五百，去吧。"说到写字，太皇太后又说："听说兖州刺史、南阳郡公郑羲的儿子郑道昭潜心书写，许多人请他书写碑文，你应该好好请教郑道昭，皇上的字要写出帝王的风采。"

"孙儿切记太皇太后的教导。"皇帝又说："说起写字，汉臣崔浩的字，孙儿特别喜爱。平时，总是把崔浩的字拿出来，多看几眼。"

太皇太后："可惜了，崔浩真是个奇才，他在大魏前期所做的贡献，哀家记得。他的字写得好，他的文章写得更叫好。可惜了。"

苦其心志

在这样严格的教育和培养下，皇帝的性格超乎常人的坚强、成熟，而且对太皇太后特别孝顺。太上皇驾崩之后，皇帝悲伤万分，一直认为他的父皇不可能自己走上绝路。拓跋宏的内心，太皇太后早看出七八分。一次太皇太后故意问："皇上，你认为父亲，太上皇他够坚强吗？"

皇帝："坚强无比！"

太皇太后："太上皇小的时候，有一次他的父亲文成帝训斥他读书不努力，换作是你，你会怎样呢？"

皇帝："我去读书。"

"哀家相信你，你会去读书，你不会记仇于父皇的。可是他不是这样的，他把自己关在内室里，整整地哭了一天，等到第二天哀家再见到他时，他的嗓子都哭哑了。这就是你的父皇，在他的心里，是不允许别人说他一个'不'字的。你说他够坚强吗？"太皇太后接着说："你知道太上皇为什么那么喜欢佛教吗？"

拓跋宏试着回答："他与佛有缘吧。"

"太上皇幼年时胆子小得出奇，一个人不敢睡觉，每天都是哀家陪着他入睡的。奸臣乙浑作乱时，哀家担心他会被乙浑谋杀，所以把他藏在昙曜大师的佛寺里。结果那几天他每天害怕得无法入睡，好不容易睡着了又常常被噩梦惊醒，所以昙曜大师让他睡觉时反复默念阿弥陀佛，结果他睡得很好。从此他便相信佛教与他有缘。他认为佛祖会保佑他。后来哀家让他去向拓跋子推学习骑射，就是因为他的性情不像鲜卑人那么强悍、勇敢。

是哀家有意这样安排，锻炼他的。他当皇帝以后，慢慢变了，变得敢作敢为，其实他的内心还是很脆弱。那段日子，哀家并没有说过他什么，哀家知道他长着一颗琉璃心，经受不起摔打。哀家尽量让他自己把所有的事情都想明白，不要把哀家与他母子之间的事情弄大了。可是他自己过不了这个坎儿，他竟然要把江山禅位给皇叔拓跋子推，后来他还在朝廷里勾结其他人，要把哀家置于死地。这些你可能都知道，哀家不再细说了，想起来都觉得心酸。可是太上皇没想到，居然没人愿意真心地帮他，就连你这个他最心爱的儿子也不听他的话，你愿意帮助他去对付哀家吗？你当然不会！所以他有好多行为都是你不知道的。在关键时候，他是孤单无援的，佛祖也不出来帮他，他受不了了，就如同他小时候做噩梦一样，他的精神世界垮了，所以才自寻短见。哀家倒是想到了，他这样下去，哪里像个身经百战的皇帝，迟早他自己会垮掉的。没想到他会走得这么早。他虽不是哀家亲生的，但他是哀家一手抚养大的，他的死，哀家无比悲痛。”

太皇太后自然不会把太上皇死前与自己的对话告诉皇帝，那是一个秘密，太上皇已经不在了，她也就不能与任何人再提起。献文帝的荣誉必须维持下去，因为这份荣誉不仅属于献文帝，而且也是他的继承者皇帝的精神支柱。

一日，皇帝奉旨来见太皇太后。在座的有德高望重的老臣高允，他是被太皇太后专门请回来给皇帝补课的。皇帝关于大魏王朝的历史课，是太上皇讲给他的，太皇太后觉得太上皇这一课先入为主，讲得生动，很有煽动性。但是他讲得比较偏激，感情色彩太浓，对皇帝的负面影响比较大，非常有必要给他重新补一课。将近九十高龄的高允，思维缜密，谈吐不凡，对大魏历史了如指掌，讲起来如数家珍。皇帝听后，不但对列祖列宗的壮举更加钦佩，而且知道了拓跋家族许多鲜为人知的故事。拓跋部早期首领神元帝拓跋力微威武难挡，结果被属下设计杀死忠良沙漠汗，部落离散，郁闷而死。十六国时期拓跋部首领拓跋猗卢，能征善战，却不能很好地解决继承人之事，结果被其长子拓跋六修所杀，死的时候他还穿着落难贫民的衣服。大魏国前身十六国之一代国国君拓跋什翼犍，被其儿子的女人设计捆绑后投降前秦。道武帝晚年残暴肆虐，最后被自己的嫔妃和儿子杀死。太武帝一世英武，结果被阉人宗爱谋害。

太皇太后接着说："高允令公方才所讲，你没有听过，你只是听太上皇讲过拓跋氏的列祖列宗如何称王称霸，如何夺取土地和奴隶，而令公所讲的这些，也是你必须知道的。骑马射箭，强取豪夺，是鲜卑族的游牧习性所致，稳定民心、和平生息才是中原文化的根本。想当年太武帝一世威武，统一了北方，可是他难以实现南北一统的理想，为什么呢？败就败在文化上的落后和偏激。在老百姓的心里，南方所推崇的儒家思想、农耕文明才是正道，思想上的背离和偏差，才是大魏国难以打败南朝的根本原因。"

这些让人毛骨悚然的悲惨的故事和太皇太后的良苦用心，让皇帝明白了几个道理。一是做个皇帝不容易，做个明君难上加难。二是打仗厮杀在沙场上，展现的是英勇和兵法，而坐江山靠的远远不止是这些，国君的文化、慈悲情怀、行动纲领、管理社会的律法等，都远比学习骑射和功夫重要得多。三是危险往往来自身边，而杜绝这些，防范是被动的，也是下策，疏导和治理才是上策。

皇帝虽然已经十一岁了，但他毕竟还是个少年。少年时期的逆反、好胜和倔强在他的身上也会表现出来。有一次，他带着随从在文成帝拓跋濬和当时的太子拓跋弘练习骑射的鹿苑游猎。忽然卫兵通报，说前面发现有一只野鹿，皇帝用眼神制止卫兵，他独自一人前往，一只鹿刚巧在树林里疾奔而过，皇帝张弓搭箭，一箭射出，正中那鹿的臀部。负伤的鹿，并没有倒下，只如被惊吓一般，四只神腿飞似的撑起流血不止的身躯，向远处逃遁。树林里留下鹿的斑斑血迹。年轻好胜的皇帝，哪里肯放弃，他立刻上马追了上去，一股轻尘随风扬起。那只鹿最终疼痛难忍，慢了下来，再次中了皇帝一箭，倒在林子里。当卫兵们扛着他们的战利品打道回府时，已经是夕阳西下的时候，比太皇太后给皇帝规定的时间晚回了两个时辰，耽误了读书。

皇帝主动给太皇太后跪下认错："孙儿贪玩，误了读书的时辰。"

太皇太后微笑说："皇上偶尔一次，退下吧。"

皇帝："定下的规矩，不是给别人看的，孙儿懂。"

太皇太后："既然知道错了，那该怎么处罚，想必皇上也知道了？"

皇帝答道："寡人愿意把自己关在侧室，不吃不喝不睡觉只读书。"

太皇太后说："就按你说的办。来人，把皇上的衣服扒了。"

"不用了，寡人自己会脱的。"说完，皇帝头也不回地走了。

当时正是腊月三九，天寒地冻。皇帝把自己的外衣脱了，只剩一件单衣，跪在一间没有火炉的侧室里，在一个小方桌上写字读书。时间一久，他冻得浑身发抖，开始有意提高的读书声也变得似有似无，十分微弱。过了一日，他还勉强地跪着，又过了一日，他已经被冻得倒在地上。

皇帝身边的人，不断地给太皇太后传来消息，太皇太后一听，泪水在眼眶里打转。她想了想，说："告诉皇上，惩罚够了，回宫去吧。"

第三日一大早，拓跋丕、李冲和丘穆陵泰慌忙来见。一见面，也来不及施礼便说道："太皇太后，皇上不吃不喝挨冻三日了，他已经冻僵了，快救救他吧，不然要出大事的。"

太皇太后其实早就穿好了衣服，正在等待消息呢。一听他们这样说，往外便走，边走边说："还等什么，快去救人，通知御医。"

拓跋丕接过话："回太皇太后，老臣已经擅作主张，让御医去救皇上了。"

他们直奔皇帝的宫殿，一进内室，太皇太后就把冰冷的皇帝抱在怀里，哭着说："皇上，哀家倔强，你比哀家还倔强。你要是有个长短，哀家怎么苟活？"

皇帝慢慢地睁开了眼睛，虽嘴巴在动，但是说不出话来。

在场所有的人，一起跪下，说："皇上洪福齐天，不会有事的。"

皇帝在御医的医治下，在太皇太后的关照下，身体很快恢复了。他对太皇太后说："是寡人做得不好，受此责罚是应该的。孟子曰：'故天将降大任于斯人也，必先苦其心志，劳其筋骨，饿其体肤，空乏其身，行拂乱其所为，所以动心忍性，曾益其所不能。’太皇太后不必为我心痛，有这么一次，可能对我终生都有用啊。”

太皇太后从心里认准了皇帝，他的学识和智慧、他的毅力和心智、他的宽容和慈悲，都没有让她失望，都是她所希望的那样。

另外一个愿望

有一次太皇太后与皇帝拓跋宏在长安一带巡游，一路上他们二人感慨颇多。太皇太后在黄河大转弯的地方，忽然问：“皇上，哀家问你，你可知道黄河的那边是何处？”

皇帝若有所思地答道：“回太皇太后，那边是风陵渡。”

太皇太后又问：“风陵渡的传说听说过吗？”

皇帝：“说是一个叫风后的人，他死了以后，就葬于此处，所以叫风陵，这里又是黄河大渡口，所以叫风陵渡。”

“皇上真是知道得不少啊。哀家就出生在黄河边，这些传说小时候就听说过。这个风后是黄帝的贤臣，他给黄帝发明了指南车。还有老人们说，这个风后是个了不起的女性。有的干脆就说这个风后，就是大名鼎鼎的女娲，风陵里面葬的就是女娲。其实这些都是传说，风陵里面葬的是哪位并不重要，重要的是这里是黄河大转弯的地方。这里孕育了华夏民族，三皇五帝的传说都发生在此，华夏之根就在于此。想当年大魏朝开国皇帝道武帝说过，拓跋人祖上并非大漠草原之上的游魂，而是黄帝的子孙。道武帝说的就是这个意思，我们不能忘了根，拓跋皇族的理想就是寻根，寻找民族的根，寻找文化的根。这个根，不在平城，不在草原，更不在大鲜卑山，它就在黄河大转弯的地方，只有这里才是华夏文化的腹地，才能认祖归宗。”

“太皇太后教诲，让我茅塞顿开。”皇帝远望着滔滔不绝的黄河，就地跪倒，行三拜九叩大礼，随从们全都跪倒行礼。

他缓缓抬起头来，深情地看着太皇太后，说：“我明白了，我也记住了。”

眨眼间，皇帝已经是十四岁的少年。许多皇亲国戚的公主和小姐，都期盼着凭借自己的容貌和才艺，能够有朝一日成为皇帝身边的女人。然而此事早在太皇太后的安排之中。

太皇太后冯氏没有忘记，她曾经对姑母的承诺，她要尽自己的全力活下来，活出个样子来，为冯氏家族增光。她也没有忘记，曾经对哥哥冯熙的承诺，她要在大魏江山里无限地注入冯氏家族的因素，让冯氏家族的振兴在大魏王朝的国度里得以实现。

当年太武帝拓跋焘十分宠爱的冯昭仪，把重振冯氏家族的一线希望，寄托给她的侄女。这个从死亡线上捡回一条命的小冯女，从一个洗衣房做工的女奴，经过精心的培养和打造，成为皇孙拓跋濬的身边人，进而成为文成帝拓跋濬的贵人、皇后。文成帝英年早逝之后，冯氏被尊为冯太后，先后在献文帝拓跋弘和皇帝拓跋宏两任皇帝时期主持朝政，成为北魏王朝，乃至整个封建社会时期，一位伟大的杰出的政治家，为大魏王朝实现文治，实现民族大融合，实现强国富民之梦想，苦心孤诣，付出了她的所有心血。然而她还有一个梦想，也可以说是一个私心，那就是重振冯氏家族，而且她为实现这个梦想，也已做了许多的铺垫和努力。

太皇太后没有自己亲生的子嗣，重振冯氏家族的梦想，别无选择地放在了她的哥哥太师冯熙的孩子身上，因为这是她身边唯一的冯氏家族的血脉。冯熙，当年在大魏国与妹妹相见，提出为父亲和冯氏家族复仇之事，被妹妹说服。从此他把家族的仇恨，化成了一股潜在的力量。他把力量投入了到三个方面：一是繁衍冯氏后代，二是逐渐壮大冯氏家业，三是随时听从妹妹的差遣，为妹妹的事业效力。太皇太后冯氏对哥哥冯熙的表现基本满意。首先冯熙在短短十多年里，生儿育女十多口，真正是让人刮目相看。文成帝拓跋濬的亲弟京兆王拓跋子推，为了讨好他们兄妹俩，特意为冯熙介绍并迎娶拓跋皇族的博陵公主为妻。博陵公主为他生下长子冯诞、次子冯修。之后，冯熙先后娶了多房妻妾。除了博陵公主为他生下的两个儿子外，还有三子冯聿、四子冯夙，以及长女、次女、三女等共八个女儿。太皇太后冯氏还听说哥哥冯熙常常在冯府外面拈花惹草，冯熙的子嗣，绝不仅仅是这十几个，二十多个也不止。对于这些，太皇太后从来没有与冯熙较真过，因为这正是她所期待的。她还听说冯熙如今在自己的势力范围内，作威作福，贪图享受。太皇太后想，该找个时间与她的哥哥说说话了，给他提个醒，做人做事，要给自己留点余地，也要为哀家的脸面想想。虽然太皇太后并没有想到他的哥哥会如此荒诞，但是仅凭他能够为冯氏家族留下血脉这一条，她就不能与她的哥哥说什么过激的话。至于冯熙还做了些什么事情，只要他不跨出底线，她都能够忍受。当然她更不会让她的哥哥去做危险的事，比如带兵打仗，比如做一个使臣与南朝谈判，她要尽一切可能保住哥哥以及他后代的安全，让冯熙享清福，做个平平安安的文官即可。当年在长安，她父亲兄弟三门被太武帝所灭的血腥场面，至今还会出现在她的眼前。冯氏家族能有今天，实属奇迹，她要利用所有权力保护和延续这个奇迹，不能再有任何的闪失。

太皇太后冯氏要把冯氏家族与大魏国的皇族拓跋家族，紧紧地绑在一起。待到冯熙的长子冯诞十多岁的时候，太皇太后，不管辈分之差，不失时机地为其迎娶皇帝的妹妹乐安长公主为妻，让他成为当今皇上皇帝的妹夫。皇帝拓跋宏任命冯诞为侍中、征西大将军，封南平王，任命冯修为侍中、征北大将军、尚书，封东平王，亦对三子、四子随后做了相应的安排。可惜的是冯熙最为看重的长子冯诞和次子冯修，少时管理不佳，不喜读书，也懒得练功，最终难有建树。

当年，太皇太后的姑母精心安排，使她成为皇孙拓跋濬两小无猜的少年伙伴，当这位太武帝十分喜爱的皇孙成为皇帝时，她也就顺理成章地成为皇帝的女人。当初的她，如今已是握有皇权的太皇太后，由她自己一手抚养和精心培育的皇帝拓跋宏，也就必然地成为她实现所有梦想的载体，这一点，别无选择，无可替代。太皇太后冯氏，用她的后半生投下这个赌注，这个赌局，她只能赢，不能输。太皇太后有三个梦想要实现：第一，她要打造一位划时代的皇帝，如今看来皇帝在治理国家上出手不凡，效果很好，她很满意。第二个梦想，是她特别需要的一个完美结局。太皇太后冯氏从一个对政事毫无兴趣的女孩子，变成一个杰出的政治家，这样一个局面，不是她强求的，而是出于责任，出于自我保护，一步一步水到渠成的。她知道，一个女人主持朝政，面临着生命与声誉、伦理与道德、现实与传统等诸多的考验，把皇权交还给皇帝，是她想了很久的事，什么时候交还？如何交还？她至今没有想好。

太皇太后的第三个梦想，就是在她有生之年，利用她的权威，左右皇帝的后宫。太皇太后通晓三国和曹魏历史，她知道曹操把自己的三个爱女曹节、曹宪和曹华都嫁给了汉献帝刘协，全都是为了政治，在这个问题上，女儿们的心愿不能考虑，他是孤注一掷要这么去做的。照理说，凭着曹操的手段和势力，操纵汉献帝的政权，让他成为一个玩偶，那是八九不离十的，成功率很高，用不着把自己的三个女儿搭进去。可是曹操不这么想，他认为即使汉献帝已然是手中的棋子，也不能有丝毫的疏忽大意，必须把戏演足了，把路铺到家门口。再说了，历朝历代，再高身价的美女，也会把嫁给皇上作为最高的梦想，把她们三个女儿都嫁给汉献帝怎么了？难道委屈了她们不成？即使她们真的有了心仪的白马王子，那也要顾全大局，此时此刻，她们的父亲为了皇权之争，牺牲女儿的感情算什么，如果说要她们的性命，她们也该毅然从命才是大义。事实上，他的三个女儿，有一位成为皇后，其他两位是贵人，即使没有发挥过关键的作用，最起码曹操不用为汉献帝再有了其他的皇后，由此出现外戚的变故而担心。这就是曹操这步棋的意义所在。太皇太后要效仿曹操，走这步棋。眼看着冯熙的几个女儿相继长大，她先安排其长女嫁给了南平王拓跋纂。随后她把冯熙的次女、三女、四女，共三个侄女，一起嫁给了皇帝拓跋宏。如此安排，真可谓司马昭之心路人皆知。拓跋宏的成长过程里，受太皇太后的影响颇多，对太皇太后的这几个侄女也或多或少地有所接触，尤其是对次女冯润情有独尊。冯润在冯熙的几个女儿中，长相最出众，而且性格温顺典雅，对待她的妹妹们也是关照有加，颇有几分当年太皇太后的样子，然而她天生身体娇弱，常常与中草药和医生为伴。入宫时间不长，虽然拓跋宏对冯润宠爱百般，无奈她再次染病卧榻不起。按照太皇太后的谕旨，冯润出宫疗养。冯润出宫，给三女冯清提供了向皇上献媚的机会。冯清从小工于心计，对皇上使出了浑身解数，博得皇上欢心。冯清对太皇太后也十分孝敬，稍有闲暇便会陪姑母聊天，尽拣好听的说。此时的太皇太后已经感到自己的身体远不如从前了，她觉得立后之事不能再拖了。她的知道拓跋宏的心里是愿意把冯润立为皇后，可是冯润命不好，与其让皇帝再喜欢上别的妃子，不如了了冯清的心愿。冯清也好，冯润也好，都是自家的侄女，若不当机立断，皇后的位置就有可能落到别人的头上。于是乘着拓跋宏还对冯清有几分好感，就征得皇上同意，颁懿旨要立冯清为后。不久太皇太后病故，她闭眼之前并未看到冯清立后，成为一大遗憾。冯清毕竟不是冯润，有姑母的懿旨，她便在后宫里要起了皇后的威风，不要说其他嫔妃受她的气，就连她的妹妹，一个昭仪，也没少遭到她的排挤和白眼。太皇太后曾经多次教训与她，让她在后宫里严于律己，不要做出什么荒唐事来，然而冯清张扬的性格从未收敛。后来冯清的妹妹，因病故去，详情不清。

自古以来，后宫就是一个不平静的多事之地。

皇帝拓跋宏还有另外一个宠妃，她是当年保太后常氏十分倚重的一个宦官林金闾的侄女林氏。这位林氏夫人妩媚，也温柔体贴，一段时间与拓跋宏的感情如胶似漆，很快她怀上了龙种，为皇帝诞下一位皇子。太皇太后为他取名为拓跋恂。林氏为皇上生了皇长子，却并不开心，成天担惊受怕。因为她知道这个孩子的出生，也许会给她带了厄运。皇帝拓跋宏向太皇太后请求，大魏朝“子贵母死”的例制能否就此废除，他要保住林氏的性命。太皇太后感到事情的严重性，她从内心深处对祖先留下的“子贵母死”十分抵触，她也觉得林氏为此丧命太残酷。但是她又想到，这是她的命里注定的，皇帝那么多嫔妃，只有她率先给皇上生了儿子。如果诞下皇子的不是林氏，而是冯氏，不论是姐妹中哪一个，那都将让太皇太后陷于十分被动的境地。好在今天面对的是林氏，在某种程度上讲，这些嫔妃们哪个都有可能怀上皇帝的龙种，是林氏拯救她们所有的人。太皇太后无法说服皇上，她只能说，不要忘了她，她的死换回了别人的命。拓跋恂出生那年，他的生母林氏被赐死。

林氏被赐死，冯清吓出了一身冷汗，几天来后宫里死一般寂静。

太皇太后当然不会让她的侄女去送命。曾有人猜想当年冯润因病出宫疗养，极可能是她怀了皇上的孩子，太皇太后冯氏私下安排她出宫把孩子生下来，以免造成悲剧。太皇太后的心很高，她最初的想法是在未来大魏王朝里，再出现一个与她相似的，甚至是超过她的冯氏太后，再一次把冯氏家族的辉煌创至顶峰。从道理上讲，这种可能性是完全存在的，然而这个可能性，被她的几个侄女慢慢地一笔一笔地抹掉了。侄女们接受的教育，与太皇太后当初接受的教育不能比，她的哥哥在子女教育上没有下到功夫。而太皇太后，几乎把所有的心思，都放在了皇帝的身上，在哥哥冯熙的亲子教育上，她心有余力不足。这几个侄女与她当年比起来，输在了教育上，输在了起点上。想起这些，每每让太皇太后感到心疼，眼见得几个侄女争风吃醋，出言不逊，她是打不得骂不得，只有在心里滴血。太皇太后死后，丧期三年之后，皇帝没有违背皇奶奶的遗愿，立冯清为后。然而他心有不甘，好在，有朝一日，冯润病愈回宫，皇帝拓跋宏果断废掉了冯清，改立冯润为皇后。然而，冯润只是性格与太皇太后相似，她在许多方面无法与之相比，所以她的政治使命从开始就意味着结束，她只是大魏王朝的一缕过眼烟云。这些都是后话。

著书写歌

太皇太后所处的年代，正是南北朝时期。北方蒙古高原、黄河流域，还有西域和东北等大片的山峦土地和大片的草原荒漠上，除了汉人，还有许许多多的民族生活在这里。而这些民族，都有性情豪爽、能歌善舞、热情奔放的一面。太皇太后冯氏的母亲王氏，是高丽人，她从小就有百灵鸟似的嗓子，而且会跳各种高丽国的舞蹈。所以，冯氏有关歌舞的天分是得到了母亲的遗传，小时候，母亲把许多自己学到的高丽歌曲、燕国的民歌，还有黄河两岸、长安地区的小调、山歌全都教给了她，那时的小冯女一学就会，常常把学会的歌曲、小调，唱给哥哥冯熙、李奕他们听。

回想起来，那都是很久很久以前的事了。如今的太皇太后，已经有很长时间没有放声唱过歌了，因为她是大魏国的贵人、皇后、太后，后来又是太皇太后，如果在宫廷里听到乐声和歌声，那一定是来自宫乐府的乐手在表演，而不可能是她。大魏国宫廷皇家乐府里，汇集了来自内地和大漠许多民族、国家的音乐人才和他们的乐器，钟、磬、筝、笙、搊筝、五弦、卧箜篌、竖箜篌、长笛、义觜笛、细腰鼓、毛员鼓、排箫、直琵琶、曲项琵琶、筚篥、铜钹等等，应有尽有，可以说是民族管弦乐和打击乐的大荟萃，器乐、吟曲与舞蹈的大荟萃。每遇盛事节庆，或者是皇家大婚、诞辰等，都会有盛大演出。

太皇太后把她对音乐的悟性和偏爱用在了对皇帝的教育上，在皇帝三四岁的时候，太皇太后就开始把他应该如何为人处世、做个好皇帝等，依照当时民间流行盛广、演唱自然流畅的曲调和节拍，编写成一首首的诗歌，既传达她对皇帝的要求、理念与希望，又押韵合拍，便于记忆。太皇太后对皇帝的教导，几乎全都体现在这些诗歌里。每当有了新的想法，每当遇到新的问题，或者是经历了一次遭遇、磨难，她都会用简短深刻的语言，很快地把它编成诗歌，教皇帝吟唱。十多年的时间过去，竟然汇集了三百多首。太皇太后，给它命名为《劝戒歌》。只可惜后来的史官，没有把它记录流传下来，这成为中国历史、中国教育史上难以弥补的遗憾。

当时社会上有一首非常流行，且家喻户晓的《敕勒歌》。

敕勒川，阴山下。
天似穹庐，笼盖四野。
天苍苍，野茫茫。
风吹草低见牛羊。

还有一首《木兰诗》也广为流传，至今不衰。

唧唧复唧唧，木兰当户织，不闻机杼声，惟闻女叹息。

问女何所思，问女何所忆，女亦无所思，女亦无所忆。

昨夜见军帖，可汗大点兵。军书十二卷，卷卷有爷名，阿爷无大儿，木兰无长兄，愿为市鞍马，从此替爷征。东市买骏马，西市买鞍鞯，南市买辔头，北市买长鞭。

旦辞爷娘去，暮至黄河边。不闻爷娘唤女声，但闻黄河流水鸣溅溅。旦辞黄河去，暮宿黑山头。不闻爷娘唤女声，但闻燕山胡骑鸣啾啾。万里赴戎机，关山度若飞。朔气传金柝，寒光照铁衣。将军百战死，壮士十年归。归来见天子，天子坐明堂。

策勋十二转，赏赐百千强。可汗问所欲，木兰不用尚书郎，愿驰千里足，送儿还故乡。爷娘闻女来，出郭相扶将。阿姊闻妹来，当户理红妆。

小弟闻姊来，磨刀霍霍向猪羊。开我东阁门，坐我西阁床。脱我战时袍，着我旧时裳。当窗理云鬓，对镜贴花黄。出门看伙伴，伙伴皆惊忙。

同行十二年，不知木兰是女郎！雄兔脚扑朔，雌兔眼迷离。

双兔傍地走，安能辨我是雄雌？

《敕勒歌》和《木兰诗》，都是与太皇太后《劝戒歌》同一时代的歌曲。所不同的是，《敕勒歌》和《木兰诗》来自茫茫大漠，是表现大自然风情和替父从军的女将士的故事，而《劝戒歌》却来自皇宫内院，表现的是一位女性政治家对其后代和未来所寄托的希望。《敕勒歌》的作者估计是鲜卑人，而流传下来的一定是汉人根据鲜卑语的意思，翻译过来的歌词，才能到今天依然耳熟能详。《木兰诗》则是南朝汉人文学家整理出来的歌曲，流传下来，有天然的有利因素。有人讲，鲜卑文化流传和保留，十分局限，主要原因是鲜卑人有语言而无文字，到后期又彻底实行汉化，随着鲜卑语言的消失，他们的许多精神产品也随之烟消云散。这的确是个致命的原因。但是这个原因，并不能成为太皇太后冯氏的著作不被流传的理由。很明显，太皇太后冯氏是汉人，冯氏一直主张汉化，她绝不会愚蠢到把自己的著作用鲜卑语言进行传播，最终导致失传。事实证明，与她同时代的北魏汉臣的作品，保留了下来，许多拓跋鲜卑皇家的文献，也保存了下来。那么结论只有一个，那就是冯氏作为一个女性政治家，一直不被社会和舆论认可。

《魏书》上可以找到一首冯氏写给老臣拓跋丕的《劝戒歌辞》，估计《劝戒歌》三百章的语言风格，应该与之相似，思想体系也与之一脉相承。

臣哉邻哉，邻哉臣哉。
君则亡逸于上，臣则履冰于下。
若能如此，太平岂难致乎！

这首歌的意思，是说君与臣好比是邻居，君致力于王业勤勤恳恳，臣尽力于职责如履薄冰，若能如此，天下太平就不难了。从这首歌更可以看到太皇太后所做的歌辞，形象生动，寓意深刻，颇具教育意义。

一次，太皇太后与皇帝一起来到灵泉池，正好那几日赶上风和日丽，秋高气爽。太皇太后一时来了兴致，让皇帝安排酒席宴，发出邀请，要在灵泉池设宴招待文武大臣和各国使节。那一日，灵泉池张灯结彩，高朋满座，气氛热烈。宫乐府的乐伎和舞者，表演了精彩的器乐演奏和长袖舞、白纻舞、巴渝舞，还有几个半裸身躯、满身肌肉的壮汉，在满堂的喝彩声中，表演了原始的鲜卑舞，使宫乐府演出的氛围达到了极致。太皇太后忽然有一种特别想唱歌的冲动。于是她下旨命在座的大臣和外国友人每人都来一段歌舞，或者唱自己家乡的曲牌、小调，或者让乐手伴奏跳一段舞蹈。鲜卑族的大臣们个个都能歌善舞，唱起歌来悲壮激昂，跳起舞来豪放舒展；还有其他民族的臣子也能展示来自西域的秀美、黄土高原的朴实和高丽的温婉；各国使节也各显其能，尽展才艺，君臣同乐，再次把宴席的气氛推到了高潮。太皇太后捧起酒盏，跟大家说：“皇上从小跟哀家学唱《劝戒歌》，我们君臣同饮此杯，请皇上给大家唱一曲。”

皇帝喝完酒，整理好衣袍，站立在大堂的中央，用民间曲牌演唱了《劝戒歌》，时而豪放悠长，时而短板激烈，一口气连着唱了好几段。太皇太后非常高兴，她说：“皇上文章写得好，下笔如有神，没想到他的词曲也唱得如此动听。哀家平时只是低声地教他，意在边唱边记，记住哀家对他的劝诫，规范自己的言行。没想到他给哀家留了一手，他的歌喉如此美妙。好，哀家敬皇上一杯。”说着，把满盏的酒一饮而尽。

皇帝喝过酒，再次站起。他激动地说：“晋朝陶渊明说，丝不如竹，竹不如肉。他的意思是说，论起来美妙的音乐，丝弦乐不如竹管乐，而竹管乐则不如如泣如诉的歌喉。诸位爱卿，诸位使节，寡人给大家透露个秘密，寡人早就听说太皇太后从小就有百灵鸟的歌喉，今朝诸位来着了。我们恭请太皇太后与臣子同乐，给大家高歌一曲。”话音刚落，在场所有的人齐声欢呼。太皇太后原地站起，舒展了一下身姿，清了清嗓子，用她那清脆而高亢的女高音，给大家演唱了一曲深情的牧歌，博得大家许久的喝彩。太皇太后，作为一个至高无上的人物，此时此刻兴致高昂，引吭高歌，与大家同乐，而且又唱得那么精彩，用自己的歌喉鼓舞臣民，激励大众，实属不易。

毋庸置疑，这三百多首《劝戒歌》对皇帝的成长和他德行的塑造，起到了至为关键的作用。如果说，《劝戒歌》是太皇太后针对孝文帝编写的诗歌式的教材的话，那么由太皇太后亲自撰写的《皇诰》十八章，则是针对满朝文武的散文式的纲领性文献。太皇太后再次执政以后，就开始了《皇诰》的创作。《皇诰》既不是儿歌，也不是便于传唱的词牌，而是有关整个大魏朝廷治国方针、治国理念、文化教育、官场制度、宫廷管理、州郡制度以及重大的社会改革的文献。既是孝文帝时期政治经济的理论指导，又是大魏朝进入辉煌时期的行动指南，同时也是对所有官员培训、教育的教材。事实上，历史上有名的班禄制、均田制和三长制的改革，以及鲜卑族的汉化、京城南迁、农耕文化的光大、儒家思想的弘扬等，全都是出自《皇诰》十八章。《皇诰》的撰写者以太皇太后冯氏为主，十八章里全部是她关于大魏朝治国的理念和纲领，当然也有其他人的参与，比如高闾、李冲等人就在《皇诰》的撰写上发挥了重要作用，高闾在文辞的推敲、润色和提炼上做了不少贡献，李冲则在《皇诰》的理解、推广上作了必要的补充。因为《皇诰》不像《劝戒歌》那么自然流畅、通俗易懂，在内涵和语言上比较高深，阅读和理解都有一定的难度，为了执行太皇太后的治国方略时不出偏差，李冲作为太皇太后在文字上、感情上非常靠得住的汉臣，自然承担了这个责任。太皇太后的《皇诰》颁布之后，高闾和李冲也扮演了宣讲者和弘扬者的角色。

《皇诰》草拟结束后，太皇太后没忘了去请教一位高人，那就是已经九十余岁高龄的老令公高允。高允再次进宫，他耳不聋眼不花，说起话来声音洪亮，思路清晰，不愧为一代大儒，无人能及。高令公进宫，一连三日通读了太皇太后的《皇诰》十八章，有的章节他还反复阅读，精彩处不住地叫好。这一日，朝廷文臣儒士大都被太皇太后请到议事厅，高令公立于高堂，面对太皇太后和众臣说：“老臣今日喜读《皇诰》十八章，倍感亲切，倍感励志，倍感激动啊。老臣今年九十有余，所读经典无数，所阅华章如山，太皇太后所著的《皇诰》于情于理，于国于民，于江山社稷，于天朝事业，都是难得的好文章、好典籍啊！老朽不敢说《皇诰》已超出《春秋》和《论语》，老朽却敢言《皇诰》之高、《皇诰》之妙，在于摸准了大魏国的命脉，在于针对着天朝目前的问题，在于指明了出路，绘制了蓝图，奠定了理论，提出了方略。变革思路大胆，引经据典真实，推理论证有力，精彩不断，落地有声啊。我天朝，正值发展的关键时刻，太皇太后撰拟如此华章，真乃国之大幸也。老臣一直以为太皇太后是治国高人，没曾想还有如此高超的著文天赋，佩服佩服。”

高允一番发自肺腑的评价和赞许，惹得大家一片欢呼。于是各自发言、表态，一致表示要好好掌握《皇诰》十八章之精髓，在思想上与太皇太后和皇帝保持一致，上下同心，做好朝廷的大业。

太皇太后说：“众爱卿，哀家所著的《皇诰》其实不算什么，它只是哀家一介女流的一家之言。今天哀家高兴，就与众爱卿多说几句。在我们大魏天朝的茫茫土地上，两千多年前，就有一个伟大的人物，后人都叫他炎帝。炎帝教会人们刀耕火种，教会人们把食物烤熟了吃，教会人们用草药治病。除了炎帝，还有黄帝，还有蚩尤，还有尧、舜、禹，生活在这片土地上的人，都习惯把自己称作炎黄子孙。早在春秋战国时期，老子、孔子、孟子、韩非子等，这些伟大的人物相继诞生，他们通天晓地，研究万物，为后世留下了许许多多的文化经典，《道德经》《周礼》《论语》《大学》《易经》等，那是整个人类的精神财富，国与国、君与臣、父与子、人与人之间的关系，都说得十分清楚。在做人方面，我们拓跋鲜卑与汉人一样，没有特别之处。没错，如今大魏朝是拓跋鲜卑人打下来的江山，但是鲜卑人同样要吃谷物和杂粮，同样要吃各种美味佳肴，我们有了病，同样要用草药来医治。我们不能永远留在马上，永远奔驰在草原上，炎帝和黄帝留下来的文明，孔子、老子他们留下来的思想我们不能丢掉，必须发扬光大。孔子曰：‘敏而好学，不耻下问，是以谓之文也。’我们要放下架子，恭恭敬敬地向汉人求教，向汉文化学习。我们还要向西域文化求教，向所有我们认为优秀的文化求教，以丰富大魏的学问，教化大魏的臣民，改变大魏的面貌，实现老祖先一统天下的遗愿。”

高允说：“太皇太后对汉文化领会得如此深刻，老臣佩服得五体投地呀。”

高闾、李冲等臣也彼此点头，从心里认可。

太皇太后说：“诸位爱卿，能如此认识哀家所著的《皇诰》，也算哀家这么多年的心血没有白费。哀家要感激高允令公，高令公是哀家的老师。一日为师，终身为父，没有令公对哀家的教导，哀家岂能有今天这样的文章？哀家还要感激高闾、李冲两位重臣，他们在《皇诰》的撰写和推广上，给予哀家许许多多的帮助和指点。哀家还要感激诸位爱卿，没有你们的忠心，没有你们的勤奋，纵使有一百部《皇诰》又能怎样？哀家拜托诸位了！”

最后，皇帝站起来，给太皇太后深深地鞠了一躬，也给在座的文臣儒士们鞠了一躬。他说：“太皇太后所著的《皇诰》终于问世，此乃大魏王朝开世以来最大的事情，也是最值得庆贺的事情，因为它决定了天朝的未来，决定了朝廷的命运，决定了黎民百姓的幸福安康。这许多年来，寡人一直默默地跟随在太皇太后的身边，寡人深深地明白太皇太后对寡人的用心，对天朝的用心。诸位爱卿，从即日起，寡人与你们一起，按照《皇诰》的旨意，奋发努力，一展宏图。”

众臣一起跪倒，山呼万岁。

皇宗学

皇帝拓跋宏按照太皇太后的旨意，前往武州塞石窟，考察佛窟的开凿和雕刻情况。武州塞石窟，从文成帝时期开凿以来，工程断断续续一直在进行。当年在昙曜大师的设计和主持下，完成了一系列宏大主题的工程，主要表现出了北魏前期拓跋皇族一举统一北方的伟大气魄，而在太和年间，太皇太后则要把大魏国的社会发展、文化昌盛和改制带来的气象表现出来。拓跋宏考察归来，非常感叹，对艺匠们的作品和表现手法赞不绝口。

太皇太后听过皇帝对石窟壮观景象的形容后，也决定亲自前往，一看究竟。

近期完工和正在雕刻的洞窟一共有五处。当年在昙曜大师的主持下，依照五任大魏皇帝的形象，雕塑的巨大佛像，成为了武州塞石窟的象征性作品。前期石窟的主要特点，是造型粗矿、规模宏大、意义非凡。而眼下这五窟的特点，则是华丽多彩、表现细腻、多姿多态，十分考究，贴切地反映了太皇太后的内心世界。她要把当下的改制和文化的繁荣，用佛教洞窟的雕刻艺术展现给世人，教化臣民珍爱当下，顺从朝廷的意志，使王朝走向繁荣和发展。尤其是其中有一表现音乐主题的洞窟，前后两洞，前洞分立两柱，洞开三门，窟顶上面栩栩如生地雕刻了各种姿态的伎乐天，把当时大魏宫乐府多数的乐器都做了展示，这些乐器有汉人的，也有大漠游牧民族的，更有从西域龟兹、西凉等国引进的乐器。太皇太后观后连连称赞。回来的路上，太皇太后说："老百姓的肚子问题是第一的，文化问题也不能小看。大魏国是时候抓一抓办学了。"

皇帝："太皇太后说得极是！"

应当说，北魏王朝重视教育是从开国皇帝道武帝拓跋珪开始的。道武帝始终认为，拓跋皇族之所以伟大，是因为它本来就是黄河流域中华民族祖先黄帝的后裔。拓跋族必须从大漠和草原上，回归到华夏内地，找回自己的文化。所以开国之后，拓跋珪一方面扩张土地、建设平城、捍卫政权，另一方面在京都平城设立国子太学，而且在太学设置五经博士，担任传统汉文化的讲授，当时的太学就有学生三千余人。道武帝还从所有被他灭掉的国家、部落，收集大量的书籍、经典，号召各郡亦按照他的准则行事，凡发现有典章书籍，列为特级保护，不准有丝毫破损，安全送达平城。这大量的书籍被收藏在京都的宫城里，供太学的学生们阅读。之后，明元帝拓跋嗣、太武帝拓跋焘和文成帝拓跋濬几任皇帝，都对教育给予高度重视，他们重视汉臣，从各处发现和聘请有名的儒士、学者，充实到太学，担当教学育人之大任。太武帝曾提出“偃武修文”的口号，他要通过教育，改变吏风和民风。文成帝拓跋濬对老臣高允特别崇拜，请他在皇家子弟和精英的培养方面给予指导，并亲自讲授学问。

到了献文帝和孝文帝期间，关于教育的重任就落在了太皇太后的肩上。

太皇太后不仅重视对孝文帝的教育，而且对整个皇族宗亲、朝廷官吏以及他们的子弟的教育也十分重视。她明白一个人的成才，不仅在于他的天资，更在于后天的学习教育。如果没有先生的引导和系统讲授，再聪慧的孩子也会荒废。大魏国如今正是人才缺少的时期，培养一大批有文化、懂儒道的人才是刻不容缓的大计。于是太皇太后再次听政的时候，在国子太学的基础上，兴办一所皇家学校的计划就在她的大脑里形成。太皇太后亲自在皇宫的北面择出一个宫殿来，挂上了“皇宗学”的匾额，标志着大魏国第一所皇家学府的诞生。这个“皇宗学”，与道武帝时期开立的国子太学相比，有三个进步：其一是学府规模扩大了近五倍，这样就可以有更多的学生在此读书深造；其二是有更多的儒家名仕，被太皇太后聘请为“皇宗学”的博士、先生；其三是除了拓跋皇族的子弟、朝廷官吏的子弟，各地州郡举荐的寒门精英也与贵族子弟，在一起就学读书。经高闾和李冲两位重臣的极力推荐，太皇太后任命大名鼎鼎的阳尼出任国子祭酒。国子祭酒相当于大学校长，做学问的领袖。

这个阳尼非同小可，他自幼好学且又有一目十行、过目不忘之本领，熟读经典，培养的学生众多，在整个北方德高望重。高闾、李冲推荐，此人一直推辞不允，后来太皇太后在高闾、李冲的陪伴下亲自去请，并且施以大礼，才答应下来。阳尼对魏国多年来征战略土的事情不以为然，存有疑虑，此番听太皇太后所谈大魏王朝要安定四海，发展农耕，实施变革，被她所感动。他觉得秦汉魏晋以来，能遇到这样的明君，实为国之大幸，于是给太皇太后跪下，说："愚民不知情，冒犯了太皇太后的威严。从即日起，阳尼将不负重托，勤勤恳恳，任劳任怨，视皇宗学为家，视皇家教育为己任。"

太皇太后开办"皇宗学"的同时，下诏各州郡都相继办学，请那些有识有志之士为师，为大魏国培养人才，教化民间。

在"皇宗学"读书的第一人是孝文帝，聆听阳尼和由阳尼亲聘的其他老师的教学。孝文帝带头尊师重教，认真听课，畅谈儒家学问，其他人纷纷跟上，一时间"皇宗学"成为书声琅琅、学风浩荡之所。太皇太后每每有空，就默默移驾"皇宗学"去旁听，或者是立于侧室，感受其中的气氛。

孝文帝在"皇宗学"无疑是最出类拔萃的学生。他能够把大魏国的实际情况和学到的孔儒之道、仁义礼智信结合起来，融会贯通，侃侃而谈。他的知识面很广，遍读诗书和诸子百家的经典书籍，非常善于写作，每当拿起笔来，思如泉涌，一气呵成。有个词叫"倚马可待"，是说文笔好的人在即将出发前，倚着马就可把文章写好，只需稍等即可。而孝文帝要比"倚马可待"更胜一筹，有的时候要出去办事，忽然有急事要处理，他不需要下马，坐在马上便出口成章，文官只需记录下来，就是一篇好文章、好诏书。

孝文帝还建议国子祭酒阳尼，经常邀请有名的儒学大师们来到"皇宗学"讲学，与"皇宗学"的弟子们一同畅谈儒道学问、治国大策。有一次，还邀请太皇太后亲临现场。

孝文帝说："寡人在'皇宗学'不是皇帝，是个普普通通的弟子。在'皇宗学'问师求学，大家都是一样的身份，没有高低贵贱之分，我们的责任就是寒窗苦读。待他日，我们之中有人会成为封疆大吏，成为儒学大师，成为朝廷委以重任的文臣武将。到那时，寡人才是你们的皇帝，你们才是寡人的臣子，寡人才需要你们为国效力，建功立业。可如今我们的国家还处在危难之中，我们的百姓生活得很苦。我们的朝廷还有许多地方不合理，也不合情，需要我们去变革，没有这样的变革，就等于我们大魏国马车的车轮生了锈、车轿散了架，无法再前行，我们会把自己困死在这里。

问题出在哪里？怎么就生了锈？寡人以为，车轮上的锈好办，而心里生了锈不好办。有许多人的日子过得很舒服，对心里生的锈，毫无感觉。这个锈，就是腐败。大魏国建立以来，多少将士和老臣为之抛头颅、洒热血，舍家舍命，在所不惜。而有的皇亲国戚，他们削尖了脑袋，瞪大了眼睛，伸出双手，贪污受贿，巧取豪夺，欺压百姓，无恶不作，他们只为了自己升官、升更大的官，发财、发更大的财，恨不能把天下的金银财宝都拿回自己的家，把天下的美女都变成自己的女人。这些事情寡人不敢为之，他们敢！腐败不除，怨声载道，民不聊生，国将不国啊！”

说到这里，皇帝停顿了一下。太皇太后心里非常高兴，她站起来说：“皇上年纪尚轻，却有此高论，且句句说到哀家的心里。今天哀家既然来了，哀家问皇上一个问题，既然腐败不除国将不国，那么究竟应该怎么办，才能去除腐败呢？”

皇帝接着说：“太皇太后，寡人以为，腐败不是身体上长出的瘤子，割去即可。查出几个贪官、赃官容易，而从根本上去除腐败，却难上加难。问题的关键，不是刑罚软弱无力，而是滋生腐败的温床没有去除。这个温床不是别的，它正是我们大魏国的制体，我们的体制本身就有漏洞，就有空子可钻。太皇太后创办‘皇宗学’的意义也就在此，希望我们的皇家子孙，我们的有志之士，经过老师的授业解惑，结合我们自己的感悟，找到出路。大魏国的明天，必将是变革的明天，是拔掉腐败根源的明天，是充满希望的明天。”

阳尼作为“皇宗学”的国子祭酒，他站起身来高声道：“皇上说得好！”

紧跟着现场一片喝彩，太皇太后喜笑颜开，向大家招手致意。

第十五章　俸禄新制

冯氏太皇太后明白，打江山难，坐江山更难。大魏天朝是拓跋鲜卑人打下来的江山，鲜卑人与汉人在江山社稷的理念上不一样。如何坐好鲜卑人的江山，这是摆在她面前的一道难题。

改革是解决这道难题的唯一出路。

鲜卑人是秦汉后发达起来的北方游牧民族。游牧民族的特点就是说打就打，说走就走，居无定所。北魏王朝定都平城之后，他们的官员没有俸禄，其生活来源，除了皇帝的赏赐，即靠打仗掠夺、搜刮民财，其腐败可想而知。

北方统一后，拓跋皇室大量地接触到汉族的文化和治理社会的理念，越来越觉得施行班禄制势在必行。推行班禄制，对那些奉公守法的官员来说，无疑是好事，可对于那些惯以贪占为乐的官员来讲，则会引起伤筋动骨的疼痛。

逃荒

太上皇拓跋弘驾崩，太皇太后冯氏辅佐皇帝拓跋宏的第二年，477年，大魏王朝改年号为太和，在皇帝期间的所有改革，历史上称为“太和改制”。

其实，“太和改制”的所有内容，几乎都可以在太皇太后的《皇诰》十八章里找到答案。换句话说，“太和改制”的总设计师，不是皇帝，而是太皇太后冯氏。皇帝是“太和改制”合作者、颁布者和执行者。太皇太后的《皇诰》失传了，我们无法看到它的原本，但是可从“太和改制”以及拓跋宏以后的治国方略找到它的影子,看到它在中国历史中的不可低估、不可替代的价值。

太和年间，大魏国第一个变革是允许灾民逃荒。

拓跋宏遇到的第一道难题，就是铺天盖地的灾荒。各地纷纷来报，粮食告急，灾民泛滥，饿死病死数量剧增，更有甚者，朝廷命官和贵族中也有此类情况出现。太皇太后与拓跋宏说，这几年你频繁在下面寻访，情况也了解了不少，灾荒之事，问题的根源在哪里？皇上的臣民，无以果腹，难道说，江山在咱们祖孙手里要断了吗？拓跋宏当然明白，出现如此的灾荒，直接原因是频发不断的涝灾和旱灾，但是根子还不在这里。

大魏国的老祖先实行的是食邑制。食邑制，是我国奴隶社会下诞生的一种诸侯对下属的封赏例制，给官员封赐土地和奴隶作为世禄，国卿或大夫得到之后，可以在自己的封地里任意作为。这种落后的方法自秦汉以来早已被汉人淘汰，可是却被鲜卑人的祖先保留了下来。原因就是它简单易行，直截了当，符合鲜卑人的特性。许多年来，奴隶大都是鲜卑贵族通过战争掠夺来的老百姓。《魏书》中记载“大破之，获男女杂畜十数万”“大破之，掳获生口、牛马羊二十余万”，其中“男女”“生口”都指的是被掳获的老百姓。老百姓在贵族眼里就是他们的私有财产，怎么可以随意出逃呢？遇到灾荒之年，他们只有饿死的份儿。所以太皇太后推出的首要改革，不是别的，而是在大旱大涝之年，允许灾民逃荒，让老百姓有自救的权利，这与落后而残酷的生命观比起来是一大进步。

拓跋宏的诏令颁布之后，太皇太后派出几路督察大员前去落实。对部分抵制诏令的贵族皇亲，太皇太后下旨限期改正，否则收回封地，降职降爵。结果督察大员反馈消息说收效很好，填不饱肚皮的灾民可以投亲靠友，也可以流浪到没有灾害的地方，得到救助，挽救了许许多多的生命。太皇太后问拓跋宏：“今年的重灾区是哪里呀？”

拓跋宏答道：“以往的富足之地冀州、定州，今年反而旱灾严重，颗粒无收啊。”

“他们那里的灾民逃荒了没有？”

“据说，只冀、定二州就救活灾民十七万。他们还给灾民放粥多日。”

太皇太后停顿片刻，说：“皇上，咱们去冀、定二州看看如何？”

拓跋宏问道：“太皇太后的身体能吃得消吗？”

“哀家的身子没问题。”

太皇太后与拓跋宏亲率一路人马，去冀州、定州视察。

在冀州信都县，太皇太后、孝文帝一行被张县令请到家里做客。张县令三十多岁，娶妻两房，孩子四个，在信都过着一手遮天的日子。此番逃荒之事，朝廷既然下了诏令，他也必须要执行。他想，冀州古往今来一直是富足之地，灾荒只是暂时的，灾民逃荒，总有一天还会回来的。不必为此触犯了皇上，他下令打开城门任意进出，所以信都老百姓想走的都离开了，往日嘈杂的街头安静了许多。朝廷里的亲戚给他透露了消息，说太皇太后有可能带着孝文帝去冀州。他就想，信都执行太皇太后的诏令不折不扣，没有把柄让他们抓到，只要好好表现，说不定还有好事儿等着呢。太皇太后和孝文帝到达信都那天，张县令正带着一干人给滞留在街头的少数老弱病残施粥呢。

太皇太后、孝文帝一行来到了张县令的府上，看望了他年迈的老母，婉言拒绝了他的宴请，准备往冀州城赶路。从张府出来，张县令全家老小跪倒一片，为太皇太后、孝文帝送行。张县令把早已准备好的一个花瓶拿出来，要送给太皇太后，他说："太皇太后和皇上来到下官府上，这是下官祖上几代修来的福分啊。下官没有别的，祖上传下来一个高丽国的花瓶，请太皇太后笑纳。"

"花瓶，既然是祖上留下的宝贝，那就留在府上吧。"太皇太后说："张县令，哀家问你，府上的谷粮可够吃？日子过得还殷实？"

张县令再次跪下，不敢抬头，两只眼睛盯着地面，说："回太皇太后的话，下官的日子过得还不错。"

太皇太后："哀家看来张县令的家产蛮丰厚的，家里的宝贝也不仅仅是那个花瓶吧？日子过得也不只是能够吃饱肚子吧？"

张县令扑通一声把头磕在地上，声音发颤地说："太皇太后和皇上明察，下官带头放灾民出去逃荒，还放粥救济，下官是个清官呐！"

太皇太后说："放灾民逃荒不假，施粥，哀家也看见了。张县令是个清官，哀家倒没看出来！哀家问你，你小小县令，如何拥有如此规模的府宅，府上家产，娶妻生子，日常花销，照顾老母，还有下人的花费，都是哪来的钱？难道是皇上给你的吗？哀家还不记得什么时候给你们发过俸禄呢，难道不是从老百姓那里榨取来的？不是从朝廷的租调里贪污的吗？难道非要士兵们抄了你的家，你才认账吗？"

几句话，说得张县令不停地磕头。嘴里说着："下官知罪，下官知罪，下官知罪，下官知罪……"

太皇太后平静地说："哀家知道，你不过是个小县令。要说贪，你也贪不到哪里去。朝廷里那么多皇亲国戚、贵族王爷，哪一个也比你贪得多。哀家只是随便问问，你不要以为哀家是个女人，就可以任意欺瞒。"

"下官知罪，下官知罪，下官知罪，下官知罪……"

太皇太后和孝文帝的车马已经走出好远了，张县令还在府宅的门口磕头，嘴里不住地说着：“下官知罪，下官知罪，下官知罪，下官知罪……”屁股下面早已湿了一片。

势在必行

从冀、定二州回来，就有人奏本，说幽州刺史张赦提夫妻二人贪污受贿，情节严重，罪不可赦。孝文帝说：“这个张赦提，正是在定州大道连着两次镇压匪贼，赫赫有名的功臣，前年刚刚提拔了他为幽州刺史，怎么就不知道珍惜呢？”

太皇太后道：“派驾部令赵秦州去查查。班禄制要尽快出台，官员的贪腐问题，已经到了非解决不可的程度了。”

孝文帝所说的定州大道，是大魏国为了扩大平城与内陆交通而修筑的一条道路，从平城南下到代州，经白石山通过太行山到定州，把自古以来从平城进入中原的两条路变成三条。此大道一通，官方和民间得到了许多方便，商旅往来更是络绎不绝，一片繁荣景象。但是同时出现了土匪劫道、扰乱治安的问题，严重时，几乎没人敢走此道。最为厉害让人们一听耳朵都发麻的，是以豹子和虎子为首的一伙盗贼，他们不但劫道抢夺钱财，还强奸掳掠，杀人夺命，手段残忍。朝廷几次派兵清剿，盗贼们藏于山中，官兵一撤，他们就下山肆意为非作歹。此时虎贲中郎张赦提给朝廷献了一计，先派兵守住重点关口，然后再逐渐缩小包围圈，将其消灭。于是朝廷就批准了张赦提的方案，命他为剿贼将军，全权指挥。结果大功告成，匪首被斩，定州大道恢复了正常秩序。

未曾想，事过不久，又有一股山贼在灵丘与莎泉之间的路段实施杀人越货之勾当，搅得人心惶惶。他们的首领叫罗思祖，这个罗思祖与豹子、虎子那伙流氓无赖不同，他是祖传的土匪，几代人占山为王，抢男霸女，无恶不作。此大道筑好之后，他们看到所过商旅无数，达官贵人也有，若是在此能够站住脚，一定可以大赚一把。罗思祖他们在山隘险要之处建立易守难攻的堡垒，扎下大营。然后安插眼线，寻找机会，或分或聚，大小通吃，危害路人。消息报来，朝廷还用上次张赦提的办法对付，显然已经失灵。所以再次请张赦提出马，率兵征剿。张赦提此人对付这些恶人还真有办法，他通过当地百姓了解到罗思祖的属下之间，常因分赃不均产生内讧，所以他就利用这一点，将他们分化瓦解，分别剿灭。一旦捕获，一律斩首示众。山匪和家属非常害怕，到后来，竟然有许多匪徒私自离开，罗思祖被属下出卖，送给张赦提。张赦提把罗思祖押解回平城，交给朝廷，公开斩首，震慑了许多蠢蠢欲动的匪贼。定州大道恢复了昔日的繁荣。张赦提从此威名大振，按照太皇太后的意思，孝文帝提拔张赦提为冠军将军，封安喜侯，任幽州刺史。

张赦提威武阳刚，正气凛然，然而他却娶了个贪得无厌的夫人。开始他根本不同意夫人收受别人的贿赂，说做人要有骨气。可是他夫人却非常恼火，经常在他面前撒泼耍横，说："我就是一辈子受穷的命，怎么就嫁给了你这个冤家。人家哪个当官的，不是穿金戴银、万贯家产。可你倒好，好不容易当了官，只图虚名，不为一家老少想想。"

后来他妻子又说："大魏朝就是这么个惯例，当官朝廷不发俸禄，全靠自己想出路。胆大的大发财，胆小的小发财，窝囊废只能是个穷光蛋。你不拿不贪，全家人吃什么，穿什么？你的孩子们拿什么养活？难道靠女人出去给你赚钱吗？"这几句话，说得张赦提的心有了一些松动。他夫人开始接受别人的礼品和钱物了。他们慢慢地胆子由小变大，贪占越来越多，而且变着法儿地索要和克扣。

他夫人似乎看出张赦提心有余悸，就说："我娘家二舅爷拓跋丕，那是朝廷里的大人物，改天我们备下礼品，去拜访一下老人家，就全齐了，你就放心吧。有为妻给你操心，你就安心做官好了。"

张赦提和他夫人贪污受贿之事，被朝廷派往幽州的中散李真香知道了。李真香原来就与张赦提有过节，所以对此事特别上心。朝廷大员赵秦州来查案，李真香专门配合朝廷大员调查取证，很快就弄了个人赃俱获。张赦提和夫人一同被押解回京城。太皇太后问孝文帝："此人曾经剿匪有功，你说怎么办？"

孝文帝道："贪腐之人绝非他一个，但是他撞到刀刃上了，不能不杀。为官一任，本来应该造福一方，可他这是造祸一方啊。他当年剿匪有功，可如今他如此干，与定州大道上的匪贼，有何区别？许多朝臣都看着呢，看看朝廷是如何对待贪官的。"

太皇太后："你说得对，杀。"

孝文帝念张赦提曾经剿匪有功，赏他们全尸，张赦提夫妇双双自缢而死。临死前，张赦提与其妻关在一起，却不再说一句话。他咬破手指，在一块白绢上留下遗言："一世英名，毁于妻手。此妇，吾之仇人也。"

按照太皇太后的安排，班禄制进入到朝廷的议事日程。大魏国的班班禄制由孝文帝亲自出马，参与制订方案的主要人员是中书令高闾和秘书令李冲。

中书令高闾说："道武帝建国以来，大魏国的吏制一直没有实质性地规范过。我们的吏制既非汉人吏制，也非自己独创，还有非常落后的内容。汉人的吏制，远从春秋战国时期就有班禄制，还有秩石制被长期采用，俸禄也好，秩石也罢，都是按照官吏的级别，享受不同的待遇，由朝廷供给。秦汉以来汉人的吏制基本定型，就是官品制与班禄制。大魏王朝这么多年，征战东西，统一北方，战果辉煌，然而却没有一套成熟的吏制，实际沿用的是夏周朝期间用过的落后的食邑制。食邑制也就是诸侯王给其宗卿和大夫们封赐土地，而宗卿和大夫们所取所用，所有的权力范围就在其封地。大魏王朝乃鲜卑族拓跋部落所建立，鲜卑族民族特性能征善战，对经营政权和社稷管理相对较弱，食邑制恰好比较适应这样一个特点，所以被所有的皇族贵族所喜欢。他们每当征战取胜，就可以封到土地和相应的奴隶，这些就是他们的资产，就是他们的战利品，就是他们赖以炫耀、赖以富贵、赖以生存发展的基础。”

秘书令李冲说：“中书令所言极是，食邑制延续至今，的确就是因为它正合拓跋皇族的胃口。皇上，秦汉以来，汉人已经磨合出一套，把九品十八级官品制、公侯伯子男五等爵位制与班禄制捆绑在一起的成熟的吏制，太皇太后在《皇诰》里已经说明了这一点。天朝既然实行了官品制，所有的贵族和臣子，都按照九品十八级的封官，赐予了相应的爵位，我们不应该只实行一半，把班禄制抛在一边。官员和贵族，不管几品，也不分正从，统统没有俸禄供养，他们的财产和生活来源一概都是糊涂账，胆大的多占，胆小的少占，从制度上为官员的腐败埋下了伏笔。换句话说，官员的贪腐，一是因为官员的私欲太强，不顾朝廷和百姓的利益，二也因为朝廷的制度本身出了问题。太皇太后在信都对张县令的贪行，之所以未做严惩，微臣以为，是因为太皇太后因班禄制迟迟未推出，觉得责任不完全在张县令。所以推行班禄制势在必行。”

孝文帝说：“两位爱卿所言，让寡人茅塞顿开。寡人主意已定，具体方案寡人已经拿出了初稿，还望爱卿不辞辛苦，给予润色斟酌。此事非同小可，关乎天朝千秋，一定从长计议，才是太皇太后的心愿。”

孝文帝与几位大臣草拟班禄制诏书期间，有许多大臣，特别是拓跋家族的皇亲国戚来找太皇太后，诉说苦衷，对即将颁布的班禄制表示担忧，甚至是表示愤慨。

带头的是淮南王拓跋他。拓跋他是道武帝拓跋珪的嫡孙，是阳平王拓跋熙的长子。此人少年时就威武英勇，长成后身高八尺，相貌堂堂，而且性情耿直，武艺高强，能征善战，威名远扬。他最初是世袭其父阳平王拓跋熙的爵位，后来跟随太武帝拓跋焘平定山胡人白龙叛乱，由于战功显赫，被封为临淮王、镇东将军。少年得志后，更加刻苦修炼，英勇杀敌，很快又被改封为淮南王。太和元年（477），拓跋他在剿灭山胡人曹仆浑之叛乱时，再次立下大功，被任为前锋大将军，都督诸军事。还有一年，南宋进犯天朝，拓跋他率军杀敌，所向披靡，战功显赫，被任为镇西大将军、雍州刺史，镇守长安。此人不仅杀敌勇猛，而且心地善良，从不主张欺压百姓，搜刮民财，所以他在长安镇守期间，安抚三秦，深得民心。

拓跋他是个追求自由、喜爱游走四方的人，加上所镇守的地方平安无事，他就经常外出。时间一长他就拉出一支驼队来，把黄河两岸的盐巴和草药运到西域，再从西域把皮毛和马匹贩回，从中获利。虽然从事商旅活动比较辛苦，但是他愿意这么去做。他不愿意在自己的封地四处敲诈，从官调和百姓的嘴里克扣利益。此次他刚做完一笔大生意回来，许多皇亲国戚就聚到他的府上来，议论朝廷正要推行的班禄制一事。他想实行班禄制，就不能从事他的驼队生意了，这不等于断了他的财路吗？于是一怒之下，他就去找太皇太后理论。太皇太后一听，淮南王拓跋他带了几个人要进宫，就知道他们是干什么来的，吩咐只准拓跋他一人进来，其他人等候再宣。

身材高大、性格直率，太皇太后从心里一直佩服的拓跋他，给太皇太后跪拜之后，直截了当说了自己对班禄制的看法。太皇太后很欣赏拓跋他的直率，也对他安抚百姓、治理一方早有耳闻，她说："爱卿所说的，都是实话，哀家估计推行班禄制的确碰到了你的痛处，你才会找哀家来。爱卿可知道，哀家要推行这班禄制为哪般？哀家正是要解决大魏朝在吏制方面存在的严重问题。如今的大魏朝，是腐败猖獗啊，许多官员和贵族拿了皇上的奖赏并不知足，他们祸害百姓，横征暴敛，中饱私囊，有的老臣倚老卖老，胆子越来越大，四处敛财，买官卖官，家里的财产都快赶上朝廷一年的租调了。而像爱卿这样的官员，为官一任，造福一方，却过着清淡的日子，为了生计，还得组织驼队从事商旅贸易。你觉得这样公平吗？你觉得长此以往下去，老百姓不会造了朝廷的反吗？"

拓跋他一听太皇太后说得入情入理，朝廷推行班禄制，真的是一件大好事，只是自己的驼队以后就不能再做了。他说："老臣无礼了，请太皇太后原谅微臣的无知。平日里微臣只知在其任谋其职，不懂替太皇太后和皇上分忧。回去以后，老臣听命于朝廷，绝不会贪腐受贿，请太皇太后放心。至于老臣的商旅生意，也就此罢手了。"

太皇太后说："淮南王的为官之道，哀家还是略有耳闻的，在此纷乱之世，爱卿能够做到这样，已经是难能可贵，哀家对淮南王一直关心得不够。此番推行班禄制，还望爱卿能够带头拥护，而不是人云亦云。至于爱卿的商旅驼队，哀家以为还可以继续往来贸易，也为平城、长安的集市带来许多西域的货物。哀家吩咐几个人手加入你的驼队，皇宫里最近新添了一些骆驼，也一并归你使用，就算是朝廷与你共同的商队好不好？"

拓跋他给太皇太后跪倒感恩："太皇太后能够想得如此周到，老臣不知如何感激才是。"

"爱卿先不要言谢，哀家还有个要求，淮南王以后就不要亲自去西域了，驼队的事，你就委托别人去做。一则避嫌，不好让人说哀家与你的闲话，二则淮南王也已老了，专心镇守长安是正理。长安是哀家出生的地方，哀家替长安的百姓感谢淮南王了。"

拓跋他叩谢太皇太后，表示绝不会受他人蛊惑再做如此傻事，就告辞了。

随淮南王一起来的，还有几个老臣。淮南王一走，他们被宣进宫。一见太皇太后的面，他们就发起了牢骚。

"太皇太后，道武帝以来，我大魏王朝一贯是奖赏例制。我拓跋鲜卑人为何如此英勇善战，抢夺大量疆土呢？就是因为奖罚分明。尤其是太武帝将大量的土地、牛羊和男女奴隶奖赐给有战功的将士。若是用汉人的班禄制取代我们的奖赏制，恐怕会伤了百官的心啊。"

"老臣跟随三朝先帝打江山，没有战死在沙场上，算老臣命好。没想到如今要实行班禄制，这不是要老臣的命吗？"

"太皇太后，大魏是鲜卑人的大魏，不能用汉人的办法对待拓跋皇族啊！"

太皇太后认真听着他们的议论，一点也不生气。她一边喝茶，一边心里想：弄了半天，你们也就这点说道，比哀家想象的差远了。说，接着说。哀家倒想听听，你们心里到底有多少苦水要往外倒。

"太皇太后，当年那张白泽也曾向显祖提出班禄制的建议，也遭到文武百官的反对，显祖最终没有采纳他的建议，才有今天的大魏朝啊。”

说到这里，太皇太后听不下去了，她把茶杯往几案上一放，说：“当年张白泽的建议，没有被献文帝采纳，才有了今日的大魏？才有了今日大魏的什么呢？你们说的是大魏的贪腐之风吧？”说着，她站了起来，稍稍提高了声音说：“哀家听明白了，你们念太武帝的好，太武帝给你们许多土地，许多的奴隶。太武帝是要你们为国家杀敌流血，建功立业的。太武帝难道是让你们搜刮百姓，贪占租调，祸害社稷吗？你们口口声声说不要朝廷的俸禄，你们只要皇上的奖赏，你们哪个敢跟哀家拍拍胸脯，说你只是得到过皇上的奖赏，从来没有盘剥过百姓，贪污过租调？哀家马上派人去你的府上翻一翻，查一查，看一看，哀家要看看，到底是你们贪占得太多了，还是朝廷愧对你了？”

几个老臣立刻跪倒在地，哭丧着脸说：“太皇太后息怒，老臣只是说说心里的话，万望太皇太后开恩，给老臣留下最后的颜面吧。”

“你们的颜面就是颜面，朝廷的颜面，皇上的颜面就任意让你们羞辱吗？”太皇太后重新坐下，喝了一口茶，接着说：“哀家就给你们颜面，两条路让你们自己选。一条路就是让哀家派人去你们的府上，细细地查一查你们的家底，另一条路……”

几位一听，立刻喊道：“不可呀，不可。”

太皇太后呵呵一笑，坚定而有力地说：“既然第一条路，你们不愿意。那就只有另一条路了。文官，传哀家口谕，他们几个老臣的家就不抄了。但是他们满口胡言，反对班禄制，一律扣除两年的俸禄，从此往后，不论是谁，一律照此令惩罚。”

“谢太皇太后开恩，老臣知错了。”

太和八年（484），孝文帝正式颁布“班禄制”。诏曰：

置官班禄，行之尚矣。《周礼》有食禄之典，二汉著受俸之秩。逮于魏晋，莫不聿稽往宪，以经纶治道。自中原丧乱，兹制中绝，先朝因循，未遑厘改。朕永鉴四方，求民之瘼，夙兴昧旦，至于忧勤。故宪章旧典，始班俸禄。罢诸商人，以简民事。户增调三匹、谷二斛九斗，以为官司之禄。均预调为二匹之赋，即兼商用。虽有一时之烦，终克永逸之益。禄行之后，赃满一匹者死。变法改度，宜为更始，其大赦天下，与之维新。

此诏书说了四个内容。一，强调班禄制是中原地区早已实行的好的成熟的吏制办法，大魏国没有理由不推行这样的典章。二，适当调高赋调的比例，但是颁诏以后绝不再允许各地官员或贵族肆意盘剥，请百姓监督。三，朝廷下达严令，无论哪级官员，受贿或盘剥一匹，斩处以表示朝廷的决心。四，大赦天下，班禄制颁布以前的所有问题，既往不咎。颁诏以后要严查严纠。

这道诏书颁发之后，随之又颁发第二道诏书，规定了内官外官不同品级的受禄标准，而且规定所有俸禄，按季分次发放。

孝文帝随后就派出几路人马，由品行端正、敢于公正执法的官员为首，分赴各地，明察暗访班禄制的执行情况。

国舅爷

不出半年，有四十多名大小官员被查出顶风作案，继续贪赃枉法，太皇太后问："皇上，怎么办？哀家实在是不想再杀人了。"

孝文帝毫不犹豫地说："太皇太后，此诏令已经颁布，就是不可更改的律法，他们胆大包天，与我大魏江山为敌，寡人不杀他们，就等于从根本上否定了自己，否定了整个改制，也否定了太皇太后的《皇诰》十八章啊。太皇太后，绝不能心慈手软啊。"

太皇太后说："你可知道，这些不怕死的人里面，都有什么人吗？"

孝文帝："我知道，许多都是大魏的功臣，还有寡人的皇舅爷李洪之。"

"国舅的案子要不要再查查，兴许是个冤案？"

"他的案子冤不了。寡人早有耳闻，说他倚仗寡人做靠山，胡作非为，欺压百姓，死在他手里的人也不少了。寡人什么时候给他这样的权利了？他的案子若是有假，那就真是查案的官员不想活了，他们就不知道李洪之是国舅吗？国舅的案子，人证物证找了一大堆，他们就是怕寡人袒护国舅，一旦翻案，就会有许多人的脑袋因为诬告要落地。寡人就是借他们十个胆，他们也不敢。"

"若真如此，就按皇上说的办吧。"

于是就有四十七个官员被杀。正法之日，朝廷上下一片震动。

这个李洪之，原名叫李文通。少为和尚，还俗后投军在大魏朝的军队里。一次随太武帝北伐，半路上救活两个美貌如花的姐妹，两姐妹无以为报，认他为义兄。没曾想，两姐妹其中一个后来成为永昌王拓跋仁的妻子。拓跋仁犯事被杀，这个女子又逢凶化吉，成了文成帝拓跋濬的女人，而且非常受其宠爱。消息传来，李文通心眼活动了。他想这个女子如今是皇帝的枕边人，她要是一高兴替我说句话，我的命运就不一样了。于是他做了两件事，一是收集了许多宝贝，给姐妹俩送过去，少不了点头哈腰，甜言蜜语地奉承，让她们高兴，让她们不要忘了当年的救命之情，你们还有个义兄呢。二是打听到她俩的老家，她们的本家兄弟都叫李福之、李祥之什么的，都有个之字。于是他就把自己的名字给改了，叫作李洪之。姐妹俩当然也看出他的用意，一想在京城也没个靠得住的自己人，不如就把他当作哥哥算了，打里照外也有个人替咱跑跑腿。

后来李贵人因其子拓跋弘立为太子而被赐死，着实让文成帝心痛不已。事后，他把李贵人曾经提起过的李洪之重用，以表示对李贵人的一点补偿。献文帝执政期间，李洪之再次被提拔，任为尚书外部大官，秦、益二州刺史。可想而知，李洪之大权在手，私欲膨胀，他为了得到更多的财宝，使尽了手段，同时为了自己有更大的前程，他也舍得花钱去巴结那些朝廷的重臣。不过李洪之还算是个有计谋会做事的人，比如他在秦、益二州对待赤葩渴朗羌族，就善于恩威并施，迫使羌族首领赤葩渴朗主动归顺了大魏朝。

李洪之的可恨之处就在于手段毒辣，没有底线。在秦州宣布自己定下的条令，不准私带刀刃，违者一律按匪贼对待。就此一令，就杀死了许多人，死者亲友为他们鸣冤叫屈，被他下令毒打，以后人们再不敢说话了，把所有的仇恨都记在了心里。

李洪之第一个妻子姓张，是苦出身，一路陪伴他到当了官。当官以后他抛下张氏，又娶了一个富家女刘氏。刘氏是娇生惯养长大的女子，一心只追求享乐，不管他用什么招数，只要能够拿回金银财宝就好，她就高兴。朝廷颁布班禄制以后，李洪之有所顾忌了，生怕有人会出卖他。而刘氏却说："你是谁？你是先帝的国舅，你是大魏国的国舅，谁敢动你？难道说，这几年你杀人杀得还不够吗？还会有胆大的人跳出来吗？"这人啊，一旦到了狂妄的时候，就变得不认识自己了。刘氏三番五次这么一说，李洪之越听越觉得顺耳，觉得就是那么回事。国舅爷是谁？只要皇帝还认我这个舅爷，我就是老大。

朝廷下气力查办那些贪腐之辈，那些被李洪之害死的冤魂们，他们的亲人早就等着这一天。他们不动声色，暗中收集了李洪之无数的证据，写好了几个告状的文书，在上面按下手印，签名的就有几百人，统统送到了平城。

孝文帝亲自带了毒酒，来到大牢。只见李洪之带着枷锁坐在角落里。

一见皇上这阵势，他明白死期到了。

孝文帝说："寡人来看你。这么多要死的人，寡人只来看你。你是寡人的国舅爷，你是大魏国的国舅，你和别人不一样。"

李洪之说："哈哈，没想到皇上也这么说。微臣的夫人也这样说过，我是皇上的国舅爷，我是大魏国的国舅。哈哈，天意呀！"

孝文帝问："国舅可知罪？"

李洪之："我当然知罪，今天我才死，我早该死了。以我所犯之罪，死十几回都不多。我最大的罪过，不是贪腐，不是杀人，是我的欲望太大，是我认识了两个美人。想当年，我救了她们，其实就已经为今天的下场埋下了伏笔。我救了她们，才有了她们的富贵；她们有了富贵，也才有了我的权势；我有了权势，才有了今天的一切。我最对不起的，不是老百姓，不是朝廷，也不是皇上和太皇太后，而是我的原配夫人张氏，她在我穷困潦倒的日子里陪着我，给我生儿育女。可是我当了官却抛弃了她。我死了不要紧，我还有个请求，请皇上把我现在的夫人刘氏一起杀了吧，是她害苦了我。她总是在说，我是国舅爷，没人敢把我怎样。我该死，她也该死。”

孝文帝吩咐为国舅爷换身干净的衣服，然后端上了大鱼大肉。

李洪之死了。孝文帝跟太皇太后说：“那个刘氏，就让她活着吧，她会有许多感触的。这些感触，对他们的后人有好处。”

不久，太皇太后和孝文帝在皇宫里大摆宴席，对定州刺史赵黑、颍川太守韦崇古等为官清廉、积极主动配合朝廷执行班禄制的官员进行嘉奖。给他们加官晋爵，奖励他们丝绸和田产，号令天下以他们为楷模。太皇太后举杯说：“大魏朝到今天已有近百年的辉煌，这一百年的江山，都是列祖列宗历经艰难险阻拿命换来的。如果说，以前的辉煌概括为两个字的话，那就是——战争，而从今天起，我们的大魏天朝，将进入一个新的时期，和平昌盛的时期。如何才能保住这份和平，这份昌盛，也有两个字，那就是——改制。战争需要勇猛顽强，也需要智谋，需要博大的胸怀。而改制，也需要勇猛顽强，也需要智谋和博大的胸怀，但是更需要文化，更需要礼教。抛弃那些旧的落后的体制和律法，同那些与朝廷作对的人去斗，就如壮士断腕，就如从自己的大腿上割肉一样疼痛。我们的眼光要放长远，我们不能只看到眼皮底下的利益，大魏江山不能断送在我们的手里。为了大魏江山千秋万代，哀家敬你们！”

皇宫里灯火辉煌，华彩异常，君臣举杯，一片欢庆。

第十六章 推行均田

古时候曾经称小型的城堡为坞壁。它实际是奴隶社会的产物，奴隶主为了便于统治奴隶，管理土地，建起各类大小不一的坞壁，奴隶主和他的奴隶们住在里面，自成一体，既可以在自己的天地里作威作福，也可抵御外侵，随时作战。这种情况在北方游牧民族生活的地方，一直没有停止过，到魏晋南北朝时期更是有过之而无不及，阻碍了江山的巩固和稳定。北魏的冯太后对此一直很头疼，她要通过改革解决这一大恶患。

然而要推倒坞壁，生生地把土地从不可一世的豪强们手里拿走，会引起什么样的后果呢？其中来自朝廷大员的阻力又是怎样的分量？

太和九年（485），一纸“均田令”如期颁布，将所有土地收归国有，然后分给国民去耕种。这立刻在大魏国引发了一场“地震”。

坞壁之祸

孝文帝知道，再过半个月，就是太皇太后的诞辰。他与中书令高闾和秘书令李冲商量，要给太皇太后办一个别开生面的生日庆典。他首先想到的是，搞一个唱诗会，让所有精通乐律和会吟诗作画的大臣做好准备，到时候给太皇太后露一手，把生日庆典的气氛推向高潮。他还想到让宫乐府编写一个专门歌颂太皇太后的乐曲，到时候演奏给大家听。高闾与李冲一致认为皇上的想法奇妙无比，既喜庆又高雅，太皇太后一定喜欢，于是就各自去准备。孝文帝正为此而沾沾自喜，太皇太后急召他过去。

此时太皇太后的宫里，正好是西斜的阳光照进来，一片辉煌。

孝文帝兴致勃勃地给太皇太后跪拜，然后两人挨着坐下。宫女送来刚刚沏好的茶，孝文帝就问："太皇太后，急召寡人来，有何事吩咐？"

太皇太后满面笑容地说："哀家听说，皇上要为哀家的生日举办庆典？"

孝文帝："太皇太后的消息，也来得太快了吧。寡人刚刚与中书令高闾、秘书令李冲商量此事，怎么太皇太后就知道了？"

太皇太后说："哀家还听说，皇上要把哀家的生日庆典搞得别开生面，不但要有唱诗会，还要有专门的乐曲奏给哀家听。哀家知道后，是满心欢喜，翘首以待呀。"

"没错，寡人知道太皇太后一心为朝廷操心，为万民操心，从不为自己想想。寡人也不知怎么做，才能让太皇太后开心，哪怕是让太皇太后得到片刻的慰藉也算。孙儿一片孝心，还望太皇太后笑纳。"

"开心，哀家当然开心。哀家与皇上说句贴己话，最近几年是哀家最开心的日子，不为别的，只为哀家身边有你这样睿智而执着的皇上。皇上的孝心，皇上的用心，哀家岂能不懂，哀家又如何没感觉到如火一般的温暖。

只是皇上的心，应该首先装着天下，岂能只装着哀家。”太皇太后放下茶杯，紧紧地握着皇上的手，缓缓地说：“皇上啊，你的一片孝心，恐怕哀家不能接受啊。眼下皇上的俸禄诏令正在紧锣密鼓地施行，不少皇亲贵族都在看着哀家与皇上的动静，他们不是为朝廷考虑，他们只盯着自己的利益。如果皇上给哀家举办寿辰，他们就会准备厚礼给哀家，到时候哀家不收，那是不给大家面子，是哀家不懂人情世故。如若是收了他们的礼，他们再做那些贪腐之事，哀家怎么秉公执法，拿他们开刀呢？到时候大魏江山岂不毁于一旦，又退回到老路上去？哀家与皇上这些年苦苦经营的文治之变革，岂不都付之东流？皇上，你说呢？”

太皇太后一番话如醍醐灌顶，让皇上再次感到自己的幼稚。他说：“太皇太后心系江山社稷，深谋远虑，寡人五体投地。生日庆典一事，就不再提了。只是孙儿心里觉得，对太皇太后有愧啊。太皇太后万福千秋啊！”说着，又给太皇太后跪下了。

推行班禄制那年，孝文帝年满十八岁。从献文帝禅位到今天，在皇帝的宝座上，他已经坐了十五年。孝文帝有五条感受：

第一，要重视学习和教育，这是治国之根本。皇帝要学，臣子要学，百姓也要学。学习可以改变命运，可以改变人性，可以改变社稷。

第二，要体察民情，了解民生。百姓是江河湖海之水，水可以载舟，亦可以覆舟。江山的运作，社稷的变化，要顺民势而为。

第三，官吏是江山的门户，是皇帝的脸面。官吏清正，则大魏清正，官吏腐败，则大魏腐败。治吏必须靠制度，恩威并施，奖惩严明。

第四，打江山主要靠武勇，而坐江山主要靠文治。所谓文治，就是必须拥有像《皇诰》这样的朝廷之道、改制之道、君臣之道、治吏之道，方可运筹帷幄，创立盛世。

第五，维护太皇太后的权威。近百年大魏六任皇帝，能够像太皇太后这样治理江山的，还没有第二人。有太皇太后坐在前面，是自己的福分。或感恩、或仇恨，大家的注意力，都不会集中在自己一人的身上。太皇太后就是一座山，一座可以带来吉祥，可以遮风挡雨，免除灾难的山。

按照太皇太后的安排，接下来要做的，就是铲除坞壁。然而，班俸禄以来，还有许多事要处理，宗室贵族的贪腐案件还时有发生。孝文帝只好两头同时抓起来。

孝文帝向秘书令李冲请教关于宗主督护制的事情。宗主督护制，实际就是由宗族管理演变而成。早在春秋战国时期，北方大部分地区就有氏族血亲为基本因素的宗族管理出现，小的几百人、上千人，大的几千人，愈逢战乱，宗族管理愈显得牢不可摧。宗族管理的意义就在于这种血脉联系，天然地相互依靠，相互守卫，只要在一起都是一家人，氏族力量十分凸显。孝文帝说："据寡人掌握，天朝眼下实行的宗主督护制，由来已久。大魏王朝到今天为止，是坞壁林立呀！" 孝文帝所说的坞壁，形象地说，就是堡垒，是古代以宗族或地主为特点的，既可以居住，又能组织生产、抵御外侵的社会形式。坞壁在西汉时期就已产生，在魏晋南北朝时期广泛出现在中原和北方。孝文帝面对的坞壁，大致有三种类型，以宗主豪强为首的坞壁，以家族首领为首的坞壁，还有一种是由地域或阶段性流民自然形成的坞壁组织。前两种坞壁，族规或宗法严明，对所属奴隶、农民或者族人，具有较强的统治力。而后一种坞壁相对松散，或向豪强坞壁方向发展，或继续维持懒散状态，常常被击垮或吞并。坞壁的存在对于北魏政权的巩固有利亦有弊，弊大于利。利在于，朝廷只要安抚稳定了豪强和家族首领，一般不会出现大的叛乱和动荡，弊则是朝廷在对国民的统治程度和力量，远不及坞壁，随便一个坞壁都能自己说了算，究竟有多少可耕种的土地，可养殖牛羊的草场，有多少人口，多少家庭，朝廷无法弄得清楚，全听坞壁的一面之词。因此朝廷的赋调有一半以上，是被坞壁截留。孝文帝下令实行"均田"，对于各种坞壁来讲，无疑比割肉还痛。再说了，"均田"对于坞壁来讲，还不仅仅意味着经济利益的损失，而且意味着统治权被剥夺。所以一场朝廷与坞壁的战争在所难免。

孝文帝接着讲："坞壁，比一般驻扎军队的堡垒大，其规模像个城堡，又不像城堡那么讲究漂亮的外形，但是非常讲究坚固实用，讲究它的防御功能，进可攻、退可守。坞壁就是宗族的家园，所有的人都住在坞壁，所有的谷物杂粮也都储存在坞壁，宗族首领在这个小王国里，权力至高无上，说一不二。这种形式一直延续到了今天。寡人与太皇太后外出巡察，远远望去，茫茫的土地上，一个又一个坞壁的存在，刺痛了我们的心。大魏国既然统一了北方，怎么还能允许这比比皆是的小王国、小诸侯的存在呢?简直是笑话！”

李冲说：“皇上和太皇太后看来对宗族和坞壁已经知道了不少情况，在辽阔的大北方，高原、平川和森林里隐藏着无数个这样的坞壁。每个坞壁都是一个独立的王国，他们有首领、有纲领、有组织、有秩序、有土地、有耕种，也有刀枪剑戟，有自己的私兵，有自己的防御，关键是他们非常抱团，为宗族的荣誉和利益而战。太祖时期，曾经发生过许多次官兵与坞壁之间的争端，宗族与朝廷为敌的局面已经形成，而且很难对付。到了明元帝时期，朝廷找到一个折中的办法，实际是一种化敌为友的办法，把敌对关系变成了利用关系。太宗依靠宗族管理的现有力量，来维持社稷的稳定，只要不再发生与朝廷的纷争与抗衡，朝廷就不再围剿，准予他们存在，生产和治安由他们自己负责，但必须给朝廷交纳赋调。在这种宗主督护制下，宗族首领摇身一变，成了朝廷最低一层，也是最有权力的官员。”

李冲介绍明元帝所推行的宗主督护制，实际主要是通过一种九品差调法来收缴朝廷的赋调。九品差调法，就是把当时包括大大小小的坞壁，和那些零零散散的自然户在内的所有缴纳赋调的户，分成九品，确定不同的定额，来征收赋调。九品为：上上、上中、上下、中上、中中、中下、下上、下中、下下。当时朝廷规定了一个平均赋调定额，九品中每一品，在平均定额的基础上，进行加减运算，确定本品的定额。其平均定额分两个部分，第一部分为朝廷赋调，规定为：帛二匹，絮二斤，丝一斤，粟二十石；第二部分为州府外加，规定为帛一匹二丈，储在州库。按照规定，上上户的定额要比下下户的定额高出五倍，看起来上上户的负担要重一些，而下下户的负担要轻得多。其实情况根本不是这样的，上上户与下下户之间，真是难以想象的天壤之别。上上户，其实就是那些大的坞壁集团，他们大的有上万人，甚至几万人。这些大的宗族里面，上千户、几千户的都有，还有许多被他们隐藏起来，只给宗族交租，不用给朝廷交赋调的荫附户。可是对于朝廷确定赋调定额来说，他们也就是普通一户。下三品的户，基本就是三五人一家的自耕户、散户，最多也就是十多口人的自然户。朝廷收赋调，最公平的办法，应该是不论户的大小，首先弄清楚每一户有多少人口，然后按照实有人头的多少，确定赋调定额。但是由于坞壁与朝廷的抗衡，无法搞清楚他们究竟有多少人口，最后妥协为按户定额。若是朝廷能够真正控制他们的实情，确定的赋调定额可能就是下下户的几百倍，而不是可怜的五倍。这样下来，朝廷能够掌握并收到的赋调实际微乎其微，越是上三品，偷逃的赋调就越多，而下三品缴纳的赋调，就极有可能让他们举步维艰，难以度日。孝文帝推行班禄制以后，适当地调高了赋调的定额，平均每户赋调定额，增加帛三匹，粟二石九斗，作为官员的俸禄，州附加之帛也从一匹二丈，增加到二匹。对于上三品户来讲，这只是皮毛，对于下三品那些散户、自耕户来说，那就可能是雪上加霜。

李冲说："微臣在中原对一个名曰夏寨的坞壁做了暗访，他们有人口至少两千以上，户数有三百四十以上，可是给朝廷报的户籍却只有一百二十四户。一多半做了隐瞒，偷逃了赋调。这偷逃的赋调，并非还富于百姓，而是装进了坞壁首领的腰包，养肥了自己。这种问题在所有的坞壁里，是不争的现实。当地的州郡官员都是睁一只眼闭一只眼，习以为常。这个问题已经病入膏肓，再不解决朝廷都要被他们掏空了。"

孝文帝说："怎么办？朝廷出重兵，一个一个把他们拔掉？"

李冲说："微臣以为，在自己的国内发动战争，这不是上策。微臣与一些大臣们商量，他们有的提出，下令让那些坞壁的首领迁入京城，坞壁自然解散，微臣以为这只是朝廷一厢情愿，那些坞壁首领自然不会同意，离开他们的势力范围。还有人提出朝廷派官员进驻坞壁，参与他们的管理，或者是接替他们。微臣以为这个方法也不可行，因为进驻坞壁依然是朝廷单方面的想法，这些进驻的官员不会得到坞壁的配合，或者会被赶出来，或者会被贿赂，与他们狼狈为奸，到时候问题还是解决不了。朝廷要解决的问题，一是要弄清楚大魏朝究竟有多少土地，这些土地都在谁的手里；二是要弄清楚大魏朝拥有的臣民究竟有多少。户簿管理是赋调收入的根本。皇上听说没有，相州刺史李安世，他在辖地搞的一套均田的办法，收效不错，而且很受百姓欢迎。”

孝文帝说：“爱卿，快快把那李安世召来，寡人要听听他均田的办法。”

李安世，赵郡人氏，贵胄子弟出仕。他十一岁时，就以优异成绩被文成帝选为中书学生，献文帝时期任为主客令，后升为主客给事中，封为赵郡公，孝文帝登基后，任相州刺史。此人少年好学，见多识广，为人正直，刚柔并济，是朝廷难得的人才。他在相州期间，体察民情民苦民怨，深感责任之重大。他深知“富强者并兼山泽，贫弱者望绝一廛”的现状已经到了危及江山社稷的程度，对富豪习惯于兼并土地的做法必须加以遏制。长期战乱，百姓流离失所，四处逃亡，如今战争一停，百姓重返家园，可是当年的土地已经数易其主，只好租种土地维系生息。他认为必须果断实行土地“悉归今主”的国有化。为了防止农夫流徙不定，必须按照劳动力分配土地，让农夫与土地相依为命。在这样一种想法的支配下，李安世在相州进行了大胆的核查户籍、均分土地的尝试。

急先锋李安世

三日后，太皇太后与孝文帝一起召见了秘书令李冲和相州刺史李安世。

李安世给太皇太后和皇上跪拜之后，没有起来。

太皇太后问：“李爱卿，为何不起身？”

李安世答："微臣有罪，不敢起来。"

太皇太后不解："李爱卿何罪之有？"

李安世答道："微臣在相州斗胆实行均田，结果侵犯了皇家贵族的利益。"

太皇太后说："李爱卿，哀家令你起身，坐下来与哀家慢慢说，你是如何侵犯皇家贵族的利益。哀家倒想听听你的胆子有多大？究竟怎么个大法？"

李安世说，他在相州任职多年，一直想为朝廷做一件既有利于朝廷，又有利于百姓的好事。在他的辖地里有上百个坞壁，整个相州的土地，有一多半被这些坞壁所占有。他通过明察暗访，发现这些坞壁里面，隐藏着许多不法的勾当。他们欺男霸女、私设牢狱、随意杀人；他们少报户籍、隐瞒朝廷、偷逃赋调、中饱私囊，百姓对此恨之入骨。而且他们与官方往往勾结在一起，每有寻仇案发，总以百姓遭殃、坞壁得利告终。这种情况，李安世看在眼里，记在心里。他想出一个办法，组织了一个专门的队伍，核查每个坞壁的户籍，凡是有隐瞒户籍不报、偷逃赋调的，一律没收所占有的土地，分给老百姓耕种，如有抵抗，严惩不贷。办法虽好，但核查第一个坞壁，就遇到了硬手。宗主叫李波，长得五大三粗，一脸络腮胡子，拿着一把大砍刀，无人敢惹。核查官兵打扮成老百姓的样子去调查，了解到此坞壁隐瞒户数一百八十多户，六百多口人，还了解到李波几年内杀人十几口，经常让良家女子侗寝，如遇不从，就要毒打其爹娘，逼其就范。李波还有个妹妹，叫李雍容。这个女子不爱脂粉女红，偏爱舞刀弄枪，年少之时就敢杀敢抢，闯荡江湖。老百姓专门为他兄妹俩编了一首民谣，四处传唱：

李波小妹字雍容，
褰裙逐马如卷蓬，
左射右射必迭双，
妇女尚如此，

男子那可逢！

李波兄妹依仗其财大气粗和凶残的个性，成为相州一霸。许多阿谀奉承之人、胆小怕事之人全都投靠于他，成为他坞壁下的荫附户。前任相州刺史曾率兵征讨，结果大败而归。此后相州的官员每每到此绕道而过，方能安然无事。

李世安一听，气不打一处来。难怪当差的把李波的坞壁，列为清查的第一户。他们在看，老百姓也在看，李波奈何不了，还吹牛搞什么均田？李波兄妹如此恶棍，如此嚣张，难道堂堂大魏王朝，统一大北方，建功立业就对付不了一个李波？李安世不是那种一旦生气就失去理智的人，他又一想，对付这样的恶人，不能强攻硬打，需要用计谋。于是他专门为自己设计了一场生日宴，邀请包括李波兄妹在内的地方贵族、豪门赴宴。

太皇太后听到这里，呵呵地笑起来，她说：“哀家大寿庆典取消了，你李安世却要办生日宴。呵呵呵。”

李安世：“那一天，并非微臣的生日。微臣只是想了一个对付李波的招。”李世安随便找了个日子，为自己举办生日宴。他以前了解过，地方官员利用生日宴，大肆收受礼财的事儿太多了，所以他设下了顺势而为的计谋。那一天许多大户带着备好的礼物前来赴宴，现场气氛十分热烈。而李波兄妹空着手，大摇大摆地走了进来。他从心里就没把李安世当作一回事，他不是来祝寿的，他是来摆架子给李安世看的。可是他绝不曾想到，这场生日宴其实并不存在，那是专门给李氏兄妹备下的“鸿门宴”。待他俩刚一落座，就被早已埋伏下的二十几个武士按倒在地，捆绑起来。当时，李安世对到场的所有人宣布了州府关于核查户籍的告示，同时宣布李波所犯的罪行，并且当着许多当地豪绅的面，就地正法。消息传开，老百姓沸腾开了，大户们心惊胆战。随之，州府组织人力拆掉了李波坞壁的堡墙，给坞壁原住户和坞壁外的住户分掉了他的土地，老百姓无不喜笑颜开。此事在相州府的地面上起到了杀一儆百的作用，使核查户籍之事得到了顺利开展，朝廷的赋调得到了大幅度的提高。

正当核查户籍和均田得以开展之时，他们又遇到一个更大的难题。相州最大的一户坞壁，首领叫张泰。张泰个子不高，胖胖的身材，秃头，两只眼睛滴溜溜乱转，是个善于用心计的人。他把俊秀美貌的小女儿嫁给了汝阴王拓跋天赐，从而对外号称自己是皇亲国戚，李安世为此感到头疼，核查官兵也畏首不前。怎么办？难道把张泰也给杀了，这不是要把天给捅个大窟窿吗？他又一想，核查户籍，实行均田，并非为了我李安世的私利，而是为朝廷，汝阴王是朝廷的老臣，是皇帝的叔祖，他应该明白其中的利害关系。于是他专门给核查官员打气鼓劲，让他们按照章程去办。李安世自己坐镇州府指挥，应付各种突发情况。没曾想张泰表面上并没有做任何抵抗，暗中却将坞壁里的百姓做了大量的转移，整个坞壁近一半房子人走屋空，被他恐吓过的百姓支支吾吾，不敢说实话。被转移的百姓，后来被核查官兵在附近的一个曾经被剿灭的土匪山寨里找到。经过劝说，他们把张泰这些年为非作歹和此次逼迫他们转移的事情全都交代了。罪证确凿，李安世将张泰抓捕归案，亲自率核查官兵丈量他们占有的土地，重新核查他们的户籍，按照在册男女，把土地分给百姓。张泰并没有那么简单，他早已联合了几个大的坞壁首领，写了告发李安世的诉状，上面列数了李安世六大罪行，包括收受坞壁首领的贿赂、借口核查户籍、打压地方富族、欺压百姓称霸一方等。

李安世把自己的经历彻头彻尾地叙述了一遍，他说：“太皇太后，想必张泰等人诬告微臣的诉状早已送到了京城。汝阴王此时一定是恨死了微臣。那张泰在牢狱里哈哈大笑，说汝阴王拓跋天赐与他本是一家人，侵犯张泰的利益，便是侵犯了皇家贵族的利益。微臣看来是捅破了天，触怒了皇家，此时的微臣，还有微臣一家老小，随时都将大祸临头哇！”

太皇太后听到此，微微一笑，说道：“李爱卿，哀家恕你无罪。”然后转脸与孝文帝耳语几句。

孝文帝说：“寡人听了你的诉说，茅塞顿开啊，寡人的心里敞亮了许多。”

李安世听了皇上的话，脸上的愁云并未散开。

孝文帝接着说：“李爱卿，太皇太后的意思是从即日起，你就不用再回相州府了。寡人要你留在宫里，为大魏江山出力，你要把均田的方法、核查户籍的想法，给寡人好好说说。”回头对李冲说：“你给寡人举荐的李安世，难得的人才啊。寡人命你亲自去相州一趟，把李安世一家接到京城，不得让他们受到任何惊吓。同时把那个张泰押解回京城并交给汝阴王，寡人要看看，在这个问题上，他是如何秉公处理的。”

秘书令李冲领旨而去。

孝文帝说：“放心吧，李爱卿。汝阴王绝不会为难你的，从今天起，你就是寡人的座上客，是寡人的老师。寡人有许多事情要向你讨教。”

太皇太后说：“李爱卿，哀家和皇上一直为坞壁之弊所困，秘书令李冲向皇上推荐了你。想你一个相州刺史，能够居安思危，不畏强势，以核查户籍为突破，以均田为根本，改变坞壁之局面，造福一方，实在是难能可贵。”

“微臣并不高明，微臣所用的均田法，前人早有之。所谓均田，其实就是‘计口受田’。当年我朝太祖皇帝威武之师，所向披靡。开国之初，灭掉燕国时，将数十万人口强行迁往京师附近，就采取计口受田的方法，让他们按照劳动力的多少分得耕地，从事农耕种植。计口受田的做法，早在晋朝末年就有，当时正值永嘉之乱，无数人远离乡土，无家可归，朝廷为了利用拓跋部抵御北方游牧部落，诏令闲散逃亡之民，在晋地计口受田，安居稳业，种植农桑，发展生产，充实京师赋调。微臣不过是继承先人之智慧，处理相州之危难也。”

李安世再次给太皇太后和孝文帝跪下，说：“微臣核查户籍，实行均田，只想拔掉坞壁，还权威于朝廷，还土地于百姓，还平安于相州。从未想到过能被太皇太后和皇上首肯。微臣幸得朝廷庇护，自当为朝廷效犬马之劳，鞠躬尽瘁。”

均田

太和九年（485）11月，孝文帝颁布均田。

诏书中阐述了大魏朝实行均田制的原因，是“富强者兼并山泽，贫弱者望绝一廛，致令地有遗利，民无余财，或争亩畔以亡身，或因饥馑以弃业”，均田的意义，是要“天下太平，百姓丰足”。

均田令共十五条：

诸男夫十五以上，受露田四十亩，妇人二十亩，奴婢依良。丁牛一头受田三十亩，限四牛。所授之田率倍之，三易之田再倍之，以供耕作及还受之盈缩。

诸民年及课则受田，老免及身没则还田。奴婢、牛随有无以还受。

诸桑田不在还受之限，但通入倍田分。于分虽盈，没则还田，不得以充露田之数。不足者以露田充倍。

诸初受田者，男夫一人给田二十亩，课莳余，种桑五十树，枣五株，榆三根。非桑之土，夫给一亩，依法课莳榆、枣。奴各依良。限三年种毕，不毕，夺其不毕之地。于桑榆地分杂莳余果及多种桑榆者不禁。

诸应还之田，不得种桑榆枣果，种者以违令论，地入还分。

诸桑田皆为世业，身终不还，恒从见口。有盈者无受无还，不足者受种如法。盈者得卖其盈，不足者得买所不足。不得卖其分，亦不得买过所足。

诸麻布之土，男夫及课，别给麻田十亩，妇人五亩，奴婢依良。

皆从还受之法。

诸有举户老小癃残无授田者，年十一已上及癃者各授以半夫田，年逾七十者不还所受，寡妇守志者虽免课亦授妇田。

诸还受民田，恒以正月。若始受田而身亡，及买卖奴婢牛者，皆至明年正月乃得还受。

诸土广民稀之处，随力所及，官借民种莳。役有土居者，依法封授。

诸地狭之处，有进丁受田而不乐迁者，则以其家桑田为正田分，又不足不给倍田，又不足家内人别减分。无桑之乡准此为法。乐迁者听逐空荒，不限异州他郡，唯不听避劳就逸。其地足之处，不得无故而移。

诸民有新居者，三口给地一亩，以为居室，奴婢五口给一亩。男女十五以上，因其地分，口课种菜五分亩之一。

诸一人之分，正从正，倍从倍，不得隔越他畔。进丁受田者恒从所近。若同时俱受，先贫后富。再倍之田，放此为法。

诸远流配谪、无子孙及户绝者，墟宅、桑榆尽为公田，以供授受。授受之次，给其所亲；未给之间，亦借其所亲。

诸宰民之官，各随地给公田，刺史十五顷，太守十顷，治中别驾各八顷，县令、郡丞六顷。更代相付。卖者坐如律。

此诏令是在太皇太后的授意下，由孝文帝亲自执笔，按照相州刺史、赵郡公李安世的建议起草，经过满朝文武的反复商讨，昭告天下的。

其内容大致为：

凡不生长树木，只用来农业耕种的土地为露田，男子分四十亩，妇女分二十亩。奴婢与之一样可以分田。耕牛可以分田三十亩，但最多不超四头耕牛的份额。土地可以加倍或几倍授给，用以轮耕。男子十五岁即可分田，同时亦开始承担赋调之义务。人过七十，或者死亡，应退还土地。土地归国家所有。

已种或可种桑树等树木的土地为桑田，每个男子可分桑田二十亩，要求栽种桑树五十棵，枣树五棵，榆树三棵。三年内须种完，否则收回土地。桑田可世代相传。

老弱病残户，十一岁以上分田以男人份额的一半，七十岁以上可以不还田，继续耕种，并免除赋调。地多人少的地方为宽乡，分田可以突破份额，号召百姓广泛垦荒种植。地少人多的地方为狭乡，可以迁往宽乡，分田耕种，州郡不得限制。

宅居地，按定居的民户，每三口给地一亩，奴婢每五口给地一亩。十五岁以上，不分男女，每口在宅居地种菜五分之一亩。

分田按照先贫后富、先远后近的顺序进行。

凡因犯罪或无子孙而绝户者的土地或宅居地，一律充公，由官府重新分田。

官田规定，在官吏任职期间，给予公田，州刺史十五顷，郡太守十顷，治中、别驾八顷，县令、郡丞六顷。期满卸任移交下任，不准私自转让或出卖，违者严惩。

李安世对太皇太后和孝文帝说："实行均田，是大魏江山社稷之千秋大计，但是实行起来难度太大。朝廷当在核查坞壁户籍上下重力，在量地画野上下功夫，方成大事。"

太和九年（485），大魏朝改制进入如火如荼的时期，朝廷上下号令畅通，君臣一心，贪腐之风得到有力抑制，民风开始好转。但是太皇太后认为，富甲一方的豪门贵族，因为自己的土地和牛羊被强制没收，他们的敌对情绪随时都有可能走向极端。于是朝廷派东阳王拓跋丕为首，整顿军纪，日日训练，加强戒备，以防不测。组织大量朝廷官员深入各州郡，督察班禄制和均田制的实施。

太皇太后还专门指定张佑负责监工，依周制铸造铁权、铜斗、铜尺，将其置于皇宫前，作为唯一的永恒的衡量标准，任何官用、民用、商贸用的量衡器具，绝不能出现长短尺、大小斗和大小秤，违者以重罪论处。

班禄制、均田制推行以来，孝文帝历经了许多复杂和棘手的情况，他都与太皇太后挺了过来。但是朝廷里有几桩棘手的重案，让他一下子没了主意。

梁州刺史、临淮王拓跋提贪腐受贿，被多人揭发。这个拓跋提是孝文帝叔祖辈儿的皇亲。拓跋宏正在犹豫不决，又一个叔祖朔州刺史、章武王拓跋彬也因贪污被人举报，奏本被送到朝廷来。按照自己当初的班禄制诏令，贪腐有一匹以上者一律斩首。怎么办?

太皇太后说：“遇到难题了吧？他们都是你的爷爷辈儿，你小时候，他们都抱过你。有一次你三岁骑马，差点从马上摔下来，还是章武王飞奔到你的身边，救了你。你怎么办？”

孝文帝说：“虽然奏本里所提到他们贪腐的情节并不严重，与国舅爷李洪之比起来真是九牛一毛。可是诏令已颁，开弓哪有回头的箭？寡人只能再做一次六亲不认的黑脸罢了。”

太皇太后说：“律法面前当一视同仁，但是皇上就是皇上，杀与不杀，皇上应该有办法。”

孝文帝没有急着做出决断，他一直在想太皇太后的话。

过了几天，传来消息，说梁州刺史、临淮王拓跋提被孝文帝削去所有官职和爵位，发配北部边镇充军，其子向皇上请求父亲年事已高，愿意替父充军，皇上未准。朔州刺史、章武王拓跋彬也被孝文帝削去爵位，免去所有职务。太皇太后一听，脸上露出了笑容，说：“皇上做事，分寸把握得不错哟。”

紧接着，汝阴王拓跋天赐、南安王拓跋桢，两位宗室亲王被人联名举报，经查实，其贪污受贿之罪证据确凿，奏本一大堆摆到了孝文帝的案上。朝堂之上，孝文帝当着满朝文武和太皇太后的面，慷慨激昂地说：“寡人与太皇太后奉行文治，推行班禄制和均田制，就是为了彻底改变大魏王朝之中那些腐败的东西，正官风、正民风，给大魏国吹一些清清爽爽的风，让我们的头脑从此多装一些朝廷的事、百姓的事。不要让老百姓对寡人失望，对朝廷不抱希望了。要知道，老百姓一旦绝望了，没有活路了，他们就只有造反，寡人不想看到有这么一天，诸位爱卿也不想看到有这么一天。可是我们有些老臣，朝廷的亲王，寡人的叔祖，他们是看着寡人长大的，是他们把寡人推到这个位子上的，可是他们反悔了，今天又要把寡人从皇位上拉下来。”

文武百官听到此时，一片哗然。

孝文帝：“汝阴王、南安王，我的皇爷爷，你们知罪吗？”

拓跋天赐和拓跋桢立刻跪倒在地，不住地磕头，喊着：“老臣知罪，罪该万死！”

“寡人的这两位皇爷爷，位高权重，无人能及，谁也管不了了。他们倚仗权势，欺压百姓，贪占赋调，受贿巨大，罪证确凿。”孝文帝声音有些发抖，说到这里哽咽了：“寡人如何饶得了他们？推出去，斩！”

立刻有东阳王拓跋丕站出，说：“皇上，两位亲王杀不得呀！”一边说，一边就地跪下：“虽说他们犯有重罪，但是他们是朝廷的功臣，是世祖的胞弟。请皇上开恩饶他们一死吧！”

拓跋丕一说，满朝文武大都跪下，为两位亲王求情，免他俩一死。

太皇太后一直没有说话，孝文帝所说的话，全都是她的意思。她在仔细观察满朝文武的动静。如果东阳王拓跋丕不站出来求情，那他们两个就死定了。东阳王此时说话，应该是很有分量的。第一，他为政清廉，敢说话。第二，他多年来一直对太皇太后和皇上忠心耿耿，他的话应该引起大家足够的重视。第三，在带兵打仗、屡立战功的这些老将军中，他与两位亲王不差上下，地位还更高一些，由他出来为拓跋皇亲求情，比别人更为有力。如果他不站出来，估计别人没人敢站出来。也只有他带了头，才会出现这样的局面。

孝文帝有些为难了，他回头看着太皇太后。

太皇太后毕竟是经历得太多了，她十分清楚现在的局面是怎么回事。东阳王带头、满朝文武求情的局面，一定是孝文帝此时最想要的局面。太皇太后没有别的办法，她只有送个顺水人情了，她说：“此事，还是皇上说了算吧。”

片刻之后，总管太监说：“皇上有旨，赦免两位死刑，削去爵位和官职，没收财产，降为庶民。”

拓跋天赐和拓跋桢叩谢皇上不杀之恩。

第十七章　奉三长制

诸项改革要求国体必须强大，国库必须加强，否则拿什么支付俸禄？拿什么抵御外侵？拿什么搞建设，搞教育？拿什么维持朝廷生计？可是面临的现实，让他们手足无措。北魏的税收制度是户调制，简单说就是每家每户给国家交粮食。虽然实行均田，已经将坞壁拔掉，宗主督护制已经动摇，然而地方的事情仍然是宗主一手遮天，水渗不透，风刮不进，有的地方土地刚刚分给老百姓，还没来得及播种，宗主就反攻倒算，把土地收了回去。

秘书令李冲建议太皇太后与孝文帝，参考汉人的什伍制和里甲制，制定并推行邻里党“三长制”。不这样，朝廷的手就探不到乡里，朝廷的眼睛和耳朵就变成了摆设。又一项改制的出台，立刻引起轩然大波，有坚决反对的，也有的担心力度太大、手段太强硬，会造成四面楚歌的局面，危及江山社稷。而太皇太后信心十足，她认为此项改制，才是根本之根本，畏首不前，必将前功尽弃。

失眠

孝文帝的几个叔祖因贪腐之罪被拿下，太皇太后的本意，是让他们死的。然而她看出来了，在这个问题上，孝文帝的心软了，把几个爷爷辈儿的宗室亲王杀了，他实在不忍心，他不知道该如何向几朝先帝交代。虽说太皇太后主张的改制是关乎江山社稷的大事，颁布诏令时，孝文帝自己也强调贪腐者死，但是真要拿这几个叔祖开刀，他却下不了手。孝文帝已经成熟多了，最终有一天他会主政朝廷，如果把曾经为大魏江山抛头颅洒热血的皇亲得罪了，他们的后代还会效忠朝廷吗？这律法的宽严之度，全凭他自己掌握。该严的时候必须严，严了才有威慑力；该宽的时候也要宽，宽了才显其大度，显其仁慈，才能笼络人心。太皇太后明白，凡事都听自己的，那是过去。如今这章程要改一改，许多事情必须让皇上自己做主。他不是一般的男人，他是皇上，他有能力也必须有能力，为自己所做的决定负责。孝文帝已经二十岁，他的父亲在这个年龄，太上皇已经做了两年了。而且这些年来，他跟着哀家风风雨雨，啥事儿没经历过？他的智慧，他的意志，都已经得到了磨炼和提升。所以太皇太后近来经历的许多大事，都是让孝文帝去判断，去解决。每一次皇上处理的结果，太皇太后都比较满意。所以关于几个叔祖贪腐的事，太皇太后仍然把决定权交给了孝文帝。

太皇太后请孝文帝入宫议事。

太皇太后在《皇诰》里有一个非常重要的部分，那就是推行文治，大胆改制，并大力弘扬汉族文化，弘扬汉族农耕，弘扬传统礼制，弘扬孔儒思想，最终实现鲜卑民族与汉民族的大融合。她曾经与孝文帝交谈过多次，在条件成熟时，迁都到黄河以南的中原去，到华夏文明的发祥地去，让所有的鲜卑族彻底放弃游牧民族的习惯，全面推行汉民族的生活理念和文化思想。重用汉臣，鲜卑人与汉人在爵位和官吏问题上一律取齐，不准厚此薄彼。倡导穿汉服、说汉话，倡导鲜卑人与汉人通婚，不准鲜卑人同姓婚配，以保证后代优良。重视教育，在州郡鼓励办学，用汉人的礼教和孔儒思想教化民众，培养人才。推广汉字书写、官方公文书写一定要规范、易识，汉朝的佐书很好，魏晋时期兴起的真书也好，大魏应该加以改进，成为一种铭刻书体，并广泛应用。他们甚至谈到，鲜卑皇族改姓氏为汉姓，在此基础上一律取消鲜卑人原来的部落姓氏，统一赐予汉人的姓氏。只有这样，才能从精神上、文化上与大汉民族融为一体，实现拓跋鲜卑祖先统一中国的梦想。太皇太后曾经在太和七年（483）就授意孝文帝下诏，取缔鲜卑族同姓婚姻的恶俗，而且规定，一旦发现仍有同姓通婚，朝廷有权干涉惩处。这一诏令，在当年也是引起不小的反响，随后渐渐地被大家所接受。许多皇臣带头与汉臣婚配，一时间成为一种新潮，被多数人追捧。孝文帝自己的嫔妃就多半为汉人的女子。

太皇太后在思索，下一轮改制要从哪里入手呢？迁都显然为时过早，彻底汉化也似乎不合时宜，太皇太后心中要做的事很多，班禄制和均田制之后，许多谋臣纷纷上奏，提出了若干种方案。

近来，太皇太后一直睡不好觉。夜里，她躺在榻上，脑海里常常想起孩童时期的事，想起父亲那双大手，想起母亲死时的情景，想起黄河边她与兄长、李奕他们玩耍嬉戏的事儿，甚至想起官兵闯进她们家见东西就拿、见人就杀的一幕幕。她不愿意想，想把这些过去的事都忘得一干二净，但是她做不到。她越是想忘掉，越是记得一清二楚，许多事情，如同昨日一般。有时她睡不着，就干脆坐起来，穿上衣服，点亮了灯，拿一两册奏折来看，看着看着反而睡着了。宫女们不敢怠慢，知道她难得入睡，就蹑手蹑脚地过来给她盖上绒袍。有时深夜，她睡不着会一个人披了绒袍，推开门，向远方呆呆地望着，一望就是很久很久。太皇太后今年四十五岁，在那个年代，这样的年龄已经算是步入老年了，有许多人未必能够活到这样的岁数，就是活着的，身体也会大不如从前，像高允能够活到近百岁的年龄，还思路清晰，谈吐正常，实属奇迹。

困扰太皇太后的事情，不仅仅是改制。还有两件事，让她寝食难安。一个事是何时还政于孝文帝，另一个事是在孝文帝的几个儿子里面，选择一个立为太子。这两件事，非同小可，而且不会有人与她商量，也没人敢与她提起。满朝文武无一例外地认为太皇太后正值风华之年，那些成天与太皇太后一起谈论国事的老臣们，也都夸太皇太后凤体安康，容颜如玉，真乃大魏之幸。只有太皇太后自己明白，近来的身体状况远不比从前，这两件大事，是该考虑的时候了。

孝文帝进宫来，给太皇太后跪拜之后，关切地问："太皇太后昨夜可睡得好？"

"还不是老样子，让皇上操心了。"太皇太后说："昨日哀家看奏折，徐州刺史薛虎子对班禄制提出一个修改的建议。皇上知道吗？"

"寡人看了，这个薛虎子，当年太皇太后把他的官职给贬了，后来太上皇恢复了他的职务。薛虎子提出，班禄制总体是好的，对朝廷是有利的，但是也不能一概而论。对于那些立有战功的将军，除朝廷颁发俸禄以外，还应该从战利品中分一些给他们。不然，谁还愿意给朝廷卖命去打仗呢？"

太皇太后："皇上的意思呢？"

孝文帝说："徐州是大魏的南端，常常会有些战事，薛虎子是为他自己着想的。寡人想，若是他一心为大魏朝着想，遇到战事他能够奋勇杀敌，建立奇功，寡人自然会奖励他，至于赏给他什么，那是寡人要考虑的事。若是南朝来犯，他不给朝廷卖力，寡人还要他何用？那就等着寡人拿他问罪吧！"

"皇上所言极是，哀家也是这么想的。班禄制和均田制是大魏江山得以巩固的基础，既然已经昭告天下，皇上哪能朝令夕改？有一人鸣不平，有一处说不公，就舍大局而改之，朝廷岂能这样如顽童一般？"

他俩谈得很融洽，思想的脉搏基本上是一个节奏。

望着孝文帝离去的背影，太皇太后却再一次感到了迷茫。她本来要跟皇上谈谈立太子的事，可是话到嘴边，她没有说出口。她再一次感到仿佛时机还不成熟，或者说立太子的事，根本就应该是皇上自己的事，为什么要由太皇太后提出来商议呢？

四年前，皇长子和皇次子相继出生，太皇太后再次按照祖宗留下的例制，赐死了皇长子的生母林贵人。然而两位皇子一直没有赐名，也没有明确提出立皇长子为太子。四年之后，太皇太后才为两位皇子赐名，长者为恂，次者为恪。然而立太子一事，只字未提。许多大臣在私下议论，太皇太后这是为何？这个问题说复杂也不复杂，太皇太后的确是藏有私心的，在她的心里，这个太子的位子，一直是留给她侄女的孩子的。

太皇太后的这个心思，有一人知道，那自然是太皇太后的亲哥冯熙。当年选冯熙的几个女儿进宫陪伴孝文帝，以至于后来先后都嫁给他，都是太皇太后和冯熙商量好了的，如今的情况，冯熙看得一清二楚。冯熙生女儿们的气，怪她们耽误大好时光，不能完成此等大事。冯熙也生自己的气，当年答应太皇太后，把几个女儿全嫁给孝文帝，以图冯氏家族的荣耀，却丝毫没有考虑女儿们的幸福。凭女儿个顶个儿的容貌，嫁给王孙贵族那是十拿九稳的事，干嘛非要嫁给皇上呢？伴君如伴虎哇，谁不知道？况且皇上的女人何其多？嫁给皇上的命运，就注定了要与钩心斗角、尔虞我诈相伴终生。到如今女儿们幸福谈不上，冯家的荣耀，也可能付之东流，还给女儿们平添了许多的压力。还有一人知道太皇太后的心思，把其中的端倪看得明明白白，这人就是老令公高允。高允历经沧桑近百年，什么世面没见过。太皇太后一直在等，等她为孝文帝安排的三位侄女能为孝文帝生下皇子，只有她们亲生的儿子立为太子，将来才可能让冯家的血脉在大魏江山的皇族里传承。可是几年过去，她们的腹中一直没有怀上龙种，这简直让太皇太后生气。她明白，此事有些蹊跷，三个侄女轮番伺寝，居然不能怀上龙种。难道是她们三个身子有问题，还是皇上早已看出了哀家的用心，有意疏远了她们，太皇太后不得而知。她已经把能替她们安排的事情全都考虑到了，她甚至考虑到一旦哪位侄女率先怀上龙种，就安排她们在宫外生产，瞒天过海，再秘密转移回宫，告诉大家皇上在外面与一民间女子生下龙子，那女子已死，孩子由皇后收养。这样把孩子养大，以免让百官认为太皇太后徇私，轮到自己的侄女诞下龙子，就可以打破例制不予赐死。她甚至已经考虑到要故意为孝文帝安排这么一次外遇，具体的人选，她都为孝文帝秘密地看中了。然而太皇太后想到的这些，似乎都是多余的。她的三位侄女，仍然没有丝毫动静。

老令公还看出，太皇太后已经快撑不住了。以太皇太后的性格，做事情都要做得井井有条、无可挑剔，两位皇子都四岁了，立太子的事不可能一拖再拖，恐怕很快就要列入议事日程。最近皇宫里传出，太皇太后的睡眠不好，这也证实了高允的推断。太皇太后一定在为立太子的事而烦心。然而想那长皇子恂儿生性好动，却对认字读书之事毫无兴趣，对皇宫里的礼仪也满不在乎，常常在大众场合出言不逊，让太皇太后十分不满。次皇子恪儿的生母是宠臣李冲的女儿，孝文帝喜欢的另一个嫔妃李夫人。李夫人诞下龙子，比林贵人生产晚了没多少天。恪儿这孩子，倒是聪慧过人，大有孝文帝幼时的影子，太皇太后和孝文帝都对他疼爱有加。立长皇子恂儿，绝不是太皇太后的做派，若是立次皇子恪儿为太子，也让太皇太后为难。第一，按祖训一般都是立长皇子为储君，除非长皇子心智不全或有其他意外情况，方可再立他人。第二，太皇太后当年已经把恂儿的生母赐死，现在另立他人，于情于理说不下去，必然会招致大臣的反对。怎么办？

这次，老令公高允猜错了，最终太皇太后没有提出立太子之事。

广开言路

一日，太皇太后与孝文帝在朝堂上，与文武百官就班禄制、均田制实施以来的情况，展开议论。孝文帝说："太皇太后的意思，是想听听大家的心里话。近年来，寡人按照太皇太后《皇诰》十八章的精神之旨意，着力推行文治，大胆进行班禄制、均田制的变革，几乎所有的皇亲国戚，所有的文臣武将，所有的百姓都体会到了改制的好处，欣喜若狂；或受到制约，心有不爽，或损失巨大，极力反对，甚至跳出来公然抗衡。太皇太后与寡人说过，改制不可能风平浪静，不可能让所有人都说好，不可能一步到位，出现这样的情况，是正常的，寡人早就料到了。寡人想听听，成天与寡人一起做事的诸位爱卿，你们是如何想的，大家畅所欲言，有什么就说什么，都痛痛快快地道出来，有反对意见也不怕，寡人赦你们无罪。”

东阳王拓跋丕第一个站出来说：“老臣有话要说。老臣为大魏江山效力半辈子有余，还从没有今天这么兴奋过。之所以兴奋，就是为了太皇太后所致力的改制，班禄制和均田制说来也不算是新东西，以前就有人提出过，汉人的江山也曾有人尝试过。然而大魏天朝近百年来，却无人敢于奉行此道。为何？因为这是一道难题，是要伤筋动骨的难题。谁不想安安稳稳过日子，让朝臣们都得好处，君臣和睦相处呢？太皇太后和皇上明知道会惹得许多的埋怨，甚至是仇恨也要改制，图的是江山永固，图的是大魏朝的千秋大业啊。要说利益，老臣是皇族宗室，老臣的利益也损失不少。在座的皇亲国戚，皇上的爷爷辈儿，叔叔辈儿，皇上的同辈儿，你们哪个不在背后议论过，哪个没有丢掉大片的土地、牛羊和家奴？哪个在外面没有三亲六戚、好友同仁，他们又何尝没有因改制受到损失呢？老臣要说，该骂娘的，老臣也骂过。但是想想如今我天朝国泰民安，耕者有其田，官者有其禄，朝廷有其赋，这不是大家都梦想过的盛世吗？”

拓跋丕这么一说，许多皇室大臣的心里话，似乎都已经让他给说了，但是又不完全能够代表他们的意思。于是就有人出来说：“皇上的改制，微臣拥护。但是也期望皇上多多考虑皇室贵族的利益，拓跋家族毕竟是一百年来从沙场上杀过来的，既有功劳，也有苦劳呀！”

跟着就有不少支持的说：“说得好！皇室宗亲的利益不能损害。”

“朝廷那么大，干吗非要拿皇室的利益开刀呢？”

“改制不能把贵族改得与庶民一样了，不然贵族还有何颜面？”

高允站出来，双手作揖说：“老朽昨天刚到京城，一路上被我大魏天朝的太平盛世景象所感动。子曰，道千乘之国，敬事而信，节用而爱民，使民以时。太皇太后与皇上所做的班禄制与均田制之变革，正是为了敬事而信，节用而爱民，使民以时。只是老朽以为凡事要有章有节，渐进而为之，不可操之过急。所谓冰冻三尺非一日之寒，要想春暖花开也不是一场春风的事，不然会把一些问题激化，所谓欲速则不达也。”

秘书令李冲站起来，向高允深深鞠躬，然后说：“方才令公高论，令微臣佩服之至。微臣有一个建议，想此时说出来，请太皇太后和皇上定夺，也请诸位大臣、同仁商榷。微臣与相州刺史李安世近来在一些州郡走了走，看了看，发现班禄制与均田制执行以来，并非如大家所言一样尽善尽美，还有许多问题，有的宗主贿赂督察官员，致使朝廷改制无法到位；有的豪门纠结土匪卷土重来，把分给百姓的土地重新抢占，州县官府没有采取有效的办法；还有的地方州县官员力量不足，无法与宗主抗衡，致使改制中途搁浅。微臣了解的这些，估计太皇太后和皇上也会知道若干，在座的百官或许也知道不少。今日太皇太后把大家请来，不是听大家唱赞歌的，而是想听听都有哪些问题，朝廷该怎么办？是朝廷改制过火了，还是问题没有抓到根本上？”说到这里，李冲把眼神投向了太皇太后。

太皇太后向四周看了看，说道：“秘书令李爱卿所言极是，哀家就是要听听你们的心里话。李爱卿有何高见，直言无妨。”

李冲接着说：“微臣以为，出现以上那些情况的原因，在于朝廷的手还没有延伸到大魏天朝的最底层。简单地说，就是大魏国一百年过去了，朝廷还没有把自己的土地、自己的臣民全都管理起来。在民间，不是朝廷说了算，而是地方的豪强宗族，甚至是土匪说了算，微臣这么说，绝不是危言耸听。过去我们曾经攻城略地，席卷整个大北方，夺取了无数的土地、财宝和人口，我们拥有五十三州二百一十九郡镇和八百单九县，这个伟大的壮举，无人可以否认。但是百年强盛至今，我们却无能到控制不了我们的土地和百姓，想想都让人心酸。当然，谁敢不顺从，谁敢反叛，朝廷可以派兵剿灭他。然而微臣以为在我们自己的土地上，动刀动枪，不是解决问题的好办法。”

李冲的话，引起一片嘘声，有受到震动的，也有不以为然的。可是太皇太后和皇上的心里，的确像滚开了的水一样，既烫得心疼，又翻滚不息。

李冲又说：“微臣以为朝廷推出的班禄制和均田制，至关重要，但是还不是根本。根本的改制是要一举拿下对底层社会的统治权，对民间实施管理。朝廷不能只管到州、郡、县，便放任不管了，这是最大的失误，也是少报户口、偷逃赋调、减少徭役，及其以强凌弱、欺行霸市等各种问题频繁爆出的关键所在。微臣查阅了汉人在春秋战国时期便有的称为‘什伍制’的好方法，建议我大魏天朝实行三长制。所谓三长制，就是在最底层的民间，以一家为最小的单位，每五家设一邻，设立一个邻长，每五邻设一里，设立一个里长，每五里设一党，设立一个党长。此三长为我大魏朝最小的公差，他们的职责是管理百姓，征收赋调，派出徭役，他们替朝廷做事，朝廷给他的好处就是可以免除自己的徭役，专心民间管理。太皇太后，微臣关于三长制，已写好一个详细的奏折。请太皇太后与皇上审阅。”

李冲所言的“什伍制”产生于春秋，形成于战国，而应用起来则是秦王朝。所谓什伍，就是国家把老百姓分为“十家一什，五家一伍”进行管理的一种方法，而且朝廷对他们采取“什伍连坐”，让他们相互制约，相互监督，一家犯事，家家受牵连，迫使百姓之间形成一种荣辱与共的机制。李冲研究了“什伍制”，在他的奏本里，提出在大魏朝推行“三长制”，既传承了“什伍制”的功效，又采取了三级连带，一级管一级，一级为一级负责的新思路，加上朝廷为“三长”免除徭役，相当于朝廷官员的俸禄，不失为国家对底层民众实行管理，彻底取代旧的无章法的宗主管理的好办法。李冲还在他的建议里，提出用租调法取代九品差调法。租调法，就是朝廷确定一对夫妻租调帛一匹、粟二石，这个正好与均田制相匹配，要比九品租调法简便易行得多，朝廷的赋调增加了，反而老百姓的负担有所减轻。

李冲的这番慷慨陈词，让皇上眼睛一亮，茅塞顿开。皇上与太皇太后交换了一下眼神，站起来对着满朝文武说:“众位爱卿，今天的朝议十分热烈，十分诚恳。诸位都能以朝廷大局为重，对我天朝的改制各抒己见，说出了真心话，让寡人感慨啊。李冲爱卿对事态的分析与见解，入木三分，尤其是他大胆地提出了三长制，寡人大开眼界。寡人为有这样的贤臣而激动啊。先不说他提到的三长制如何，只为他对朝廷这般忠心、这般敬业，就已经让寡人感激涕零了。”

李冲跪倒在地说：“微臣所为，乃臣子应尽的职责，皇上所言，微臣实不敢当啊！”

三长制出炉

西周周公旦在著名的《周礼》中曾经构思出一种民间管理方法：

> 五家为比，十家为联；五人为伍，十人为联；四闾为族，八闾为联；使之相保相爱，刑罚庆赏，相及相共，以受邦职，以役国事，以相葬埋。若作民而师田行役，则合其卒伍，简其兵器，以鼓铎旗物帅而至。掌其治令、戒禁、刑罚。岁终，则会政致事。

太皇太后认真地听取了李冲的建议，又翻出《周礼》第二篇“地官”来对比，对奏折所提的“三长制”一字一字地细读，不住地在心里说：“好，好，正合哀家的心思。李冲呀李冲，哀家看来是离不开你了。”

一旁的孝文帝说：“寡人召集大臣们商议，东阳王拓跋丕担心正值一年征收赋调期，推行三长制，会不会搞乱秩序，影响征务。也有一些大臣们认为多年来一直是采用九品差调法征收赋调，一旦改变，恐引起骚乱。”

太皇太后说："皇上，您的意思呢？"

孝文帝："寡人以为，他们的担心不无道理。担心归担心，但是不能因噎废食，三长制，正如李冲所说，是改制的根本，此事不能犹豫。当断不断，反受其乱。"

这时候，太监进来说："中书令郑羲、秘书令高佑求见太皇太后。"

太皇太后与孝文帝交换了眼神。

孝文帝："请。"

这个郑羲，出生于开封，世家宗主，曾经因镇压田智度起义立功，得以提拔，后来他与李冲结为儿女亲家，李冲又引荐郑羲的另一个女儿嫁给孝文帝为妃。太皇太后听说此人颇有正义感，常常为朝廷的清正人士唱赞歌、鸣不平，所以提升他为中书令。其实这个郑羲很有欺骗性，他是那种天生见财眼开之徒，但是他很会琢磨当官的心思。他看出来了，当下的太皇太后和皇上不是那种过分喜欢阿谀奉承、奴颜媚骨的主，所以他就在公开场合展示了他的表演才能，他常常违心地为一些清官、谏臣说好话，痛骂那些与他一样的贪腐之人，给人一种假象，以为他自己也是个清正廉明的好官。

与郑羲同来的是秘书令高佑。高佑实际上绝不会是郑羲的同类，他才高八斗，学识渊博，而且对文学杂说很有建树，此人是朝廷有名的谏臣，太皇太后虽十分欣赏，却又担心有时他会不顾场合，给朝廷添乱。高佑为何随着郑羲一同前来呢？原来，郑羲这次是无法把戏再演下去了，如果真正是按照李冲的"三长制"推行了，那他在开封的大大小小的丑事就全都无法掩盖了，轻者他会损失许多送到嘴边的肉，重者会把他以往吞进肚里的肉也要吐出来，这可如何是好呢？开始他想反对之人绝不仅仅是他一个，等到其他人跳出来，他再添油加醋也不迟。可是左等右等，居然没人出来说话，这让他实在挺不住了。于是他想到找一个胆大之人与他同去，他想到了高佑。高佑岂能是任人摆布之士，可是最近一段时期，郑羲几次在大庭广众之下赞叹高佑的人品和才华，的确让高佑觉得舒服。再一听，郑羲所言，也有一定的道理，朝廷之大，大若江河，怎么能在乎那些小鱼小虾呢？

大河东流势不可挡，小鱼小虾又能如何？朝廷何必拿出重力去安排民间管理，老百姓有自己的生存之道，不必大惊小怪。于是他答应了郑羲去劝说太皇太后。

太皇太后见他们二人进来，请他们落座。问道："两位爱卿，有何事要见哀家？"

高佑说："前日朝堂上，李冲所说'三长制'，微臣表示反对。"

太皇太后一听，高佑反对，在朝堂上没有当时直言，怕与那李冲争执起来，还算他给足了李冲面子。哀家倒想听听他有何见教："为何反对？说来让哀家和皇上听听。"

高佑就把自己的想法说了一遍。

太皇太后问："高爱卿觉得李冲有些小题大做了？"

高佑答："正是！朝廷应该做的事，正是太皇太后所提倡的文治，要大张旗鼓地倡导儒道，倡导礼法，倡导文学，倡导艺术，由此来净化社稷，净化民风，净化官道。而不是头痛医头脚痛医脚，那三长制的三长，算哪门子的朝廷命官，他就是个平头百姓，甚至可以说他就是个刁民，他若不是刁民，怎么能够管得住他人呢？"

此时郑羲插话说："高大人说得极是。微臣在下面听到一些议论，对李冲大人恐怕不好。他们说，李冲大人为了讨好太皇太后和皇上，大出风头，不惜牺牲许多皇亲国戚的利益，此番又要搞三长制，这是要把大魏江山搅翻了天呀。微臣以为三长制不宜推行，至少要好好征求皇室宗亲的意见，不可为了庶民百姓，失掉人心啊！"

"人心？庶民百姓的心愿，就不是人心吗？"太皇太后打断了郑羲的话。

郑羲慌忙解释："微臣不是这个意思。太皇太后明鉴。"

"郑羲大人是哪个意思呢？"太皇太后并没有生气，笑呵呵地说："听说郑大人是仗义执言之人，哀家最愿意听谏臣之论，郑大人说说，你究竟是哪个意思啊？"

郑羲是何等人，他早已感觉到了太皇太后话语中的讥讽之意。都说太皇太后与那李冲的关系微妙，今天谈到李冲，只是试探性地说了几句，太皇太后就果断地截住了话题。看来真是我今天出门，没看皇历，触了霉头。郑羲给太皇太后深深地鞠了一躬，慢慢地说："太皇太后，皇上，微臣其实并不想冒犯李冲大人，更不愿意看到太皇太后不开心，微臣与李冲大人的出发点是一样的，都是为大魏江山着想，微臣是怕得来不易的均田制、班禄制毁于一旦呀！"

"呵呵呵呵，看来是哀家听错了，都说哀家正当年，看来哀家真的是老了，糊涂得好赖话都听不出来了。"

太皇太后这句话，让郑羲出了一身冷汗。他张口有话要说，被太皇太后堵了回去。太皇太后说："哀家知道，文武百官哪能都唱一个调呢，对三长制不理解的人总归会有的。满朝文武全都一条心，那倒不正常了呢。哀家想知道，中书令郑羲，你是如何想的呢？要说别人不理解，哀家还能接受，若是郑羲郑大人你不理解，变着法儿地毁坏李冲的名声，哀家却不能接受了。你是否在担心，一旦实行了三长制，你在开封的那么多田产，那么多不可告人的事情，会被哀家和朝廷知道了呢？细说起来，郑大人还是皇上的岳丈，也是李冲的亲家，想不到李冲过去一直为你说好话，你不来保护你亲家倡导的改制，反倒背着他在哀家和皇上面前嚼他的舌根子，简直是岂有此理！"

太皇太后话音一落，郑羲跪倒在地："微臣不敢有半点私心，请太皇太后明察！"

"左一个明鉴，右一个明察。真的吗？郑大人真的敢让哀家派人去明察吗？前一段有人到哀家这里告你贪腐之罪，证人证词一大堆，哀家看在你女儿郑妃的面子上，还给你压着呢。哀家知道，你还有个了不起的儿子郑道昭，善于书写，哀家还曾经告诉皇上，向你的儿子请教一二呢。哀家惜才，不忍心让你的儿子受到你的牵连。李冲大人提出的三长制，是否推行，哀家正在为难，是否缓一缓再颁布。如今郑大人说出这番话，倒让哀家拿定了主意，不能再等了，必须马上推行，而且就从郑大人任职的开封动手，看看这个办法究竟是对朝廷不好，还是对你郑大人不利？”

郑羲磕头如捣蒜地说：“太皇太后饶了微臣吧，微臣的确是出于自家的私心，一时鬼迷心窍，才想起说这种话的。念在微臣以往的耿耿忠心，看在吾儿郑道昭、吾女郑妃的面子上，饶过微臣吧。”

此时高佑方才听出了名堂，他在一边指着郑羲说：“我差点上了你的当，原来你是别有用心呀？真是君子坦荡荡，小人长戚戚啊。”他对太皇太后说：“刚才微臣的话全部收回，请太皇太后原谅。微臣没有他意，只是为江山社稷考虑啊。”

不出数日，孝文帝的关于推行“三长制”的诏令正式颁布。

时间是太和十年（486）二月。

诏曰：

> 夫任土错贡，所以通有无；井乘定赋，所以均劳逸。有无通则民财不匮，劳逸均则人乐其业。此自古之常道也。又邻里乡党之制，所由来久。欲使风教易周，家至日见，以大督小，从近及远，如身之使手，干之总条，然后口算平均，义兴讼息。是以三典所同，随世洿隆；贰监之行，从时损益。故郑侨复丘赋之术，邹人献盍彻之规。虽轻重不同，而当时俱适。自昔以来，诸州户口，籍贯不实，包藏隐漏，废公罔私。富强者并兼有余，贫弱者糊口不足。赋税齐等，无轻重之殊；力役同科，无众寡之别。虽建九品之格，而丰埆之土未融；虽立均输之楷，而蚕绩之乡无异。致使淳化未树，民情偷薄。朕每思之，良怀深慨。今革旧从新，为里党之法，在所牧守，宜以喻民，使知去烦即简之要。

此诏书阐述了推行“三长制”的必要性。孝文帝说，大魏王朝长期以来，各州郡的户籍不实，多有包藏隐匿，地方势力损公肥私，截留赋调。富强人家日子宽裕，兼并的土地也多，而贫困人家则温饱难继，可是论起赋税和徭役来，却要承担相同的份额；养蚕织丝和棉麻织布的地区也没有丝毫的区别，民间难以树立文明和淳朴的风气。实行邻里党三长制，各地牧守长官，要向百姓讲清道理，让大家知道删繁就简的意义。

颁诏以来，老百姓又为新一轮改制所涉及的赋调愁苦不安。普遍认为改来改去还不是百姓遭殃，再剥一层皮，阻力不小。豪门士族更是极力反对，他们甚至煽动百姓到州府门前闹事。朝廷为此派出多路人马，进行解释，平息大家的情绪。秘书令李冲亲自率人在平城附近的州郡视察，他们配合州郡官员一边贴出告示，让大家知道实行三长制，可以用租调法征收赋调，大家的负担将有大幅减少。一边实地征收，让老百姓在第一次接触租调法，就体会到减免赋调的甜头，有的百姓只用缴纳九品差调法的一成，大多数百姓减负也在一半以上。消息传开，各地进展状况大有改观。过去的豪门宗主虽然失去了在地方上的霸权，可是其中不少人摇身一变，成为里长、党长，至少也弄个邻长干，有一定的权利，还有减免徭役的待遇，抗拒的情绪就算慢慢地平息下来了。

李冲向太皇太后汇报了“三长制”的执行情况，他说：“三长制就目前来看，发挥了两个作用：一是赋调总体上升，虽然百姓负担减了，但是朝廷赋调增加了，原因就是户数成倍地增长，仅兖州一地就增加了两倍还多。二是老百姓从此有了隶属朝廷的管理。自古百姓畏惧的管理无非有三，皇权、神权和族权，三长制的推行无限地壮大了皇权，有效地遏制了族权，对朝廷十分有利。”

太皇太后说：“甚好啊。先这么推下去，待到一段时间后，朝廷再出面把那些只贪便宜不为朝廷办事的三长给换掉就好了。万事开头难呀。”

“微臣预计，时间一久，那些豪门宗主就不再愿意干这个三长了，因为他们图的是利益。可是一旦朝廷认真起来，他们完成不了赋调不但要补还要罚，百姓逃亡要免，就没多少利益可图了。这时候，真正为朝廷负责的三长就会上来。这只是时间的问题。”

“你的信心十足，可见你已经把老百姓和那些宗主的心吃透了。李冲你为哀家的改制操碎了心，哀家清楚得很，可是哀家什么也给不了你，真是有些过意不去。”

李冲跪倒在地，说：“太皇太后对微臣的呵护，只有微臣自己明白。微臣已将生死与太皇太后连在一起，太皇太后有何旨意，微臣万死不辞。”

“哈哈哈哈，你的心，哀家知道就是了，什么死不死的。”太皇太后把手中的杯子放下，伸了伸腰，动了动脖子，细声说：“爱卿过来，给哀家揉揉肩吧。”

李冲起身，两人互相搀扶着向内室走去。

在李冲的伺候下，太皇太后好好地睡了一觉。

第十八章 第二春天

封建社会，有的时候并不如我们想象得那么封建，在男女情感问题上有的朝代就比较开放，比如唐朝，唐朝的之前的北魏王朝也是这样。北魏受游牧民族习俗的影响，在男女关系上条条框框不是很多。评价冯太后的私生活问题，应尊重当时的历史背景。若是把冯太后只当作一个年轻守寡的女人来看，这没什么，北魏时期女性亡夫再嫁很正常。若是把她作为皇帝的女人、母亲或者奶奶来看，就会觉得于理不合。历朝历代的正人君子翻开冯氏这一页，自然会受到封建礼教的左右，认为她是淫乱后宫。若是用现代人的观念看冯太后，那是冲破封建枷锁，大胆追求个人的爱情，是个性的解放。

不论怎么看，冯太后她做了，她不是个所谓的贞洁烈女，她是个活生生的有血有肉有感情的女人。她守寡孤身时，芳龄才二十四岁，正是年轻貌美，浑身都透着青春气息的时候……

小女人

秘书令李冲，是能够出入太皇太后内室的几个男人之一。

那天李冲在心灵和肉体上都让太皇太后得到了满足，所以她很好地睡了一觉。她好长时间没有过这样好的睡眠了，李冲悄悄退出，宫女们轮流守候着，注意着内室的动静。

太皇太后四十有五，她八岁入宫，已经在这平城的皇宫里生活了三十七年。这里的一草一木，一砖一瓦，一殿一廊，她都了然于心。

让太皇太后最怀念的一段日子是拓跋濬年少时，他们在一起读书，一起游戏，一起谈天说地的时光。那时候既没有痛苦，也没有嫉妒，更没有猜忌，过得既充实又单纯，既天真又浪漫，青梅竹马，两小无猜，为他们以后的夫妻之缘，奠定了深厚的感情基础。拓跋濬曾问过当时的小冯女：“将来，你长大了就嫁给我咋样？”

小冯女摇摇头说：“不知道。”

“为什么？”

“记得小时候母亲说过，女儿长大了婚嫁之事，是父母做主。”

“如今你的父母已然不在了，你可以自己做主了。”

冯女：“那不行，我还有姑妈在呢。”

拓跋濬哈哈笑着说：“你说昭仪娘娘呀，她一定会愿意的，她对你那么好，只要你愿意，她不会反对的。”

冯女：“皇宫里里外外有太多的漂亮女孩儿，到时候你哪里还会记得我？”

拓跋濬：“我发誓，今后我一定会对你好的，不离不弃到永远。”

就如当日的誓言一样，拓跋濬的第一个女人正是冯氏。他们的夫妻生活可以说是封建社会帝王婚姻爱情的典范，可歌可泣，值得敬佩。与之可比的，就是唐朝大诗人白居易在《长恨歌》里所描写的唐玄宗李隆基与贵妃杨玉环之间的爱情。只不过文成帝与冯氏的爱情，是开始于少年恋情，到结为连理，再到文成帝英年早逝，冯氏毅然向大火一跳，要随他而去；而唐玄宗与杨贵妃的爱情，则是唐玄宗看中了儿子的女人，把她据为己有，从此相亲相爱，一直到无奈之下贵妃被赐死，而唐玄宗念念不忘。比起来，仿佛前者的爱情更显真挚、无瑕。

然而让太皇太后最为难忘的一段情，却是她与李奕的情债。

李奕是太皇太后儿时的偶像，情窦初开时的梦中情人。在黄河边，在郊外的鲜花盛开之处，在他们年少之时所有去过的地方，都曾留下他们一起的欢笑与回忆。那就是封建社会一个贵族家庭里的女子的初恋。然而一场灭顶之灾，毁掉了她的家庭，使她失去了父亲、母亲，也失去了所有的梦想，其中包括她与李奕之间情感的萌芽，也一并被践踏。

与李奕的重逢，对于历经重重磨难的冯氏来讲，简直就是天方夜谭、绝无可能的神话。活生生的，潇洒英俊、多才多艺、柔中带刚、不卑不亢、似仙非仙的李奕，就站在她的眼前，她有些眩晕，有些狂喜，也有些不相信。这是真的吗？是佛祖和自己开了个玩笑，还是命里注定了就有这样一场劫后重逢？经历了大起大伏之后，也许就该这么幸运，所有的好事一下子都扑向冯氏的怀抱？在她的心里，用尽天下所有的词藻，来形容李奕都不会过分，李奕就是这样的仙者，他是从天而降给她带来幸福的仙者。

李奕的怀抱无疑是温暖的，她二十四岁失去夫君造成的创伤，在李奕的怀抱里一下子得到了修复。每当李奕进入她的内室，她会感到蓬荜生辉，许是那一袭白衣，身体发出的光泽，他的体温，让她不再有半点黑暗和冷意。多少年过去了，她不得不在各种情况下，各种人面前，成为一个强者，而此时的她，在李奕的怀抱里，再次变回自己，再次以一个柔弱的小女人出现，再次对另一个人充满了崇拜，充满了渴望，充满了柔情。

李奕没有让她失望，每次在一起，她都像回到了神话般的梦境。她觉得整个身体在飞，以前备感的空虚和寂寞，被李奕填得满满的，她觉得血液流得更快了，由脚底通过两条腿、腹部、胸部往上涌，两个脸颊有些发烫。

记得李奕曾问："太后，您感到宫里的富贵好吗？离开黄河多年了，微臣十分怀念过去的日子。你还记得黄河边有一个小村子吗？有一次我们走得累了，在村子里歇脚，喝那井里的水，透心凉，吃那个老人家给我们的大枣，甜如蜜。如今那个村子一个人都没了，村里的人全都成了奴隶，他们被赶离家乡，来到平城。"

冯太后："奕兄，你想听我的真话吗？"

"当然。"

"宫里的日子，我已经过够了。自从我再次遇见了你，我在想，我的奕兄能不能把我带走，带我去一个没人找得到的地方，我们自由自在地生活。我们盖几间房子，生几个孩子，自己种地、养蚕、纺织，相依相伴一起到老。"

"太后舍得？"

冯氏两行热泪流出，她也顾不上擦，说："皇宫里有无数的财宝、无限的富贵，但是也有无数的心酸、寒冷和刀光剑影。只有远离，真正的幸福和快乐不在皇宫里。百姓虽苦，百姓有百姓的知足，知足才是幸福的。"

那天夜里他们相拥在一起，李奕的大手里，紧紧地攥着冯氏的小手，他们就这样一直聊着，说着……

没过多久，李奕三兄弟被杀。

冯太后的心，从天堂一下子掉到了地狱。等她从极度的悲痛中挣扎过来之后，冯氏重新让自己变得理智起来。她提醒自己，李奕其实就是一个梦，一个美丽的，带着鲜花，带着虚幻，又伴着沉醉的梦。她记起姑母的一句话，自从你入宫，到死你都不能放松自己的警惕，不能为所欲为，你必须时刻保持谨慎，保持清醒。她反省自己，李奕的出现，让她忘掉了姑母的话，让她一直处于一种梦幻之中。李奕他从天上来，如今他又驾鹤西天去，李奕之梦该醒了！

完全清醒之后的她恨三个人，一恨献文帝，他不该不顾母子之情，把唯一一场让她忘情、让她痴醉、让她能够回到从前美好时光的美梦，即刻之间转为噩梦，让她刚刚尝到幸福的味道，一下子又遍体鳞伤。当然她也感激献文帝，是献文帝让他从梦幻中走出来，回到现实的残酷中，脚踏实地面对这一切。

二恨李欣，这个罪该万死的小人。李奕这样一个仙人，还有他的两个兄长，三家几十口人，居然就死于他的诬告。怎么办？杀死他，那是易如反掌的小事。当时的冯氏，已经有足够的权势和能力除掉一个小人。然而她没有这样做，因为她明白，杀死他就等于向献文帝宣战，那么所有的宫廷斗争就都摆到了桌面上，一场所有人都担心的腥风血雨也就拉开了序幕。此时还不能这样做，她也不是这样的性格，君子报仇十年不晚，她把这个叫作李欣的人死死地埋在了心里。杀死了李欣，就等于向世人承认了她与李奕之间的情事。如今她既然已经醒来，就不能再办糊涂事，眼下第一要务，是要恢复自己的状态，恢复自己在人们心目中的形象，恢复她多年来积攒下来的人脉，把自己保护起来，然后再慢慢修复自己的伤口。

第三个要恨的人是太后她自己。李奕其实不是别人害死的，是冯氏自己害死的。以她一贯的作风，是不可能让李奕大摇大摆地进出后宫内室的，可事实却相反，以致引起诸多的猜测和妒忌，引起献文帝的仇恨，才会出现这样的结局。冯氏问自己，那段日子你究竟是怎么了？怎么会变得如此糊涂？如此不可理喻，以至于害死了李奕，也断送了一场美梦。也许李奕真的就不该出现，他的出现让她变成一个小女人，她甚至还做出丢掉这一切，跟着李奕出走的决定。简直是荒唐至极，简直是罪恶。因此这是一笔无法偿还的情债。

为李奕复仇，是在孝文帝期间，太皇太后再次亲政若干年之后。

当年诬告李奕三兄弟之事，也是李欣心中一道难以跨过的坎儿。太皇太后重新理政时，李欣感到他的死期就要到了。然而太皇太后没有杀他，反而重用了他，提拔他为司空，晋爵范阳公，外任徐州刺史，给他一种过去的事就不再追究的假象，也让大家充分感受到太皇太后的宽厚仁义。李欣有个死党叫范标，此人一直跟随李欣，其性格作派与李欣如出一辙。太皇太后没有杀掉李欣，同样让范标感到意外。范标与李欣只是酒肉朋友，各有自己的心思。范标跟自己赌了一把，太皇太后不杀李欣，绝不是因为与他无仇，或者是看得很淡，准备化敌为友，而是要等待机会再杀不迟。他觉得跟着李欣混，就等于在悬崖边上酣睡，迟早总有一死，不是被李欣吃掉，就是受李欣之牵连，被太皇太后除掉。若是先下手把李欣扳倒，在太皇太后那里说不定能够立上一大功。这个机会过去就没了，把握不住搞不好让别人抢了先。于是范标一直留意着李欣的动态。一次偶然的机会，他发现李欣与刘宋官员有来往，好像是偷偷在做生意。于是范标就收集了有关的证据，亲自拟写了奏本，告发李欣投靠刘宋，叛国谋反。奏本送到朝廷，孝文帝明白李欣与太皇太后的个人恩怨，在这件事情上，他明白该如何处理。李欣过了这些年，刚刚觉得远离了京城，也等于远离了虎狼之地，能够过几天舒心的日子，没曾想一直给他人挖陷阱的人，却掉在别人挖好的陷阱里。孝文帝问范标："你觉得李奕投敌叛国一案的证据确凿吗？"

范标："微臣以为，证据如铁，他无可辩驳！"

"那好吧，寡人亲自去审李欣，只要他认了罪，范标你就算立功了。你敢去与那李欣对质吗？"

"微臣愿意。"

范标告李欣叛国罪，太皇太后十分高兴。因为只有告他叛国投敌，依律才能判他灭门。这也是范标心里所想的，也只有给李欣判了灭门，他也才放心，否则的话，说不定哪天他的脑袋就会被李欣的后人给搬了家。孝文帝亲自去审，太皇太后也开心，这个事情她也实在不愿意亲自动手，她只要一个结果，一个能够解她心头之恨的结果。

范标在大牢里与李欣对质，范标说："李大人，你早晚都有一死，不如痛痛快快地招了，免得受那大刑。"

李欣说："我为人也算工于心计，怎么会与你这等小人交下朋友？真是报应啊！”

“大人说得没错。物以类聚，人以群分，大人你这样的人，自然会有我这样的朋友。”

“这些年来，我对你不薄啊。你为何害我？”

“大人对我有恩，这没错。可是大人叛国投靠刘宋，小人我在大是大非面前，还是分得清哪头轻哪头重的。再说了，当年李敷大人对大人你可谓有再造之恩，大人你不是照样害了李敷大人兄弟三家几十口人的命吗？对比之下，小人我这样，算不得害人，倒是对朝廷有功啊。李大人，证据都摆在那里，小人还是劝你签字画押认了吧。大人与小人有恩，小人当然会记得，大人还有什么要办的事，交代给在下，小人一定效劳。”

“滚！滚得远远的！”李欣见大势已去，挥笔签字，用牙咬破了手指，按了手印。孝文帝命令将李欣及次子、三子处死。李欣长子早年夭折，可李欣的长孙出门在外，逃过一死。

那范标在驿馆里等候太皇太后的奖赏和提拔，左等不见右等不见，他正在纳闷。宫里的太监通知他，太皇太后急招他入宫。范标立刻穿戴整齐，坐了宫里的马车跟着就走。马车驶出一段路，两名太监用短剑结果了他的性命，将尸体埋到了荒郊野外。

退虎王睿

大魏朝是由鲜卑民族建立的帝国，鲜卑族的许多传统根深蒂固地存在着，他们对女性亡夫再嫁，是不加干涉的，然而这只限于民间，帝王的女人如果这样，就要受到种种舆论的谴责。李奕曾把冯氏已经熄灭的情感之灯点燃，照亮了她全部的生命，然而好景不长，这盏情感之灯再一次熄灭，她的世界再次变得百无聊赖，黯淡无光。她紧紧地包裹着自己，一天天地与皇宫深院一起消耗着时光。

身边的太监，如张佑、赵黑、剧鹏等，曾经在情感上也给冯氏一些慰藉，也在某种程度上让她得到一些解脱和放松，但是在她的心里，李奕是一道难以迈过的坎儿，除了李奕，她不准备再接受任何人。

有那么几次，赵黑向太皇太后提到一个人，那就是御中散王睿。说他如何魁梧，如何阳刚，是个真正的男子汉；说他学过占卜八卦，上知天文下知地理，能掐会算；说他幽默，总能给人带来快乐，待人非常热情；说他办事利索，聪明能干，遇事不慌，胆大心细等。张佑、赵黑，都是太皇太后的心腹，经常出入后宫，带来许多外面的消息，非常正常，可是反反复复总说一个人，而且只说他怎么怎么好，还真是第一次。太皇太后说："黑子，这个王睿给你灌了什么迷魂汤，你怎么总是在说他呢？"

"微臣没有别的意思，只是觉得王睿这个人比较特别，就多说了几句。"

"真的吗？"

太皇太后的心里太清楚了，赵黑是在提醒哀家，每天在朝堂上，黑压压一片文武大臣里，有一个叫王睿的，让哀家要多留意一下。太皇太后忽然想起，一次朝议，就是这个王睿提出了一条建议，他说大魏朝进入鼎盛时期，到处都需要人才，朝廷应该采取宽厚的刑罚。比如对犯有死罪之人，可以只杀其本人，不必让其子及族人受株连，除非罪大恶极。这样朝廷办一个大案，就可以少杀许多人，而这些人里面，会有不少可用之才，为朝廷所用。当时太皇太后正是听了他的建议，觉得王睿所言不无道理，才与孝文帝商量取消了门房之诛。

之后几天的朝堂上，太皇太后真的对王睿留意起来，觉得此人的确相貌堂堂，身体健壮，语音洪亮，性情耿直，敢说敢当，往往能够得到人们的喝彩，是个人才。一天，太皇太后正在看奏折，赵黑进来说："王睿求见。"

太皇太后在宫里第一次听到这个王睿，犹豫片刻，说："请他进来。"

王睿进来跪拜，嘴里说："微臣王睿给太皇太后请安。"起身抬头，正与太皇太后的眼神撞在一处，两人互相打量着。赵黑见状悄然退去。

“爱卿，因何事要见哀家啊？”

王睿：“微臣有几件事，想给太皇太后讲讲，太皇太后愿意听否？”

“那要看是什么事了。”

“几件有趣的事儿。”

“有趣的事儿？说来听听。”

王睿见太皇太后一脸的欣喜，便大着胆子往前靠了靠，说：“不知太皇太后可曾见过彩虹？”

“自然是见过，那又怎样？”

王睿故作神秘地说：“微臣掐指一算，明日晌午将有一场急雨，雨后西南方向将出现三道彩虹，一道套着一道，十分壮观。这就预示着我大魏朝的盛世来到了。”

“果然会有三道彩虹？为何不是两道呢？”

“请太皇太后午后观看，急雨过后的奇观。”

“你还有什么奇事要讲？”太皇太后伸了个懒腰，用眼睛的余光观察着王睿，说：“哀家有些累，不如与哀家到内室来，我们慢慢说。”

王睿搀扶太皇太后向内室走去。

王睿比太皇太后长九岁，晋阳人氏，少时家境贫寒，跟随其父学习天文卜筮，由于聪明好学，为人忠实，且善于表达，很受人们喜爱。加上他成年后生得健壮有型，略通武艺和兵法，在朝廷里谋得差事，得到提升。后来娶妻生子，小日子过得有滋有味。他做梦也不会想到，有这么一天，他能够得到太皇太后的垂青。王睿进到内室，从午后进去，一直到第二天凌晨，他才悄然离开。

王睿正是好男人一个。他的温柔，他的体贴，他的细致，他的力量，都无可挑剔，他让太皇太后痛快淋漓地做了一回真正的女人。天亮了，太阳升得越来越高，太皇太后吩咐今日不适，早朝由皇上主持好了。宫女们伺候她用早膳，她的心思不在食物上，她还久久地回味着昨夜的疾风暴雨和潺潺流水，这些感受，都是她从来没有过的。就为了这个，为了这番酣畅与缠绵，一切都是值得的。她骗不了自己，她给自己曾经在心房上的锁，不打自开了，她需要这个男人。当然她也在想，李奕的教训是惨烈的，这样的悲剧绝不能重演。问题的关键是三点，一是皇上的态度，二是自己的分寸，三是王睿能否忠诚，做事能否低调一些。

孝文帝早朝之后入宫看望，见太皇太后面色红润，神清气爽，放了心。约请三日后去北苑看虎。太皇太后应下了。

午后一场太阳雨下得如浇如灌，可是很快就作罢，随之西南方向出现一道彩虹，十分鲜艳。太皇太后和宫女们打开宫门，仔细观看。紧接着这道彩虹外面又出现了两道彩虹，一道比一道更高，连接着天边。宫女们高兴地连说带跳，忽然外面的两道退去，里面的彩虹也缓缓地消失不见了。一切仿佛都在专门给太皇太后展示，当最佳氛围出现时，也就该结束了。宫女们遗憾地说："怎么说没就没了呢？"

太皇太后说："是啊，美好总是短暂的。"

三日后，天高气爽，皇上与太皇太后乘龙辇前往虎圈，在众大臣的陪同下观虎。拓跋鲜卑人向来崇拜虎文化，他们认为生活在大鲜卑山深处的猛虎，代表着一种精神，一种英勇顽强、无所畏惧的鲜卑人的精神。许多年来，鲜卑人聚集的地方，常常有观虎的习惯，虎的形态和行为，可以让他们的神经无限地亢奋起来，让他们的斗志再次昂扬起来。近来虎圈有几只从鲜卑族发祥地大鲜卑山抓来的猛虎，被关在笼子里，连日来，前来观赏的人络绎不绝。今天虎圈一律不接待其他闲杂人等，几只老虎一大早被喂得饱饱的，懒懒地躺在笼子里，连眼皮都不眨一下。只有一只虎明显的情绪不佳，喘着粗气，在笼子里来回走着，不断地向人们发出警告。孝文帝说："这只大虫，不然为何如此暴躁不安？"

虎圈的官员答道："这只虎抓来的时间不长，野性十足，它只吃活食，早上给它投进的牛肉，它只吃了几口。下官为了它，专门派人去买活鸡了。"

正说着，买鸡的人回来了。有人准备打开笼子，把刚刚抓来的两只鸡投进去。所有的人都聚精会神地看着，看看这只老虎是如何把鸡生吞活吃的。

没曾想，这只老虎现在感兴趣的，并非那两只呱呱乱叫的活鸡，而是围在笼子四周的人。笼子的门打开一小半，刚刚要把鸡塞进去，这只虎就一下子把偌大一个脑袋探了出来，随着一声怒吼老虎奋力一挣，把它巨大的身子都蹿出半截来。

这时候，开门的汉子早被老虎吓了个半死，他撒开了双手，倒在原地。围在周围的所有人都被这突如其来的变故，吓得面如土色，不知如何是好。太皇太后和皇上，也与其他人一样，从没遇到过这种情况，早已没了主意。就在这关口，一个壮士手持长戟，大喝一声跳出人群站在老虎的面前。老虎的前半截身子已经从笼子里出来，再一用力就会向他扑来。这个武官毫无惧色，把那雪亮的长戟抡圆了唰唰唰一阵狂舞，时而寒光闪闪步步逼近，时而带着风声腾空跃起。老虎乃山中之王，也没见过这威风凛凛的阵势，犹豫了片刻，退回到了笼子里。此时此刻，睡梦之中的几只老虎，也纷纷起身，在笼子里活动起来。刚才那只返回的老虎，却在笼门关闭之后，死死地盯着这位从天而降的英雄。

确认平安无事之后，现场才出现一片喝彩和欢呼的声音。

那个喝退老虎的武官把兵器放下，给太皇太后和皇上单腿跪地，说:“微臣王睿，叩见太皇太后和皇上。”

太皇太后一看，这个临危不惧、有勇有谋的武官，正是那个让她享尽激情的王睿。

王睿临危不惧，只身退虎的事情很快传遍了朝廷上下。不出几天，孝文帝下诏提升王睿为尚书令、镇东大将军，封中山王。太皇太后密召王睿进宫私会，再入温柔乡。太皇太后想好了，她为王睿专门造了一辆夜帷车，见车如见令，可以自由出入太皇太后的宫里。同时赏赐他许多金银财宝，一处豪华宅第及大片的田园和牛羊。最珍贵的是赐给王睿金书铁券，相当于一张免死牌。这就意味着王睿以后不论犯下何等罪行，也可以免去一死。

从这以后那辆夜帷车常常在夜晚入宫，清晨离去。

人们会猜到，这辆车一定藏着一个与太皇太后私生活有关的秘密。然而很少有人会把这个秘密与王睿挂起钩来，除非是太皇太后身边的人。然而这些身边的人，都是经过很长时间考验，非常忠心靠得住的人，他们不会把这件事情说出去，况且有了李奕这件事情的教训，大家都知道祸从口出的道理。这不仅维护了太皇太后，也等于保护了自己。

然而这件事，还是被孝文帝察觉到了。

这是太皇太后有意安排的，让皇上在后宫遇到王睿。待那王睿叩别之后，她对皇上说："你说这个王睿，还真是了不起，那么多人都被那老虎吓得没了主意，可他却能沉着冷静，孤胆现身，哀家的确被他感动了。皇上啊，要不是王睿，咱们两个今天还能不能在此聊天，也不一定呀。想想实在是太悬了，简直就是一场梦。"

"王睿是个人才！胆大心细，遇事不慌，对皇家也忠心耿耿。寡人还听说此人精通天文八卦，能掐会算，是得了他父亲的真传。寡人一定好好地待他。"孝文帝说。

太皇太后就是要让孝文帝猜出些什么，又不能确定究竟是什么，看看他的态度。拓跋宏经过的事情也太多了，他不愿意再犯先帝那样的错误，对待皇奶奶的私生活问题，他只是检讨自己关心得不够细致，也不够到位。至于这个王睿若是真的与太皇太后发生了什么，皇奶奶真的需要的话，就应该有这样的结果。他知道位高权重的太皇太后，其他什么都不缺，唯独她的感情世界是空虚的，孝文帝不论怎么孝顺，对于这件事情来说，他无能为力。

王睿得到太皇太后的宠爱，应该说是他三生有幸，所以他十分珍惜。王睿也真是好样的，不论为朝廷做事，还是对待太皇太后，他都是尽心尽力，尤其进到后宫里，他更是极尽所能让太皇太后开心，尝到男女之间的真爱。他明白与太皇太后保持这种关系是有难度的，既不能公开男宠的身份，又要有男宠的作为。虽然这是他升迁和发财的机会，但是他不能忘乎所以，胆大妄为，给太皇太后添乱，同时也给自己带来不必要的灾难。他始终保持冷静，保持一个官员所应该有的正常的心态和作派，他与太皇太后秘密来往五年，一直到死，也没有在朝廷里惹出事端。他的名声是赞誉一片。

太皇太后与孝文帝出席他的葬礼，下诏在大殿之上绘出《王睿捍虎图》，九十高龄的老臣高允还为他拟写了赞文，书写于该图之侧。孝文帝命王睿之长子王袭继承爵位，接替尚书令等职位。

知己难觅

要说李奕是太皇太后的精神偶像的话，那么王睿就是她的情感支柱，而李冲，实际是她在事业上的知己。

李冲，瘦削的身材，炯炯有神的眼睛，虽然算不上高大魁梧，却浑身上下散发着一种不屈不挠、不卑不亢的气质。他小太皇太后九岁，自幼失去父母，由哥哥抚养长大。他天资聪明，机警理智，广学博览，少年得志，善于开拓，能言善辩，做事专注，非常执着，充满了正义感，是个做大事的人才。这一点，是太皇太后十分看重的。太皇太后对他心存疑虑的只有一点，那就是怕他用情不专。有人曾经给太皇太后了解过，说此人从小缺乏母爱，在哥哥家长大，对嫂子有恋母情结。少年时期，偷看嫂子沐浴，被其训斥。他一生喜欢长于自己的女性。他娶妻三房，生有三子六女。除此之外，他还曾经有过外室，把一个丰满而美丽的长他七岁的亡夫之妇，供养了若干年。刚一开始，这个女人刚烈不屈，绝不收受他的任何好处，到后来终于被他的激情和手段所降服。这些情况，让太皇太后不能满意。

李冲在孝文帝和太皇太后冯氏时期所起的作用，相当于北魏开国时期从道武帝到太武帝时期的汉臣崔浩。崔浩于真君十一年(450)被太武帝杀死，一个著名的汉臣、军事家、文学家和书法家，死得非常悲惨，以至于他在三任皇帝期间所建的卓越功勋，也烟消云散。他死的那一年，刚好李冲出生，命中注定了他将成为北魏中后期改革大业的一位不可替代的重要人物。

同为汉臣，同为军国大事的重要谋臣，同样是才华横溢，同样是鞠躬尽瘁，所不同的是李冲站得更高，看得更远，当然他的依靠也无人能比。

李冲的靠山，是他自己找到的。

李冲的眼里，冯氏不仅仅是个知识渊博、位高权重的女人，而且是个成熟美貌、不卑不亢的女人。他常常站在朝堂上，仔细观察太皇太后，慢慢地他产生了一个念头，他要让这个把江山玩弄于股掌之间的女人，变成自己的女人。这就是李冲，一个非常自信勇于挑战极限的男人。

一日，李冲奉旨给太皇太后介绍河东疫情。正事说完，他看左右无人，说："微臣还有一事，不知当讲不当讲？"

"李爱卿直说无妨。"

李冲近一步说："既然太皇太后恩准，那微臣就直言了。微臣从民间寻得一个秘方，可以让美人的皮肤更加娇艳，冰肌玉骨啊。"

太皇太后一听，觉得从一个大臣嘴里说出这样的话，明显地带有挑逗性，就没有直接回他的话，说："哀家这些日子忙于国事，休息不好。难得李爱卿为哀家劳心，没别的事就退下吧。"

李冲感觉有些无趣，但太皇太后还算给他留了面子。

还有一次，几位老臣和李冲一起陪同太皇太后和皇上在如浑水边巡视，车辇陷入泥泞，所有的人无奈，徒步而行。李冲借机与太皇太后走在一起，他低声说："太皇太后如此娇弱的身子，受此劳苦，微臣有罪啊。"

太皇太后不解，问道："不知李爱卿何罪之有？"

"微臣与太皇太后一同脚踏泥泞，就是微臣的罪过。如若不嫌弃，微臣愿做牛马，让太皇太后骑在微臣的脖子上走。"

"哈哈哈，爱卿的心意，哀家心领了。哀家吃一点苦，不算什么。"太皇太后说着，在李冲的肩上拍了一把："看来爱卿这瘦削的身板，还很有力哟。"

李冲几次对于冯氏的暗示和表白，太皇太后一直是佯装糊涂，既不拒绝也不给他机会，似乎还让他心存几丝希望。李冲十分清楚，太皇太后从心里是不排斥他的。若是对他没有一点意思，或者干脆就是厌恶，像这样的轻薄，不要说三番五次，哪怕只有一次，都会惹来杀身之祸。而他却安然无恙，甚至比以前更加容易接近，太皇太后脸上微笑的表情，对他来说，就是一种默许，就是一种纵容。

太皇太后对于李冲是既喜欢又担心，既不想与他进一步地亲近，也不想让他为此感到失落，而不再效忠朝廷，同时也在继续地观察他。一直到太皇太后推行文治，大胆改制，才进一步感觉到李冲的魅力和执着，慢慢地接纳了他。

太皇太后感觉到，在她的怀抱里，李冲更像是个小弟弟，而不是一个顶天立地的大丈夫。让冯氏满意的是，他的活力，他的浪漫，他十足的精力。让冯氏相信他、依靠他、离不开他的，是李冲在朝廷的政务上。四十岁以后的太皇太后，精力不足了，但是她在大魏江山所设想的许多宏伟蓝图，还要一项一项地完成，光靠孝文帝不成。孝文帝毕竟还年轻，他的思想会随着潮流产生变化。必须有一个核心团队，对太皇太后的思想体系吃透了，与孝文帝一起去完成，她才放心。而目前的核心圈子里，老臣居多，他们可以起到稳住阵脚的作用，但是他们的思想和观念相对滞后，必须有像李冲这样既与冯氏一心一意、博学多才又敢作敢当的新派人物作为中坚，不然改制之事难以成功。眼下，能够替代李冲而又靠得住的人才，绝无第二个。所以，太皇太后有时候看着躺在自己怀里酣睡的李冲，心中不免生出许多感慨，觉得有些对不住他，给予他的实在不算多；觉得李冲为朝廷付出的太多，而且相信他一定会无怨无悔，鞠躬尽瘁。想到这些，太皇太后的眼眶里还有热泪在打转。

太皇太后想得没错，论功论才，李冲都在王睿之上，然而太皇太后给王睿的官职到尚书令，是正二品，爵位是中山王，比公爵还大。在太皇太后执政时期，给李冲的官职，是秘书令，后转任南部尚书，爵位是顺阳侯，后晋爵荥阳开国侯，是侯爵。太皇太后觉得有些对不住李冲，官职和爵位不够高，是因为她从内心觉得李冲太能干、太有才，若是给他的官位和爵位太高，怕控制不了，怕生出其他的事端。而她对王睿就不用担心这些。

李冲才高八斗，他更是个正人君子。君子与小人的根本区别，在于君子看重的是道义和作为，而小人看重的只是欲望和利益。从某种角度上讲，李冲更在乎他的思想、他的作为是否被认可，是否能够对江山社稷和老百姓有利，产生积极的作用。对于多高的官职和爵位，他倒是看得比较淡泊。反正生不带来、死不带去，为这些功名利禄而争，实在不值得。李冲最为庆幸的，是他一次又一次挑战的成功，为此他常常自斟自饮，开怀大笑。他居然把太皇太后这样一个如仙如神如菩萨的女人征服了，他作为一个男人，该是何等自豪。他把征服太皇太后的感情，也作为自己的一个事业，默默地享受着这个过程。当然在太皇太后所推行的一系列改制中，李冲刚好使出自己的才华和智慧，他如鱼得水，发挥自如，他身先士卒，一路开拓，轰轰烈烈地大干一场，改变了朝廷局势，造福了黎民百姓，李冲更是乐在其中。尤其是他精心策划的“三长制”，就如同他的孩子，他亲眼看着它出生、长大、成才，成就感带给他的满足和欣喜，就是最好的嘉奖和礼物，除此之外，他还要什么呢?

放心不下

太皇太后冯氏对孝文帝多年的培养，尤其是经过了班禄制、均田制和三长制等重大改革的淬炼，她认为孝文帝的心智的确过硬，对孔儒文化的了解和崇拜，对太皇太后《劝戒歌》《皇诰》里阐述的思想，治国惠民的理论、思路，也打心眼里认可，执行起来也是风生水起，可圈可点，有模有样，甚至有许多运作的方法都让太皇太后心服口服，实在是有青出于蓝胜于蓝的感觉，太皇太后为此不知默默地高兴了多少次。然而太皇太后依然会在某种情况下，某种时刻，会有疑虑，会有许多个疑问出现在她的脑海里，甚至于为了一个万万不可以说出口的念头，搅了她的梦，让她醒来之后难以再次闭上眼睛。

如果太皇太后压在心底的那点担心，真的存在的话，那将成为祸根，就如高大的宫殿，有一根最最吃力的顶梁柱被蛀虫蚕食了，就像千里大堤，有一处蚂蚁的洞穴，被水泡大了，这种看起来不打眼的祸根儿，一旦出问题，就会酿成大祸，天塌地陷一般，绝不可低估了它的危害。

太皇太后最为担心的，就是孝文帝拓跋宏关于他父亲和母亲的死，他在心里是如何纠结的？他是彻底想开了？是暂时把它压在了心里的某一个角落？还是根本没有忘记，每时每刻都像柴薪一样燃烧着，他只是为了大局的利益，一直用强大的抑制力稳定着自己的情绪？那么什么是他的大局？是得来不易的江山盛世？是付出血的代价换来的改制成功？如若不是这些，那他的大局，难道只是保住自己的皇位？如果正是这样，那就太可怕了，一旦时机成熟，孝文帝会不会对她出手？太皇太后吓出了一身冷汗。

当然，太皇太后毕竟不是一般的女人，贵族血统给她的基因，姑母冯昭仪给她的智慧，文成帝给过她的见识，李奕曾经给过的梦想，王睿给过的充实，李冲给过的默契，满朝文武在她主政期间给过她的拥戴，已经让她的内心变得十分强大和自信，她不会因为一个梦、一个假设脆弱得不堪一击，或者说内心筑起的长城就此倒塌。

几场梦之后，太皇太后的状态如旧，行事风格也没有变化，对待皇上、大臣，对待那些不离不弃的身边人，也没有丝毫的改变，一切依然是和风细雨，花好月圆。然而她秘密地约见了一个皇上身边的太监，那个太监的确是太皇太后的人，只是从来没有给他安排过机密的任务，多次叮嘱他，一定要照顾好皇上的身体，皇上是所有人的希望。此次，太皇太后说了，皇上的一言一行，都要告诉她。事情虽然做得密不透风，孝文帝根本没有察觉，然而太皇太后却没有得到丝毫“有用”的消息。这只有两种可能，一是皇上他太厉害、太强大了，没有露出任何的蛛丝马迹，二是太皇太后想得多了，有些小题大做了。冯氏正在喝茶，一个人发呆，听了消息后，她半晌没有反应，那个小太监走了多时之后，她忽然呵呵地发出笑声来。贴身宫女，不解地问："皇奶奶，为何发笑？"

"呵呵呵，哀家高兴，常常能够自己笑出声来，没把你们吓着吧？呵呵呵……"

太皇太后并非是《论语》里讲的那句——"小人长戚戚"，自己与自己过不去。她所担心的，在孝文帝身上当然存在。不管"子贵母死"之例制多么残酷无情，拓跋宏的生母李夫人毕竟是死在太皇太后的手上。太皇太后可以忘记了，前朝的男人们和后宫的女人们可以忘记了，但是孝文帝不会忘记。太上皇服毒而亡，始终是个谜。太上皇他想不开了，走了一条不归路，与世长辞，告别这让人厌烦而又担惊受怕的红尘，也十分可能。以拓跋宏对他的了解，太上皇的内心的确不够强大，活得也累，做出的事情，也的确令人费解，比如他对美人厌倦，对男孩子反而有兴趣，比如他好好的皇帝不做了，要让给拓跋子推，比如他禅让了皇位，又要当太上皇，把皇权再次握在手里等等，都是做得出人意料，能够让满朝文武的舆论为之"沸腾"的事情。但是浓重的父子情，让他不愿意相信太上皇服毒自杀是真的，他宁愿相信，如人们所猜想的一样，是被毒死的。

太皇太后设计毒死太上皇，孝文帝亦不肯相信。太皇太后毒死太上皇的理由不充分，为了皇权？为了皇权的话，当时太皇太后就不会主动还政给太上皇。为了李奕的死，还算说得过去，但李奕死了几年，太皇太后没有动手，为什么要在太皇太后受伤的心得到了抚慰之后才动手？那是为了当下的紧张局势？要说紧张也紧张，当时全城都戒严了；要说不紧张也根本不算紧张，军权都在太上皇的手里，太上皇若是不开心了，随时可以杀了太皇太后。当然这件事情可以调查，再难的案子，刑部一查就清楚了，但是这个案子孝文帝不能查，甚至提出疑问都不可以。这个案子只有一个归宿，那就是永远沉在孝文帝的心里，他每当有空就去想想，就去探探。

为此孝文帝的内心，从来没有过舒坦的时候。

孝文帝记起一件事情，当年太上皇与他一起在林子里游猎。太上皇极喜欢一个游戏，就是把自己喂养的一只鹰，在林子里放飞，让这只鹰肆意地捕猎。那一次，鹰放飞不久，就衔着一只鸳鸯回来，那只鸳鸯被它抛在地下，还在临死挣扎，翅膀呼扇呼扇地动着。随行人员与太上皇、孝文帝看着这个场面，都为太上皇训练出来的鹰欢呼。此时，天空中有一只彩色的鸟，带着悲鸣盘旋在头顶之上，其叫声十分凄惨。那只鹰闻此声，扇动翅膀准备出击，被太上皇制止。太上皇发问："如此，为何？"

卫兵回答："臣以为，在地下将死的那只鸳鸯必定为雌性，寻它而来的则是它的伴侣，一只雄性的鸳鸯。"

太上皇问孝文帝："皇上觉得呢？"

拓跋宏答道："太凄惨了，可惜雌鸟已经无法救活，它们原本是恩爱的伴侣，从此以后再无法团聚了。"正说着，只见那只彩色的鸟一头栽倒地下，口吐鲜血而亡，使当时的气氛一下子凝重起来。

第二天太上皇下诏把那只鹰放飞山林，大魏王朝不准再饲养对自然界动物有攻击性的猛兽猛禽，还解散了专门为太上皇养鹰驯鹰的鹰师曹。

孝文帝想起这件事，不禁泪如雨下，总管备车辇，他要去太上皇放飞猎鹰的林子看看。如今那片林子，已经长得遮天蔽日，茂盛纷繁，真是盛夏避暑乘凉的好去处。孝文帝忽然有了一个想法，他要亲自向太皇太后奏请。

孝文帝拓跋宏奏请太皇太后说："寡人在近郊的山林里，发现一个好去处，背山面水，深林茂密，请太皇太后移驾一去观赏。寡人有心为了感恩太皇太后对大魏王朝的丰功伟绩，对寡人的似海恩情，意欲在这里修建一座报德佛寺。请太皇太后恩准。"

不久，一座寺庙在苍翠的林海里落成，由孝文帝亲笔题写的四个金字"报德佛寺"在寺庙的上方闪闪发光，太皇太后出席了寺庙开光仪式。从太皇太后的笑容里可以看出，她今天十分开心，是那种发自内心，按捺不住的激动。

太皇太后不知情，此寺庙感恩太皇太后只是名义，孝文帝的出发点，却是纪念他早逝的生母李夫人和死得不明不白的太上皇。

第十九章　太平盛世

平城有过一段太平盛世，那就是冯氏太后的第二次亲政，一直到孝文帝迁都洛阳。这种繁荣与祥和，是文治的结果，是推行变革的必然结果。

太皇太后冯氏一生清贫，她不愿意过那种奢侈的日子，她想在大魏的后宫里养成一种简朴的风尚。一个封建皇室里的女性能够这般自省自悟自律，实属罕见。一个眼光短浅，只谋求皇权的人，会把富贵和豪华作为战利品来肆意消遣。而冯太后对这些不屑一顾，她的眼光还很远，她在为孝文帝和大魏臣民编织一个更大的梦想，那就是走入中原，融入大汉，一统中华。

一个位高权重的人物，她的威望不仅仅在于军政大事的运筹帷幄，也在于她对生活细节的态度，对待底层人物的态度。冯太后不会忘记，她进入皇宫是从一个洗衣房的婢女开始的。她深深知道江山社稷的支撑点，实际是那些务农耕作的百姓、奔走的盐商、牧羊的老者，是那些看似跟朝廷政治毫不沾边的，只凭手艺和劳作生存的卑者。而他们的命运有时还不如一只蚂蚁，不如一只羔羊。

平民心结

太和四年（480），太皇太后三十九岁。

一日，她与孝文帝在平城北边的风景区游览，他们一行登上方山顶，只见脚下祥云涌动，松林如海，山峦叠翠，河水潺潺，太皇太后心情十分舒畅。她忽然想到，将来百年之后，哀家葬于何处呢？这里风景独特，视野开阔，背山面水，正是难得的风水宝地啊。她又一想，此处离平城又近，不如就把此处选作将来哀家的栖身之地吧。于是她转身对孝文帝说："今天哀家高兴，方山之美给哀家带来一个灵感。哀家说给你们听听。"孝文帝和随行的大臣们都围拢过来，注意太皇太后要说什么。

太皇太后若有所思地说："想那舜帝，他当年死于苍梧，就地埋葬。结果他的两位爱妃听说后，悲恸交加投湘水自尽，并没有与舜帝葬在一起。"大家一听，不知道太皇太后究竟要说什么，孝文帝也在心里泛起涟漪。

太皇太后接着说："哀家想，我总有一天要驾鹤西游，到时候哀家的血肉之躯葬于何处呢？若是你们替哀家安排，一定是把哀家与文成帝合葬，葬于盛乐金陵。可哀家今天有了灵感，就在这平城以北、风景优美的方山之上，为哀家修一座陵墓。哀家要效仿舜帝的爱妃，独葬于此，一则哀家喜爱这里的风景，二则哀家离不开你们君臣，死了以后，哀家也要看着你们，看着大魏天朝的太平盛世。再说了，皇上一旦想哀家，也好过来与哀家说说话，方便不是？"

孝文帝听后，立刻跪倒在地。随行大臣跪倒一片。

孝文帝说："太皇太后吩咐的事，乃寡人之责。这些年来，孙儿一直忙于改制，对太皇太后的事儿，从未上心，真是寡人大不孝也。”

太皇太后呵呵呵笑了起来，扶孝文帝站起来，亦让大伙平身，然后接着说：“哀家身子骨还行，如今考虑此事亦不算晚。皇上不必自责。”

孝文帝说：“其实寡人也曾想过，不过也是一闪念而已，太皇太后凤体正当年，孙儿若是提起此事，还怕惹得太皇太后和满朝文武扫兴呢，随后也就忘在脑后了。”

太皇太后当然不会为此事怪罪孝文帝。因为她百年之后，按照祖上的例制，自然应当与文成帝一起安葬在盛乐金陵。但她不愿意按照例制行事，而是想给自己另外寻得一处安身之地。这是她突如其来的想法，皇上哪里猜得出来？

太皇太后的想法虽然出乎意料，但孝文帝明白，不论出于何种目的，太皇太后所言并非戏言，既然说出来，总之是要照办的。于是他虔诚地说：“太皇太后万寿无疆，方山修陵一事，寡人这就安排，一定让太皇太后满意。”

太皇太后身边的人，包括皇上都知道，她的生活一直很随意，也很平淡，从来不去刻意追求什么。她用的器具，只要求用着顺手，没有危险即好，从不讲究多么奢华气派。在她起居、会客、读书的场所，几乎没有昂贵的家具用品。她穿的衣服，除去上朝，除去出席重大的礼仪，都喜欢穿麻布衣袍，而且每一件衣裙都是洗了又洗，穿了再穿。她吃的饭菜，一直很粗淡，她再次临朝之后按例每餐必有二十几道菜肴，她亲自提出精减。她说：“你们的意思，哀家也知晓，是为了我好，也是为了朝廷的声誉。可是哀家实在是不习惯，这么多好东西，哀家只是吃几口，太不值得。规矩也是人定的，可以改改嘛。再说了，朝廷的声誉不靠这个，靠的是太平盛世，靠的是百姓安康。哀家饿不着，你们不用担心。”

太皇太后的俭朴，不仅影响了皇上，也影响了整个后宫，即使哪个嫔妃想炫耀一下，想气派一番，也会想想，万一让太皇太后知道了，会出现什么后果。有一次，身为皇上爱妃的两个侄女，为一件波斯送来的宝贝而争来争去，甚至搞得翻了脸，好久不说话。她知道后，说：“什么宝贝呀？

拿来让哀家开开眼。”

呈上的是一件金光闪闪的袍装，放在托盘里一大堆。太皇太后只用几个指头抓住，一把揪起来甩在地上。她轻描淡写地说：“哀家还以为是什么价值连城的东西，搞了半天是一件裹体的衣衫。就为了这个，你们姊妹俩就争得头破血流？知道你们俩是什么身份吗？你们是皇上的妃子，怎么就不能给皇上长点脸呢？一件衣服就这么重要吗？它比皇上的颜面重要吗？它比你们姑母的尊严重要吗？它比江山社稷还重要吗？看来哀家是想错了，哀家指望着我们冯家能够出几个有出息的，看来你们与民间那些婆婆妈妈、钩心斗角、争风吃醋的女人们并无两样。是哀家错了，哀家重看了你们，此事不是你们的错。”

两位侄女既害怕又羞愧，她们立刻跪倒在地，请求姑母的宽恕。

太皇太后无语，呆呆地望着她们，嘴上只有一丝冷笑。她吩咐宫女用剪刀当场把那件衣袍剪成碎片，她俩每人分一半，作为永久纪念，不许丢掉。

在她的心里，曾经有一个梦想，那就是让大魏天下掌握在冯氏家族的手里。她并不想改朝换代，她一个女人来当这个皇帝，把整个江山从拓跋皇族的手里夺过来，她要的是和平演变，不知不觉地把操纵江山的权力过渡到冯家人的手里。原则上讲，这一步她已经实现，自从她第二次临朝，就标志着大魏帝国的实际掌控者，不是别人，正是她自己。她已经给她的祖先毕万、她的叔祖冯跋、祖父冯弘、她的父亲冯朗和整个冯氏家族增了光。然而她并不满足于此，他曾经答应过他的哥哥冯熙，要让她的几个侄女中出现一个像她一样的，继续撑起大魏的江山，现在看来，这样的理想难以实现。因为她只可以为此做好所有的铺垫，提供所有的机会，但是她不能代替侄女们去努力，去一步一个脚印地向前迈进。

她对自己说，剩下的就是天意。天意难违啊！

对待孝文帝的严格，是必须的。这种严格出于三种考虑：第一，为了江山社稷，他是皇上，她对大魏朝的一整套既定方针，只有靠孝文帝才能最终实现；第二，孝文帝是她一手培养大的，但是他父亲之死，可能是他的一个心结，稍有放松，他有可能成为第二个献文帝，甚至为父报仇；第三，冯氏家族的后代，还需要孝文帝的庇护，才能延绵不断，兴旺发达，所以只要她活一天，对孝文帝的要求和监督，是不能够停止的。

而太皇太后对待下人，比如伺候她的太监、宫女，比如宫廷里的卫兵，比如她在各种场面上遇到的黎民百姓，都是宽厚的、悲悯的。

她身边的宫女和太监，都多多少少得到过太皇太后的恩惠。他们每个人的家里都有什么人，家中有病有难，太皇太后都会解囊相助。平日里，没有外人的时候，他们就像一家人在一起吃吃喝喝，说说笑笑，毫不拘束。冯氏喜欢听他们说说各自家乡的事情，家里的人都生活得怎么样？祖父、祖母身体怎样？父母从事何种职业？亲戚里是否有读书人？乡下婚丧嫁娶都有哪些风俗习惯？他们的小时候，他们入宫以后，家里都发生过什么变故？有哪些难忘的事儿？哪怕只是哼哼乡下的小调，她也非常开心。有个宫女说，她姨妈的儿子天资聪明，是个读书人，在乡下很是有名，于是就被太皇太后安排到了州学，转而入皇宗学，之后成为朝廷的官吏。她知道，即使是再小的人物，每个人身后都有一个家庭背景，家里老人都不愿意他们的孩子在宫里活得胆战心惊。俗话说伴君如伴虎，哀家不能这样，哀家也不愿意做这样的老虎。在下人们面前做老虎，那是无能！

有一次，一位御厨从厨房出来，端了一碗粥给太皇太后送来，途经后花园时，有一个小蜻蜓飞过，被碗里的热气熏得一头栽进粥里，结果这个厨子眼拙居然没有发现。米粥送来，太皇太后刚一端起来，就觉得粥里有名堂，用调羹一盛，一只蜻蜓跃然眼前，而且羽翼还在微微颤动。周围的人都被眼前的事吓着了，那个厨子立刻跪倒不住地磕头，嘴里说着：“小人该死！小人该死！”

孝文帝正好与太皇太后在一起，当时就火冒三丈，喊道：“来人，将此人拉出去，乱棍打死。”结果被太皇太后拦下，她心平气和地说：“不就是一碗米粥吗？重新给哀家盛一碗就好了。”她命人把那个厨子放开，说：“你不会是故意的吧？只是如此漂亮的小生命，不明不白地死在这里，可惜了。”

“小人罪该万死。给小人十个胆子也不敢呀！”

太皇太后对孝文帝说：“既然不是故意的，下不为例就是了。放他回到御厨房去吧。”

在太皇太后长期的影响下，孝文帝的生活观念也发生了许多的变化。比如喜欢穿那些经常洗涤的衣服，吃一些粗茶淡饭，一日三餐非常简单。再比如他的坐骑都是用铁木马具，他的车辇也不会装饰得非常华丽，他批阅奏章的地方也是非常简朴，绝不要求金碧辉煌。他说：“这是寡人想问题、处理政务的地方，需要的是安静，能让寡人集中精力，不受干扰就好，根本不需要气派。”他对身边的下人，也能做到平易近人。有一次，贴身太监端一碗热羹给他，不小心将羹汁洒在皇上的手臂上，而且立刻烫起了水泡，小太监吓得浑身哆嗦，不住叩头。皇上安慰他说：“好了好了，这有什么，又死不了人，快快起来，传御医来给寡人上药就是了。”这样的事情让太皇太后慢慢地都知道了，她说：“皇上了不起呀。作为皇帝，端起架子说话做事，讲究点威严，这个不用学，谁到了这个位子上也能做到。而皇上能把架子放下来，做得这么自然，如此对待一个卑者，实属不易啊。皇上能够这样，是大魏之幸，朝廷之幸，黎民百姓之幸啊。”

善待老臣

随着时间的推移，孝文帝的确变得更加成熟，更加睿智。这里面，有太皇太后所说的平和、慈善的因素，也有他经过许多风风雨雨的磨炼后得来的处世原则。比如遇事冷静、善于观察、揣测人心、韬晦待时、说话做事留有余地，等等。而这些，他认为对于当好这个皇帝，保住自己的江山，甚至在关键时刻保住自己的性命，都是至关重要的。这些长期修炼悟出的东西，只属于他自己，绝不能与任何人共享。只要遇到事情，他自己知道该怎么做就好了。

孝文帝这些年来，对太皇太后非常孝顺，朝廷上下对此无人质疑，以至于他死后得来的谥号“孝文帝”，一取其孝顺之“孝”，二取其文治之“文”的两大特点。而他的孝顺，来源于他对太皇太后的揣测。他无时无刻不在想，此时，太皇太后在干什么？在想什么？遇到所有的事，不管大事，还是鸡毛蒜皮的小事，他都会先想想，太皇太后会怎么想，怎么做，然后再想自己该怎么做。这是他继任皇位之后许多年来逐渐养成的思维定式。他不能先去想自己的观点，从自己的角度去想，按照自己的习惯模式去想，因为他在朝廷只是一个大管家，他不是最终的决定性人物。他的使命就是把太皇太后想法付诸实践。虽然他知道，这些年来，太皇太后已经非常相信他、依靠他，许多事情，甚至是许多大事情都是让他站在前面去直接操控局面，直接诏令天下。这其中的奥妙，他人也许不知，可是皇上自己最清楚，那就是皇上善于揣测，他对太皇太后的心思了解得十分清楚，他的思想节奏，每次都能直接与太皇太后的思想合拍。如果孝文帝做不到这一点，太皇太后是万万不可能放手的。他也十分清楚，太皇太后虽然放手让他干，但是在他的身后，会有一万只眼睛看着他。既然能让他去干，就能随时收了他的权力，让他没得干。

当然，这些年来孝文帝一直全力以赴地效忠太皇太后，按照她的章程做事，还有一个最最重要的原因，是太皇太后在大是大非面前行得正、想得远，对江山社稷和黎民百姓都有利。他找不出理由，需要与她背道而驰。

太皇太后对德高望重的老臣一贯是尊敬有加，在推行班禄制之前，按照太皇太后的旨意，孝文帝曾下诏，拜东阳王拓跋丕为太尉，尚书左仆射陈建为司徒、封魏郡王，尚书若干颓为司空、封河东王，他们三位，被朝廷上下公认为三公。东阳王拓跋丕、河东王若干颓，加上淮南王拓跋他和淮阴王尉迟元，都颇受太皇太后和皇上的厚待，被称为朝廷四贵。他们四位老臣，战功赫赫，威风凛凛，且都长得高大威武，老得须发斑白，每每参加重要活动，都可乘车辇直接入宫，下车后众人前呼后拥，把他们搀扶到前面就座，他们总是豪言壮语，谈笑风生，受尽了人们的爱戴和尊敬。这些老臣里，年龄最大、资格最老的要数拓跋丕，他对几任皇帝，包括太皇太后都有恩，因而他老了以后，地位和气场也就最强大，强到太皇太后都对他一再忍让，只要没有出格的事，就不会触犯拓跋丕的尊严。太皇太后专门为东阳王建造了一处王府，在王府落成之日，她亲自登门道贺，而且她把自己的三百多章《劝戒歌》拿到这个场合下第一次跟文官武将见面，并且分发给大家共享。足见太皇太后给予拓跋丕这样的恩臣、老臣的重视和待遇之高。太皇太后去世的时候，拓跋丕还健在，那时他已经九十多岁了。

当然太皇太后并不是只对鲜卑贵族这样，她对高允、高闾这样的汉臣也是非常尊重，并且也给予非常优厚的待遇。高允是所有汉臣的标志性人物，九十多岁仍然效力朝廷，几次提出告老还乡、不理政事的请求，都没有被恩准。孝文帝下诏用皇帝的车辇把老令公从怀州接回平城，拜为镇军大将军，执掌中书监。高允仍然推辞不干，孝文帝又给高允准予乘车入殿的高待遇，强硬把他留了下来。原因就是这杆汉人的大儒旗帜，不能在朝廷里消失，到目前为止，还没有人可以超过他的威望。高允在不在朝廷，不是他个人的事情，而是整个大魏江山的事情。如果准予高允退出政坛，那就意味着朝堂之上，汉臣说话的分量明显地要低于鲜卑贵族，意味着太皇太后整个改制的计划难以得到多数大臣的拥护。况且，太皇太后并不要高允做什么具体的事情，她就是要给高允一个合适的位子，让他坐在那里，汉臣所有的官员就有了旗帜，就有了气场，就有了绝对的参政比例。因为高允是公认的一代大儒，在朝廷的威望，只有拓跋丕可以与他相提并论，只要拓跋丕在位一天，高允的地位，其他汉臣就取代不了。孝文帝十分清楚，太皇太后下的是政治棋，排的是改制局，不能因为一个人、一个棋子而打乱了她的整个布局。

高允在九十多岁之后，提笔拟写了一篇《酒训》——专门告诫官员们饮酒有度的文章。乍一看是一篇小文章，而实际上他列举了许多帝王醉酒亡国的教训，奉劝百官要以江山社稷为重，莫贪酒贪色贪财，否则到时候既毁了朝廷大业，也毁了自己的前程。太皇太后读后异常激动，她说："令公此文，对百官乃至对皇上，对哀家都有极为重要的劝诫意义。哀家决定把哀家的《皇诰》与令公的《酒训》一起发给大家，作为朝廷文臣武将必读的经典。"

孝文帝亲自把这两套经典书籍摆在自己的文案之上，每有空闲便认真阅读。他还赏赐高允不少的金银财宝、帛匹和牛羊等，下令宫乐府每隔五日，去高允令公府上为其演奏赞乐。这个特殊的待遇在朝廷之上再无第二人。他知道老令公对财富一贯看很淡，而对精神享受却非常在意，可以乐在其中。他还常常令御厨为高允做几道美味，送到高府。高府平时总是子弟和文豪们聚集的地方，皇上送来的美味和美酒，高令公岂能独享，在一片吟诗作画，谈天说地的欢乐氛围之下，大家共同举杯，一起享用。

然而，高允最终死在了拓跋丕之前。一天深夜，他忽然看见天神降临，对他说，你已经享有高寿了，人间的所有酸甜苦辣你都尝过了，没必要活到百岁。他正要与那天神理论一番，怎么我就不能活到百岁呢？太皇太后请我住到京城，朝廷还有许多大事要跟老夫商量呢。可那天神说完话就不见了。高允吓出了一身冷汗，才知道原来是个梦。没过几天，一代大儒老令公高允寿终正寝，结束了他圆满的人生，享年九十八岁。

高令公的葬礼，太皇太后、孝文帝和满朝文武为他送行，其规格不比帝王的葬礼差多少。太皇太后赞美高允德行、才华和清正，如月光浩然，如春风荡涤，大魏朝廷乃至于整个华夏都会为令公颂扬。

太皇太后对高令公的赞美，是给满朝官吏们看的，是给天下人看的，当然亦是给皇上看的。孝文帝在太皇太后的影响下，成为一个与众不同的皇帝。首先在性格上他善于忍受，善于观察，善于冷静地处理事情，是一个少有的理智型皇帝。其次在生活上，他不追求奢华，不追求形式，不追求夸夸其谈，是一个务实的皇帝。再则在治国上，他重于思索，重于变革，重于文治，是一个把黎民百姓和社稷稳定看得很重的皇帝。可从一些生活小事上看到他与以前几任皇帝的不同，他不喜欢刀枪剑戟，不喜欢打打杀杀，甚至不喜欢狩猎。到后来，发生北苑王睿退虎一事后，他干脆停止了北苑的狩猎活动，下诏各州郡不准捕杀、捕猎，停止给朝廷敬献异禽猛兽，他自己带头不再杀生。而这些事情，恰恰是一贯以搏杀和豪爽为特点的鲜卑民族非常热衷的活动，而他作为鲜卑人的皇帝，却不再喜欢这些，可见他是从骨子里改变了的。

南北言和

太皇太后亲政这些年，致力于文治，把一统北方之后的大魏王朝带入文治之路，平城京都正上演一出由拓跋鲜卑人主演的昌盛剧目。而中国的南方，正在更朝换代。南北朝，说起来是南北对峙，北朝仅大魏一朝就是一个半世纪，平城将近一百年，与北魏比起来，南朝的宋齐梁陈四朝显然都是小打小闹，它们最长的六十年，其他的也就二三十年的光景。

南朝刘宋六十年，实际上是骨肉相残、争夺皇位的六十年。宋武帝刘裕九子，得善终的只一人，宋文帝刘义隆十九子，其中十七子被杀，宋孝武帝刘骏二十八子，宋明帝刘彧十二子，亦有大半死于非命。刘宋末年，一位名不见经传的外戚萧道成，一跃成为重权在握的人物，他先是乘明帝父子残杀之际壮大自己，后逼顺帝刘准退位，自己当了皇帝，改国号为齐。萧道成历史上称齐高帝。那年是479年。

萧道成请教大儒刘献长治久安之道，刘献道：“以宋为戒，虽危可安；反之，虽安可危。”于是他开始为百姓减免赋徭，整顿户籍，实行一些刺激农耕发展的政策。他还举办学府，广纳人才，江山社稷出现了新的气象。然而他只做了四载的皇帝，就因病去世。死之前，他与太子萧赜说：“刘宋江山，若非自相残杀，何以他人得之。”他希望萧赜将来能够与自家兄弟和睦相处，将南齐社稷代代相传。萧赜继位，为齐武帝，他不忘先皇遗言，竭力维持兄弟和睦的关系，治理改制，发展生产，使江南一带出现繁荣景象。历史上称作“永明盛世”。

南齐的“永明盛世”，刚好与北魏的“太和文治”大体上在同一个时期。这也就同时刺激了两位年轻的皇帝滋生了南北通好的想法，少一些战争和摩擦，对双方都有好处，既可以避免因战争带来的财政空虚、民不聊生、生产遭受损失的局面，也可以毗邻友好，互通有无，相互学习，共谋发展。永明元年（483），南齐首先派出使臣车僧朗出使魏朝。孝文帝热情相迎，举行盛大阅兵。结果在宴席上南齐使臣与先前南宋驻魏使节殷灵诞语言不和，相互辱骂，导致夜间南齐使臣车僧朗被人刺杀，人犯自称是南宋遗民。孝文帝遂将行刺者诛杀，为南齐使臣举办丧礼，事后派员护送南齐使臣的遗体回到齐国。

南朝与北朝之间的外交，实际上就是几个分别代表不同政治利益集团的汉臣在较量，在协商，在铺路，在运作。之后，孝文帝下诏，命李彪和乌洛兰出使齐朝。李彪是孝文帝比较看重的官员，他此次不负众望，让南齐了解了孝文帝的心意，爽快答应再派使臣出访魏朝。果然不出当年，南齐再次派出骁骑将军刘缵和前军将军张谟出访魏朝。孝文帝命当时的主客令李安世负责全程接待，并与之周旋。刘缵与张谟在魏朝期间，没少在政治、军事和治国理政等方面与李安世进行口舌论战，最后都被李安世说得心服口服。孝文帝与太皇太后高兴，邀请他们入宫觐见。刘缵早听说大魏朝有个生得十分美貌，且治理国家有章有法的太皇太后。今日一见，果然不凡。刘缵生得相貌堂堂，说起话来出口成章，特别善于在女人面前展示自己优雅的一面。他在太皇太后面前，彬彬有礼，口若悬河，对大魏的文治和社稷的安定大加赞赏，对太皇太后之气度和美貌也大为钦佩，他说：“生在大魏天朝的子民，真乃三生有幸啊，若不是重任在身，倒是不想再回到南齐，能够长期住在天朝，多多得见太皇太后的芳颜，多多倾听太皇太后的教诲，那该是多么美妙啊！”说罢，把南齐给太皇太后的礼品呈上。

太皇太后见过的世面太多了，在外国使臣面前，她是既热情又高贵，一般只会说一些冠冕堂皇的话。可是今天，她的感觉就不一样，同样是使臣，可是性质却完全不一样。我们同是炎黄子孙，说不定哪一天南北两朝就再次统一，还是一家人。听了他的话，微微一笑，说：“刘使臣的话，哀家听了很高兴，也请刘使臣转达哀家与皇上对齐国的问候和敬意。虽说我大魏与齐国分居南北，各开江山，其实泱泱华夏本是同根，我们何不停止刀兵，同享太平盛世？哀家听出来了，齐国国君与哀家的想法不谋而合，真乃天意也。若是刘使臣愿意的话，宴席散去，可请到哀家的宫里一叙。哀家很久没有听到来自南朝的声音了。”那天，太皇太后的确在宫里与刘缵谈了很久。太皇太后从小就听说江南风光，小桥、流水、人家，听说孔夫子周游列国，听说大诗人屈原在江南饮酒唱诗的故事。所以她对刘缵所讲的许多新鲜事，都非常感兴趣。

第二年，孝文帝再次派李彪和乌洛兰出使齐国。齐国也再次派刘缵来访，太皇太后再次接见了刘缵。这次刘缵在魏朝停留的时间较长。魏齐两国朝廷互访，带来了民间的往来。在较长的一段时间里，呈现了南北无战事、臣民享太平的良好景象。

太平盛世，正是大兴土木的好时期。平城有三城：一曰宫城，在平城北，主要是皇家宫殿，大致呈方形；二曰旧城，乃魏国建都之前的城郭，主要是平城旧址，原来居住的平民百姓生活的地方，在平城东侧；三曰廓城，在平城南部，主要是从各国迁移过来的民众居住的地方，占地比较大，廓城之内还有若干个坊区，大坊居住三四百户人家，里面还有街巷；小坊一般有七八十户人家，或者上百户。坊与坊之间以高墙隔开。一般来讲，每坊居民都有每坊的来历，不是战争强制移民，便是其他原因投奔而来，其民族习俗、语言风格，甚至相貌肤色都不一样。可是他们在一起生活的时间长了，逐渐形成了相互沟通、相互影响、相互帮衬的风气，成为整个平城的总体格局。皇家贵族、原住民与各类移民加起来，平城总人口达到一百五十万以上。在当时的社会里，绝对是超大规模的京城。

平城的建设，主要是两个时期完成的。

第一个时期是北魏刚刚在此建都，天兴元年（398）到延和三年（434），那个时期的建设是强制性的。整个朝廷要搬进来，后宫要搬进来，拓跋皇族和所有的文臣武将、军队，还有大批的奴隶，都要入住平城，可见这一时期的建设是没有退路的，不管有多大的困难，必须同舟共济，知难而上。开国皇帝道武帝拓跋珪有个梦幻，他认为拓跋鲜卑的根子，不是游荡在大漠之上的游牧民族，应该与有着几千年文明历史的大汉族同源，也是黄帝的子孙。这与他少年时期曾经在中原逃难，所接触和崇拜的中原文化有关，当然也与他多年来重用的汉臣，对他的影响有关。平城建设的样板，他选择了中原长安、邺城、洛阳的模式，而且参与设计和施工的，也都是中原迁徙过来的“百工伎巧”。《魏书·太祖纪》里面，记载了道武帝当时有关平城建设的情况，平城有十二座城门，城内兴建的建筑物主要有天文殿、天华殿、天安殿、中天殿、紫极殿、昭阳殿、西宫、太庙、西武库、云母堂、金华室、玄武楼、凉风观、鹿苑台等等。虽然这些建筑物的具体位置和形制，我们无法说得准确，但是作为一千六百年前北方最大的都市，政治、文化和经济的中心，道武帝用举国之力，用多年来从各个国家掠夺和占有的财力，所打造的宫殿和场所，其辉煌、其规模是可想而知的。

第二个时期，就是太皇太后冯氏亲政以后的太平盛世，一直到迁都洛阳，时间是承明元年（476）到太和十六年（492）。这个时期的建设，是有财力做保证，有计划有步骤的建设。在宫城内新建了七宝永安行殿、太和殿、坤德六合殿、乾象六合殿、安昌殿、太极殿。新落成的太极殿，成为皇宫里的标志性工程，孝文帝常常在此宴请文武大臣和外国使节。平城南部，孝文帝新建了一座规模宏大的明堂。建设明堂最初是太和十年（486）提出并动土，最终完成是在太和十五年（491）。明堂标志着由太皇太后冯氏与孝文帝共同主持的班禄制、均田制和三长制改革已经完成且收到实效，国家进入了鼎盛时期。明堂又是少数民族政权和民族融合的产物。孝文帝在平城“始服衮冕，朝飨万国”，并以“法服御辇祀于西郊”。大臣们也

“始制五等公服”。这个大的历史背景，标志着鲜卑少数民族政权的成熟，也就在这一年下诏营建明堂。平城明堂是我国历史上唯一由少数民族政权建造的明堂，其风格参照了两汉与魏晋时期诸儒的观点。明堂外墙为环形，横穿距离约一百四十丈，围墙里有一与之同心的宽约十丈的内河，东西南北各建有拱桥一座，直通四门。中心位置是巨大的圆形石台，石台之上为高约二十丈的三层明堂祭坛。一层有四门，与围墙四门呼应正对，二层有十二堂，三层为九室，中间是太室。明堂之顶为圆形，状如华盖，与日月同辉。整个祭台下方上圆，寓意天圆地方。整座建筑三三相重，气氛庄严，会明堂、辟雍和灵台三个功能为一体，是皇家和朝廷祭天地、拜祖宗、观天象、举办大型仪典的地方。

永固陵

太和十三年（489），太皇太后在方山为自己选定，并由孝文帝亲自督建的永固陵修好了。

太皇太后冯氏，她不愿意死后与她的夫君文成帝拓跋濬合葬在盛乐金陵，而愿意一个人葬在方山，她有自己的想法。她自己认为在感情上，已经背叛了拓跋濬，她无颜再与他葬在一起。她是个重情重义的女人，既然她的心已经随了李奕，那就不能再收回。拓跋濬和李奕都已死去，她的心已经不能再由自己做主了。如今她只有一个选择，她自己独葬。

陵墓是完全按照太皇太后的要求，由专门工匠秘密修建的。她要求面积不要太大，“内则方丈”即可，整个坟墓占地不要超出三十步，要求阴宅装饰一定要简单，不要特殊的陈设，地宫里通常所有的帐幔、陶瓷器具、生活用品，也都适可而止，还要求棺木选用一般的木材。孝文帝出于对太皇太后的孝顺和尊重，未经允许，自己做主，地宫内室扩至两丈见方，占地扩至六十步，其他基本就按照太皇太后的懿旨来办。他明白，太皇太后并非只是因为自己有这种节俭的习惯，她的另外一层意思是要做给后人看，以后在皇家的丧葬之事，不可过分铺张浪费。太皇太后的地位，在大魏臣民的心中，要远远超出文成帝、献文帝等，文成帝之后近二十多年内，她是大魏朝皇权的实际操控者。要说给自己修一座豪华的陵墓，没有人会提出异议，这是百年以来大魏朝皇家的惯例，然而她偏不要这样做，她就是要破一破这个惯例。

是日，太皇太后、孝文帝与文武百官、各国使臣来到方山，参观已经落成的永固陵。太皇太后十分高兴，大家也为太皇太后如此节俭而赞叹不已。随后，君臣一道下山，来到灵泉池，乘龙舟游览池边风光，抵达灵泉宫。孝文帝在灵泉宫设宴款待满朝文武和外国使臣。宫乐府奏起舒缓的乐曲。

席间，孝文帝站起来举杯邀大家，他说："诸位爱卿，诸位使臣，寡人今天非常高兴。一是为永固陵落成而高兴，八年前太皇太后为自己选定，终年后以方山为陵。大家知道吗？以方山为陵，即以平城为邻，太皇太后将千秋万代与我们在一起，不离不弃。二是为大魏天朝在太皇太后的倡导下，推行文治，推行变革，出现社稷安稳、百姓安康、风和日丽、政通人和之太平盛世而高兴。三为太皇太后正值华年，身体康健而高兴。我们大家共同敬太皇太后一杯，祝太皇太后万寿无疆！"

众人站起举杯，异口同声地说："祝太皇太后万寿无疆！"

太皇太后缓缓站起，环视大家。在场的人全都跪下，恭听懿旨。太皇太后没有说话，她随着乐曲的节奏，轻声而动情地吟唱了一首在军旅中广为流传的《企喻歌》。

男儿欲作健，结伴不须多。
鹞子经天飞，群雀两向波。

太皇太后唱罢，东阳王拓跋丕站起来，也随着刚才的节奏唱起这首歌。

刚唱一句，在场许多人都站起来，与他一起歌唱，洪亮的歌声一浪高过一浪。这首魏军将士经常演唱的，展示其尚武精神的豪爽之歌，此时却表现了大家对太皇太后的赞美和对太平盛世的向往之情。《企喻歌》里唱道：

男儿欲作健，结伴不须多。
鹞子经天飞，群雀两向波。

放马大泽中，草好马著膘。
牌子铁裲裆，互鉾鸐尾条。

前行看后行，齐著铁裲裆。
前头看后头，齐著铁互鉾。

男儿可怜虫，出门怀死忧。
尸丧狭谷中，白骨无人收。

第二十章　仙然离去

那一年秋日，她走了，享年四十九岁。

孝文帝拓跋宏痛不欲生，五天之内水米未进。他在冯太后的陵墓前，披麻戴孝，结庐致哀，守孝三载。

他明白，真正让太皇太后安息的，不是这些，而是要继承她的意志，迁都洛阳，进入中原，将鲜卑族与大汉民族融为一体，奉行汉文化，推广汉学，实现民族大融通，文化大繁荣，造福黎民百姓，促进农耕发展，换来长治久安。

而这些变革，对于在平城生活了百年的皇家贵族来讲，面临的是家业、财产的损失，是文化理念和生活方式的改变，伤筋动骨，非同寻常啊！

孝文帝刚刚失去了太皇太后这个坚如磐石的后盾，他能行吗？

驾鹤西归

下午的太阳暖洋洋地照在宫里，太皇太后正在与两个贴身的宫女聊天。

“哀家老了没有？”

“回太皇太后的话，皇奶奶一点也不老。”一个说着，另一个也说：“奴婢的奶奶还比皇奶奶小几岁呢，可她已经两鬓斑白，满脸皱纹了，皇奶奶一点都不显老。”

“你们俩孩子真会说话，成天皇奶奶皇奶奶的叫着，哀家心里高兴。说起来，咱们一起生活也快十年了，除了你俩，谁还管哀家叫皇奶奶呢？也就你俩哄得哀家惬意得很，舒坦得很啊！”

“外边的人，哪里会晓得，我们两个小宫女与太皇太后之间是这样的关系，全是皇奶奶娇惯的，不然给我俩十个胆儿，也不敢这样。在皇奶奶身边，我们一点忧愁也没有，全是沾了皇奶奶的福气。”

太皇太后说：“哀家今天有一事与你俩商量，不知你俩何意？”

她俩立刻给太皇太后跪下，说：“奴婢全听皇奶奶吩咐。”

“你俩伺候哀家多年了，一丝一毫都是那么细心体贴，哀家舍不得你俩呀，可是哀家不能只顾了自己的享受，而耽误了你俩大好的时光。如今你们正是如花似玉的年龄，哀家有意让你俩以哀家孙女的身份嫁出去。嫁给谁呢？哀家也替你们选好了人家，就在皇上的几个哥哥弟弟里选，不知你们作何考虑？”

“皇奶奶不要我们了？”

“该不是奴婢有什么做得不好，惹得皇奶奶不开心了？”

“呵呵呵呵，快起来，起来。你俩不要想多了，哀家对你俩亲还亲不够呢。哀家只是觉得不能忍心，让你们陪着哀家老去，那样的话，哀家死了也合不上眼啊。”说着说着，眼睛里就有泪水流出来。两位宫女也与太皇太后拥在一起，哭出声来。

“好了好了，不哭了。这是好事。应该笑才对。哀家连嫁妆也给你们准备好了，一人一份儿，算不上厚礼，却也能给你们长脸。哀家下个诏书，你俩从即日起就是公主了。以后再见面，就可以称哀家为皇祖母了。嫁出去，可不比在哀家身边，要处处留神哟，来年生下个一男半女的，别忘了告诉哀家一声，哀家替你们高兴。”

两位宫女再次跪下叩头，感谢太皇太后圣恩。

太皇太后告诉孝文帝，有一件非常重要的事情要做，她要集中精力整理一下过去写过的一些像《皇诰》十八章、《劝戒歌》这样的文献，用她十分喜爱并拿手的真书，规规矩矩地写下来，然后找最好的工匠刻成碑，留给后人。朝廷的事就全交由皇上自己做主，除非有什么大事，再随时商量。

她知道，文字乃六艺之宗，王教之始。所有的文化，所有的历史，若是没有了文字，就无法发扬光大，传世后人。所以太皇太后平时每有闲空，便挥笔习字。当朝出现的这种基于汉代的佐书，经过魏晋演变过来的，用于碑刻和朝廷公文的真书（后人称之为魏碑体），有棱有角、点画规范、外方内圆、颇有力道，很受太皇太后的推崇，她自己带头长期习之，已经颇见功夫。

御书房已将她多年的书稿一一找出，太皇太后决定就从《劝戒歌》开始誊写。宫女们早已为她铺好了纸张，研好了墨。只见太皇太后端坐几案边，心若止水，屏神运气，笔酣墨饱，铁画银钩，刷刷点点，一口气写了十几张。她忽然觉得体力有些不支，额头上渗出了汗珠。宫女用手帕为她拭去。太皇太后吩咐：“给哀家沏茶来，哀家要歇息片刻再写。”

就这样，坚持书写了不到两天，太皇太后病倒在床。孝文帝和太医守在身边。宫女伺候着服过药，她慢慢地睁开眼睛，看见众人，笑了，说：“哀家这是怎么了？怎么会这样？皇上别害怕，哀家可能就是老了，老了就不该再逞强，干吗还要写这么多字呢？”

孝文帝说：“太皇太后福寿延年，断不会有事的。请太皇太后多多休息，誊写文献之事不急，待他日养好了身体，再写不迟。”

“哀家听皇上的，这些东西暂时就不写了。”她长长地出了一口气，然后笑着说：“这些年，哀家勤奋习字，原想给皇上留下一些墨迹，看来要成为一句空话了。哀家的确有些累，可能哀家真的要多睡些日子了。皇上，朝廷的事情多，你就多多费心了。”

皇上跪倒在地，握着太皇太后的手说：“太皇太后万寿无疆！”

在场人全都跪倒，齐声说：“太皇太后万寿无疆！”

在御医的治疗下，太皇太后的身体渐渐地有了一些好转。她让皇帝陪着又去了一趟方山，在永固陵边，她问：“皇上，你说哀家百年以后葬于此地，你皇祖父文成皇帝会不会不开心，不乐意？哀家的主意是不是有些不妥？”

“回太皇太后，这个嘛，寡人真不好说。皇祖父他会怎么想，寡人无法明白，可是太皇太后怎么想的，寡人却十分清楚，而且十分感动。太皇太后是大魏江山太平盛世的开创者，自然舍不得这份大业，舍不得皇孙，舍不得这里与太皇太后朝夕相处的臣民。所以寡人以为太皇太后的选择是对的，无可厚非，寡人宁可相信，皇祖父若是知道了也会体谅的。”

“好！皇上既然这样说，哀家的心里就舒坦多了。”她远远地向北方遥望着，喃喃地说：“文成皇帝，我的夫君，臣妾就与你隔山而居，遥遥相望吧。”

一阵风吹过，太皇太后的脸上挂满了泪珠。

当夜，她在梦中见到了文成帝。文成帝拓跋濬骑在马上，那是一匹白色的骏马，高高地仰着头，四条腿不停地踱来踱去，心神不安地好像随时都要飞奔而去。文成帝说：“皇后，听说你做了许多寡人没做的事，把朝廷治理得井井有条，寡人没看错你，你是个了不起的女人。”

而她只有跪在地上一言不发。

文成帝又说：“寡人等着你，等你把该做的事都做完了，等你累了，想睡觉的时候，寡人陪着你，咱们一同入眠。”说完，那匹白马载着文成帝飞驰而去。

“皇上，皇上。”话音没落，保太后常氏出现在她的身后。

保太后说：“哀家不争气，早早地离开了你。都怪那个乙浑，他骗了哀家，他也害了皇上，他还差点害了弘儿，害了你。哀家不该呀！哀家有眼无珠，怎么就相信了乙浑，向皇上推荐了他，毁了哀家的富贵啊。”回头一看，常氏一身破衣烂衫，灰头土脸，可是说话时还有那种不可一世的派头。

“保太后，你不要这般说！”又一个声音，带着回音由天而降，姑母冯氏出现了。姑母还是她刚入宫第一次见到的样子。朴素庄重，表情淡定，不温不火。她说：“保太后，当初我们几个人同甘共苦的日子，你我都不会忘记。我走了以后，你一个人，皇帝和皇后又各自有事，你过的日子苦啊。那个叫乙浑的，你们之间的事，我能理解。只是你向皇上推荐了他，才有了乙浑的叛逆。好了，不提这事儿了。我俩既然都走了，走了就是走了，眼不见心不烦，这些不开心的事，还提它为何？”

保太后支支吾吾无言以对。

姑母：“走吧，走吧，你我都好自为之吧。”

说罢她俩各自飘然而去，不见了。

“姑母，姑母……”她大声呼喊。

醒来以后，宫里一片安静，几个宫女围在她的身边，闪烁的烛光把她们的身影拉得很长，并且满室晃动着，给人一种不安的感觉。

连日来，太皇太后夜里老是做梦，睡不踏实。于是白天有空的时候，就想一个人美美补上一觉。是日，她把身边的人都退了去，独自躺下。平日里总是没有一阵安静的时光，可以让她睡个囫囵觉，老是有没完没了的事情需要她处理，需要她挂念着。今天是难得的清闲，她实在想不起来还有哪些着急要办的事。好像此时此刻，世界一下子停止了运转，鸟儿不再叫，风儿不再吹，所有的一切都不会打搅她，原来日子可以这样简单，简单得只剩下她一个孤独的自己。一片空白的脑海里，风平浪静，平静得出奇。

其实她的大脑已经适应了嘈杂，适应了波澜壮阔，越是这样，她就越是能够强迫自己沉下来，稳下来，不受任何的干扰。此时的平静，却不能让她找到往日的感觉，仿佛对她是一种惩罚，是一种折磨，她久久不能入睡。夜深了，宫殿外面起风了，正是盛夏季节，这点儿风没有给太皇太后带来一丝凉爽，反而让她打了几个寒战。她把斜搭在身上的被子扯过来，把自己裹了个严严实实。此时，她的被子被突然掀掉，有三个女人就站在她的榻前。这三个女人，太皇太后都认识，一位是献文帝的母亲，当年被城楼上的文成帝一眼看中的李贵人；一位是孝文帝的母亲，献文帝十分钟情的一位李氏夫人；还有一位正是孝文帝妃子，长子拓跋恂的母亲，保太后亲信宦官林金闾的侄女林氏。她们三位的死，或多或少都与太皇太后冯氏有关。太皇太后冯氏什么样的场面没见过？方才的寒冷立刻不见了，此时的她意识到，这三个厉鬼是找哀家寻仇来了。你们好大的胆子，哀家做事，向来都是有根有据的，拓跋祖先定下的例制，哀家只是照办而已，怎么都记在哀家的头上来了，既然你们要寻仇，好吧！怎么办，来吧！难道哀家害怕你们不成！说完这话，太皇太后冯氏双眼圆睁，等待着。谁曾想，这三个女鬼倒被太皇太后吓着了，她们转身逃窜，一瞬间消失得无影无踪。

太皇太后冯氏哈哈大笑，一觉醒来，浑身出满了冷汗，贴身宫女和太监满含泪水，围着她伺候着。太皇太后露出微笑，她说，可能是哀家的寿数快要到了，到时候让你们哭个够。

太皇太后的身体非常虚弱，只是几天的时间，仿佛便苍老了许多，脸色灰暗，还有一些白发生了出来。御医轮流守候着，孝文帝十分焦急。洛州刺史冯熙被召入宫，他的两个女儿也匆匆从后宫赶来，一起见太皇太后。

太皇太后见他们都到了，说：“兄长一向可好？”

“微臣一切都好，家里都好。很久没有进宫看望太皇太后，都是微臣的罪过。”

“快给哀家讲讲家里的事，哀家想听听。”

冯熙一股脑儿把家里所有的人、所有的事，都讲给她听，她不住地点头。冯熙说，他还专程去了一趟龙城，昔日燕国的城郭辉煌不再，唯有五年前奉太皇太后旨意，为纪念其祖父修建的思燕佛图，挺拔屹立，颇具规模。同年奉旨为纪念其父在长安建起的燕宣王庙，亦香火缭绕，气氛不凡。太皇太后听后，脸上堆满了笑容，她抓住冯熙的手，说："哀家这次恐怕真的是不中用了，可能没有多少日子了。哀家的病在这里。"她把手放在自己的腹部上，接着说："兄长你也老了，也有白头发了，皱纹也多了。以后各自都要珍重啊。本来哀家还想让熙哥陪着回一趟长安，看来只能以后驾鹤而去了。"太皇太后勉强地笑出了声。

冯熙听着，早已老泪纵横，两个女儿也都泣不成声。

"哀家是冯家之女，一生勤恳谨慎，没有辱没冯家，也算可以给祖宗交账了。死了以后，再见到姑母，见到父亲、母亲，他们也会接纳哀家的。熙哥要多多保重身体，富贵荣华是享不尽的，知足才是福，珍重才是福。"

冯熙一行掩泪退出。

太皇太后宣皇帝和东阳王拓跋丕、秘书令李冲入内室觐见。

进去后，他们几人跪倒在地，说："太皇太后万寿无疆！"

"还万寿呢，哀家百寿也做不到的。"太皇太后微笑着对大家说："哀家知道你们君臣的心，都是想让哀家再站起来与你们一道治理朝廷。可是哀家的病，哀家自己最知道。今天哀家有几句话要交代给你们。为人不可无信仰，大魏天朝要倡导佛教，倡导孔儒之道，这既是先帝的遗愿，也是哀家的心愿，更符合大魏国的实情，不可有违。"

皇帝说："谨遵太皇太后教导。"

"大魏天朝乃拓跋鲜卑人之天下，然拓跋人之伟大，就是明白自己的短处，崇拜汉文化之长处，一统华夏固然重要，在文化上、道理上与汉文化相融更加重要。因此汉人文化要弘扬，汉人臣子也要与鲜卑人同样受到厚待，汉人数千年的语言、习性和礼法，都要广为倡导。拓跋皇族和汉臣齐心协力，方能事半功倍，铸成千秋伟业。"

太皇太后喘了几口气，接着说："如今六宫无主，可在冯熙的两个女儿里选择立后。”

孝文帝说：“寡人一定尊太皇太后旨意办。”

“立后之事，还有立太子之事，一直拖着没办。哀家其实没有别的意思，哀家是想，天下本来是皇上的，皇后是皇上的皇后，太子将来也是要继承皇上的大业，如此大事，本该由皇上做主才是。所以哀家就不想操这个心了，哀家相信，皇上将来一定是一位贤明的国君，大魏江山的前程无量啊。”

说完这些，太皇太后长出了一口气，脸上露出了十分轻松的笑容，她深深地望着皇帝，慢慢地闭上了双眼，长眠而去。

此时，外面的天空忽然乌云密布，一场时疾时缓的秋雨落下。

朝廷宣告天下，太皇太后冯氏仙逝，享年四十九岁，谥号为文明太皇太后。太和十四年（490）九月十八。

举国之殇

太皇太后冯氏是颇受臣民爱戴的，她的噩耗传来，大魏国无处不悲哀，无处不恸哭。整个平城到处都弥漫着哀悼和肃穆的气氛。她的灵柩停放在太和殿中央，祭品摆放在四面八方，香烟缭绕足以遮天蔽日，吊唁的人们川流不息，许多老臣哭得晕倒过去。

孝文帝痛不欲生，一连数日水米不进，在众大臣的苦苦哀求之下，才勉强进食。

二十一日后文明太后正式出殡。

平城通往方山的路旁，站满了素缟白衣的百姓。灵辇前是六十四位引幡人，灵辇由十四匹身披素衣的马匹牵拉，灵辇之后是近千名官兵，然后是文武百官、后宫女眷、皇亲国戚、宫女太监，最后是上千名僧尼和道士，整个送葬的队伍，犹如白色的河流缓缓移动。宫乐府的乐手奏起悲乐，使悲痛的氛围达到顶峰。

太皇太后葬在方山永固陵。皇帝在永固陵刻石立碑，颂扬太皇太后的功德。

离开永固陵一里路的地方，皇帝早已为自己盖起了一座房子。他要住在这里，披麻戴孝守灵三载。除去朝廷有大事，非得离开不可，其他的时间他一直就守在这里。许多老臣劝说孝文帝，固然恪守孝道是应该的，但是大魏天下正是改制关键时期，若是没有皇上主理朝政，势必会让众人失去方向。皇帝说："太皇太后对寡人恩情似海，寡人遵古制、守孝道，结庐守灵三年，是最起码的。你们退下吧，此事不可商量。"

大家又是一番相劝，费尽了口舌。

皇帝说："还有一法，寡人可以回到宫里。那就是从即日起，寡人不再说话，闭口三载。爱卿若是觉得此法行得通，那寡人就不再说话了。"

"皇上万万不可，若是今后不再言语，朝廷大事如何请皇上定夺？"

众大臣一起跪倒在地，苦苦哀求。

皇帝当着大家的面，放声大哭，凄惨万分。他哭诉道："太皇太后对寡人之感情，他人岂能度量，如今太皇太后已去，寡人随她之心都有，此时此刻，寡人岂能用朝廷之事作为理由，不为太皇太后尽起码的孝礼。"哭着哭着，皇帝哭晕过去。

东阳王拓跋丕立刻吩咐，皇上的身子要紧，立刻送皇上回宫，请御医疗治。待皇上清醒过来，发现自己已在龙榻之上，又是一阵悲伤的痛哭。最后在众大臣的恳请下，皇帝答应留在宫里，每日上朝，但坚持三年内丧服不离身，众人无奈。

之后的时间里，皇帝和满朝文武都是穿着素衣丧服上朝议事，朝堂之上每日都是肃穆寂静，有事说事，无事退朝。所有人等心情压抑，不能畅怀。一直到太皇太后的周年，孝文帝再次率文武百官去永固陵祭奠之后，才脱去丧服。朝廷恢复到了往日的样子。

太皇太后故去三载，孝文帝在改制方面，没有大的进展。

孝文帝是在太上皇拓跋弘驾崩之后，太皇太后再次亲政，开始了他的政治生涯，改国号为太和，这个年号使用了二十余年，一直到孝文帝去世。这二十三年，孝文帝经历了两个阶段，第一阶段是太皇太后执政，与他一起推行“班禄制”“均田制”“三长制”等变革；第二阶段是他主政迁都洛阳，实行汉化。历史上把这段时期具有划时代意义的社会变革，统称为“太和改制”。

应当说，太皇太后主政时期所推行的变革，是孝文帝主政时期继续改制的基础，孝文帝之后的改制，也大都是太皇太后在世时，与孝文帝一起谋划好了的，两者之间是一脉相承、不可分割的。从时间上有所断裂，只有一个原因，那就是太皇太后的去世，对于孝文帝的打击太大，他需要一段时间的恢复和调整，也需要一段时间的准备和策划。毕竟执掌乾坤。无人能够撼动的太皇太后已经故去，继续改制遇到的阻力会远远超出他的想象。

在为太皇太后守孝的三年中，孝文帝一刻也没有忘记推行汉化、一统中原的大业。他两次派使臣前往南齐出访。一次是在太皇太后去世半年之后，由李彪一行出访南齐。南齐热情款待他们，欢迎仪式上又是列队，又是奏曲。李彪阻止说：“太皇太后刚刚去世不久，你们这般喜庆是何道理？”于是只好散去了欢迎的队伍和乐手。

第二次是同年入冬，孝文帝再次派李彪、蒋少游和范宁儿出使南齐。这个蒋少游是个多才多艺，对服装和建筑颇有研究的大臣，孝文帝派他去，就是要他特别留意南朝的民俗、建筑、服装、风尚、礼仪等。而范宁儿则是孝文帝特别看好的一位围棋高手，他居然能够把南齐顶尖的棋手王抗杀得毫无还手之力，为大魏赚足了面子。

孝文帝在太和十六年（492），下诏取缔拓跋部落每年在四月举办的鲜卑族祭祀活动。他知道，这个活动搞得非常隆重，名为祭祀部落祖先，实为鲜卑贵族大聚会，每年在这个聚会里面，都会有许多人对朝廷的改制等大放厥词，甚至有人酗酒闹事，叫嚣要重振鲜卑遗风，与孝文帝内心的汉化意向格格不入。所以他毅然做出这样的决定，派出巡视的官员专门在四月天到各处检查，凡有不遵诏令私自聚会造成不良影响的一律严惩。

孝文帝下令在京城大办学府，除已有的皇宗学外，还要兴建太学、国子学等，邀请通古博今的儒学大师或在朝文臣担任老师授业解惑，同时要求各州郡，在现有办学基础上进行扩建，使有求知欲的士族子弟和寒门学子都能够得到传统文化的教导。从南齐考察归来的蒋少游与高闾、李冲等汇总了许多汉人传统的礼仪和雅乐，在太学、皇宗学进行推广，同时也在朝堂之上进行宣讲，孝文帝对此十分满意。

太皇太后已经走了三年，大魏国依然没有确立太子。

关于立太子的事情，大臣们一直不敢轻言，因为这是一个非常敏感的话题。皇上心里究竟是怎么想的，谁都不知道。但是大多数人认为之所以迟迟未定，是因为太皇太后把一个难题留给了皇上，她明知道大皇子德与才均不及二皇子，但是大皇子的母亲因他早已被赐死，而且立长子为储君是祖上留下的规矩，若是立二皇子为太子，恐怕会引起一连串的问题。

这年六月，孝文帝召集文武百官于明堂，宣布两件事情。第一立大皇子拓跋恂为太子，第二择日亲率兵百万南征，一举统一华夏。朝廷上下一片哗然。许多大臣都劝皇上，多年来南北和睦，共享太平，不可再引战事，劳民伤财。对立太子一说，倒是很少提出非议。孝文帝允许大家把各自的心里话都吐个干净。他站起来，环视左右，慢慢地说：“太皇太后前几年主张与南齐修好，不为别的，只为我大魏天朝正值改制高潮，不能分心。其实太皇太后和寡人一直没有忘记祖先的鸿志，那就是一统华夏，收复南朝。如今我朝兵强马壮，改制也初见良效。寡人南征之意已决，你们的建议和担忧，寡人都已明白，以后凡反对征伐南齐，助敌士气，灭我威风的话，休得再言。”

孝文帝把两件事一起说，有他自己的意图。立长皇子为太子，明显不合适，但是不立长皇子，怎么就知道他不合适呢，必须让大家都看到他不合适才可立二皇子。直接立二皇子，于情于理都会引起大家的非议。但是若是单说立太子之事，同样会引发议论，不如将南征之事与立太子一起说出来，大家的注意力一定会首先放在南征之上，这样就可以先办成一件事。然后在南征期间让大皇子充分表现一下，他若真有本事，大家也服他，那他就做太子也罢。若是他让大家失望了，再寻机会换掉也不迟。到时候，大家就无话可说了。事实证明，他猜想得没错，话一出口，大家就把话题直接对准了南征之事。

大家一看，虽说孝文帝说此话时和颜悦色，并无生气，可是话里的力量却很重，于是没人敢再说。事后，几个老臣在一起议论，他们觉得皇上并非真的要南征，极有可能是要南迁，把京城迁往洛阳。如果是这样，那平城的皇族怎么办？平城的财产怎么办？他们真的不敢想象。老令公拓跋丕想了一计，前来试探。他对皇上说："百万大军南征，非同小可，那基本就是多半个朝廷呀。皇上，是否考虑把女眷们一同带上，反正南征也不是三五月之事，必须有个长期打算。"

他想，若是皇上真的要迁都，这番话一定正中下怀。拓跋丕真是老了，这点雕虫小技岂能瞒得了皇上。皇上说："令公你难道是糊涂了不成，寡人率兵打仗，哪有带着女人和孩子的道理？若是没有其他大事，就退下吧。"

迁都洛阳

盛夏酷暑，孝文帝宣布由太子拓跋恂监国，太尉、东阳王拓跋丕等一批大臣辅佐，皇上自己亲率百万大军南征。

大军一路走走停停，一边行军，一边考察民情，遇到好的天气，孝文帝还要召集随军大臣对沿途局势进行商议。孝文帝一再颁布军令，不准骚扰沿途百姓，尤其不能因为大军南下，搭桥修路而占用过多的耕地，影响了农民的收成。好不容易经过四十多天，大军渡过了黄河，到达了洛阳境地。天气炎热，又赶上几场秋雨，道路泥泞，许多将士精疲力竭，怨声四起。皇上下令继续行军，不得停留。

拓跋云之子，任城王，征东大将军拓跋澄拜见皇上，他说：“大军已经远途行军四十余日，将士们的体力已经消耗殆尽，迫切需要休整。再说了，大雨瓢泼，道路难行，这样行军下去，我军将会成为一支疲惫之师，怎能打仗？”

孝文帝在车辇里，望着拓跋澄，大声说：“寡人看出来了，你身为我大魏的将军，却长敌人志气，灭自己的威风。退下！寡人的大军即将到达南齐的疆土，大战在即，寡人绝不允许再有人胡言乱语，否则绝不轻饶。”

这时候，与拓跋澄一同前来的十多位将军，全都跪倒在泥泞里，大雨不住地冲刷在他们的脸上、身上。他们在雨中大声呼喊，求皇上停止前进，安营扎寨。

孝文帝：“你们难道要造反吗？寡人的军令，你们敢不听！”

这时候，尚书李冲拨开众人，扑通跪倒在车辇之前，抬头说：“皇上，微臣斗胆冒死进言，待微臣把话说完了，就把微臣杀了吧。皇上当日要南征，已经违背了文武百官的意愿，许多人劝皇上三思，如今南北和睦，正是百姓安居、朝廷政通的大好时期，若是挑起南北大战，必将使无数百姓流离失所、妻离子散。皇上不听，一意孤行。如今大军已达洛阳，阴雨连绵，军威不振，百官全都反对继续南行。微臣以为，皇上不能只考虑自己的一统大业，而不顾百万将士的死活，不顾黎民百姓的死活。请皇上三思。”说罢一头磕在泥泞里。

孝文帝沉默了半刻。

看着跪在眼前的将士和大臣，他说：“寡人南征，心意已决，不容变更。而且朝廷上下，无人不知，若是就此收回军令，你们要让寡人的颜面扫地吗？”

“微臣不敢。”

“寡人细想，诸位爱卿的话，不无道理。但是寡人举兵百万，到达此地，绝不能因为一场大雨就停止不前，不再南征。南征宋国、一统华夏是我大魏天朝不可更改的终极目标。如果众爱卿一直觉得此时南征，时机尚未成熟的话，那么寡人决定就此定都洛阳城，寡人不走了。正如众将军所言，寡人要迁都洛阳，不仅百万大军在此安营扎寨，寡人还要把朝廷安在此地。安抚百姓，休整大军，待来日寻机再战不迟。”

拓跋澄说：“皇上英明啊，微臣愿为皇上迁都大业尽职尽力。”

许多武将也都随着拓跋澄说：“愿为皇上迁都大业尽职尽力。”

李冲的头一直在泥水里泡着，他听到此时，心里一笑，抬头道：“皇上英明，大军南下，虽然不再南征，但是却完成了更为远大的壮举，迁都洛阳。如此举措，意义非同凡响。只是微臣担心，拓跋皇族会对此有所非议，他们许多年的积淀和习俗都会面临着重新的调整和搬迁。此事重大，难度一定不小，可否等回到平城再议呢？”

拓跋澄也说：“若是能够回到平城再议，是最好的。”

孝文帝大声喝道：“你俩一唱一和，寡人要南征，你们以死反对；寡人说迁都，你们名义上支持，却又说回到平城再议，分明要与寡人为敌！岂有此理！”他一生气，从车辇里出来，身边的太监立刻给皇上撑起了御伞。他一边走一边说：“迁都洛阳，是早晚的事，是太皇太后与寡人早已定下的大计。既然寡人心意已决，就无须再议。你们速速拟订方案，要尽快在洛阳开始修建皇宫和军营。”

其实，君臣三人在大雨中的争辩，最后以迁都洛阳收场，全都是孝文帝与拓跋澄、李冲事先商量好了的一出戏。预料之外的是这场不期而遇的大雨，助了他们一臂之力，使得这场戏来得更加自然，更加真实可信。如若不是这样，迁都之事必将在朝野上下引起轩然大波，变得遥遥无期。所以他们早已计划好了，以南征为名把迁都之生米做成熟饭，变成不可更改的现实，然后再处理由迁都引发的事端。

洛阳的历史十分悠久，从中国第一个王朝夏朝起，先后有商朝、周朝、东汉、曹魏、西晋在此建都，所以大魏天朝在此建都，已经有非常好的基础，不用花费太多的财力和时间即可把整个朝廷搬迁过来。孝文帝在洛阳做了几件事情。第一，妥善安排南征大员及将士们的居所和生活，让他们尽快熟悉并喜欢上洛阳，同时下诏派员回到平城把随行大臣的家眷接往洛阳团聚。第二，考察洛阳各处情况，体恤民情，安抚地方官员，发现和提拔了一部分中原汉臣，为迁都以后实行汉化奠定了基础。第三，修复扩建皇宫和军营，准备迎接大批从平城而来的后宫嫔妃、皇家贵族、文武百官及其家眷。数月之后，他返回平城。

不出所料，留在平城的高官、贵族，对迁都之事多数持反对意见。孝文帝召集所有在朝大臣，他说："寡人决定迁都洛阳，想必诸位爱卿都知道了吧。寡人知道，你们之中有许多人反对迁都，寡人不怪你们，俗话说故土难离。一眨眼，大魏天朝已经在平城这方宝地建都近百年，寡人跟你们一样，家业和家人都在平城，寡人最亲最爱的太皇太后也在这里，寡人想起这些，也是泪流满面，难舍难离呀！但是迁都之事乃是祖宗的意愿，是太皇太后的遗训，是拓跋皇族的追求。想我拓跋族英雄无畏的祖先，他们从遥远而荒凉的北方迁往盛乐，又迁往平城，一路向南。大魏天朝的目标就是一统华夏，而不是占据平城，沾沾自喜，故步自封，从此裹足不前。如今迁都洛阳已成定局，无须再议。留在平城的皇族和文武官员，分期分批一律迁往洛阳，平城只留一部分驻守的官员。若是还有反对者……"

他看看站在最前面的东阳王拓跋丕，又看看其他老臣，接着说："若是还有反对者也没关系，你们可以留下，免去官职，削去爵位，就留在平城安享晚年吧。平城的确是一个福地宝城呀！好在大魏国愿意为寡人效力，为朝廷效力的大有人在。"

许多人早已憋了一肚子的话，只等着皇上回来一吐为快。可是皇上把话说到这个份儿上，他们只好把话又咽了回去。

太和十八年（494）秋天，孝文帝在永固陵辞别太皇太后，从太庙请了神主的牌位，亲自率领后宫嫔妃和大批的官员、家眷，浩浩荡荡地迁往洛阳。

就此，巍巍平城结束了长达九十七年的京都历史。

太和二十年（496），孝文帝下诏，推行新一轮改制。他宣布引入汉人吏制，颁发新的官品制度，实行《职员令》，官职分九品，分正从，正从之下分为上中下三阶。他宣布鲜卑人从此全部改为汉姓，一律不准再用鲜卑族的姓氏，孝文帝带头改拓跋为元姓，即日起，皇帝拓跋宏为元宏。宣布大魏朝的官方用语，一律改鲜卑语为汉语，三十岁以下的官员在朝堂之上不准再说鲜卑语。宣布大力提倡鲜卑人与汉人通婚，杜绝鲜卑人近亲婚配。宣布禁止穿胡服，一律改穿汉装。宣布自此以后，所有鲜卑族人改籍贯为洛阳，死后不得葬于它处，一律在洛阳选择墓地下葬。孝文帝的改制之魄力，不仅让所有鲜卑人震惊，也同时断了许多老臣固守传统、拒绝汉化的念头。

次年年初，孝文帝给太子元恂罗列了数个罪名，其中包括意欲反逆，刺杀皇上之罪，将元恂杖责关押，贬为庶人，宣布废其太子位，立二皇子元恪为新太子。

太皇太后的祭日，孝文帝元宏面朝北方，跪倒在地。他饱含热泪，十分沉痛地说："太皇太后，转瞬间您已经走了几年。寡人每每想起您，就会在心里痛哭，就会想起您的音容笑貌，就会记起您对孙儿我所有的教诲。如今寡人没有让您失望，寡人在千里之外洛阳，向您祭拜。如今的大魏天朝已经迁都洛阳，按照您的遗愿，大魏朝将拓跋皇族为主的鲜卑人融入大汉民族，开辟了一代民族大融合、文化大融合的新纪元。"

此时的平城，也有许多黎民百姓在永固陵，与镇守平城的文官武将，一起祭奠文明太皇太后冯氏。

历史不会忘记，这个汉族女性，在鲜卑民族的北魏王朝里所发挥的作用。历史不会忘记，这个柔弱的女性，几次力挽狂澜，救百姓于水火，扶江山于危难。历史不会忘记，这个热衷于相夫教子的女性，却能够主持和影响朝政二十余载，培养和造就一代明君，推行改制，力挫腐败，净化朝廷，造福黎民百姓，推动民族大融合，为接踵而来的隋朝的统一、唐朝的繁荣，奠定了坚实而有效的基础。

冯氏太后大事年表

442年，出生于长安。其名，史上无记载。其祖父为十六国时期北燕国的国君。在其出生前十年的432年，北燕国已投降北魏。其父等因降魏被封官。

442—449年，年幼时期接受家庭严格的传统教育，懂得基本的礼仪和做人的道理。

449年，其父冯朗涉嫌逆反被诛，冯氏满门男人被斩，女人全部没入魏奴。她们从长安出发，被押解到平城，一路上受尽折磨，冯母病死，冯活了下来，入宫为杂役宫女。时八岁。

450—452年，在其姑母冯昭仪的关照下，冯女不再做杂役。学习语文和算术、宫廷规矩，了解天下大事。通过常太后的关系，与皇孙拓跋濬为少年玩伴，结下情谊。时九到十一岁。

452年，拓跋濬继位为文成帝，立冯女为贵人。时十一岁。

452—456年，与拓跋濬恩爱有加，知书达理。孝敬太后，表现聪慧、得体。学习佛法和儒道。在冯昭仪和常太后的教导下，熟悉后宫各种规则。

456年，手铸金人一举成功，冯被立后。时十五岁。

460年，文成帝下诏开凿云冈石窟。冯后默默关注，私下关心。

465年，文成帝二十六岁驾崩。乙浑篡权，杀害陆丽，冯皇后布下大策，一举平叛。拓跋弘十二岁继位为献文帝，冯为皇太后。时二十四岁。

465—467年，冯太后临朝听政，大权在握。实际上从拓跋弘一继位就开始了她的执政。她清理叛党余孽，奠定稳定基础。也因拓跋弘婚事、李氏被赐死和杀掉常太后的事，拓跋弘对冯太后掌握皇权极为不满。时二十四到二十六岁。

467 年，冯太后还政于皇帝拓跋弘，一心抚养皇孙拓跋宏。时二十六岁。

469—471 年，年仅十七岁的献文帝对冯太后宠爱大臣李奕，感到皇家受辱，于 470 年设计杀害了李奕及其三兄弟十几家上百口人。时二十八到三十岁。

471 年，拓跋弘热衷佛法和玄学，要把皇位禅让给皇叔拓跋子推，遭大臣一致反对。结果年仅五岁的拓跋宏继位，拓跋弘当上了太上皇。冯为太皇太后，但皇权仍掌握在太上皇的手里。时三十岁。

471—476 年，太上皇深感太皇太后势力的威胁，与之明争暗斗。时三十到三十五岁。

472 年，太皇太后颁诏，开始祭孔崇儒的制度。从此，儒家思想和佛法一并成为北魏王朝的思想文化主流。时三十一岁。

476 年，太上皇发动兵变，未能成功，迫于舆论和自责，拓跋弘饮鸩自杀。母子之争结束。太皇太后重握大权，开始了新一轮的执政生涯。时三十五岁。

477—490 年，十三年的时间里，太皇太后与孝文帝拓跋宏主持了一系列的改革，既理顺了国体，安定了民心，也成长和锻炼了小皇帝，使他成为历史上颇有赞誉的明君。时三十六到四十九岁。

483 年，太皇太后下诏，不准同姓通婚、不准子承父妾和转房婚等，提倡鲜卑族与汉族或其他民族通婚。时四十二岁。

483—488 年，太皇太后撰写《劝戒歌》三百首和《皇诰》十八篇，给孝文帝及后人留下了宝贵的精神财富。时四十二到四十七岁。

490 年，冯因病逝世，享年四十九岁。葬于平城北方山永固陵。

后记 失而复得的冯太后

2014 年，我受命于山西省作协，承担了撰写《三晋百位历史文化名人传记丛书》之一《冯太后传》的任务。应当说，当时我的心是忐忑的。忐忑之一是我第一次接触传记文学，忐忑之二是我第一次接触冯太后，准确地说是第一次近距离地接近冯太后。关于北魏，过去星星点点地知道一些，北魏人物知道比较多的也就是冯氏太后。但是冯太后对我来讲，实在是太遥远，太模糊，不仅仅是因为时间的问题，我们之间相隔有一千五百多年，更是观念和认识上的割裂和神秘。其实我手上还真有关于她的前人所写的剧本和小说，但是我有意不去翻阅那些充满了文学色彩的文字，我担心他们对冯太后的认知，会先入为主，把我带入一个完全不由我把握的空间。我要写的是传记文学，我给自己确定了十二字准则“寻找历史依据，进行文学描写”。我要通过自己的眼睛、自己的触觉，去接近她，走进她的领域，走进她的生活圈子，走进她的内心世界，否则这种忐忑不会消失，带着忐忑，我无法上马，驰聘到属于她的那个波澜壮阔的年代。

一年之后，26万字的传记脱稿。

“冯太后”带给我的，是一种难以割舍的藕断丝连的情感。几乎有很长一段时间，我与家人、朋友聊天，都会情不自禁地把她引入话题的中心。与其走不出她的世界，不如再次返回她的年代。冯太后的眼睛犹如一扇窗户，我从这窗户翻越，进入到了北魏一个半世纪的花园。我任性地在这处陌生的花园里观察、寻访、游历，遍尝宫廷“美味”，体味人间烟火，游走花前月下，旁观疾风暴雨。我做了两件事，一是在《大同日报》开辟专栏《北魏那些事儿》，连续发表了54篇历史文化散文，最后汇集成册，由商务印书馆国际公司改名以《这就是北魏》出版，二是在大同市图书馆《触摸北魏》开设系列公益讲座十讲。

2018年我主动与平城区政府协商，最后达成大同市作家协会与平城区的战略合作，创作完成十一位北魏历史名人传记。平城区政府与北岳文艺出版社也达成协议，表态要将此项目打造成精品。十一个北魏人物谁来写？作家们纷纷选择的结果，开国皇帝拓跋珪、开疆拓土的太武帝、开凿武州塞石窟的文成帝、一代明君主政改制的孝文帝，还有老臣高允、汉臣崔浩、地理学家郦道元、改革家李冲、道教大师寇谦之和佛教大师昙曜，很快“名花有主”，唯独这位太后“无人问津”。一半是无奈，一半是自愿，北魏时期的改革总设计师《文明太后冯氏》再次被我请回。时过境迁，我已经对她有了新的认识，重新出现于我的案头，让她与我再续前缘，也未尝不是一件美事。如今的我，内心的忐忑变成了坦然，冯太后对于我来讲，即如身边人一般，她的性格，她的为人处世，她的三观，她的涵养和学识，她对人生与感情的追求，甚至她说话的语气、举杯的动作、思考问题时的表情、面对恶势力的态度，包括她的缺憾、弱点与私心，我似乎都了如指掌。这些都会一股脑儿地全都倾泻于我对她的二度创作上。

爬格子的日子说快也快，几个月过去，终于收笔。

今天我起床，依然是五点多。推开窗户一看，天气出奇地好，一轮红红的太阳喷薄而出，空气中似乎散发着一阵微微的芳香。

早安了，太后。

任勇

2019年4月